JAKE BECKER.
EL CHICO DE SIEMPRE

JAKE BECKER
EL CHICO DE SIEMPRE

ROLLY HAACHT

MUNYX
NARRATIVA

Primera edición: febrero, 2024
Jake Becker. El chico de siempre
Rolly Haacht.

www.munyxeditorial.com

Impreso en España.

ISBN: 978-84-122695-8-1
Depósito Legal: V-457-2024

Para Maz, por tu generosidad,
por llegar a esta historia cuando más lo necesitaba
y quedarte hasta el final.

Y para las personas a las que el deporte
les ha dado y les ha quitado algo
en un determinado momento de su carrera deportiva.
Espero que, pese a lo segundo, mereciera la pena practicarlo.

«I firmly believe that if you love something,
you're passionate about it,
you'll find ways to get through it».

Marcus Mariota. *Quarterback*, Netflix

«Quererse es no dejar espacio para querer a esa persona
si ella no está preparada para que la quieran».

Daniel Ojeda

AGOSTO de 1984

1 | NO TE METAS EN LÍOS

lunes 13 de agosto

Jake

Tener una beca de fútbol en la VSU por segundo año consecutivo con los Ice Falcons no era un logro superdestacable a nivel universitario, teniendo en cuenta que era un equipo NCAA de División II y él había soñado toda su vida con jugar en un equipo de la I, pero bastaba. Porque el suceso que hizo que su familia se mudase de una gran ciudad de Pensilvania, como era Filadelfia, a una menos impresionante en Utah, como Vallon, cambió de golpe todos sus planes.

Habían pasado tres años desde entonces.

La primera jornada de vuelta a los entrenamientos del que iba a ser su segundo año como estudiante y jugador acababa de finalizar y estaba exhausto. Sus compañeros y él llegaron a los vestuarios respirando con la boca abierta, jadeando. Jake se sentó donde siempre, dejó el casco a un lado y se sacó la camiseta con las hombreras. Apoyó la espalda contra la taquilla, cerró los ojos y dejó que el sudor campara a sus anchas mientras recuperaba el aliento. Se había imaginado que sería duro, pero no tanto. Por lo visto, las instrucciones de Tayler, el entrenador jefe, habían sido claras: *sin piedad*, para que los veteranos no creyesen que su puesto estaba asegurado.

—Estás en forma, Becker.

Jake miró al frente, ubicó a Chris Ford y con un leve gesto de cabeza le agradeció el comentario. El *running back* estrella estaba acabando de desvestirse para irse a la ducha, mostrando un cuerpo atlético de piel medio oscura, pura fibra rebosante de sudor. Ambos habían sido de los pocos en aguantar hasta el final y era un gran halago viniendo de él, teniendo en cuenta que era uno de los capitanes y que el curso anterior apenas le había dirigido la palabra.

Poco después, Shawn Williams, el *quarterback* titular, entró en los vestuarios maldiciendo a su paso.

—¡Becker! —lo llamó de repente Hock, el coordinador defensivo—. Ve a la ducha de una vez. Tayler quiere hablar contigo.

—¿El entrenador?

—¿Qué clase de pregunta es esa? Venga, espabila.

Sintió un hormigueo subiéndole por las pantorrillas antes de ponerse en marcha. No le gustaba hablar con él, nunca le había gustado. Jake prefería recibir instrucciones directas de Hock, a pesar de lo desagradable que, en ocasiones, podía llegar a ser.

Se duchó y se vistió tan rápido que cuando acudió al despacho no sabía si el temblor de sus piernas se debía al duro entrenamiento, a los nervios o a ambas cosas. Tayler lo invitó a pasar a través del amplio cristal que mostraba su zona de trabajo, así que accedió y se quedó de pie frente a su mesa, separándose los pantalones cortos grises de deporte de la piel que aún estaba húmeda.

—Siéntate, Becker.

Se cruzó de brazos después de obedecer y echó un vistazo a su alrededor, se despegó también la camiseta —básica, azul oscuro— y se rascó la coronilla.

—Hock me ha dicho que has hecho un buen entrenamiento —comenzó Tayler, sin apartar la mirada del montón de papeles que tenía delante.

Esperó a que dijese algo más, pero pasaron los minutos y el ruido de las hojas que revisaba empezó a resultar incómodo. Cuando el entrenador paró y levantó la vista hacia él, en riguroso silencio, sintió una presión subiéndole a la garganta.

—¿Y bien? —le preguntó—. ¿Qué te ha parecido?

Puso cara de cordero degollado, entreabriendo los labios para decir algo, sin llegar a hacerlo.

—El entrenamiento, Becker —aclaró Tayler.

«Ah, eso».

Jake se atragantó con su propia saliva, tosió y respondió:

—Intenso.

El hombre asintió con parsimonia y siguió observándolo.

—¿Has estado entrenando por tu cuenta durante las vacaciones?

—Sí, señor.

Tayler volvió a asentir, luego suspiró y apoyó las palmas de las manos sobre los papeles de la mesa. Por último, se reclinó hacia atrás e hizo girar su silla de un lado a otro. Entretanto, Jake se rascó el pelo por encima de la oreja izquierda, por hacer algo.

—Estaría bien que mantuvieses el nivel durante toda la pretemporada —añadió el entrenador, al fin.

—Por supuesto, señor.

—Si lo haces y Hock está contento con tu evolución, me plantearé que vuelvas al equipo titular. —Jake volvió a abrir la boca, esta vez con intención de darle las gracias, pero Tayler se lo impidió—. No te hagas ilusiones, no es ninguna promesa. Trabaja duro y ya veremos qué pasa. —Le hizo un gesto con la mano para que se marchara—. Y recuerda lo más importante: no te metas en líos.

Jake salió bastante más abochornado de lo que había entrado. Sabía de sobra a qué se había referido Tyler con esa última apreciación, así que regresó a la taquilla, molesto por la mención, guardó sus cosas y llevó la ropa sucia al enorme cubo destinado para tal fin. Ya en el pasillo de salida, cruzó la vista con Hock. El susodicho se limitó a gruñir. Era, con toda probabilidad, el ser humano más extraño y hostil que había conocido nunca.

Hock era Hock, y punto.

—Mirad a quién tenemos aquí —dijo Shawn cuando ya cruzaba la zona de aparcamiento. Se acercó a él y lo agarró por los hombros—. Parece que el novato que ya no es tan novato está en el punto de mira, ¿eh?

Jake enarcó una ceja.

—Bueno, ¿qué? —siguió el siempre rico y engreído Shawn Williams—. ¿Este año vas a instalarte por fin en el campus o seguirás viviendo en casa de tus padres?

Observó que había unas cuantas latas dentro del maletero de su gigantesco Toyota LandCruiser Sahara, algunas ya vacías. Troy Foster y Samuel Bloom, apoyados a ambos lados del vehículo, esperaron su respuesta con el mismo interés que Shawn, ocultando sus cervezas tras de sí. Jake no lograba entender qué demonios le había sucedido al *quarterback* del equipo durante el verano para haberse presentado en tan baja forma y estar saltándose una de las reglas básicas de la pretemporada junto a dos suplentes.

—Eso no es asunto tuyo —respondió de mala gana.

—¿Aún no estás listo para separarte de mamá? —se burló Shawn.

No era la primera vez que escuchaba el comentario y, aunque le molestaba sobremanera que la única razón que se le ocurriese —respecto a si se quedaba o no en el campus— fuese su madre, no lo contradijo. Su vida personal no le importaba a nadie; mucho menos a aquellos tres que estaban emborrachándose en el peor lugar y momento posible.

—Tengo prisa, Williams —le dijo—. Nos vemos mañana.

—¿No quieres unirte? Estaba dispuesto a invitarte.

—No, gracias —repuso separándose y dirigiéndose hacia la parada de autobús—. Deberías pensar en lo que estás, estáis, haciendo.

Escuchó las risas.

—Preocúpate por ti, Becker —le gritó Shawn ya por la espalda—. ¡Te hace más falta!

Más risas.

Jake se paró en seco, dispuesto a responder a la provocación de su compañero, pero entonces recordó las últimas palabras del entrenador Tayler y siguió andando, haciendo un tremendo esfuerzo por contenerse.

Ya en el autobús, Jake estuvo dándole vueltas a lo de instalarse o no en el campus. Sabía de sobra cuáles eran las ventajas, sus compañeros siempre hablaban de las reuniones nocturnas, las fiestas privadas y la diversión. Él había escogido prescindir de esa parte de su beca a cambio de manutención completa en alimentación y acceso gratuito al transporte público. No conocía a ningún otro estudiante que hubiese tomado una decisión como la suya. «Una decisión sin precedentes», había oído mencionar al decano en su día. Pero durante aquel verano de 1984 había estado lidiando con la duda de si repetir un segundo año más en casa o irse a vivir a la universidad. La parte que lo instaba a marcharse eran las constantes broncas con su padre; la que lo contrarrestaba, el amor incondicional que le profesaba su prima Rachel, a la que sus padres habían adoptado tras morir los de ella en un trágico accidente de tráfico cuando apenas contaba con unos días de vida.

Jake estaba convencido de que era muy ruin pensar únicamente en su bienestar, aunque cualquiera a quien le hubiese preguntado —de haber pedido opinión a alguien— le habría dicho que irse a vivir su experiencia universitaria al cien por cien no era despreciable ni egoísta. Era, a fin de cuentas, su vida, y cualquier decisión que tomase respecto a ella siempre sería válida y respetable. Además, eran sus padres los que se habían visto obligados a hacerse cargo de Rachel, no él. Su compromiso no era mayor que el de ellos y, sin embargo, lo parecía. A veces se preguntaba qué habría pasado si no hubiese fingido una lesión el día en que los ojeadores de los Utah Utes estuvieron en su instituto, porque si les hubiese interesado y se hubiesen decantado por él, habría tenido que mudarse a Salt Lake City sin remedio.

Resignado, tomó una gran bocanada de aire y la expulsó con pesar, decidiendo en ese mismo momento que, pese a las dudas y las ganas, seguiría como hasta entonces: cogiendo el autobús cada día para ir a clase y a entrenar.

Al llegar a su parada y levantarse para bajar, sintió que le fallaban las piernas; también el cosquilleo previo que auguraba una tarde de dolor. En cuanto se adentró en la empinada calle de adosados del barrio de Prinss donde vivía, supo que ni siquiera el haber estado haciendo ejercicio por su cuenta lo iba a salvar de las incómodas agujetas de los primeros días.

Encontró a su hermano mayor, Derek, leyendo en el salón. Todavía le quedaban un par de semanas para irse a Florida, donde lo habían becado para estudiar Derecho con uno de los mejores programas de la NSU. Derek ni siquiera había dudado a la hora de solicitar plaza en universidades fuera del estado. Es más, Utah siempre fue su última opción.

—¿Cómo ha ido? —le preguntó.

—Esta pretemporada va a ser peor que la del año pasado.

Su hermano negó divertido.

—¿Qué pasa? ¿Qué he dicho?

—Jake Becker. —Derek extendió los brazos como si desplegase un cartel—: El optimista.

El timbre los sobresaltó. Jake abrió y se encontró a la extraña amiga de su hermana.

—¡Zane! —exclamó sin apenas prestarle atención; mucho menos saludar—. Es para ti.

—Si es Ari —escuchó desde arriba—, dile que suba.

Se echó a un lado para dejarla pasar y ella subió por las escaleras después de dedicarle una sonrisa a Derek.

—Es cosa mía… —dijo Jake—, ¿o esa chica siempre está aquí?

—¿Qué hay de malo? Es bastante agradable.

—Si tú lo dices…

Jake fue a la cocina y abrió el congelador. El día anterior había preparado un par de bolsas de hielo, vaticinando el dolor tras el primer entrenamiento. Encontró solo una, la sacó y apartó el resto de cosas en busca de la otra.

—¡Joder! ¿Dónde coño están los hielos que dejé aquí anoche?

—Baja los humos.

Resopló, molesto a más no poder. Luego cogió la única bolsa que tenía y la dividió para obtener dos más pequeñas. Se sentó en uno de los taburetes de la cocina, se arremangó los pantalones y se las colocó, una en cada cuádriceps. Estaba tan dolorido que tardó un rato en notar la molestia por el frío. Cuando eso pasó, dejó caer el pecho y la cabeza sobre la barra americana y se concentró en aguantar, moviendo las piernas sin parar sobre el soporte del taburete.

—¿Sabes? —Derek interrumpió su concentración—. En Estados Unidos, las leyes no fueron efectivas hasta 1789 —añadió haciendo alusión al libro que tenía entre las manos—. O sea, hasta que George Washington tomó el mando como primer presidente y se adoptaron las diez enmiendas para…

—¿Estás estudiando antes de empezar el curso? —le preguntó a su hermano sin cambiar de postura. Su voz hizo eco contra el mármol de la superficie.

—Esta es la última de las lecturas recomendadas sobre el sistema judicial de nuestro país. —Jake puso los ojos en blanco—. No te hagas el desinteresado —continuó—. Sé que tú también has estado leyendo cosas para la universidad.

No le respondió para no tener que darle la razón, pero sí levantó la cabeza al escuchar la puerta de casa. Su madre entró con Rachel y varias bolsas de la compra. Cuando Derek se levantó para ayudarla, él se frotó la cara con fastidio. Su hermano se pasaría todo el año fuera, una vez más, pero seguiría siendo el hijo perfecto y servicial porque, cuando estaba en Vallon, se comportaba como si todos le importasen, y eso siempre acababa eclipsando lo demás.

Rachel divisó a Jake tras la barra y fue en su dirección con una chocolatina de Hershey en la mano. Se la mostró como el bien preciado que era.

—¿Eso es para mí?

La niña la escondió tras de sí y negó con simpatía. Jake escuchó entonces el retumbar típico de los pasos acelerados de su hermana mientras bajaba por las escaleras, consciente de que aparecería en cualquier momento.

—¿Qué tal ha ido el entrenamiento? —le preguntó su madre mientras tanto.

Pero antes de poder darle una respuesta, Zane se presentó con su amiga e interrumpió la conversación:

—Mamá, ¿recuerdas que Ari se queda a cenar?

—Claro.

—¿Después podríamos llevarla de vuelta a casa?

—¿No se queda a dormir?

—Hoy no, señora Becker —repuso la aludida—. Pasaré la noche con mi madre.

Sara asintió, sin añadir nada, y a Jake le resultó bastante raro.

Esa chica ya se había quedado otras veces, muchas para su gusto, a dormir. Y no es que le importase que su hermana tuviese una mejor amiga y quisiese estar con ella constantemente, es que en casa de los Becker ya había bastante ajetreo de por sí. Además, no le gustaba que hubiese gente ajena a su familia cuando discutía con su padre, y eso pasaba casi todos los días; en especial durante aquel verano, pues Paul le había recriminado en más de una ocasión que apenas hubiese ayudado en la fábrica con la excusa de prepararse para la temporada. Y cada vez que había salido el tema, Jake respaldaba su postura con el hecho de que a Derek no le insinuase, tanto como a él, si quería ir para ganar un dinero extra que ayudase a su familia. «Tu hermano se pasa la mayor parte del año en Florida», era la respuesta favorita de sus padres, como si eso lo eximiese de la responsabilidad que todos tenían para llegar a fin de mes, o como si estar en otro estado fuese una carga pesada a compensar durante las vacaciones de verano. «Se pasa todo el tiempo estudiando», añadían. Y lo único que Derek hacía durante esas conversaciones era reafirmar lo duro que era todo en la NSU y decir que, de ser realmente necesario, trabajaría.

—Derek, ¿la llevas tú?

—Encantado.

Jake miró a su madre con el ceño fruncido, pero ella siguió con las bolsas de la compra, ajena a su escrutinio. Todos sabían que Jake se moría de ganas por usar la camioneta de su padre; que Sara le hubiese ofrecido la tarea a Derek no hizo más que confirmar su teoría de que, cuando él estaba en casa, se olvidaban premeditadamente de sus ganas de conducir.

De él, en general.

Se quitó las bolsas de hielo, las llevó al fregadero y salió de la cocina dispuesto a encerrarse en su cuarto.

—Hijo, has dejado todo el suelo llego de gotas.

—No importa, traeré el mocho —se ofreció Derek.

—Que lo disfrutes —le espetó él de muy mal humor antes de empezar a subir por las escaleras.

—¡Jake!

Ignoró el reproche de su madre y entró en su cuarto.

Qué ganas tenía de que empezase el curso, de que Derek se marchara y de que todo volviese a la normalidad. Su ausencia no impediría que sus padres lo reprendieran, pero disminuiría las constantes comparaciones, al menos, hasta Acción de Gracias.

2 | YA NO ES UN NOVATO

martes 14 de agosto

Jake

Cuando sonó el despertador a la mañana siguiente, Jake no podía mover ni los dedos de los pies. De ahí que, cuando levantó el brazo para apagar la alarma de las cinco y media y evitar que Rachel se desvelara, la acción resultase tan tortuosa.

Se puso de pie como pudo y maldijo para sus adentros a los entrenadores, pues no recordaba haber estado tan afectado de agujetas en toda su vida. Apoyó las manos en la pequeña mesa de escritorio e hizo movimientos con los hombros desnudos para destensarlos. Luego, con mucho esfuerzo, flexionó las piernas lentamente hasta ponerse en cuclillas. Continuó haciendo estiramientos hasta que el reloj marcó las seis menos cuarto, momento en el cual cogió una camiseta, se la echó sobre el hombro derecho y bajó a desayunar vestido únicamente con el pantalón corto con el que había dormido y que usaría para ir a entrenar. Es decir, el mismo del día anterior.

Encontró a Paul y a Sara en la cocina, como era habitual cuando su madre estaba sin empleo. Ella decía que era la única forma que tenía de pasar un poco más de tiempo de calidad con su marido, quien siempre salía de casa en torno a las seis y regresaba pasadas las siete de la tarde. Jake era consciente de lo mucho que trabajaba su padre y de lo pesadas que podían llegar a ser sus tareas en la fábrica de soldadura Wathson, pero jamás decía nada al respecto, porque, en *ese* sentido, Jake no era muy distinto al resto de chicos de su edad.

Se sentó en la mesa y se comió con ganas las dos tiras de beicon sobre una tostada que su madre le ofreció, junto con un tazón de leche al que él no tardó en añadir un buen puñado de cereales.

Paul se marchó poco después de su llegada y Sara siguió cocinando sin dirigirle la palabra. Su silencio se debía a la discusión que habían tenido la noche anterior sobre el uso de la camioneta. Al parecer, su madre no le había propuesto a él cogerla por su evidente cansancio y ahora Jake se sentía culpable por haberse encarado con ella, aunque no lo dijo. En su lugar, recogió los restos de su desayuno, se puso la camiseta y salió a toda prisa hacia la parada de autobús.

Dio gracias a que nunca había mucha gente por la calle a esas horas, porque su caminar fue digno de comedia. Afortunadamente, su estado no fue algo exclusivo. Cuando llegó al West Mountain Stadium —más conocido como el WM—, haciendo un esfuerzo sobrehumano por ser puntual, se dio cuenta de que todos sus compañeros estaban doloridos, más en mayor que en menor medida.

A las siete y cuarto recibieron instrucciones de uno de los dos asistentes de Tayler.

—Id a por pantalones, camiseta básica y botas. No necesitáis nada más.

En el vestuario observó que el único que no parecía perjudicado por el duro entrenamiento del día anterior era Ford; eso, o fingía demasiado bien.

Jake se puso la ropa que le habían dejado sobre la bancada bajo su taquilla y luego sacó sus botas, unas Adidas negras con el logo en blanco, como las de casi todos los demás. Supuso que iba a ser un día de mucha carrera continua.

Pero se quedó corto.

Porque, cuando llegaron al campo, Tayler los estaba esperando. Se reunieron con él a la altura de las cincuenta yardas y lo escucharon con atención.

—Ha llegado a mis oídos que habéis ido diciendo por ahí que jugar en D-II tiene sus ventajas, que los rivales no son tan imponentes como en la D-I[1] y que el rendimiento individual no es igual de relevante.

[1] D-I significa División I. En EE. UU. dicen «D-one» para referirse a la misma.

También he oído que para algunos esto es un mero trámite, un pasatiempo agradable del que disfrutar gracias a que Dios os ha dado un cuerpo atlético del que beneficiaros.

—Quién habrá sido el estúpido —oyó a sus espaldas.

—Es por eso, caballeros, que nos hemos puesto al nivel de la D-I —siguió el entrenador—. He hablado con mi buen amigo Lavell Edwards, entrenador de los Cougars[2], para copiar su pretemporada, ya que por lo visto la nuestra no era lo bastante buena para vosotros. Espero que disfrutéis y que logréis sentiros atletas de verdad, con el nivel de exigencia que creíais que nunca ibais a tener.

Media hora después de aquel discurso, casi la mitad de los jugadores estaban tirados sobre el campo, sin fuerzas para continuar. Jake paró de correr cuando sonó el silbato de Tayler, se agachó apoyando los codos sobre las rodillas y jadeó cabizbajo, esperando que el entrenador les indicase que volviesen a ponerse en marcha. Pero entonces escuchó el doble pitido que indicaba que podían ir a beber agua y se dejó caer sobre césped agotado.

Ya no tenía agujetas, las había ido perdiendo a medida que corría levantando las rodillas, pero eso no fue ningún alivio. Era plenamente consciente de que la semana no había hecho más que empezar.

De camino a las cantimploras, escuchó las instrucciones para el siguiente ejercicio: una larga tanda de flexiones. Vio a alguno de sus compañeros cojeando de camino a la enfermería y llegó a pensar si sería preferible una sobrecarga a seguir con el entrenamiento, pero sacudió la cabeza para ahuyentar el pensamiento y se mentalizó de que tenía que seguir. El puesto en el equipo titular tenía que volver a ser suyo, fuese como fuese.

Al final, solo seis, de sesenta que habían iniciado la pretemporada, sobrevivieron al segundo día.

—Ford, McKain, Peterson, Connelly, Evans y, sorprendentemente, Becker.

Harper Tayler los nombró uno a uno. Estaban situados delante de él, de pie porque tenían que estarlo, pero tan agotados que, de haber soplado un poco de brisa en aquella calurosa mañana de agosto, los

---

[2] BYU Brigham Young Cougars (Provo, Utah): ganadores de su conferencia desde 1976 y de la Holiday Bowl en 1983.

habría tumbado sin esfuerzo. Evans y Peterson, *cornerbacks* ambos, se quitaron la camiseta y la escurrieron.

Jake miró con atención al entrenador, consciente de a qué se había referido al destacar con sorpresa su apellido. Él había sido el único superviviente de los jugadores pesados, los linieros.

—Es posible que seas el *tackle* defensivo más en forma de todos los tiempos.

Chris Ford le dio un codazo amistoso. Jake fue incapaz de decir una sola palabra; se había pasado los últimos quince minutos con flato en el costado izquierdo y, ahora que había parado, notaba que se le había extendido por todo el abdomen.

—Vosotros cuatro tendréis mañana el día libre, como todos. —Tayler señaló a los jugadores excepto al capitán y a él—. Y vosotros dos —añadió refiriéndose a ellos—, os espero mañana en el campo a las cuatro y media de la tarde. Tenemos que practicar un par de cosas. Ahora id con los demás y no os vayáis a casa sin pasar, al menos, media hora en La Nevera.

El espectáculo de jugadores maltrechos de camino hacia el vestuario era lamentable. Jake no se apiadó de ellos más que de sí mismo. Quiso quedarse sentado un buen rato, pero sabía que, cuanto antes llegase a la sala de hielo —La Nevera— y se pusiese bolsas de frío por el cuerpo, menos consecuencias habría después. Así que hizo un último esfuerzo y consiguió llegar el primero.

Fue allí donde Chris Ford entabló conversación con él, poco antes de que la sala empezase a llenarse de un montón de tíos, la mayoría por encima del metro ochenta y cinco, mazados, pero con los músculos tan hechos polvo que, en ese momento, no habrían podido ni aplastar a una hormiga.

—Le estás causando buena impresión al entrenador, Becker.

Se encogió de hombros con modestia, consciente de que destacar durante un par de días no significaba gran cosa. En unas semanas, cuando muchos otros volvieran a estar en plena forma, pasaría a ser uno más. Ese pensamiento le hizo acordarse de Tony Lewis, uno de los *tackles* ofensivos más importantes del equipo y que no había acudido todavía a ninguno de los entrenamientos.

—Oye, ¿qué ha sido de Lewis? —le preguntó al capitán.

—¿No lo sabes? Se murió su madre la semana pasada. El entrenador le ha dicho que se tome el tiempo que necesite. Viniendo de Tayler, es un gran gesto. Pero espero que Lewis no tarde demasiado en incorporarse o se quedará rezagado. Creo que por eso Tayler quiere verte mañana.

—¿A qué te refieres?

—Seguro que quiere probarte en ataque, por si acaso.

Jake se quitó las dos bolsas de agua fría que se había puesto sobre los hombros y miró a Ford con atención.

—Yo —comentó con incredulidad e ironía—. En ataque.

—Eres un *tackle*, ¿no? ¿Qué importa que sea en un sentido o en otro?

—Es que no es exactamente lo mismo golpear de frente que parar golpes. No es la misma posición ni por asomo. Además, Lewis es el *tackle* del lado ciego de Shawn, una pieza fundamental en ataque.

—No te agobies, Becker. Es solo una suposición. Mañana veremos de qué se trata. ¿Quieres que pase a recogerte?

—No es necesario.

—Que sí, hombre. Dime dónde vives y estaré allí a las cuatro.

Hubiese preferido negarse, pero sabía que era un suicidio social decirle que no al capitán, así que lo que hizo fue darle una ubicación aproximada.

—Nos vemos en la entrada sur del parque Felton, si te va bien.

—Claro, tío.

En cuanto Shawn Williams hizo acto de presencia, Jake supo que sería el centro de la diana de su veneno, así que se arrodilló sobre una colchoneta para aplicarse hielo en los gemelos y luego se tumbó bocabajo, en un intento por no llamar demasiado la atención. Pero su estrategia no surtió ningún efecto, porque la sombra de Shawn no tardó mucho en cernirse sobre él.

—Oye, Becker —comenzó a decir sentándose muy cerca de él—. ¿Qué pasó al final entre aquella animadora y tú? Esa que te quedaba como de llavero, ¿cómo se llamaba?

No le respondió. Conocía a Shawn más de lo que le gustaría, así que optó por la indiferencia. Si no entraba en su juego, tarde o temprano se aburriría de él.

—Ah, sí, ya me acuerdo. La dulce e inocente Bethany Harris.

—¿Bethany Harris? —comentó alguien al fondo. Jake ni siquiera se molestó en levantar la cabeza para ver de quién se trataba—. ¿Esa no es la novia de Curtis Greyson, el capitán del equipo de baloncesto?

—¿Lo es? —Shawn fingió sorpresa—. Vaya… Me da que no es tan inocente como pensábamos. ¿Tú qué opinas de eso, Becker?

Jake tuvo que darse la vuelta por pura necesidad. Se sentó en la colchoneta y se colocó las bolsas en los cuádriceps, pero no respondió.

—Pasar de ser la novia de un suplente de fútbol a la novia del capitán de baloncesto es un cambio de estatus de mucho nivel, ¿no crees?

A pesar de que no dijo ni una sola palabra, cometió el error de mirarlo a la cara. Shawn se cruzó de brazos y sonrió con malicia.

—Bueno, es bastante probable que lo de suplente cambie dentro de poco. —Chris Ford salió en su defensa y se hizo el silencio—. Y Williams, créeme, si yo fuese tú, me preocuparía más por mi propia titularidad que por la suplencia de otros. —Los susurros de sorpresa por el revés de Chris a Shawn no tardaron en llegar—. Becker ya no es un novato. Es hora de que lo dejes en paz. Además, ¿tú lo has visto? Está tan en forma que podría mover tu bonito cuatro por cuatro con un solo brazo.

Fue después de esa aportación de Chris cuando Jake fue plenamente consciente de la sutil rivalidad entre dos de los jugadores más importantes del equipo: *running back* y *quarterback*. Una rivalidad que, dadas las apariencias y por el bien del conjunto, se encargaban muy bien de ocultar. Sin duda, la de ellos era una amistad llena de asperezas.

—Seguirá siendo el Novato durante toda la temporada, porque no ha habido fichajes de primer año y no vas a ser tú quien cambie las reglas. Y su aspecto, por cierto, me trae sin cuidado.

—No debería.

—¿Por qué no? Sigo siendo el maldito *quarterback* titular de este equipo.

—Eso ya lo veremos —soltó Jake harto de escuchar a Shawn.

—¿Cómo dices?

El aludido se levantó para encararse con él, pero Chris se puso por delante.

—Vale, Williams. Retrocede.

Jake recogió sus bolsas y dejó que la conversación de aquellos dos se perdiera tras él mientras regresaba al vestuario. Una vez allí, se paró frente a los lavabos, se echó agua por la cara y se contempló frente al espejo. Primero el rostro, imberbe pero varonil, y luego el cuerpo. Su aumento de volumen respecto al año anterior era notable, así que esperaba que fuese suficiente para arrollar a cuantos linieros ofensivos se le pusieran delante durante la próxima temporada, porque quería poder jugar muchos partidos.

No había nada que le gustase más que jugar al fútbol.

3 | TOTALMENTE PROHIBIDO

miércoles 15 de agosto

Jake

Jake se pasó toda la mañana reflexionando sobre la posibilidad que Chris le había metido en la cabeza de que el entrenador lo fuese a probar en la línea de ataque. Sabía que la ofensiva de su equipo casi siempre estaba enfocada en que el balón le llegase de una forma u otra al *running back*, es decir, a la estrella de los Ice Falcons: Chris Ford. Y no era de extrañar, teniendo en cuenta que, desde la llegada de Chris, el equipo había dicho adiós a su mala racha.

Estuvo pensando en la dificultad de tener que aprenderse las muchísimas combinaciones de ataque incluso en el parque, donde había ido con Rachel, hasta que pasó algo que hizo que se olvidara del asunto: Morgan, una de las amigas de su prima, se perdió.

Cuando la madre se dio cuenta de que la niña había desaparecido, empezó a llamarla a voces, desesperada, alertando al resto de los adultos. Jake localizó a Rachel, la cogió fuerte de la mano y le preguntó por Morgan. Ella tampoco sabía a dónde había ido, pero dijo algo que resultó clave en la búsqueda:

—Me ha dicho que quería hacer pipí.

Sin soltarla de la mano y sin dejar de mirar hacia todas partes, Jake se acercó a la mujer para comunicarle lo que había dicho su prima. Tuvo que repetirlo hasta tres veces, porque el agobio de la susodicha no hacía más que aumentar a medida que avanzaban los minutos, y también porque nadie parecía muy interesado en lo que él tuviera que decir. No lo tomaron en serio hasta el tercer intento.

—Katie, ¿dónde sueles llevarla si le entran ganas de hacer pis cuando estáis en la calle? —le preguntó un hombre a la madre de la niña perdida.

Cuando la mujer fue capaz de dar una respuesta, un par de madres se dirigieron al 7-Eleven más cercano y, cinco minutos después, trajeron a Morgan de vuelta. A Jake le pareció asombroso lo rápido que podía perderse un niño. Morgan, de tres años, había sido capaz de salir de la zona de juegos, cruzar la avenida y entrar en un establecimiento sin que nadie se percatase de que iba sola. Se le pasaron por la cabeza una cantidad espantosa de cosas que podrían haber ocurrido.

—¿Hoy no tienes que ir a jugar a fútbol? —le preguntó Rachel de regreso a casa.

—Sí, por la tarde.

—¿Y volverás para cenar?

—Creo que sí.

—¿Me subes a hombros?

Jake hizo una mueca solo de pensarlo.

—¿A la espalda te vale?

—¡Sí!

Llegaron hasta Prinss según lo pactado, pero la subió a hombros de todas formas en los últimos cincuenta metros hasta la puerta de casa.

Zane estaba en la cocina, con Arabia. Rachel las saludó para que viesen lo alto que estaba.

—¿Y mamá? —le preguntó Jake a su hermana.

—La han llamado para una sustitución o algo así.

—¿De dónde? ¿De Burlington?

—Me parece que de Walmart.

Esos habían sido los dos últimos trabajos temporales de su madre: dependienta en tienda de ropa y cajera de supermercado. Esperaba que en algún momento le ofreciesen un contrato fijo.

—¿Qué estás cocinando?

—Estamos —puntualizó Zane señalando a su amiga—, y es la salsa boloñesa de los espaguetis que comeremos hoy.

Se le hizo la boca agua solo de pensarlo.

—¿Cuánta hambre tienes? —Zane se dirigió de nuevo a él—. ¿Crees que vas a repetir?

—No creo ni que tengas que preguntarlo. —La respuesta de Arabia lo dejó atónito, tanto que clavó la vista en ella hasta que aclaró su respuesta, como si él ni siquiera estuviese allí plantado—. Jake siempre repite, ¿no?

Su hermana se echó a reír.

—Tienes razón. Pondré a hervir los dos paquetes.

Y, como era de esperar, cuando llegó la hora de comer, se comió dos platos.

***

A las cuatro menos cuarto salió de casa y acudió al parque Felton, cargado con una mochila que contenía las prendas de deporte que había estado usando todo el verano. De no ser porque lo iban a recoger, Jake se habría subido en el autobús con esa ropa ya puesta. Pero Chris Ford siempre acudía al estadio con ropa elegante, así que él se vistió con sus viejos vaqueros de siempre y una camiseta de manga corta gris, de las menos desgastadas que tenía, tratando de no desentonar demasiado.

Se cruzó de brazos y se puso en el lugar más visible que encontró, asfixiado por el calor y maldiciendo el hecho de no tener un solo par de pantalones cortos aceptables. Al cabo de un rato, deseó con todas sus fuerzas que el capitán no se hubiese olvidado de él ni que le hubiese gastado una broma al decir que lo recogería. Por suerte, poco después, un maravilloso Jeep Cherokee verde oscuro se acercó reduciendo la velocidad hasta quedar a su lado. Chris le abrió la puerta para invitarlo a subir y sonrió desde el asiento del conductor. Había más personas en el interior del vehículo, concretamente, tres chicas sentadas en los asientos traseros.

—No muerden —dijo señalándolas con la cabeza—, te lo prometo.

Subió y saludó con timidez. Una de ellas, la que llevaba un chupachup en la boca y sonreía abiertamente, tenía un tono de piel muy parecido al de Chris.

—Te presento a Candy, mi hermana pequeña, y sus amigas: Lorreine y Cara. De todos los días que podían haber escogido, han decidido acompañarme hoy que solo vamos a entrenar tú y yo. ¿Te lo puedes creer?

Las chicas se rieron.

—No te quejes. Sabes que solo vamos cuando hay algo interesante —dijo Candy.

—O alguien.

Jake sintió de pronto un calor mucho más sofocante que el que había sufrido en la calle. Chris lo notó y subió el volumen de la radio para que las chicas se calmaran. En cuanto oyeron la música característica de *Radio Ga Ga*, Candy chilló y empezó a cantar:

—*You had your time, you had the power. You've yet to have your finest hour.*

Y, acto seguido, las otras dos se le unieron con el estribillo.

All we hear is Radio Ga Ga
Radio go go
Radio Ga Ga

Hasta Chris se animó. Jake solo sonrió. Queen no le gustaba especialmente, pero aquella era una buena canción, sobre todo una buena para ir en coche y cantar a viva voz. Las chicas siguieron cantando o coreando todo lo que sonaba en la radio hasta llegar al aparcamiento del estadio. Ya allí se despidieron.

Chris y Jake caminaron hacia el campo, donde Tayler los estaba esperando.

—Os quiero aquí en diez minutos con la equipación completa, y cuando digo completa, es completa. Empiezo a cronometrar desde… ¡ya!

Ninguno de los dos entendió por qué debían llevar toda la ropa y protecciones hasta que regresaron, poco después del tiempo concedido.

—¿Tenéis calor? —les preguntó Tayler.

—No, señor —mintieron al unísono; debían hacerlo.

—¿Y por qué lleváis el casco en la mano?

Se lo pusieron de inmediato y siguieron al entrenador, que empezó a caminar hacia el centro del campo.

—Bien, veamos. Cuánto pesas, ¿Becker?

—Unos… ciento quince.

—¿Y tú, Ford?

—Ochenta y nueve, señor.

La diferencia de peso era considerable, teniendo en cuenta, entre otras cosas, los diez centímetros de más que Jake le sacaba a su compañero.

—¿Quién es más rápido de los dos?

—Yo, señor —respondió Chris.

—¿Y quién más fuerte?

Chris tuvo que darle un golpe en el brazo para que respondiera.

—Yo, señor.

—Pues este año vais a tener que trabajar mucho juntos, porque quiero que esa notable diferencia se reduzca. Quiero un *running back* mucho más fuerte, y un *tackle* mucho más rápido. Y por eso estamos aquí hoy, y estaremos cada miércoles por la tarde hasta que empiece la temporada. Trabajaréis codo con codo. Yo mismo supervisaré los avances.

Lo primero que hicieron fue colocarse en uno de los postes de anotación para que Tayler cronometrase cuánto tardaban en alcanzar la línea de treinta yardas. Chris le sacó una ventaja insultante, ya no solo porque fuese más rápido, que lo era, sino porque ni siquiera habían calentado. Después de eso, Tayler los colocó uno frente a otro, como si se tratase de un inicio de jugada, obligando a Jake a placar a Chris. Eso fue tan fácil para él como correr lo había sido para el otro.

Se picaron mutuamente y estuvieron repitiendo ambos ejercicios durante treinta agónicos minutos más. Para entonces, Jake ni siquiera podía esmerarse en correr con velocidad y Chris estaba bastante dolorido, aunque no se quejaba. Que Tayler los hubiese forzado a realizar los ejercicios a pleno sol y con toda la ropa no había facilitado las cosas.

—Suficiente. El próximo miércoles a la misma hora.

Ellos no protestaron. Se acompañaron en silencio al vestuario para sentarse a descansar antes de desvestirse. Y justo cuando Jake estaba a punto de quitarse los pantalones, las tres chicas aparecieron.

—¡Hola!

Chris, que todavía no se había quitado ni las hombreras, las recibió con amabilidad.

—¿Os ha gustado el espectáculo?

—Bueno —dijo Candy—, ha sido un poco lamentable.

—Sinceridad ante todo.

Jake se quedó sentado, esperando que las otras dos dejasen de ir de un lado a otro, mirándolo cada dos por tres, cuchicheando. Lorreine era pelirroja y Cara, la que a él más le había llamado la atención, morena. Jake no se atrevió a mirar a esta última demasiado. Tenía la impresión de que aún iba al instituto.

—Os ducháis y nos vamos, ¿no? Cara ha propuesto que vayamos a Baskin Robbins a tomar helado.

—Venga, va, salid de una vez —las apremió Chris—. Luego debatimos a dónde vamos.

—Tú te vienes, ¿verdad? —le preguntó Candy a Jake.

Antes de que pudiera contestar, Chris aseguró que sí.

No era la primera vez que un grupo de personas irrumpía en los vestuarios; era algo que podía llegar a ser bastante habitual después de los partidos, sobre todo tras una victoria. Sin embargo, la normalidad con la que eso se trataba no hacía que a Jake le gustase más.

Su compañero se echó a reír cuando las chicas se marcharon.

—Relájate. Solo tienen diecisiete años, y ya te he dicho que no muerden. Además, son majas, ya lo verás. Suéltate un poco, hombre.

Jake se fue a las duchas sin decir nada. Allí, Chris lo abordó de nuevo.

—En serio, están un poco obsesionadas contigo, pero no es que tengas que salir con alguna de ellas. De hecho, no creo que lo fueses hacer, pero, por si acaso, no lo hagas. Especialmente con Candy. Eso está totalmente prohibido. Bueno, con Cara tampoco. Eso sería aún peor.

Lo miró de reojo, sin interés.

—¿En serio no quieres saber por qué? —Chris formuló la pregunta con gesto divertido. Estaba disfrutando con todo aquello, sin duda, así que no contestó—. Muy bien, como quieras.

Cuando estuvieron listos para salir, ambos coincidieron en que debían pasar por el despacho de Tayler a preguntarle por el entrenamiento del día siguiente.

—¿Que a qué hora tenéis que venir mañana? ¿Acaso os pensáis que ahora sois parte diferente del equipo?

—No, es que…

—Pues a las siete en punto, como todo el mundo. Y, si no tenéis ninguna otra pregunta estúpida que hacerme, largaos de una vez. Disfrutad del día libre.

«Día libre. Menuda ironía», pensó Jake, que sentía que las piernas iban a dejar de funcionarle en cualquier momento por el esfuerzo de los esprints.

—Bueno, ¿qué? —Chris señaló su Jeep una vez fuera. Candy, Lorreine y Cara los estaban esperando, las dos primeras apoyadas en el capó—. ¿Te apuntas a lo del helado?

—¿Puedo negarme?

Chris levantó su brazo derecho para atraerlo hacia sí y conducirlo hacia el vehículo.

—Ni de coña —dijo riendo.

Arabia

Las tardes en Vallon serían mucho más aburridas sin Zane, eso Arabia lo tenía muy claro. Puede que incluso fuesen más calurosas, porque su amiga era la que siempre la arrastraba a tomar helado, al menos una vez a la semana. Además, desde que la enfermedad de su madre había empeorado, las tardes también habrían sido más tristes sin su compañía.

Zane Becker fue la primera chica con la que habló cuando se incorporó al instituto Brown, aunque lo más correcto sería decir que fue la primera que hizo el esfuerzo de entablar conversación con ella, a pesar de su notable dificultad con el idioma. Y Zane no era, ni de lejos, alguien popular; tampoco todo lo contrario. A Zane, simplemente, la dejaban en paz. Formaba parte de la categoría Intermedia del código jerárquico del instituto. Además, no llamaba la atención, y fue justo eso lo que Arabia precisó al llegar a la ciudad, dado que ya destacaba bastante por su procedencia y sus rasgos, árabes y turcos.

Una de las cosas que más la sorprendieron el año pasado fue descubrir que muchos de los jóvenes de su clase no conocían la diferencia entre los distintos países árabes; tampoco podían situar Turquía en el mapa del mundo. Los americanos resultaron ser muy americanos, muy de mirarse el ombligo y ya está. Zane tampoco tenía muy claro nada de esto, pero al menos le pidió que le contase todo lo que sabía de geografía más allá de los Estados Unidos, y ella lo hizo. Con ese pequeño detalle, ya supo con certeza que su amistad era sincera. Y generosa. Zane le ofreció todo lo que tenía y, cuando conoció a su familia, comprendió de inmediato de dónde provenía tanta bondad.

Ambas estaban caminando por el centro, sin rumbo fijo, hasta que Zane dijo:

—Deberíamos ir a tomar helado, ¿no crees?

Arabia rio.

—Estás obsesionada.

—No estoy obsesionada. Pero es verano y hace calor, ¿qué quieres tomar si no?, ¿una taza de té?

—Vale, pues me toca elegir a mí, y elijo que vayamos a Baskin Robbins.

Señaló la esquina donde estaba la llamativa franquicia, con su característico número treinta y uno situado en grande y bien visible en la fachada, haciendo alusión a la cantidad de sabores que tenían disponibles.

Zane ladeó la cabeza para mirarla.

—Demasiado caro, Ari.

—No para ti, porque pienso invitarte.

—No, me niego. Ya me invitaste las dos últimas veces que salimos juntas. ¿Por qué no vamos a la camioneta de helados de Oaks Road?

Arabia cogió a su amiga de la mano y la obligó a caminar tras ella.

—Porque está al otro lado de la ciudad y el Baskin está justo aquí. Además, voy a invitarte porque quiero hacerlo. Es supersimple.

Había bastante gente cuando llegaron, pero encontraron una mesa libre en la parte central del local y se dirigieron hacia allí.

Una camarera, no mucho mayor que ellas, se acercó enseguida con dos vasos de agua fría y un par de cartones de menú, donde aparecían imágenes y descripciones del montón de sabores y opciones que tenían para elegir.

—Vuelvo en cinco minutos, ¿de acuerdo?

Transcurrido ese tiempo, Zane pidió un helado sabor Michigan Blues y Arabia otro de Rainbow Sherbet, especificando que se los sirviesen en el formato más grande, que resultó ser una copa de cristal a rebosar.

Arabia supo que le sería imposible acabárselo cuando solo llevaba la mitad. Iba a decirlo en voz alta, pero miró de casualidad hacia la puerta de la heladería y se quedó más helada que su copa. Zane se giró sobre su asiento tras verle la cara de asombro. Cuando divisó a su hermano Jake —acompañado de otro chico y tres chicas—, levantó la mano para saludarlo, pero, por alguna razón, amagó el gesto y regresó la vista hacia ella con una todavía más exagerada muestra de sorpresa.

—*Madremíamadremíamadremía* —dijo Zane—. Dime que esa que se acaba de sentar en la mesa con Jake no es Cara Williams.

Arabia miró a su amiga con curiosidad. No tenía ni idea de quién era Cara Williams.

—Vale, claro, es que tú no la conoces. Se cambió de instituto un año antes de tu llegada. Sus padres se volvieron superricos de la noche a la mañana, ¿sabes? No sé qué pasó, pero se hizo aún más popular después de eso, y luego se cambió al Valley High, el instituto privado de Glee.

—¿Y cuál de todas es?

Zane se volvió con disimulo para ubicarla.

—La que está sentada al lado de Jake.

Es decir, la del pelo castaño con mechas recogido en una coleta muy alta, flequillo, pendientes de aro y un vestido negro muy fino, con estampado de flores diminutas y un escote que a Arabia jamás le quedaría tan bien. Hubiese dicho que era la más guapa, de no ser porque todas lo eran. La de piel brillante y más oscura, al otro lado de Cara, llevaba los labios pintados de rojo y tenía un pelo de rizo pequeño que le quedaba genial con el corte que llevaba. Por último, la pelirroja…

—Oye, ¿la pelirroja no va a nuestro instituto? —le preguntó a su amiga.

Al estar sentada enfrente de Jake, no consiguieron verle la cara hasta que ladeó la cabeza para hablar con quien los atendía.

—Ah, sí… Lorreine Jackson. El año pasado coincidimos con ella en clase de Ciencias.

Arabia siguió observando a los miembros de la mesa con atención. Era una suerte que Jake no las hubiese visto todavía, porque quería fijarse en cómo actuaba en un entorno fuera de su casa o familia.

—Qué fuerte que mi hermano esté ahí sentado con chicas de nuestra edad —comentó Zane cogiendo una nueva cucharada de su helado—. Es como… raro, ¿no?

Arabia se encogió de hombros y siguió observando.

—Seguro que cuando nos vea pone cualquier excusa y se marchan a otra parte —siguió su amiga.

—Yo creo que el otro chico de la mesa es alguno de sus compañeros de equipo —señaló Arabia. No era tan corpulento como Jake, pero llevaba una camiseta blanca sin mangas y se le marcaban mucho los músculos de los brazos. No dejaba de hablar y de interactuar con las chicas—. Tiene pinta de deportista.

—Debe ser —Zane habló con la boca llena—, porque Jake no tiene muchos amigos, que yo sepa.

Arabia esperó a que Zane terminase de comerse hasta la última gota del contenido de su copa, permitiendo que el suyo se derritiese cuando supo que ya no podía más. Pero no dejó de mirar con disimulo hacia la otra mesa. A Jake le sirvieron un plato alargado con tres bolas de helado y él se rascó la cabeza al verlos, un poco incómodo.

—¿Nos vamos? —sugirió Zane.

Volvió a la realidad y se apresuró a pedir la cuenta. Arabia dejó el dinero en la bandeja que la camarera le ofreció, con la propina correspondiente. Luego miró una vez más hacia la mesa de Jake y se dirigió a Zane:

—Salimos dando un rodeo o…

—Mejor pasamos a saludar.

Arabia notó el cambio de expresión de Cara Williams conforme se acercaron. Pasó de estar sonriendo, agarrada al brazo de Jake, a la seriedad y luego a una mezcla entre desagrado y desprecio cuando estaban a punto de llegar, coincidiendo con el momento exacto en que Jake reparó en ellas.

—¿Queríais algo? —preguntó Cara justo cuando se plantaron delante de la mesa.

—De ti, nada, gracias —Arabia respondió sin pensar.

Había cosas, situaciones, que la molestaban, y no podía (ni quería) reprimir ese sentimiento.

—Hola, Zane —dijo entonces Jake, evitando así que Cara replicase—. Ari —añadió. Cara se volvió hacia él. Todos lo hicieron—. Es mi hermana —aclaró.

—¿Ella es tu hermana? —El otro chico hizo un gesto de desconcierto—. Tío, ¿tu hermana no tenía dos años o algo así?

—La de tres años es mi prima —lo corrigió Jake.

—Hola, Lorreine —añadió Zane.

La aludida levantó la mano, sin mucho entusiasmo. Hubo un incómodo silencio después, durante el que Cara y Arabia se retaron con miradas incendiarias.

—Ya nos íbamos —comentó Zane—. Solo hemos venido a saludar. Que paséis buena tarde.

Su amiga la cogió de la mano y tiró de ella. Una vez fuera, lejos del alcance de los otros cinco, se echó a reír. Arabia la miró sin entender su reacción.

—¿Has visto la cara que han puesto? —Zane reía sin parar—. Lorreine no va a saber dónde meterse cuando nos crucemos en el instituto durante el próximo curso.

—Ha sido muy incómodo —reconoció Arabia—. Creo que habría sido mejor dar el rodeo.

—¿Por qué?

—Porque Jake…

Calló de repente, pues él acababa de salir por la puerta e iba directo hacia su hermana. Arabia retrocedió un paso por puro instinto; su tamaño siempre la había impresionado bastante.

—No iré a casa a cenar, pero no volveré tarde —le dijo—. Avisa a mamá.

—Claro. Ya hemos visto que estás bien acompañado. —Zane apenas podía aguantarse la risa.

—¿Qué es tan gracioso?

Se le veía apurado, así que Arabia quiso restarle importancia al asunto y dijo:

—Es que es gracioso porque una de esas chicas…

—No, cállate —Jake la interrumpió tan bruscamente que se sobresaltó—. Tu opinión ahora es lo que menos necesito. —Señaló a Zane—. No te olvides de avisar a mamá.

Arabia se quedó muda y traspuesta. No entendía ni la violenta reacción ni lo dicho acerca de *su opinión*.

—¿A qué ha venido eso? —le preguntó a su amiga cuando él se marchó, haciendo todo lo posible por que no le temblase la voz—. Solo iba a decirle que conocíamos a Lorreine del insti.

—Ya sabemos que mi hermano es un idiota. Déjalo estar.

Arabia fingió que estaba de acuerdo y no volvió a sacar el tema durante el resto de la tarde, pero tenía claro que lo último que haría sería *dejarlo estar*.

4 | CARA WILLIAMS

martes 21 de agosto

Jake

Las sesiones de entrenamiento dobles —ejercicio físico por la mañana y técnico y táctico después de comer— habían empezado antes de lo previsto, así que eran las cuatro y media de la tarde y estaba sentado, junto al resto de chicos que formaban parte de la defensa, en una incomodísima silla, mirando los esquemas de las coberturas que Hock les había dibujado en la pizarra. Nada fuera de lo común, salvo que, cuando acabaron la jornada, el coordinador esperó a que la mayoría de los jugadores salieran de la sala para darle a Jake el libro de jugadas del ataque.

—Tayler quiere que le vayas echando un vistazo, por lo que pueda pasar. Pero recuerda siempre cuál es tu sitio. Quiero todas las combinaciones defensivas aprendidas para ayer, ¿entendido?

—Sí, señor.

Jake pasó por el vestuario a recoger su mochila, y fue allí donde Chris saltó sobre su espalda, a modo de saludo.

—¡Ja! —dijo al verle guardar los dos cuadernos—. ¿Qué te dije? Van a probarte en el puesto de Lewis, estoy seguro.

—¿Aún no hay noticias de cuándo se reincorporará?

—Fui a verlo el sábado y no creo que llegue a jugar ninguno de los partidos de la pretemporada. Tiene bastantes asuntos que resolver, pero volverá.

Asintió, aliviado por la última parte de la respuesta, y terminó de cerrar la mochila.

—Venga, vamos, tío.

Jake lo miró intrigado.

—Te llevo a casa —le aclaró Chris.

—No es necesario.

—Ya, pero te llevo. No me cuesta nada. A mi Jeep le gusta la buena compañía, ya lo sabes.

Jake rio y trató de hacer un recuento mental de todas las chicas que había visto en su coche durante el año anterior.

—Creo que tu Jeep y tú preferís otro tipo de compañía.

—Preferimos otro tipo, sí, pero eso no significa que la tuya no sea buena. Además, hoy no tengo a nadie más.

Salió del vestuario detrás de Chris, un poco sofocado. Le parecía bien que estuviesen haciendo buenas migas, que contase con él o que lo invitase a cenar (eso último no tanto). Pero a Jake le gustaba que las cosas estuviesen cada una en su lugar. Por un lado, tenía el equipo y la universidad, donde era un jugador de fútbol, en lo más alto de la escala social de los deportistas. Por otro, a su familia, en casa, en un ámbito completamente distinto. Le gustaba la diferenciación porque en ninguno de los dos sitios tenía que dar explicaciones del otro, no eran cosas que estuviesen integradas en su día a día de la misma forma. O era el Jake que jugaba a fútbol, o era el hijo, hermano o primo, más o menos responsable, que disfrutaba de estar con su familia, aunque no siempre lo demostrase. Por ejemplo, la gente solía saber que tenía hermanos, pero no cuántos, y sus padres sabían cuándo tenía partido, pero no si volvía tarde a casa por haber jugado fuera de la ciudad o porque había estado de celebración con el equipo. Y eso le gustaba. Le daba mucha independencia. No quería que Chris llegara a ser el típico compañero de equipo que se queda a cenar un jueves por la tarde.

Pero se subió al vehículo, incapaz de poner una excusa, y le indicó la dirección que tenía que tomar hasta llegar a su casa, sintiendo que el muro que separaba sus dos yos podía resquebrajarse en cualquier momento. Que ya había empezado a hacerlo, porque su compañero había conocido a Zane.

—Gracias —dijo al llegar.

—Podría pasar a recogerte todos los días, Jake —sugirió Chris.

—Te lo agradezco, pero no.

—¿Seguro? Porque no me gusta mucho eso de ponerme en plan insistente.

—Seguro. Hasta mañana.

Chris se despidió con un gesto de cabeza y se marchó calle abajo, con la radio acompañándolo a todo volumen. Jake tomó una gran bocanada de aire y la expulsó despacio, con los ojos cerrados, antes de entrar en casa.

Su madre estaba en el salón, jugando a un juego de mesa con Rachel. No había conseguido el empleo, así que seguía ocupándose de todo lo relacionado con la casa y de su prima.

—¿Qué tal hoy? —le preguntó refiriéndose a su agotamiento—. ¿Ya mejor?

—Eso creo.

—¿Vienes ahora de entrenar o de alguna otra parte?

Sara siempre hacía preguntas que pretendían ser sutiles pero que no lo eran en absoluto.

—De entrenar. El sábado tenemos el primer partido amistoso, así que ya hemos empezado con las sesiones dobles. Comeré en la universidad todos los días, excepto los miércoles.

—Tu hermano se va a Davie también el sábado. —Jake celebró la marcha de Derek a Florida en silencio—. Empieza el curso en dos semanas, ¿y tú?

—Yo no podré incorporarme a las clases hasta finales de septiembre, cuando inicie la liga.

—Entonces, por ahora, solo fútbol, fútbol y más fútbol.

—Eso es.

—Cuando subas, dile a Louis que hoy le toca a él ayudar con la cena, que baje en unos quince minutos.

Jake entró al cuarto de sus hermanos sin avisar y encontró al más pequeño de los cuatro sentado en la cama de la izquierda, escuchando la música que salía de los auriculares del walkman familiar. Louis tenía trece años y era bastante delgado, como Zane. Tenía la capacidad de sacarle de quicio muy a menudo, así que se aseguró de que comprendía las instrucciones y volvió a cerrar la puerta. Antes de continuar hasta su habitación, oyó risas en la última planta, en la zona abuhardillada que se había convertido en la habitación de Zane. Distinguió la voz de Derek y puso los ojos en blanco, preguntándose muy en serio si el hecho de que pasase tiempo con Zane cuando estaba en Vallon era un gesto genuino o lo hacía solo para agradarla a ella y a sus padres. Zane podía llegar a ser muy intensa porque hacía muchas preguntas. Jake solo era dos años mayor que ella, pero, al haber dado el salto a la universidad, codeándose todo el tiempo con compañeros de equipo mayores que él, sentía una distancia abismal respecto a los intereses propios de una chica de su edad.

Pero lo más acertado sería decir que Jake sentía una distancia abismal con cualquiera de sus hermanos, como si fuese una pieza de un mismo puzle, pero con los bordes más gastados, de manera que no encajaba de forma correcta. Y sentía que no era capaz de completar los huecos libres, de expandirse para ajustarse a ellos, porque no sabía cómo hacerlo. Algunas veces, cuando lo intentaba, lo único que conseguía era seguir estropeando los cantos que definían su pieza, haciendo que fuese cada vez más desigual, distanciándose más.

Pero ahí estaba, de todos modos.

Lo primero que hizo al llegar a su cuarto fue abrir la ventana para deshacerse del olor a rancio que inundaba la estancia al no haberlo hecho por la mañana. Además, hacía calor, porque el sol calentaba durante la tarde la fachada trasera de la casa y él había dejado también la puerta cerrada. Lanzó su camiseta a la cama y se sentó en la silla del escritorio. Sacó los dos libros de jugadas y empezó a ojear el del ataque.

De repente y sin razón aparente, le vino a la mente la imagen de Cara. Recordó su pelo recogido y un poco despeinado a propósito, los ojos marrones sombreados, su camiseta ajustada… El contacto de su piel contra su brazo, cada vez que se había acercado a él durante la tarde que pasaron juntos hacía una semana… Apoyó los codos en la mesa y apretó las manos sobre la frente, repasando los detalles de su bonita cara una y otra vez. La chica había dejado bastante claro que estaba interesada en él, a pesar de que Jake no había cedido a *casi* ninguna de sus insinuaciones. *Casi*, porque al final del día, al acabar de cenar con el resto en una hamburguesería del centro, Jake se ausentó para ir al baño y Cara fue detrás de él y lo detuvo antes de que entrase. Lo miró fijamente, levantó la barbilla y… Jake se agachó y la besó con ganas, durante varios segundos, hasta que su cerebro se reinició y se echó un poco hacia atrás, dejando entre ambos una tensión prudencial de deseo de tres centímetros de distancia. Poco después, Cara sonrió y se retiró sin dejar de mirarlo, hasta que desapareció tras la puerta que conducía al local. Jake se pasó toda la mano por la cara confuso. No era propio de él haberse dejado llevar de esa manera y, aunque no estaba muy arrepentido, llevaba varios días intentando no pensar en Cara. Porque, aunque él no había cumplido todavía los diecinueve, a ella aún le quedaba un año para los dieciocho. Y porque resultó que conocía a su hermana del instituto. Del maldito instituto, donde todavía estaba, porque aún tenía diecisiete malditos años.

Trató de concentrarse de nuevo en el libro de jugadas, pero no fue demasiado efectivo, así que se alegró cuando Zane apareció en el umbral de su puerta, creyendo que había acudido para avisarlo de que la cena estaba lista. No obstante, su hermana se apoyó en el marco, con los brazos cruzados, mirándolo con atención.

—Creo que tú y yo tenemos una conversación pendiente —le dijo con retintín.

—No, yo creo que no.

Entonces Derek pasó a través del hueco que quedaba y se adentró en la habitación, sentándose en la cama y cruzándose de piernas.

—He oído que te has hecho amigo de las no amigas de tu hermana pequeña.

Jake se volvió hacia Derek y luego miró a Zane muy molesto.

—¿Qué es lo que le has contado?

—Que fuiste a tomar helado con las típicas reinas del baile, esas que siempre te han parecido taaan superficiales.

Derek se tapó la boca para esconder su sonrisa. Jake había visto y oído suficiente.

—Ya conocéis el camino de vuelta —les dijo—. Salid de aquí antes de que me cabree más de lo que ya estoy.

Su hermana se sentó al lado de Derek y siguió hablando, como si nada de lo que él dijese importase lo más mínimo.

—Es que, en serio, tú no viste la cara que puso. La mismísima Cara Williams mirándonos por encima del hombro y tú diciéndoles a todos que soy tu hermana. No se me va a olvidar en la vida.

Jake les dio la espalda, dispuesto a omitir su monólogo, pero hubo algo de lo que dijo que le chirrió.

—¿Has dicho «Cara Williams»?

—Eh…, sí.

—¿Es que no sabes cómo se llaman tus ligues o qué? —lo picó Derek.

De pronto, recordó fragmentos de la conversación con Chris Ford en las duchas.

«Con Cara tampoco».

«Eso sería aún peor».

«¿En serio no quieres saber por qué?».

«Cara Williams».

—Mierda —dijo en voz alta tras atar los cabos. Derek y Zane se miraron el uno al otro y luego a él—. Habría estado bien que me dijeses, cuando nos despedimos en el Baskin, que conocías del Brown a las chicas con las que estaba —le increpó a su hermana—, así me habría ahorrado ser el último en enterarme.

«Como siempre pasa con todo».

Zane se ofendió al instante.

—Arabia intentó decírtelo, pero te recuerdo que te pusiste hecho un basilisco y la hiciste callar —se defendió.

—¿Que yo qué?

—Fuiste muy grosero con ella. Me sorprende que no lo recuerdes.

—¿Qué es lo que pasa con esa chica? Con Cara Williams —Derek se entrometió y el bochorno de Jake aumentó al acordarse del beso en el restaurante.

Porque la había besado y, dado que podía ser la hermana de Shawn, eso lo empeoraba todo.

Todo.

El desastre iba a llegar en cualquier momento.

«Voy a matar a Chris».

5 | CÓMO SE TE OCURRE

miércoles 22 de agosto

Jake

El miércoles por la mañana, antes de la hora de comer, ya habían pasado tres cosas: había discutido con Derek, había discutido con Louis y había discutido con su madre. Las tres disputas estaban relacionadas con el hecho de que hubiese buscado la colaboración de sus hermanos para practicar posiciones de ataque en el jardín trasero y uno se hubiese negado, otro hubiese resultado ser un estorbo más que una ayuda y la última lo reprendiese por desagradecido.

Así pues, Jake había terminado usando a Rachel para asentar un par de movimientos que le iban a hacer falta unas horas después. Y lo más sorprendente era que su prima había sido más capaz que Louis de hacer el único cambio doble de posición que él le había pedido.

«La constancia es el eje y las ganas, el motor», es lo que sacó en claro, a modo de lección, tras valorar el esfuerzo de su prima.

—Eres la mejor —le dijo. Luego la cogió en brazos para entrar en casa por la puerta del cuarto de la colada que daba al patio trasero y a la cocina.

—¿Lo he hecho bien?

—Un día de estos te llevo conmigo al entrenamiento, para que le demuestres a mi equipo cómo se juega de verdad.

—¡¿Sí?! ¿Me llevarás?

A Jake le impactó su entusiasmo.

—¿Te gustaría?

—¡Sí! ¡Por favor! Quiero ir contigo. Quiero ir siempre contigo.

Rachel se abrazó tan fuerte a su cuello que tuvo que levantar la barbilla para ver por dónde iban.

—Eugh, estás sudando —apreció la niña—. Y me has mojado.

Se agachó para dejarla en el suelo y le secó la cara con la toalla que había cogido para él. Luego Rachel campó a sus anchas y él se quitó la camiseta y la echó en el cesto de la ropa sucia.

Su madre se asomó desde la cocina.

—No habrás puesto la camiseta donde la ropa sucia, ¿verdad?

—Eh… —La recogió de allí—. No.

—Déjala extendida donde el tendedero, para que se airee.

Jake cogió la toalla y se secó todo el cuerpo, principalmente la sien y la nuca. Por último, se frotó el pelo.

—Voy a ir a ducharme —le comunicó a su prima—. Luego jugamos a lo que quieras.

—Vale, pero primero me llevas volando hasta el salón.

Él la alzó con un solo brazo y la transportó apoyada en su costado derecho. Rachel rio mientras avanzaban; Jake no tanto, porque enseguida descubrió que Zane y su amiga estaban allí. La segunda apartó la mirada en cuanto la cruzaron.

«Fuiste muy grosero con ella», recordó Jake al dejar a la niña en el sofá desocupado. Debía de ser cierto, dada su reacción.

Estaban cuchicheando y riendo y no pensaba prestarles atención, pero entonces escuchó:

—Que te apuestas a que…

Risas.

—Claro, como ahora se codea con la *jet set*…

Se dio la vuelta para ponerse de cara a ellas.

—¿Tenéis algún problema?

Las dos se miraron.

—¿Te refieres a nosotras? —Zane se hizo la despistada—. No, ¿por qué?

—No sé, como estáis hablando a mis espaldas…

—¿Y qué te hace pensar que estamos hablando de ti? —atacó Arabia—. Solo estoy dándole a Zane una opinión, *mi* opinión. Lo cual no es algo que a ti te interese.

Su hermana se echó a reír, ya sin ningún tipo de disimulo.

Jake asintió despacio, mordiéndose la lengua. Fuera lo que fuese que había pasado o había dicho el otro día no le importaba, así como tampoco iba a dejar que le importase que se burlasen de él. No volvió a dirigirse a ellas, ni siquiera durante la comida, por la simple razón de que su atención estaba puesta en cómo iba a abordar todo aquel asunto de Cara Williams con Chris. Hablar con él para que le confirmara si Cara era o no la hermana de Shawn se había vuelto ineludible.

La oportunidad le llegó antes de lo esperado porque, cuando salió de casa para ir a la parada del autobús, el Jeep de Chris lo estaba esperando.

—Sube —le apremió su compañero, mucho más serio de lo habitual.

Hubo un rato de silencio durante los cinco minutos que tardaron en salir de Prinss e incorporarse a la Gran Avenida, que separaba Delton de Surie Gardens. Jake tomó aire para empezar a hablar, pero Chris se adelantó.

—Dime que no besaste a Cara la otra noche. Dime que no es cierto y me olvidaré del tema.

—Y tú dime que Cara no es la hermana de Shawn.

—No puedo, porque no sería cierto.

Jake se frotó la cara con la mano derecha primero y levantó la vista hacia Chris después. El susodicho fue aminorando la velocidad hasta parar.

—Contesta a mi pregunta. ¿Lo hiciste o no?

El silencio fue peor aún que la respuesta.

—¡Maldita sea, Becker! —estalló Chris. A Jake no le pasó por alto que lo llamó por su apellido y no por su nombre, como venía haciendo desde que empezaran a ser más cercanos—. ¡Cómo se te ocurre!

—¡Tú deberías haberme dicho quién era! —le recriminó de vuelta—. ¿Por qué coño no lo hiciste?

Chris apoyó las manos en el volante y habló muy despacio.

—Te dije expresamente que no salieras con ninguna de ellas, ni con Candy ni con Cara, así que ahora no vayas a decirme que besar a Cara no es lo mismo que salir con ella, porque no me vale de nada. —De pronto, golpeó el volante, volviendo a alterarse—. ¡Joder! ¿Pero tú de qué vas? Finges que eres de los que no ha roto un plato en toda su vida y luego vas por ahí buscando lo fácil con niñas de dieci…

—¡Eh! ¡Para! No vayas por ahí. —Jake podía ser el más joven del equipo y se había dejado pisotear durante todo un año, pero el tiempo había pasado y ya no iba a consentir que lo trataran como quisieran. Mucho menos por un malentendido—. Cara estuvo toda la maldita tarde pegada a mí y yo hice todo lo que pude por alejarla, pero me siguió cuando fui al baño y se me acercó y me buscó y sí, la besé. Me apetecía hacerlo y lo hice. No pasó nada más y no nos hemos visto desde entonces y, sinceramente, espero no verla en una temporada, porque ya bastante tengo con saber que esa chica ha ido a clase con mi hermana, como para encima enterarme de que es la hermana pequeña de Williams.

Chris se fue serenando a medida que Jake pronunciaba su pequeño discurso.

—Te has metido en un buen lío, tío. Shawn acabará por enterarse.

—¿Crees que no lo sé?

Hicieron una breve pausa, en la cual cada uno se puso a mirar hacia lados opuestos.

—Mira, tío —Chris volvió a pronunciarse—. Mi hermana es caprichosa, pero ¿Cara? Ella está a otro nivel, y tú ya le has dado el primer caramelo.

—¿Qué tiene que ver tu hermana en todo esto?

—Te dije que estaban obsesionadas contigo, ¿recuerdas? Me refería a ellas dos: a Candy y a Cara.

—¿Y por qué cojones las trajiste al entrenamiento si…?

—Me pareció divertido. Ellas tendrían un montón de material para hablar de sus movidas de chicas y tú y yo pasábamos la tarde entretenidos y agasajados. Solo pretendía que te relajaras un poco. Te tomas el fútbol muy en serio, y creía que te vendría bien un poco de desconexión. Pero ahora que Candy se ha enterado de lo del beso, no quiere volver a ver a Cara. De hecho, esto lo sé porque Candy se ha presentado esta mañana en mi residencia a pedirme explicaciones. ¡A mí! ¿Te lo puedes creer? Y me ha exigido que le prestase el teléfono para llamar a Cara. He tenido que tragarme toda la conversación.

Resopló en un intento por aclarar las ideas.

—La próxima vez que quieras que desconecte —le pidió a Chris—, pregúntame primero cómo preferiría hacerlo, y así nos evitaremos situaciones incómodas, porque soy propenso a ellas.

—Me voy dando cuenta.

Jake se fijó en el reloj de su compañero.

—¿Ese reloj va bien?

—Sí, ¿por? —Chris echó un vistazo a su muñeca—. Joder, lo que nos faltaba.

***

Lo peor de llegar tarde el entrenamiento no fue tener que pagar las consecuencias, subiendo y bajando gradas sin descanso, sino descubrir que Tayler también había convocado a Shawn a la sesión extraordinaria. Ambos se quedaron mudos cuando lo vieron y, aunque intentaron actuar con normalidad, no lo consiguieron. Porque, mientras realizaban los mismos ejercicios de velocidad y placaje de la semana anterior y les anotaban los tiempos, Shawn practicó lanzamientos de larga distancia, y hasta ahí todo bien. Pero a última hora, cuando el entrenador los puso a leer jugadas y tuvieron que relacionarse, las cosas se volvieron un tanto extrañas.

—¿Qué mosca os ha picado a vosotros dos? —les preguntó Shawn, justo después de que Tayler abandonara el campo, muy enfadado por los resultados de aquella primera toma de contacto de cara al partido del sábado contra los Yellow Jackets de Black Hills State, una de las universidades de Dakota del Sur.

GAME DAY

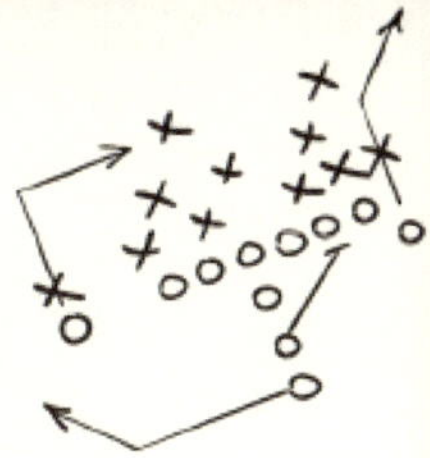

6 | BETH

sábado 25 de agosto

Jake

Jake estaba en el vestuario tratando de escuchar lo que decía el entrenador sobre el partido que acababan de perder. Notaba la vista borrosa mientras abría y cerraba los dedos de las manos, sintiendo cómo los nudillos se resentían debajo de los guantes. De la rabia por la última jugada de *touchdown* de los Yellow Jackets, uno de sus compañeros había lanzado su casco con fuerza y le había dado a él en toda la cara mientras se quitaba el suyo. Como consecuencia de ello y sumado al agotamiento, llevaba ya un rato mareado y sin ver con claridad.

Habían perdido por mucho, pero Jake llevaba toda la semana viéndolo venir, sobre todo porque él no había practicado con la línea de ataque más que dos días. Y ante la destacable ausencia en el terreno de juego del *tackle* más veterano, Tony Lewis, lo habían colocado a él durante toda la segunda parte. La próxima vez que Chris sugiriera que daba lo mismo jugar de *tackle* a un lado o a otro, le diría que probase él mismo.

—Oye, ¿estás bien? —Noah Moore, el *tight end* que había jugado a su derecha en la línea ofensiva, se inclinó para verle la cara—. No tienes buen aspecto.

Jake ni siquiera se había dado cuenta de que Tayler había dejado de hablar y de que en el vestuario había vuelto el ajetreo.

—Que alguien me pase una botella —exigió Moore.

No opuso resistencia cuando este le inclinó la cabeza hacia atrás, le echó agua en la cara y le puso la boquilla en la boca para que bebiera.

—Tómate tu tiempo, Becker. Hoy Tayler te ha exigido demasiado.

Jake se tomó el consejo al pie de la letra y se quedó sentado durante un buen rato, mientras el resto de los jugadores se aseaban y salían al encuentro de las parejas, familiares y amigos que habían acudido a ver el encuentro. No era su caso, porque toda su familia había ido a acompañar a Derek al aeropuerto.

Después de la ducha, él se vistió con el pantalón de chándal negro del equipo y una de sus camisetas básicas de color azul oscuro —una combinación espantosa—, y luego pasó frente al espejo para atusarse el pelo, todavía mojado. Se acercó para ver de cerca la marca que el impacto con el casco le había dejado en la frente, sobre la ceja izquierda. Estaba un poco abultada y se auguraba un moratón, pero por suerte solo era eso: había vuelto a enfocar con normalidad y el cansancio por el sobreesfuerzo le había dado un poco de tregua.

Cuando recogió sus cosas y salió, descubrió que se había equivocado sobre lo de que nadie estaría esperándolo. Cara Williams estaba apoyada a un lado del pasillo, con el pelo suelto y un vestido amarillo cortísimo. Jake paró en seco nada más verla. La chica lo saludó y se acercó, pero él retrocedió.

—Mira, Cara, no es nada personal —le dijo—, pero no deberías estar aquí.

—Menudo recibimiento —comentó ella.

Antes de que alguno de los dos pudiese decir algo más, John Garrett, uno de los *fullbacks*, apareció y pasó al interior del vestuario. Entró y salió sin decir nada, pero con una sonrisa que insinuaba lo que se estaba imaginando.

—Por favor —le pidió a la chica—, vuelve arriba.

—¿Por qué? ¿Por mi hermano?

—Entre otras cosas, sí.

Cara avanzó y él siguió retrocediendo hasta que se topó con el marco de la puerta. Entonces la chica le estiró del bajo de la camiseta para obligarlo a ir hacia el interior, pero Jake alargó el brazo y cubrió el hueco, impidiéndole el paso de manera simbólica.

—Es mejor que no —añadió—, y también es mejor que olvides lo que pasó el otro día.

—¿Qué pasó el otro día? —Jake se mordió el labio superior al reconocer la voz de Shawn—. Cara, sabes que no me gusta que bajes a los vestuarios.

—Ya, Shawn, pero es que lo que a ti te guste o no me trae sin cuidado —lo enfrentó Cara—. Quería saludar a Jake, y es lo que he hecho.

Shawn y él habían hecho una especie de tregua durante el partido, porque Jake había conseguido darle ventaja en un par de jugadas y él había inclinado la cabeza de un modo muy sutil como muestra agradecimiento. La presencia de Cara iba a volver a estropear las cosas entre ellos.

—¿Y por qué? —quiso saber.

—Nos estamos conociendo.

Jake abrió tanto los ojos que creyó que se le saldrían.

No podía haber dicho lo que había dicho.

No podía haberlo sentenciado así delante de Shawn.

—Cara, haz el favor de volver con tus amigas, o con quien sea que hayas venido.

—Para tu información, he venido sola.

—Que te vayas.

La chica apretó los puños sobre los costados.

—Ya no soy una niña, date cuenta de una vez —le espetó airada antes de marcharse.

—Entra —le exigió Shawn a él entonces, señalando el vestuario.

Jake no se movió.

—No es lo que crees.

Chris llegó justo a tiempo para socorrerlo. Le puso una mano en el pecho a Shawn y lo apartó ligeramente.

—Vamos dentro —les ordenó—. Los tres.

Cuando lo hicieron, Jake se sentó bajo su taquilla y Chris y Shawn se quedaron de pie, cerca.

—¿Has estado saliendo con mi hermana? —Fue lo primero que Shawn le preguntó.

—Una vez, pero…

El *quarterback* arremetió contra la puerta de la taquilla contigua, haciendo que el ruido metálico se le clavase en el tímpano. Después trató de acercarse a Jake, pero Chris volvió a impedírselo.

—Deja de interceder por él, ¡joder! —le espetó Shawn al capitán—. ¿Acaso no puede defenderse solo?

—Si quieres que se defienda, déjalo hablar.

—No, eso no me vale. Ahora mismo lo único que quiero hacer es partirle la cara.

Chris pegó su frente a la de Shawn.

—No hables de partirle la cara, porque ha sido él quien se ha partido la cara por ti durante treinta minutos de juego y lo sabes. Cómo mínimo deberías escuchar lo que tenga que decir.

—¿Quieres que lo escuche? —Shawn se sentó en el banco de enfrente—. Muy bien, Jake, dime, ¿qué es exactamente lo que has hecho con mi hermana? ¡Dios! —Se tapó la cara con las manos—. Ni siquiera sé si quiero saberlo.

No contestó. De estar en su lugar, presumía que actuaría de la misma forma.

—Se besaron, tío, ya está —Chris respondió por él—. Eso fue todo. Y fue mi culpa, ¿vale? Yo los presenté y los invité a cenar, con Candy y su otra amiga, Lorreine. Y no le dije que era tu hermana.

Hubo un largo silencio después de eso, durante el cual Shawn se quedó mirando a un punto fijo del suelo, inmóvil.

—No le dijiste a Becker que Cara era mi hermana, ¿y me tengo que creer que él no lo sabía de todas formas? —comentó cuando volvió a reaccionar.

—Es la verdad.

—Ah, ya sé… —Shawn puso cara de haber tenido una idea—. ¿Todo esto es por Alissa? —le preguntó al capitán—. Quieres vengarte, ¿no es eso?

—Shawn, tío, ¿Alissa? ¿En serio? Hace dos años de eso. ¿Qué coño es lo que te ha pasado? No te reconozco.

—Soy yo quien no te reconoce a ti. Te has pasado todo el verano…

Jake desconectó. Shawn y Chris tenían asuntos pendientes y él ya solo estaba en medio. Echó la cabeza hacia atrás y cerró los ojos durante unos segundos, localizando todos los puntos de su cuerpo que le dolían. Tenía el gemelo izquierdo bastante perjudicado.

—Estoy harto de vosotros dos —escuchó decir a Shawn. Jake volvió a la conversación en ese momento, porque luego se puso delante de él y lo señaló con el índice—. Si te vuelvo a ver con mi hermana, atente a las consecuencias.

Y se marchó.

—Se le pasará —le dijo Chris—, siempre y cuando no sigas tonteando con Cara.

—No tengo intención de hacerlo.

—Eso pensaba. Y ahora levántate. —Jake lo miró sin entender—. Hemos quedado unos cuantos para ir a cenar al Applebee's de Glee.

—Paso. —Negó con la cabeza, destrozado física y mentalmente—. Me voy a casa.

Ya fuera, vio cómo la mayoría de sus compañeros se repartían en los distintos coches que había disponibles para dirigirse al barrio que estaba, literalmente, al otro lado del estadio. Su madre solía bromear sobre sus compatriotas diciendo que, en Estados Unidos, de ser logísticamente posible, la gente usaría su coche hasta para ir al retrete.

Esperó a que se marcharan y luego cruzó la zona del aparcamiento cojeando por culpa del gemelo. Percibió los faros de un coche tras él, pero no le dio importancia hasta que notó que lo estaban siguiendo. Se sorprendió cuando vio a Cara salir del interior del vehículo.

«No, otra vez no».

—Antes has dicho que querías que olvidase lo de la otra noche.

Jake resopló mirando hacia el cielo oscuro lleno de estrellas.

—He estado pensando —siguió la chica—, y si lo que te preocupa es mi hermano, podríamos vernos sin que se entere. No es tan complicado.

Al volver a mirarla, trató de buscar las palabras adecuadas para no sonar demasiado brusco. Pero la combinación de «Jake Becker» y «palabras adecuadas» no era algo que se diese con frecuencia.

—Prefiero que hagamos como que no pasó nada y ya está.

Cara mascó con exageración el chicle que llevaba en la boca. Luego apoyó el brazo derecho en la puerta abierta y dijo:

—¿Es en serio que ni siquiera vas a intentarlo? Pensaba que tendrías lo que hay que tener para plantarle cara a mi hermano y luchar por mí.

¿Luchar por ella? A Jake le estalló la neurona del raciocinio cuando llegó a esa parte, así que no se planteó siquiera sonar cortés al responderle:

—¿Por qué iba a luchar por ti, Cara? No te conozco de nada. —Se dio cuenta de que la había ofendido en cuanto acabó la frase—. No es nada personal, pero olvídate del asunto.

No tuvo claro que hubiese escuchado lo último, porque la chica se subió a su coche dando un portazo y dio marcha atrás con bastante destreza, despareciendo de su vista a los pocos segundos. Al notar de nuevo que unos faros se le acercaban, creyó que el día no iba a acabar nunca, así que se giró, de muy mal humor.

—¡¿Y ahora qué?! —preguntó enfadado a quien fuera que fuese.

Ya le daba igual si se trataba de Cara, de Chris, de Shawn…, incluso del entrenador Tayler. Sin embargo, una sonrisa amable lo saludó desde la ventanilla de un Toyota Corolla blanco de segunda mano que conocía muy bien.

—¿Un mal día? —le preguntó Bethany Harris.

—Ni te imaginas.

La chica tocó el asiento del copiloto con la mano derecha para invitarlo a subir y Jake aceptó la invitación con gusto.

Beth era, con diferencia, la persona que mejor se adaptaba a su situación actual. También era la chica con la que había fingido mantener una relación durante el curso anterior, una exanimadora de los Ice Falcons, la actual novia del capitán del equipo de baloncesto y la única amiga de verdad que había tenido en toda su vida.

SEPTIEMBRE de 1984

7 | ESA CHICA TAN MONA

miércoles 5 de septiembre

Arabia

Cuando Ebru, la madre de Arabia, tenía turno de noche en el hospital, prefería que su hija se quedase a dormir en casa de los Becker, con Zane. No siempre lo hacía, porque eso habría significado dormir fuera de casa más de la mitad del mes, pero al menos una vez por semana sí. Aquel día Arabia había llegado a la casa de su amiga cargada con una bolsa del supermercado que su madre había preparado por las molestias de que tuviesen que hacerse cargo de ella tantas veces.

—No eres ninguna molestia —le había dicho Sara, la madre de Zane—. No lo serías ni aunque te quedases aquí cada noche.

Arabia había preferido fingir que no se había dado cuenta del mensaje oculto tras aquellas palabras, porque se aferraba a la idea de que su madre sería uno de esos casos milagrosos que a veces ocurren, que sobreviviría, a pesar de que el cáncer que la consumía estaba en estadio tres y que no le pronosticaban más de un año de vida.

Zane y ella estaban con Rachel en el sofá mientras esta última les hacía garabatos en las manos. A Arabia le encantaba jugar a eso con la niña porque el roce de la punta de los bolis y el suave contacto de los dedos le resultaba placentero.

—¿A ti también te parece que hemos tenido más encuentros fortuitos con Lorreine Jackson de los que cabría esperar? —le preguntó Zane.

—Lo que no me parece es que hayan sido fortuitos…

Era un hecho que Lorreine había buscado el contacto con Zane, y que eso estaba directamente relacionado con Jake. Si no se hubiesen encontrado en Baskin Robbins hacía un mes, Lorreine jamás las habría rondado. Su amiga sabía que los tiros podían ir por ahí, pero prefería pensar que su acercamiento era altruista, sincero; muy típico de Zane.

—Creo que solo quiere ser amable y caernos bien —comentó esta. Arabia pensó que quizás era cierto lo de que Lorreine quería caerles bien, pero había algo más, estaba segura—. Démosle una oportunidad a Lorreine, ¿quieres?

Arabia la escudriñó con la mirada.

—Que le demos una oportunidad ¿para qué? ¿A qué te refieres?

Su amiga se mordió el labio inferior y la miró con culpa antes de agregar:

—Me ha pedido que hagamos juntas el trabajo de literatura. Juntas, las tres, claro. Porque al principio solo me preguntó si yo querría hacerlo con ella, pero le recordé que siempre hago los trabajos contigo y entonces sugirió que fuésemos un grupo de tres.

—¿Y...?

—Y le dije que tenía que consultártelo.

Por supuesto que no quería hacer ningún trabajo con Lorreine, por no hablar de que la combinación Zane-Arabia-Lorreine no pegaba ni con cola. Arabia ya se veía haciendo el trabajo con su amiga y dándole créditos a la otra por haberse presentado a alguna reunión del grupo. Lorreine no era de las que se pasaba el día estudiando o haciendo deberes para sacar buenas notas, sino de las que iban pidiendo favores para poder cumplir, al menos, con esto último. Lamentablemente, siempre había alguien dispuesto a ayudar a las personas como ella, aunque el pago fuese una mera sonrisa adulterada.

—No me importa —mintió consciente de lo ilusionada que estaba Zane por codearse con alguien popular, de categoría Pop, como ellos se llamaban a sí mismos—. Lo hacemos así, si es lo que quieres.

Zane se abrazó a ella y Rachel protestó al quedarse abajo. La puerta se abrió justo después y Jake apareció, a todas luces de vuelta del entrenamiento. La niña corrió a saludarlo y él la cogió en brazos y caminó hacia la cocina, donde estaba su madre, obviándolas a ellas. Cuando alcanzó la barra, dejó a Rachel sobre ella y se apoyó para estirar la pierna izquierda.

—¿Cansado? —comentó Sara.

—Es solo que el gemelo sigue dándome problemas después de entrenar.

Un rato después llamaron al timbre y Zane abrió la puerta. Lo único que Arabia vio al mirar hacia allí fue una mano que sujetaba la mochila de Jake en alto.

—¡Beth! —exclamó Rachel al ver de quién se trataba.

Jake se giró, salió a toda prisa y cerró tras de sí.

—¿Quién era, Rachel? —preguntó Sara.

—Beth —volvió a decir la niña.

—¿Es la novia de Jake? —indagó su amiga.

Rachel se limitó a encogerse de hombros y entonces Zane miró a su madre y las dos se echaron a reír.

—Parece que está muy solicitado desde el mes pasado.

—Será mejor que no hagas ningún comentario —razonó Sara—, a menos que quieras ponerlo de mal humor.

—Mamá, Jake siempre está de mal humor, no habría diferencia.

Zane estaba segura de que la tal Beth debía de ser, como mínimo, un ligue. A Arabia le hubiese gustado conocer el aspecto de la chica, pero no se atrevió a preguntar por ella. Estaba molesta por la aparición de la susodicha y no entendía los motivos, cosa que aún la molestaba más.

Jake no tardó en regresar y luego se quedó quieto durante unos segundos, mirando a su madre y a su hermana alternativamente. Ante la sonrisa divertida de esta última, decidió irse a su habitación. Zane se dirigió a él mientras encaraba las escaleras:

—¿No nos vas a decir quién era esa chica tan mona?

Él no respondió.

—Zane… —la advirtió su madre.

—¿Qué? Solo le he hecho una pregunta. Es que es más soso…

—¿Puedo ir con él? —preguntó Rachel.

Su tía le dio permiso y la niña se fue corriendo escaleras arriba. Rachel era, posiblemente, la única compañía que Jake nunca rehuía, y eso era tan desalentador como tierno.

Arabia pensó en que el hecho de que Jake estuviese recibiendo tanta atención no era tan impactante. Al fin y al cabo, jugaba al fútbol en la universidad, y si ya en el instituto los deportistas eran considerados semidioses, no quería pensar cómo sería allí.

Pero le daba rabia, sí.

Le daba rabia descubrir que podía llegar a ser como los demás, es decir, como los deportistas que ella evitaba, porque lo que estaba envuelto de popularidad le resultaba superficial, falso. Era como si entre ellos todo funcionase únicamente por puro interés, dentro de una molesta y gran burbuja deshumanizante.

***

Aquella noche la cena consistió en pastel de carne, patatas cocidas con salsa y ensalada. Sara había tenido el detalle de guardar una porción de pastel para que se lo llevase a su madre al día siguiente, así que habían colocado lo restante sobre la mesa. Pasaron el bol de ensalada para que todos se echasen en el plato y luego continuaron con las patatas. Habían empezado a comer con ganas cuando Zane propuso un tema de conversación que iba a incomodar mucho a su hermano mayor.

—Papá, ¿sabes que Jake tiene novia?

Tras escuchar a Zane, Jake se quedó quieto, con la boca llena, mirando a su hermana sin pestañear, y Arabia pasó la vista de uno a otro, sin entender por qué Zane había soltado aquello. Porque, aunque era divertido chinchar a Jake, no lo era tanto cuando Paul estaba delante. La relación padre e hijo no era muy sana, que se dijese, así que incentivar las discusiones entre ellos no le parecía un plan agradable. El lector podría pensar que un comentario como el de Zane no podría llegar a generar un desacuerdo entre ambos, pero quizás el lector todavía no sepa que hacía falta muy poco para que Jake y su padre se enfrentasen.

—Me sorprende que tenga tiempo para tener novia —dijo Paul.

Jake ignoró el comentario de su padre, ni siquiera lo miró. Con la vista fija en Zane, decretó:

—No es mi novia, ni nada parecido. Ya que tanto te interesa saberlo.

—Ya, y vas a decirme lo típico de que solo es una amiga, ¿no?

—Realmente no pensaba decirte nada.

Arabia se dio cuenta de que Louis observaba a sus hermanos con intriga y de que Sara no le quitaba el ojo de encima a su marido, el cual había seguido comiendo como si nada. A pesar de que Jake intentó no mostrar emoción alguna por la conversación, ella se percató de cómo su piel adquiría un tono cada vez más rojo, en contraste con la camiseta blanca que llevaba. También vio cómo el cuello se le tensaba y cómo el brazo derecho aumentaba de volumen al cerrar el puño para controlar la rabia.

Paul llamó la atención de todos los presentes cuando se incorporó sobre su silla con los brazos cruzados y se dirigió a Jake.

—¿Es verdad que tienes novia?

Jake tardó varios segundos en reaccionar.

—No —replicó.

—Estaría bien saberlo —siguió Paul como si no lo hubiese escuchado—, porque así daré por hecho que hay algo más que fútbol cada vez que pones alguna excusa para desentenderte de tus obligaciones.

—Paul, no es el momento. —La petición de Sara cayó en saco roto, porque Jake se encaró con su padre acto seguido.

—A lo mejor lo que pasa es que no tenemos la misma percepción de cuáles son mis obligaciones y por eso crees que me desentiendo.

—Tengamos la cena en paz, por favor.

Paul miró a su mujer, en silencio, y todo volvió a la normalidad. Siguieron comiendo. Amainó la tormenta. Aunque sería más correcto decir que se quedó agazapada, a la espera de volver para arremeter con mayor fuerza cuando se quedasen a solas. Porque fue justo eso lo que sucedió.

Mucho después de la cena, cuando Zane y ella se fueron a dormir, Arabia se acostó en la cama oyendo los gritos que uno y otro se proferían en la planta baja.

8 | CURTIS GREYSON

miércoles 26 de septiembre

Jake

Jake se incorporó a las clases de la universidad a finales de septiembre, por fin. El haber echado un vistazo a las lecturas recomendadas durante el verano le resultó favorable, porque, aunque llevaba dos semanas de retraso respecto a sus compañeros, los profesores mencionaban cosas que al menos le sonaban.

Hablando de profesores, casi todos sabían quién era él, bien porque ya le habían dado clase el curso anterior, o bien porque sabían de su tardía incorporación justificada por la pretemporada de fútbol. Bill Newman era uno de ellos, su profesor de Física Cuántica Avanzada por segundo año consecutivo, un hombre de Wisconsin de unos cuarenta y tantos, soltero y estricto con la puntualidad. Hacía un par de días que se habían vuelto a ver y, cuando Jake se acercó a su despacho para pedirle el temario visto hasta la fecha, Newman le hizo saber que el próximo día de clase habría una prueba de repaso. Y él lo tenía todo calculado para llegar a tiempo.

El entrenamiento finalizaba a las once en punto y el examen estaba programado para las once y media. Newman cerraría las puertas cinco minutos después de esa hora, pero no le preocupaba, porque llegaba de sobra. Solo tenía que entrar rápido a la ducha y luego caminar a buen ritmo para llegar a la facultad.

—Becker, a mi despacho —el entrenador apareció y se pronunció de repente.

«Maldita sea...».

Sin haber contado con aquella posibilidad y sin más opción, siguió a Harper Tayler hasta el lugar indicado. El coordinador defensivo también estaba allí.

—A Hock le parece que tu rendimiento en defensa ha bajado —empezó Tayler—. Cree que los entrenamientos extras en el ataque y los partidos en los que has estado ayudando por la ausencia de Lewis afectarán en los resultados de los primeros partidos de liga.

Sin darse cuenta, miró hacia el reloj que el entrenador tenía detrás de su asiento. Tayler se giró para conocer el motivo de su falta de atención.

—¿Tienes prisa?

—Sí —respondió sincero—, tengo un examen.

Hock negó con la cabeza y comentó en voz alta:

—A veces creo que este chico es un jodido extraterrestre.

—Si tienes un examen, Becker —continuó Tayler—, me importa un carajo. Ya te lo repetirán. ¿Has escuchado lo que te he dicho?

—Sí, señor.

—¿Y qué tienes que decir al respecto?

El minutero seguía avanzando.

—Creo que todavía puedo ocupar mi puesto sin problema.

—¿De verdad? —Hock se cruzó de brazos—. Pues, durante el último partido, la ofensiva te bloqueó el paso con la misma facilidad que un pedo atraviesa mis pantalones. ¿O no es cierto?

Sintió cómo el calor le subía hasta las orejas por la comparación y la vergüenza.

—Hock preparará para ti y para el resto de los linieros unos ejercicios personalizados —anunció Tayler.

—Así que, a partir de mañana, quiero tu culo en el campo a las seis y media.

Había contado mentalmente los minutos que pasaban según los entrenadores hablaban con tal de no volver a mirar el reloj. Por eso, a pesar de que le habría encantado replicar, asintió y esperó a que le diesen permiso para marcharse.

Cuando entró en el vestuario y le preguntó a Lopes la hora, más le hubiese valido irse al campus sin ducharse, porque, aunque lo hizo, la carrera de después anuló el propósito de la acción. Era tal la velocidad que llevaba, que los entrenamientos de los miércoles con Ford y todos los esprints bien habrían valido la pena si al menos hubiese logrado llegar a tiempo.

Jake sorteó a los estudiantes que entraban y salían con calma por la puerta principal del rústico edificio de la Facultad de Física y Geofísica, a unos con más éxito que a otros, y luego encaró el pasillo hasta el aula cargado únicamente con un bolígrafo. Cuando giró la última esquina a la derecha antes de alcanzar su destino, el golpe que protagonizó contra un carro de la limpieza fue tan inesperado como estrepitoso. La mujer que lo manejaba gritó por el susto y el desastre. Primero chocó con las rodillas y luego pasó por encima a la vez que el carrito volcaba con él. Lo peor de todo es que Jake había alcanzado a ver cómo se cerraba la puerta del aula en el momento previo al tropiezo.

—¡Santo Dios! —exclamó la empleada acercándose para ayudarlo.

El cubo de basura se había abierto y de él había salido un montón de papel higiénico, entre otras cosas. Además, el de fregar había acabado a más de tres metros de distancia, de ahí que estuviese todo el suelo mojado, junto con una parte de los pantalones de Jake. El resto de productos estaban desperdigados a lo largo y ancho de la escena del caos. Jake leyó la chapa identificativa de la mujer de mediana edad que le ofreció la mano: «Gladys».

Iba a darle las gracias y a disculparse por lo ocurrido cuando la puerta del aula volvió a abrirse. Bill Newman apareció, alertado por el alboroto. Jake lo miró avergonzado por no haber llegado a tiempo, y entonces pasó algo sorprendente: el profesor salió para abrir la puerta completamente, invitándolo a pasar.

Jake sintió un alivio inmenso, pero, cuando miró al suelo en busca de su bolígrafo, vio a Gladys agachada recogiendo lo que se había salido de la basura, incluido todo el papel mojado semideshecho. Dio un par de pasos hacia Newman y le dijo:

—Gladys necesita ayuda, y creo que soy yo quien debería…

La mujer cesó con la tarea al escucharlo. El profesor no se inmutó, mantuvo su impertérrita expresión, con su perfecto bigote castaño y su pelo repeinado. Jake articuló una disculpa y, acto seguido, empezó a limpiar el estropicio. El ruido de la puerta volviéndose a cerrar no lo sobresaltó.

—Bueno, cariño, ¿y tú cómo te llamas? —Gladys le sonrió con amabilidad—. Tengo que saber al menos el nombre del causante y salvador de este desafortunado destrozo.

—Jake.

Estaba seguro de que había sido el centro de atención de muchas miradas, por eso evitó echar un vistazo a su alrededor.

—¿Y estás bien, Jake? Porque no ha sido una buena caída.

Lo estaba, aunque el golpe había sido seco y doloroso, pero lo estaba.

—Sí —respondió al tiempo que usaba ambas manos para poder recoger un montón de papel.

—Espera. —Gladys se levantó y buscó algo en uno de los bolsillos de su delantal. Sacó un par de guantes de látex—. Si vas a ayudarme, mejor que uses esto. Ese cubo iba lleno de agua y lejía.

Jake agradeció el gesto, pero, aunque se secó las manos en la camiseta para poder ponérselos, no lo consiguió. Sus manos eran demasiado grandes para la talla que le ofreció.

—De acuerdo, déjame a mí lo del suelo. Tú puedes ir trayendo de vuelta todo lo que ha salido volando.

—Pero…

—Haz lo que te digo y enseguida habremos acabado.

Así pues, Jake —con la pernera derecha del vaquero mojada de la cadera a la rodilla— ordenó el carrito mientras Gladys lo devolvía todo al cubo de basura y recogía el agua del suelo y los restos.

—Esto ya está. —La mujer se frotó las manos al contemplar el resultado—. Puedes ir a clase tranquilo.

Jake sonrió con timidez y se rascó la coronilla.

—Ya, sí… —le dijo mirando a la puerta.

—¿Qué pasa? ¿No vas a entrar?

Le dio la impresión de que Gladys se sentiría muy culpable si descubría que él había preferido ayudarla a hacer el examen, así que agregó:

—No, me voy a la cafetería. Tengo que adelantar algo de otra asignatura.

Se despidió y caminó hacia allí, haciendo una breve parada en la biblioteca.

La cafetería de su facultad, pequeña, acogedora y con un escaso número de alumnos merodeando por ella, era uno de sus sitios favoritos de la universidad. Y como su beca cubría todos los gastos de alimentación dentro del campus, podía comer cuanto quisiera, lo cual, además de proporcionar un alivio en la despensa de su familia, le parecía el mayor de los privilegios.

Jake pasó por el bufet, se hizo un plato combinado de carne, huevos y patatas fritas y se sentó solo, como de costumbre, en el lugar más apartado que encontró. Comió ojeando el libro que había cogido prestado y solo levantó la vista cuando alguien se sentó a su lado.

Bethany Harris.

—Supuse que te encontraría aquí —dijo la chica—. He discutido con Curtis.

Jake cerró el libro y esperó a que continuara.

—¿Recuerdas cuando me advertiste que sería un error contarle a Curtis lo de que nuestra relación el año pasado fue solo una farsa? —Asintió expectante—. Pues tenías razón.

A Beth se le escapó una lágrima y Jake se empezó a preocupar de verdad. Giró la silla hacia ella y la incitó a que le explicara qué era eso tan malo que había pasado. Ninguna de las opciones que él barajó llegó a acercarse a la realidad.

—Hace dos días estuvimos en una fiesta en casa de Julie y... bebimos, claro, y jugamos a verdad o atrevimiento. Yo ni siquiera sabía que Curtis estaba prestando atención a mi juego con las chicas cuando alguien me preguntó si alguna vez le había hecho una mamada a alguien que no fuese mi novio actual.

Jake estuvo a punto de atragantarse con la comida. Bebió un poco de agua, pero eso no evitó que el bochorno le subiese a las mejillas y a las orejas en cuestión de segundos. Beth lo notó.

—Lo siento, había bebido y... Bueno, podría haberle mentido a Curtis cuando me preguntó que a quién, pero me estaba divirtiendo y lo último en lo que pensé fue en que esa información le molestaría. Ahora, sin embargo, no quiere ni mirarme a la cara.

—Eso no tiene ningún sentido. Se suponía que él sabía que tú y yo…

—Solo accedió a salir conmigo cuando le confesé que nosotros nunca habíamos ido en serio.

Jake analizó esa última información. Eso no era lo que él recordaba.

—Sí, te mentí —confesó Beth—. Lo siento muchísimo. Supuse que, si te enterabas de que él no quería salir conmigo porque ya había estado antes con otro chico, tú te enfadarías y me dirías que Curtis no merecía la pena.

Era tan cierto que ni siquiera tuvo que confirmarlo en voz alta.

—Creo que va a romper conmigo.

Beth se echó a llorar en silencio para no llamar demasiado la atención.

Él sabía que se había enamorado de Greyson mucho antes de que ellos anunciasen su separación; la había escuchado hablar de lo mucho que le gustaba después de que coincidiesen por primera vez y, por eso mismo, Jake le había propuesto acabar con la mentira de que salían juntos a finales de marzo del año anterior, para que lo intentase con Greyson. Y eso que, a Jake, Greyson le caía como una patada en el culo. Los miembros del equipo de fútbol y de baloncesto de la VSU eran tan rivales entre ellos como lo eran del resto de universidades a las que se tenían que enfrentar. Pero es que, además, Greyson era un idiota redomado.

—¿Hay algo que pueda hacer para que te sientas mejor? —le preguntó.

Ella se aferró a él con fuerza y siguió sollozando un rato más. Luego se secó la cara con una de las servilletas que Jake había cogido para la comida.

—Gracias por escucharme, con eso ya has hecho bastante. Eres la única persona a la que puedo acudir, dadas las circunstancias.

Circunstancias que se resumían en que nadie más que ellos —y ahora también Greyson— sabían que solo habían fingido una relación para que a Beth dejasen de atosigarla y para que a Jake no lo obligasen a ir a todas las fiestas del Dix76, una discoteca muy peculiar a la que se accedía con el propósito principal de practicar sexo y de beber alcohol sin restricciones aun siendo menor de veintiuno. Algo que no sonaba nada mal a oídos de cualquier joven con ganas de pasárselo bien, pero que a Jake no le entusiasmaba por diversas razones.

—Solo espero que Curtis no te cause ningún problema —comentó Beth y, por la forma en la que lo dijo, Jake estuvo completamente seguro de que se los causaría—. Pero, por si acaso, es mejor que no nos veamos en una temporada.

Beth le dio un beso en la mejilla, cogió su carpeta y se fue de la cafetería, ondeando la falda blanca de animadora del equipo de baloncesto al que se había mudado. Dedujo que intentaría solucionar su malentendido con Greyson, y le preocupó que eso pudiese llegar a suponer el fin de su amistad.

De pronto, Jake divisó a Bill Newman con su característica chaqueta de lino marrón. Giró la cabeza para ver si había algo detrás de él que pudiese ser del interés de su profesor, pero todo indicaba a que iba directo hacia él, así que se levantó para recibirlo.

—Le espero en el aula en diez minutos —anunció—. Ya que estoy obligado a repetirle el examen, que sea cuanto antes.

Jake se quedó un rato allí de pie, sin moverse, viendo cómo el profesor se marchaba con la misma rapidez que había llegado. Entonces sonrió ligeramente.

Quizás a Newman no le cayese tan mal.

GAME DAY

9 | HEMOS GANADO

sábado 29 de septiembre

Jake

Jake jugó de titular y en su puesto habitual de *tackle* defensivo en el primer partido oficial de liga. Hock le había metido mucha caña los días previos y estaba dando la talla todo el encuentro, pero los problemas en ataque de cara al final se hicieron mucho más notables y dedujo que tendría que ayudar. Shawn estaba agotado por la cantidad de golpes recibidos y Chris ni siquiera había podido avanzar más de quince yardas en ninguna de las jugadas de la segunda parte. Jugaban contra Colorado Mesa Mavericks y, aunque su ataque no era demasiado bueno, su defensa sí. Por eso iban empatados desde el descanso.

El público lanzó un aullido y se levantó de la grada cuando uno de los *defensive ends* de los Mavs le hizo un durísimo placaje a Shawn. Cuando sus compañeros le quitaron al jugador de encima, el chico se quedó un buen rato de rodillas, con la cabeza pegada al suelo. Jake vio de reojo la mirada de preocupación del entrenador. Segundos después, Shawn se levantó con lentitud y levantó el pulgar. El público aplaudió. Tayler llamó a Hock y hablaron durante unos segundos. Acto seguido, Hock llamó a Jake y le dijo que iba a salir con la ofensiva, y también que Tayler quería «a ese maldito liniero comiendo hierba en la siguiente jugada». Así que se puso el casco y salió a intentar cumplir su cometido.

No lo consiguió en el primer *snap* que jugaron con él, pero creyó saber cómo hacerlo en el siguiente, porque el *end* izquierdo que estaba torturando a Shawn había flotado sobre Jake con una habilidad que conocía muy bien.

Estaban en el tercer *down*, a tres yardas del primer *down* y a menos de veinte para anotar. Shawn reunió a los jugadores y luego añadió:

—Becker, sabes que te odio. Pero no creo que pueda soportar un placaje más como los de antes, así que para al jodido noventa y uno y esta noche te invitaré a toda la birra que quieras. —Jake lo miró a los ojos para hacerle ver que estaba comprometido, que lo haría—. Vamos con «Bugs Bunny» para McKain, a mi señal.

Y una vez en posición, en lugar de bajar las caderas e inclinarse hacia adelante para absorber el impacto, fijó la vista en el número noventa y uno y lo esperó un poco más incorporado y listo para apartarle las manos. Cuando el susodicho salió hacia el *quarterback*, Jake se puso en su camino, bloqueó su estrategia y lo empujó con todas sus fuerzas hacia el lado contrario, tumbándolo.

Entonces Shawn hizo un amago de pase a Chris, que salió corriendo como si llevase el balón, despistando a la defensa el tiempo suficiente para que Shawn pudiera colocarse y buscar a Travis McKain, perfectamente situado en la zona de anotación.

¡*Touchdown*!

Después de unos pésimos resultados durante la pretemporada, que ganasen el primer partido de liga era algo que nadie esperaba, así que la celebración en el vestuario no se hizo esperar.

Había gente entrando y saliendo, haciéndose fotos con los jugadores, principalmente con Shawn Williams y Chris Ford. Jake sonreía, sentado bajo su taquilla, observándolos posar. No vio venir a las dos chicas que se acercaron a él con una cámara instantánea. No las conocía, pero ahí estaban, preguntándole si podían fotografiarlo. Jake se levantó y se situó al lado de la que no llevaba la cámara, sin saber muy bien cómo colocarse. Se inclinó un poco hacia ella y esperó.

—Pero ¿qué es eso, hombre? —dijo Chris desde el otro extremo. Jake ni siquiera se había dado cuenta de que se estaba refiriendo a él hasta que lo tuvo delante—. Menudo novato. Quítate la camiseta y las hombreras. —Chris le quitó el casco de las manos y lo ayudó a retirar lo que había mencionado—. Y el *crop* top también, fuera.

El *running back* los colocó de nuevo, más juntos que antes, y puso la camiseta delante para que ambos la cogieran. Cuando la amiga hizo la foto, Chris cogió la prenda y se la pasó por la cabeza a la chica para que se la pusiera. Esa fue la segunda foto.

Hubo bromas en el vestuario después de aquello.

Tras la ducha, todos se vistieron con ropa más o menos elegante. La fiesta en el Dix76 estaba confirmada desde hacía una semana, Jake lo sabía y había preparado varias excusas para faltar, pero la victoria se lo acababa de poner aún más difícil. Era probable que lo llevaran a rastras si se negaba a asistir, sobre todo teniendo en cuenta que en menos de una hora estarían casi todos borrachos. En su bolsa solo estaban sus vaqueros habituales, que habían quedado descoloridos a causa de los productos de limpieza de Gladys, y una camiseta blanca con mangas azules, la más nueva de su escaso vestuario. Eso fue lo que se puso.

Habían descorchado dos botellas de champán y estaban pasándoselas para inaugurar la noche en el vestuario. Jake bebió, solo porque fue Shawn quien le ofreció.

—Hoy te vienes conmigo —le dijo al oído para que lo oyese pese al alboroto, y él se dejó llevar pensando que, quizás, seguir al rebaño de vez en cuando no sería tan malo.

Jake y los otros tres que subirían al coche de Shawn, Carlos Guzman, Evan Connelly y Ryan Scott, se quedaron en el aparcamiento un buen rato, bebiendo y riendo. En un momento dado, Cara Williams pasó por delante, cogida del brazo de alguien a quien ninguno conocía. Les dedicó una orgullosa mirada, primero a Jake y luego a su hermano.

—¿Hay algo más estresante que una hermana pequeña? —le preguntó el *quarterback* a Jake. Él quiso responder que no, pero Shawn no era de los que preguntaba algo con intención de escuchar la respuesta, sino de los que continuaban hablando, porque siempre tenían mucho que decir—. Casi hubiese preferido que estuviese contigo. Al menos así la tendría controlada. A ella y a ti, claro. Recordadme que el lunes me ocupe de ese idiota con tupé.

Subieron al precioso Toyota color crema de Shawn con un par de litronas y siguieron bebiendo. A Jake no le pareció demasiado bien que Shawn diese un buen trago antes de arrancar el coche y tuvo la ligera impresión de que debía de haberse negado a ir a la fiesta, pero como no estaba acostumbrado a beber y el alcohol ya había hecho mella en su estado de ánimo, el pensamiento se esfumó igual de rápido que había llegado.

Bebían, molestaban a la gente desde la ventanilla y gritaban eufóricos cada dos por tres.

Cerca de la zona comercial del centro, frente a un semáforo en rojo y después de un par de tragos, Jake creyó distinguir a la amiga de su hermana en la parada de autobús que quedaba al otro lado de la calle.

Sí. Era ella.

Le llamó la atención que hubiese un par de chicos acechándola, dándole conversación. Ella los rehuía fingiendo que buscaba algo en su bolso.

—Ahora vuelvo.

Se bajó del coche sin dar explicaciones, segundos antes de que el semáforo se pusiera en verde.

—Ey —dijo para anunciarse—, siento el retraso.

Arabia levantó la vista hacia él, asustada primero y sorprendida después.

—¿Qué hay? —les dijo a los dos individuos que se habían quedado turulatos al verlo.

Jake les hizo un gesto con dos dedos para que diesen media vuelta y desapareciesen. No tuvo que repetírselo. Arabia dejó de buscar en el bolso y se cruzó de brazos mirando en dirección opuesta a donde él estaba. Jake no supo identificar si estaba molesta o aliviada.

—¿Qué haces aquí sola? —le preguntó.

—¿A ti qué te parece? Estoy esperando al autobús. —Se asomó a la calle para mirar a lo lejos—. Ya se ven las luces de los faros, así que puedes marcharte.

—Prefiero esperar.

Jake se sentó en el asiento de la parada y escuchó a los del coche reclamando que volviera.

—¿Qué cojones haces, Becker? —oyó decir a Shawn.

—En serio, puedes volver con tus amigos —le dijo Arabia—. No necesito un guardaespaldas.

—No es lo que me había parecido.

Jake habló medio riendo a causa de su estado de embriaguez, pero sin intención alguna de molestarla.

—No me lo puedo creer. ¿Has bebido?

—Hemos ganado —respondió como si eso fuese motivo suficiente.

Los del coche continuaron llamándolo.

—Vale, en serio, vete de una vez. Ya hemos llamado bastante la atención.

Arabia levantó el brazo para avisar al autobús, pese a que aún estaba lejos. Jake se puso de pie y se preparó para cruzar cuando el vehículo hubiese avanzado unos cuantos metros más.

—¿Puedes irte, por favor?

Arabia lo empujó por detrás y él tuvo que dar un paso para mantener el equilibrio. Se volvió para mirarla, ya sin diversión. Ella no lo miró.

Regresó al coche de muy mal humor y, sin saber muy bien por qué, cogió la cerveza y bebió varios tragos seguidos mientras el coche volvía a ponerse en marcha.

—Estás chalado, tío —le dijo Shawn—. ¿Qué se supone que has ido a hacer?

—Era una amiga de mi hermana.

—Ah, vale, ahora lo entiendo...

—¿Qué entiendes?

Jake se incorporó hacia delante para mirar a Shawn, abrazando el asiento del conductor por detrás.

—¿Te acuerdas de que antes he dicho que no hay nada más estresante que una hermana pequeña? Bueno, pues a eso solo lo supera una cosa: que tu hermana tenga amigas que estén buenas.

Jake volvió a pegar la espalda al respaldo.

—A mí no me interesan las amigas de mi hermana —repuso, muy convencido de que lo que decía era cierto.

—Claro, cabrón, a ti las que te interesan son las hermanas de tus compañeros de equipo —soltó Guzman, *guard* izquierdo.

Hubo un par de segundos de silencio, pero, en cuanto Shawn soltó la primera carcajada, todos lo siguieron.

Jake pensó en la noche que se le venía encima en la discoteca y volvió a coger la litrona, dispuesto a perder la vergüenza que tanto lo caracterizaba y que tantos problemas le causaba a la hora de socializar. Y más teniendo en cuenta que iban directos al Dix76, el lugar en el que, una vez dentro, nadie era totalmente dueño de sus propias decisiones.

Para salir bien parado del Dix76, había que conocer muy bien cuáles eran las reglas, y tener la determinación de ceñirse a ellas.

***

La gente siempre hacía cola para entrar a la discoteca, pero aquel día la fila era más larga que de costumbre. Era evidente que se había filtrado la noticia de que los Ice Falcons acudirían.

Shawn encontró sitio para aparcar no muy lejos de la entrada principal, salieron del vehículo y abrieron el maletero. Cuando Jake cogió un vaso para que Shawn le sirviera de la botella de güisqui que sostenía en la mano, este se negó.

—Tú deberías descansar un poco, ¿no?

Jake sonrió de oreja a oreja.

Él no lo sabía entonces, pero estaba en el punto más álgido de la embriaguez, así que se creía capaz de cualquier cosa, incluido el seguir bebiendo y aguantar toda la noche sin problemas, o sin causarlos.

—No me jodas, Williams —repuso—, todo esto ha sido idea tuya. Sé fiel a tu promesa.

—Muy bien —Shawn le sirvió con un gesto de asombro—, tú mandas, cincuenta y uno.

Brindaron y bebieron y lanzaron un grito cuando acabaron.

En la puerta de la entrada VIP, se encontraron con Chris.

—¿Y este? —le preguntó a Shawn mientras señalaba a Jake—, ¿cómo es que sonríe tanto? ¿Qué le has dado?

—Nada que no haya pedido.

Jake no entendía por qué le resultaba tan extraño a Chris que sonriese. Quería entrar en el Dix76, seguir bebiendo y divertirse un poco. Se había acostumbrado a la sensación del alcohol en su cuerpo y, aunque se notaba un poco raro por el último trago, no quería parar. Hasta exageró todavía más la sonrisa cuando reparó en las dos primeras chicas que esperaban en la cola, las cuales se habían quedado embobadas mirándolos a todos ellos mientras se saludaban.

Chris lo empujó por detrás.

—Anda, pasa, que no hay quien te reconozca.

El local seguía igual que siempre: una planta baja rectangular con una barra a cada lado y varios pisos superiores en abierto, con barandillas a media altura para poder ver la pista de baile desde arriba. Luz tenue, decoración en tonos granates, rojos y dorados.

Sus compañeros lo condujeron hasta la zona en la que estaban el resto de jugadores y allí se saludaron, dándose golpes los unos a los otros.

—Buen partido, Becker —le dijeron varios.

—¿Y Cal? —escuchó preguntar.

—Arriba ya, igual que O'Brien.

—Vaya par de cabronazos los irlandeses.

Pero de eso se trataba, al fin y al cabo. Llegar, echar un vistazo, buscar opciones y empezar a jugar.

Las reglas del Dix76 eran básicas: no se podía decir que no a una invitación. No obstante, había excepciones. Por ejemplo, si alguien quería invitarte a una copa y tú no querías aceptarla, solo te librabas del compromiso si inmediatamente después conseguías que otra persona aceptase una propuesta tuya. De lo contrario, estabas en manos de quien te había invitado primero. Parecía sencillo, pero era bastante complejo porque, si no prestabas atención, no podías saber si quien te proponía una invitación era alguien que había rechazado a otro y buscaba alternativa, o si tú eras su primera opción. En el primer caso, la negación no tenía ninguna represalia; en el segundo, suponía el reto de encontrar a otra persona que te gustase más y esperar a que te dijese que sí. Aparte de eso, que era lo más esencial, también estaban las apuestas… Se podían hacer apuestas con o contra cualquier persona. Quien perdía pagaba la bebida; quien ganaba decidía cuál de los implicados se la bebía.

Jake estaba bastante tranquilo. No llevaba más de cinco o seis dólares en la cartera, pero le daba lo mismo. Si alguna chica lo invitaba esa noche, aceptaría, sin más. Todo el mundo lo hacía. No era virgen, tampoco podía decirse que fuese un experto, pero ya se había acostado con alguien sin ningún tipo de vínculo emocional y podía volver a hacerlo.

Sus únicas experiencias completas hasta la fecha habían sido con una chica ciega en su último año de instituto y con otra varios años mayor que Jake, Veronica, que el curso anterior había estado obsesionada con él hasta que llegó el famoso acuerdo con Beth y empezaron a fingir que salían juntos.

Esperaba no volver a ver a Veronica, porque al principio había estado bien, incluso había aprendido mucho de ella, pero con el tiempo había acabado siendo un verdadero suplicio tener que aceptar sus invitaciones dentro de la discoteca semana tras semana. No fue hasta que reunió algo de dinero cuando pudo hacerle frente a la situación, invitando a otras chicas antes de que Veronica lo interceptara, con las que no pasó del sexo oral. Además, Jake se hizo experto en localizar a las novatas que saltaba a la vista que habían ido a parar allí sin conocer el único y verdadero fin de la discoteca. Se gastaba el dinero, sí, pero al menos él evitaba a su acosadora y a ellas les evitaba un mal trago.

Se giró al notar que alguien lo golpeaba por detrás y se encontró con Shawn, que le ofrecía un botellín de cerveza.

—Que empiece la fiesta —le dijo.

Jake sonrió y brindó con él, sin percatarse de la mirada de preocupación que Chris le estaba dedicando. Aunque lo hubiese hecho, en ese momento no le habría importado, porque tampoco lo habría entendido. Siempre le decían que saliese más, que se integrase más, que fuese más como el resto, y eso era lo que estaba haciendo. Además, Chris fue de los primeros en desaparecer con una chica guapísima a la que él mismo le hizo una propuesta. El siguiente fue Shawn.

Después de eso, Jake empezó a sentirse un poco desamparado, pero siguió bebiendo e interactuando con el resto del equipo. En su mente no había nada que no fuese estar en el Dix76, moverse con torpeza al ritmo de la música y beber, lo cual era todo un logro teniendo en cuenta la presión diaria a la que estaba sometido en el equipo, en la universidad y en su propia casa.

De pronto, dos chicas se plantaron delante de él y le ofrecieron un vaso. Jake lo cogió, bebió para ver qué contenía y, acto seguido, las chicas se miraron y sonrieron complacidas. Si hubiese estado en plenas facultades se habría dado cuenta de que eran las mismas que había visto en la puerta de entrada. Se separaron para situarse una por delante y otra por detrás de él, bailando, acercándose cada vez más. Jake intentó seguir el movimiento de caderas de la que tenía delante, sin mucho éxito. Oyó silbidos. Sus compañeros hicieron un círculo alrededor de ellos tres, pero él no se percató. A lo único que podía prestar atención era a las rayas del suelo de mármol, que se habían empezado a mover muy rápido. Antes de que pudiera pensar más en ello, las chicas lo agarraron de la camiseta y tiraron de él, conduciéndolo, a todas luces, a una habitación.

A pesar de que a cualquiera de los presentes les habría dado un subidón de adrenalina aquella circunstancia, Jake caminaba ajeno a cualquier emoción y a cualquier acción que no fuese la de observar con atención dónde ponía los pies. El suelo seguía moviéndose. Incluso las paredes. Cuando llegaron a la habitación, las chicas lo guiaron hasta la cama y lo dejaron allí sentado antes de meterse en el cuarto de baño. Jake todavía tenía el vaso que le habían ofrecido. Se inclinó para dejarlo encima de una mesita, pero no midió bien la distancia y el contenido acabó derramado sobre la colcha.

«Ups».

Se levantó para solventar el estropicio al tiempo que las chicas regresaban en ropa interior. Jake parpadeó varias veces, intentando enfocarlas, sin éxito. Por mucho que quisiese, y por muy bien que le pareciese que hubiesen sido ellas quienes lo hubiesen invitado y llevado hasta allí, lo único que veía eran dos pares de brazos y piernas que lo devolvían con torpeza a la cama para tumbarlo. Eso fue la gota que colmó el vaso, porque cuando Jake fijó la vista en el techo, la habitación entera empezó a girar, y con ella las cabezas de las chicas que lo miraban desde arriba y que empezaron a desnudarlo.

El tiempo que tardaron en darse cuenta de que estaba totalmente incapacitado para satisfacerlas fue bastante impreciso. Jake ni siquiera prestó atención a los reproches o a las quejas o a los comentarios de decepción. Sus voces se fueron difuminando poco a poco hasta desaparecer, y a él casi le pareció un milagro. Llegó a incorporarse para cerciorarse de que se había quedado solo y cerró los ojos en un intento de que todo dejara de darle vueltas, sin éxito. Luego se sentó en la cama, vestido solo con los calzoncillos, y esperó paciente a que todo se estabilizase o, en su defecto, a las ganas de vomitar. Pero perdió el conocimiento mucho antes, y ni siquiera lo recuperó tras el golpe que produjo su cuerpo cuando cayó sin remedio contra el suelo.

Despertó oyendo los gemidos de la cama que tenía al lado. Jake se incorporó muy despacio, apoyando las rodillas primero y los codos después, con un pitido en la cabeza insoportable y mucha inestabilidad. Se quedó varios segundos contemplando la escena que tenía delante: dos chicas y dos chicos follando por parejas, muy concentrados en lo que hacían. No le prestaron atención y él tampoco a ellos. Buscó su ropa entre todas las prendas que había esparcidas por el suelo y se vistió apoyado en la pared más cercana a la puerta, esperando recuperar todas sus facultades lo antes posible —aunque para eso aún faltase mucha noche—. Salió y se acercó a la barandilla de la segunda planta para ubicarse e intentó localizar a alguno de sus compañeros de equipo. Como no vio a nadie, se planteó quedarse allí, apoyado con los codos y observando las idas y venidas de todos los que estaban en la pista intercambiando consumiciones mientras esperaba a que se le pasase un poco la borrachera, pero entonces vio a Curtis Greyson.

Y Curtis Greyson no debería estar allí, porque era el novio de Beth, y la gente con pareja no iba al Dix76, o al menos no tonteaba como él lo hacía con la chica que estaba a su lado.

Jake continuó observándolo y su indignación fue en aumento según pasaron los minutos, porque qué cojones estaba haciendo Greyson hablando con alguien y ofreciéndole una bebida. Estaba tan enfadado que su primer impulso fue gritar, y los dos chicos que estaban asomados igual que él lo miraron. Cuando vio que Greyson cogía de la mano a la chica y ambos se abrían paso hacia las escaleras, Jake se apresuró a bajar hasta la primera planta, donde los esperó, cruzado de brazos.

Ella subía por delante con él detrás, totalmente concentrado en su trasero, por eso no vio a Jake hasta que este le habló.

—¿Dónde está Beth?

Greyson cogió a la chica de la cintura para alejarla de él.

—Tú.

—Sí, yo. ¿Dónde está Beth? —repitió.

—¿Y a mí que me cuentas?

Greyson estaba tanto o más tenso que él, pero fingió normalidad. Jake se tomó su tiempo para formular la siguiente pregunta:

—¿Por qué no estás con Beth?

—¿No es evidente? —Greyson sonrió y miró a la chica—. Apártate de mi camino.

—Creía que ibais a arreglarlo —insistió Jake, en un último intento por que el chico no hiciese nada de lo que pudiese arrepentirse después.

Porque, aunque no le importaba si se arrepentía o no en el futuro, sí que Beth sufriese cuando se enterase de aquella aventura.

—No tenemos nada que arreglar —replicó Greyson—. Es una zorra.

Jake no se lo pensó dos veces a la hora de reaccionar lanzándose sobre él, sin embargo, alguien lo sujetó por detrás y lo llevó hasta la pared.

—¡Quieto ahí! —Chris lo mantuvo atrapado hasta que dejó de resistirse. Entonces bajó la voz y añadió—: No es buena idea, Becker. Ni este es el mejor lugar para pelearte, ni Curtis Greyson un don nadie. Tayler no quiere que te metas en líos, ¿recuerdas?

Miró extrañado a Chris por su último comentario, preguntándose si, durante todo aquel tiempo, no se habría acercado a él a petición del entrenador.

Se deshizo de él y volvió a acercarse a Greyson.

—No lo hagas —le pidió, aunque sonó más a advertencia.

—Me aburres, Becker. Piérdete, ¿quieres?

Greyson se abrió paso y empezaron a alejarse. Jake estaba que se subía por las paredes, en parte por la impotencia y en parte por los restos de embriaguez, así que fue tras él, con la única intención de convencerlo de que no lo echara todo a perder con Beth.

Así fue como empezó todo.

Porque otros de los jugadores de baloncesto habían visto sus primeras intenciones y ya estaban llegando a la primera planta cuando él se acercó a la pareja para pararlos. Jake ni siquiera llegó a tocar el hombro de Greyson, antes de eso, un brazo lo sujetó por el cuello y lo echó hacia atrás. Lo último que vio antes de que empezase la trifulca fue a Chris pegándole una patada al que lo estaba ahogando y a varios de sus compañeros llegando desde diferentes puntos, algunos todavía a medio vestir.

10 | COMO EL MAR UN DÍA DE TORMENTA

domingo 30 de septiembre

Arabia

El domingo no había empezado bien. Arabia notaba que su madre volvía a sentirse débil y que se lo estaba ocultando. Habían desayunado juntas a primera hora, antes de que se marchase a trabajar, y aunque a veces fingir normalidad era reconfortante, otras no. Cuando esto último pasaba, Arabia se enfadaba con ella.

¿Con quién iba a enfadarse sino?

Ahora estaba preparando una mochila con su pijama y una muda de ropa para el día siguiente, porque dentro de una hora se encontraría con Lorreine y con Zane para el trabajo de literatura, y luego se quedaría en casa de los Becker a pasar la noche. Revisó el contenido de su carpeta del instituto para comprobar que su parte de la obra que tenían que analizar estaba en su lugar correspondiente. Sabía que Zane habría hecho la suya, pero no confiaba en absoluto en su otra compañera, y por eso ella se había tomado la molestia de analizar la estructura completa, por lo que pudiera pasar.

Habían quedado a las tres y media en el Purist Coffee, una bonita cafetería del centro, así que Arabia cogió todas sus cosas y salió hacia allí poco después de las tres. Se sentó y pidió un batido de vainilla, sacó las hojas del resumen y las dejó preparadas encima de la mesa, junto con el libro *La letra escarlata*, de Nathaniel Hawthorne, que había cogido prestado de la biblioteca del instituto y que se había estado turnando con Zane para leerlo.

Su amiga llegó puntual. Cuando la camarera se acercó, Zane le pidió solo un vaso de agua. Arabia le ofreció su batido, pero lo rechazó con amabilidad y se dispuso a sacar su resumen del nudo de la novela, su parte. Arabia se había autoasignado el desenlace para dejarle a Lorreine la parte más sencilla: el inicio.

La susodicha apareció casi a las cuatro, acompañada de la famosa Cara Williams. Accedieron a la cafetería agarradas del brazo, riendo, y Arabia no notó ni un ápice de arrepentimiento en Lorreine por haber llegado tarde, pero eso no fue lo que más le molestó.

—¿Qué hace ella aquí? —preguntó refiriéndose a Cara.

—Hola a ti también —repuso la aludida.

Arabia no apartó la vista de Lorreine, pero esta se limitó a poner los ojos en blanco a la vez que colocaba su mochila en el banco y pasaba hacia el interior para dejarle sitio a su amiga.

Su mal humor siguió aumentando cuando llamaron a la camarera para pedir café y crepes con chocolate, uno para cada una. Después de eso, Lorreine agarró las manos de Zane e hizo uno de esos grititos que Arabia tanto detestaba, como el que hacían todas las Pops del instituto cuando se saludaban por el pasillo, en especial, al inicio de curso.

—Cuéntanos qué sabes de lo que pasó ayer —le pidió acto seguido.

Zane miró confusa a las dos chicas que tenía enfrente y luego a Arabia.

—¿A qué te refieres?

—A lo que pasó en el Dix —continuó la chica—. La pelea.

Arabia arrugó la frente, extrañada, y miró a Zane, que hizo un gesto parecido.

Cara tomó la palabra:

—¿Has visto a tu hermano hoy? ¿Volvió a casa anoche?

—Sí, sí.

—¿Y bien?

—¿Te refieres a…? —Zane se señaló la parte de la barbilla con un gesto—. ¿La herida?

—¡Lo sabía! —exclamó Cara.

Cara y Lorreine chocaron las manos.

—Hubo pelea, fijo —aseguró esta última.

—Ahora solo queda adivinar por qué.

—¿Estáis insinuando que anoche mi hermano se peleó con alguien?

Cara hizo un mal gesto, como si la pregunta de Zane fuese un insulto a su inteligencia. Arabia quiso decir algo, pero la camarera apareció con las apetitosas crepes y tuvo que contenerse. Lorreine fue quien les explicó la teoría que tenían respecto a lo que había pasado la noche anterior. Los Ice Falcons fueron al Dix76 —una discoteca, por lo visto, muy popular— después del partido local. Por la mañana, Shawn, el hermano de Cara, se había presentado en casa de sus padres con el ojo morado.

—Mi hermano no ha querido contarme nada, así que antes de comer he llamado a Lorreine para que llamase a Candy y le preguntase por Chris. Resultado: Chris tiene una ceja partida. Dos de dos. Y ahora tú —Cara señaló a Zane— acabas de insinuar que Jake tiene… ¿qué exactamente?

—Tiene una herida en la barbilla o cerca, no me he fijado mucho. Imaginaba que era del partido.

—¿Quién es Candy? —preguntó Arabia atenta a todo lo que decían.

—Candy, la hermana de Chris Ford —respondió Lorreine mirándola con manifiesta evidencia—. Ya sabes, el capitán del equipo.

Arabia apoyó las palmas de las manos de forma brusca sobre la mesa y repuso:

—No, no lo sé. Resulta que, a Zane y a mí, el fútbol nos interesa más bien poco. Nada, en realidad. Pero a vosotras os gusta darlo todo por hecho, ¿no?

Zane le puso una mano en el antebrazo para calmarla.

—¿Qué mosca te ha picado? —le increpó Lorreine.

—Pues no sé, Lorreine. Tal vez una que no para de decirme que habíamos quedado a las tres y media para terminar el trabajo de literatura y no para hablar de peleas que no nos incumben.

—No te incumbirán a ti, bonita —contraatacó Cara.

—Para empezar, *bonita*, tú ni siquiera deberías haber venido.

Hubo un silencio lo bastante corto como para que no llamasen demasiado la atención y lo bastante largo para que aumentase la tensión alrededor de la mesa. Fue Lorreine quien lo rompió.

—Cara cree que la pelea ha sido por ella —dijo con voz calmada intentando esclarecer el asunto.

Arabia rio con sarcasmo. Era lo último que le faltaba por escuchar.

—¿En serio, Lorreine? ¿Crees que me importa, que nos importa, que tres chicos se hayan peleado o no por *tu* amiga?

Después de decir aquello, tuvo ganas de levantarse y salir de la cafetería, pero entonces recordó que tenía que volver a casa con Zane, así que se giró hacia ella:

—¿Nos vamos ya o quieres seguir escuchándolas? Porque yo siento que estamos perdiendo el tiempo cuchicheando sobre tonterías, en lugar de ponernos al día con la frustrante vida de Hester Prynne.

—¿De quién? —Cara y Lorreine se pronunciaron a la vez.

Arabia levantó el libro, y esta vez fue ella la que puso cara de estar diciendo algo evidente.

—Hester —concluyó señalando a la mujer que aparecía en la portada.

—Ah, eso. —Lorreine abrió su bolso y sacó del interior una carpetilla amarilla, a juego con su camiseta y el lazo que se había puesto en el pelo—. Aquí está mi parte, toma, para que respires y te calmes un poco.

Se la puso delante, pero no la cogió. Arabia miró a Zane, esperando su reacción. Esta se mordió el labio inferior y se encogió ligeramente de hombros.

—Vale, está bien. —Recogió sus papeles, los metió en la carpeta y se levantó para ponerse la mochila—. Yo me voy a casa, o sea, hacia tu casa. Si quieres quedarte no me importa, daré un paseo hasta la hora de cenar y luego nos veremos allí.

—¡No! Ari, espera. —Zane se aclaró la garganta antes de continuar—. ¿Qué tal si… dejamos esta conversación para otro momento y Lorreine, tú y yo vamos a mi casa y nos ponemos con el trabajo? Hay que entregarlo mañana.

—No me lo puedo creer. —Cara cogió su bolso y se puso de pie al lado de Arabia, pero sin mirarla—. No voy a consentir que alguien como tú me deje plantada en una cafetería. En serio, Zane, creía que tenías potencial…

—Yo no…

—Pero eres igual de tonta que tu hermano.

Las tres dejaron que Cara se marchara sin replicarle. Arabia miró primero a Lorreine, que tenía cara de no saber dónde meterse, y luego a Zane, cuyo rostro sorprendido parecía haberse congelado.

—Esto es el colmo —fue lo único que dijo antes de salir corriendo para alcanzar a Cara.

Estaba convencida de que Lorreine y ella solo se estaban acercando a Zane porque a esta última le gustaba su hermano. La encontró a punto de abrir la puerta de un pequeño y, sin duda, carísimo coche blanco.

—Tú y yo no tenemos nada de qué hablar —le advirtió Cara.

—¿Tanto te gusta Jake?

—No seas patética y déjame en paz.

—Eso me vale como respuesta, así que solo me queda decir que, si de verdad te gusta, la única tonta eres tú. —Arabia sabía que meterse con la hermana de Jake no era, ni sería nunca, una buena estrategia para nadie que quisiera algo con él. Ni con su hermana ni con ningún miembro de su familia—. Y si no sabes por qué… eso solo hace más evidente mi teoría.

Cara levantó el dedo corazón hacia ella y se metió en el coche.

—Que te den a ti —respondió Arabia.

Lorreine y Zane aparecieron cuando el coche de Cara ya había salido del aparcamiento.

—¿Qué ha pasado? —quiso saber la primera—. ¿Qué le has dicho?

—¿Acaso importa? —Arabia se puso aún más seria—. ¿Vas a hacer el trabajo de literatura con Cara o con nosotras?

—No hace falta que te pongas tan chula —protestó Lorreine. Luego se dirigió a Zane, como si no tuviese importancia que su amiga Cara la hubiese insultado a la cara—. ¿Sigue en pie lo de ir a tu casa?

—Supongo que sí.

—Pues venga, vamos a por nuestras cosas. ¿Cuál es vuestro coche?

Arabia hizo un gran esfuerzo por sonar divertida para que Zane recuperase el ánimo.

—Nuestro coche es tan grande que no cabe en este aparcamiento. Solemos dejarle las llaves al chófer para que nos recoja justo ahí —continuó, señalando la parada de autobús más próxima—. ¡Mira! Parece que nos ha leído el pensamiento y ya está viniendo hacia aquí. Tendremos que darnos prisa.

Lorreine soltó una carcajada cuando entendió el sarcasmo.

Zane sonrió ligeramente.

Arabia se dio por satisfecha.

***

Ya eran casi las cinco de la tarde cuando se sentaron en la mesa del salón de la casa de Zane y empezaron, por fin, a hablar sobre la novela y el trabajo en cuestión. Lorreine ni siquiera se molestó en prestar atención, porque, por lo visto, analizar la casa de los Becker era mucho más interesante.

Sara se acercó con un bol de palomitas de mantequilla y les preguntó por el trabajo.

—¿Os ha gustado el libro?

—Yo hubiese preferido una obra más… actual, pero no ha estado mal —contestó Zane—. A Arabia es a la que más le ha gustado.

—¿Y qué opinas tú, Lorreine?

—¿Yo?

Arabia miró a la madre de Zane, que también la miró a ella de reojo durante un breve instante, tiempo más que suficiente para darle a entender que había calado a Lorreine desde el principio. Tuvo que ponerse la mano en la boca para disimular la sonrisa.

—La novela, ¿qué te ha parecido? —insistió Sara.

—Ah, sí, está bien, supongo. En realidad, no leo mucho, así que… no creo que mi criterio sea de gran ayuda.

—Bastaría con que tuvieses alguna opinión —le dijo Arabia.

Lorreine le acercó los folios que había redactado.

—¿Y qué te parece esta?

Arabia negó con la cabeza y continuó probando diferentes tipos de letra para la portada del trabajo. Sara anunció que salía de casa para ir a buscar a Louis y no tardaron en quedarse solas. Lorreine lanzó un largo suspiro y dijo:

—Bien, ahora que ya no tenemos que disimular, ¿por qué no nos dedicamos cada una a lo que mejor se nos da? —Volvió a acercarle sus folios a Arabia—. Léelo de una vez, coge lo que te apetezca y redáctalo a tu gusto. Yo me ocupo de la portada.

—Ni hablar.

Lorreine sacó entonces un estuche lleno de lápices y de rotuladores de una marca que Arabia no conocía.

—En serio, confía en mí.

—Ni siquiera has leído la novela —protestó.

—¿Y eso qué importa? —La chica empezó a rotular el título con una habilidad y una precisión asombrosa—. Por cierto, Zane, ¿cuándo crees que llegará tu hermano?

—No sé, ¿por?

Oyeron ruido en la puerta justo después y Arabia no se dio cuenta, pero contuvo la respiración. Lorreine sonrió al ver a Jake, que llegaba con su prima y con un par de bolsas del supermercado.

—Hablando del rey de Roma —añadió a la vez que extendía los brazos para darle la bienvenida.

Arabia sintió mucha vergüenza, porque Jake pensaría que habían estado hablando de él y no era cierto. Sin embargo, no se inmutó. Continuó hasta la barra de la cocina y dejó a Rachel sobre ella y luego las bolsas. Paul, su padre, entró poco después con el resto de la compra. Mientras ellos se ponían a organizar los productos, Lorreine les hizo un gesto para que se acercaran a escucharla hablar en voz baja.

—¿Crees que podríamos pedirle ayuda para que se siente con nosotras? —le preguntó a Zane.

—¿Para qué quieres que se siente aquí?

—Podremos verle la cara más de cerca y luego debatir sobre quién pegó a quién. Además, seguro que se pone nervioso si le hago algunas preguntas sobre lo que pasó anoche. Será divertido ver su reacción.

Zane asintió, contagiada por el entusiasmo de Lorreine. Arabia no podía entender, de ninguna de las maneras, que Zane siguiese creyendo que era real la amistad que compartían.

—Suena bien, sí. Pero sus puntos fuertes son las mates y la física, dudo que quiera venir a hablar de literatura.

—Pues dile que estamos haciendo un trabajo de mates, no importa.

Arabia observó a Jake, que ya había vaciado el contenido de la primera bolsa y había abierto un yogur para Rachel. Paul había salido hacia la despensa del cuarto de la colada cuando Zane formuló la pregunta:

—Oye, Jake, ¿te gustaría venir a echarnos una mano?

—No, gracias —respondió él, sin más.

Lorreine se echó hacia atrás sobre su asiento antes de volver a inclinarse hacia Zane.

—¡Venga ya! Seguro que puedes hacerlo mejor.

Zane resopló, frustrada, pero en cuanto su padre regresó a la cocina se le iluminó la cara. Arabia captó enseguida lo que se proponía a hacer.

—Oye, Jake —repitió—. ¿Podrías venir a echarnos una mano con unos problemas de mates?

Él, al principio, no dijo nada. Ni siquiera se movió. Paul, por el contrario, dejó lo que estaba haciendo para lanzarle una breve mirada. Arabia conocía de sobra esos duelos silenciosos entre padre e hijo.

—Iré cuando Rachel acabe —anunció Jake sin girarse siquiera.

Zane y Lorreine se miraron triunfantes. Arabia levantó las cejas y se dispuso a leer de una vez por todas la parte de Lorreine, como si eso pudiese dejarla al margen de los planes de las otras dos. Se puso nerviosa solo de pensar en la reacción de Jake, y fue incapaz de leer dos frases seguidas hasta que él se sentó en la mesa, en la cabecera, a su derecha.

Sin mediar palabra, extendió la mano hacia Zane.

—Déjame verlos —exigió refiriéndose a los problemas que había mencionado.

Lorreine fue la primera en reaccionar:

—Ah, sí, espera. Los tengo yo.

Arabia la observó, asombrada e intrigada a la vez, mientras buscaba en su bolso o simulaba hacerlo.

—¿Qué te ha pasado en la cara? —comentó mientras tanto, sin darle importancia.

—Los problemas, Lorreine —dijo él por toda respuesta—. No me hagáis perder más el tiempo.

—¡Vaya! ¿Estar aquí sentado con nosotras te parece una pérdida de tiempo?

—Sí.

—Definitivamente, he conocido estatuas mucho más cordiales que tú.

Jake se cruzó de brazos y se apoyó impaciente en el respaldo de la silla. Arabia se fijó entonces en la zona de la cara a la que Zane había hecho alusión en la cafetería. Tenía la parte derecha de la barbilla marcada con una contusión que ya empezaba a adquirir un tono morado. Además, ese lado del labio inferior también lo tenía hinchado. Después sus ojos se desviaron hacia el lunar que tenía debajo del ojo izquierdo y se quedaron allí hasta que la chica Pop volvió a hablar:

—Vale, a ver... —Lorreine dejó el bolso en el suelo y colocó los brazos en la mesa para inclinarse y seguir hablando—: ¿Cómo empezó la pelea?

Jake parpadeó varias veces sin apartar la vista de Lorreine antes de volver a hablar:

—¿Esto va en serio?

—Es que me queda claro lo tuyo con Shawn, pero lo que no me cuadra es que Chris también estuviese involucrado. ¿Qué fue lo que pasó? ¿Shawn te golpeó primero y Chris te defendió? Eso tendría sentido. Y fue en el Dix76, con lo cual hay una chica de por medio. Cara cree que fue por ella, pero... —miró a las chicas—, que quede entre nosotras, yo tengo mis dudas.

Jake se pasó una mano por el pelo y sonrió con ironía. Se apoyó en la mesa para levantarse al tiempo que se dirigía a su hermana.

—Problema resuelto, ¿no?

—Sí —respondió esta, con mucha menos valentía que cuando le pidió que las ayudase.

—¡No! —protestó Lorreine.

Él siguió mirando a su hermana hasta que ella repitió su respuesta de una forma más audible y convincente.

—Bien.

Lorreine se marchó poco antes de la hora de la cena. Para entonces, Arabia ya había descartado su resumen (que, sin duda, había copiado de otra persona), redactado de nuevo su parte con lo que había trabajado por su cuenta y reescrito la de Zane para que todo quedase uniforme, con la misma letra. Lo único positivo de aquella experiencia con Lorreine fue la portada. Hizo un trabajo impecable, había que reconocerlo.

Durante la cena, Sara le preguntó a Arabia por su madre y eso hizo que la valoración global del día perdiese unos cuantos puntos más de los pocos que ya de por sí tenía, pero, como siempre, actuó para que no se notase y se mostró cordial y sonriente en la medida de lo posible. Zane ni siquiera notó que su ánimo era más lúgubre de lo habitual, porque no le preguntó al respecto cuando por fin se metieron en la cama. Arabia quería decirle muchas cosas sobre Lorreine y su supuesta nueva amistad de conveniencia, pero lo descartó, porque conocía la sensación que estaba viviendo Zane, más de lo que le gustaría. También sabía que lo único que conseguiría sería desilusionarla antes de tiempo, y Arabia no tenía ánimo para más desilusiones.

Se incorporó en la cama en cuanto oyó unos fuertes pasos subiendo por la escalera que conducía a la habitación de Zane. Cuando la puerta se abrió, un Jake malhumorado apareció y se acercó a la cama de su hermana.

—¿Por qué lo has hecho? —le increpó alterado.

Arabia se levantó y se acercó de forma instintiva.

—Oye, cálmate.

—No estoy hablando contigo. —Jake alzó la mano derecha hacia ella sin mirarla—. No vuelvas a hacerlo, ¿me oyes? —continuó, dirigiéndose a Zane.

—Perdona.

—Es que ¡¿por qué cojones has tenido que hacerlo?!

Sabía que Jake se estaba refiriendo al hecho de que le hubiese pedido ayuda estando su padre delante. El año anterior protagonizaron una escena parecida, y no acabó bien. Zane se había aprovechado de la vulnerabilidad de Jake frente a Paul.

—No pensaba que fuera a molestarte tanto, de verdad.

—Maldita sea, Zane, tú no eres así. No vuelvas a traer a casa a Lorreine ni a ninguna como ella, ¿entendido?

Arabia estaba de acuerdo con Jake sobre lo de que llevar a Lorreine a casa no había sido la mejor de las ideas; sin embargo, no comulgaba en absoluto con la forma de hacérselo saber. Cuando estaba enfadado era incapaz de medir sus palabras.

—Pero, verás, es que… —balbuceó Zane.

—¡No vuelvas a hacerlo y punto! —zanjó Jake.

Cuando dio por concluida la conversación y caminó hacia la puerta, Arabia no se pudo contener y añadió:

—Tú no decides lo que ella hace o deja de hacer.

Jake paró unos segundos para mirarla y ella fingió que sus ojos azules, tan rabiosos como el mar un día de tormenta, no la intimidaban. Lo vio abrir la boca un par de veces, conteniendo una respuesta que iba a ser cualquier cosa menos amable, pero, cuando por fin habló, lo único que dijo antes de marcharse fue:

—Buenas noches.

Arabia estuvo a punto de gritar. Había estado de su parte todo el tiempo, a pesar de que no le profesaba simpatía por cosas como las que acababan de pasar. Pero lo habría defendido delante de Zane si sus formas hubiesen sido distintas, así que se enfadó.

Se enfadó con Jake, sí.

Porque eso era mucho mejor que enfadarse con su madre por estar enferma.

OCTUBRE de 1984

11 | LADRÓN DE PASIONES

miércoles 24 de octubre

Jake

Tony Lewis se reincorporó al equipo la penúltima semana de octubre, un mes después del partido cuya victoria celebraron en el Dix76 y que había dado paso a varias derrotas consecutivas. Según Jake, el jugador regresó justo cuando el equipo y él más lo necesitaban, porque, aunque le gustaba jugar todos los minutos que ambos entrenadores le otorgaban en el ataque y en la defensa, necesitaba un respiro. Sobre todo, necesitaba seguir mejorando en su propio puesto, rindiendo al cien por cien como defensa. El entrenamiento de aquel día, el del regreso del mítico jugador, fue igual de intenso que los siguientes a la pelea: Tayler aún seguía enfadado por aquel asunto, especialmente, porque no conocía los detalles.

Jake no se había relacionado con Tony la temporada anterior, ni siquiera estaba seguro de que el chico supiese su nombre de pila. Era una de las estrellas del equipo, junto con Chris y Shawn, y el jugador más letal de la línea de ataque, sin duda. Medía cerca de los dos metros y pesaba al menos ciento treinta kilos.

Y, precisamente por eso, Jake tenía que haber usado un poco más el cerebro cuando, después de la dura jornada de saltos pliométricos y ejercicios balísticos, Tony pasó por su lado en el vestuario y mantuvieron una corta conversación:

—Durante todo el tiempo que he estado alejado del equipo, no he dejado de escuchar lo rápido que te has vuelto, Becker. —Jake se volvió hacia él, sin poder discernir si el comentario era positivo o negativo—. Y parece que los rumores eran realmente ciertos.

Tony habló serio, como siempre, pero se permitió el lujo de sonreír al acabar la última frase y eso lo descolocó aún más. Por si fuese poco, se hizo el silencio alrededor de ellos, en cuanto los demás se dieron cuenta de lo que estaba sucediendo. Todos menos él, porque cuando empezaba a convencerse de que el *tackle* ofensivo lo estaba alabando, le puso una mano en el hombro y añadió:

—Quizás sea por eso que no tienes novia.

El vestuario estalló en carcajadas y Jake se puso furioso, más por su propia ingenuidad que por el significado del comentario en cuestión.

—No sé, pregúntale a tu madre. Creo que ella no opina lo mismo.

Se arrepintió de lo dicho demasiado tarde, porque ni siquiera fue consciente de la gravedad de sus palabras hasta que un nuevo silencio inundó la estancia. Para cuando el cerebro le hizo clic sobre el motivo de la larga ausencia de Tony en el equipo, este ya le había dado su merecido. El chico le pegó en la cara con el puño derecho sin ningún tipo de miramiento. De no ser porque sus compañeros se lo quitaron de encima y lo sacaron a rastras del vestuario, habría sido mucho peor. «Estás mal de la olla» o «Eres hombre muerto» fueron varios de los mensajes que Jake recibió después de que lo consiguieran. Cuando Chris regresó, fue directo hacia él, lo empujó con fuerza y le espetó:

—¿Qué coño te pasa, tío?

Jake sabía que Chris estaba molesto con él y tenía sus motivos, porque Jake solo se había disculpado a medias por lo ocurrido en el Dix76, alegando que fueron los amigos de Greyson y no él quienes habían iniciado la pelea.

—No me acordaba de que…

—¿De que su madre estaba muerta? Joder, Jake. Céntrate un poco, ¿quieres? —Chris se puso a caminar de un lado a otro, con ganas de decirle muchas más cosas de las que en realidad le dijo—. Céntrate o habrá consecuencias. Empiezo a estar harto de tener que dar la cara por ti —concluyó antes de volver a salir en busca de Tony.

«Nunca te he pedido que lo hagas», quiso haberle respondido. Pero no se atrevió a hablar después de lo que había pasado.

Al salir de la ducha, se encontró con una camiseta nueva en su taquilla, dos de los ayudantes se estaban ocupando de repartirlas. Era negra, de manga corta y con un par de líneas blancas sobre estas. Tenía su número grabado en la parte de delante y nada más, le gustó y se la puso.

***

Llegó a casa temprano, porque pasaría toda la tarde con Rachel. Desde que había empezado la pretemporada, no había podido dedicarle el mismo tiempo de siempre y, aunque seguían durmiendo juntos, su madre le había hecho un par de comentarios que daban a entender que la niña echaba de menos estar con él. «Necesita más tiempo de Jake y Rachel», le había dicho. «Tiempo exclusivo contigo. Te adora».

Rachel lo estaba esperando sentada en el sofá. Bajó y corrió hasta él nada más verlo, así que Jake la cogió y la subió a hombros.

—¿Qué es lo que quieres hacer hoy? —le preguntó mientras subía con ella hacia su habitación para dejar la mochila de clase.

—Mmm…, pintar.

—¿Pintar? ¿Eso quieres?

Rachel asintió con fuerza con la cabeza, por eso a Jake no le hizo falta ver su gesto para conocer la respuesta.

—Voy a hacerte un tatuaje —anunció. Él sonrió al escuchar la decisión de su prima. Hacía tiempo que no jugaban a los tatuajes—. Con tus bolis.

—¿Y te parece bien si me tatúas abajo en el sofá? —le preguntó con ganas de sentarse durante un buen rato sin hacer nada que no fuera estar atento a si Rachel apretaba demasiado alguno de los bolígrafos.

—Vale. Bájame que voy a ir a prepararlo todo.

Jake la dejó en el suelo, sacó el estuche de la mochila y Rachel se apoderó de él y se marchó a toda prisa. Se quitó la chaqueta y pasó por el baño para comprobar el estado de su ojo frente al espejo: rojez por todo el contorno y amoratado en la zona de las ojeras. Iría a peor, pero por lo pronto no estaba tan mal como para no poder convencer a sus padres de que no se debía a una pelea. Otra más.

Cuando volvió al salón, la niña había esparcido por la mesilla todo lo que quería usar, incluidos sus rotuladores de colores.

—Buenas tardes, ¿es aquí donde hacen los mejores tatuajes de Vallon?

Rachel asintió entusiasmada; Jake se sentó.

—¿Dónde le gustaría hacerse un tatuaje, señor?

—¿En el brazo va bien?

—Mmm…, sí.

Se recostó y le ofreció el brazo izquierdo. La niña lo colocó como quiso y le levantó la manga de la camiseta hasta el hombro para empezar a pintar desde allí, subida de rodillas en el sofá. La tele estaba encendida, porque su madre la veía desde la cocina, pero no le prestó atención hasta más tarde, cuando esta se acercó a escuchar con especial interés. Jake la miró primero a ella y luego a la tele. La noticia que estaban dando era acerca de la desaparición de un niño pequeño. Por lo visto, llevaban cuatro días buscándolo.

—Santo Dios —dijo su madre cuando lo comentaron—, sus padres deben de estar desesperados.

El niño se había perdido en una feria de ganado que se celebraba en un pueblo cerca de allí. Jake miró a su prima, que había dejado de pintar al ver lo interesados que estaban en lo que salía por televisión.

—Hay que ver, es que no se puede descuidar uno ni un segundo con niños pequeños —siguió su madre—. Ojalá lo encuentren pronto… Sí, seguro que darán con él. Lo harán —añadió de regreso a la cocina.

Él, sin embargo, no tenía una opinión tan optimista. No le parecía lógico que tardasen tanto en encontrar a un niño perdido. Cambió de canal para que Rachel no siguiera empapándose de aquella noticia y fue entonces cuando percibió un olor muy peculiar.

—¿Huele a tarta?

—Hoy es el cumpleaños de tu hermana —le recordó Sara.

Zane y Louis llegaron juntos del instituto después de las cinco. Para entonces, Rachel estaba terminando de retocar el tatuaje, que abarcaba casi toda la superficie de su brazo. Su hermana no tardó en romper la calma de la que había disfrutado hasta su llegada, porque entró haciendo aspavientos para mostrar algo que llevaba en la mano y que fue a enseñarle a su madre.

—¡Mamá! ¡Mira!

—¿Entradas para el cine?

—¡Ari me ha regalado la entrada para ir a ver la última película de Steven Bauer! ¡La que estrenaron ayer!

—¿Qué peli? —preguntó Jake con curiosidad, porque el nombre del actor no le sonaba de nada.

—¡¡*Ladrón de pasiones*!!

—*Ladrón de pasiones* —repitió Louis con retintín.

Zane no le hizo ni caso y siguió dando tumbos por el salón, con los tiques pegados al pecho y girando sobre sí misma.

—¿Y cuándo vais a ir? —preguntó Sara.

—Hoy hay un pase a las ocho. —Zane se acercó a su madre para dar a conocer sus intenciones—. Sé que es un poco tarde, pero… ¡es Steven Bauer! Sería de las primerísimas en ver la película.

—Acabará muy tarde.

—Ari ya ha mirado los autobuses. El circular de los centros comerciales sale a las diez y cuarto de Southmond y pasa a la vuelta por Prinss.

—Ese autobús os dejaría en Chancery y tendríais que venir andando desde allí a las once como muy pronto. No me parece un buen plan, en absoluto.

Jake estudió la cara de preocupación de su madre, dándose cuenta de que la noticia del niño desaparecido no había abandonado su mente. Quizás también estuviese influyendo que llevase toda la tarde liada en la cocina, preparando la tarta y la cena para una celebración que Zane cambiaba por ir al cine sin ningún tipo de remordimiento.

Su hermana siguió insistiendo con ganas mientras él ayudaba a Rachel a guardar todo lo que había estado usando.

—Pareces un disco rayado —comentó Louis.

—Deja de fingir que no te mueres de ganas por ir al cine, ¿quieres? —contraatacó Zane—. Huele a envidia desde aquí… —Luego se giró hacia su madre para continuar con la súplica—: ¡Es que menudo regalo, mamá! Ari está pendiente de todo. Siempre da justo en el clavo. ¿No es una amiga increíble?

—Lo es, pero te recuerdo que todavía no he accedido, cariño.

—Mamá, ¡por favor! He gritado a los cuatro vientos que hoy iría a ver esa película. Todo el instituto se ha enterado de que tenemos entradas.

—Bueno, pero eso ha sido solo cosa tuya —Jake lanzó el comentario desde el sofá—. Mamá no ha tenido nada que ver.

—Gracias por tu aportación, Jake. Como siempre, muy útil.

—A propósito de Jake… Se me ocurre algo.

Zane lo miró con hastío y luego esperó, impaciente, a que su madre continuase.

—Si tu padre vuelve hoy del trabajo a una hora aceptable, Jake podría llevaros al centro comercial.

—¿Y qué quieres que haga después? —Jake miró a su madre con incredulidad—. ¿Esperar allí a que acabe la maldita película para traerlas de vuelta?

—Sí, justo eso.

—Ni hablar.

—Tienes de tiempo hasta las siete para reconsiderar la oferta. Mientras tanto, puedes ir pensando en qué excusas vas a darle a tu padre cuando te vea la cara, porque te recuerdo que todavía no hemos hablado de eso.

Louis se rio sin disimulo y Zane se giró para que no pudiera verle la sonrisa.

—Mamá, ¿en serio?

—A lo mejor yo puedo convencerlo de que ha sido solo un mal golpe en el entrenamiento —continuó Sara—, aunque no es lo que parece a simple vista.

—Increíble —protestó molesto por el complot.

Zane miró a Jake, a la espera, poniendo una de sus características caras de pena y alegando que era su cumpleaños.

Jake la fulminó con la mirada y luego la señaló con el dedo para agregar:

—Lo haré solo si prometes que no te pasarás todo el trayecto hablando de ese tal Bauer.

Zane lanzó un grito de felicidad y abrazó a su madre.

—Eres la mejor haciendo chantaje.

—Os prepararé unos sándwiches.

Jake resopló para dejar constancia de su desacuerdo, aunque, después de todo, la idea de salir de casa un par de horas y conducir la camioneta no era tan espantosa.

Arabia

La vieja Travelette azul claro de los Becker paró en la calle donde vivía Arabia pasadas las siete y media. Zane le hizo gestos con las manos para que se diese prisa en subir.

—Lo siento —se disculpó su amiga cuando subió a la parte de atrás del vehículo; iban a llegar al cine muy justas de hora—. Mi padre ha llegado hace nada. Ya casi estaba a punto de llamarte para aplazar el plan a otro día.

—No te preocupes, creo que todavía llegamos a tiempo.

—Jake, date prisa, por favor.

Para amenizar el trayecto, Zane se puso a hablar del cine, de las palomitas y de la película. Llevaba su jersey verde claro con la palabra «Love» escrita en el pecho en color rosa que a Arabia tanto le gustaba. Ella no tenía nada tan llamativo en el armario, por lo que su atuendo consistía, aquel día y casi todos, en unos vaqueros oscuros, una sudadera negra y una coleta baja.

—Si Steven Bauer pudiese verte, seguro que pensaría que eres su mayor fan —comentó.

—¡Chist! No puedo hablar de Steven en el coche. Jake ha accedido a llevarnos con la condición de que no hable de él.

—¿De que tú no hables de él o de que ninguna lo haga?

—Técnicamente, solo se ha referido a mí. —Zane miró a su hermano con pillería—. Tus condiciones no decían nada acerca de Ari, ¿verdad?

Jake inspiró profundamente y luego ladeó un poco la cabeza y sonrió a su hermana.

—En realidad, es tu cumpleaños. Haz lo que te dé la gana. Total, yo ya no puedo escaquearme.

Zane chilló de forma inesperada y Arabia se sobresaltó y se contagió de su felicidad. Una vez abierta la veda, Zane no dejó de hablar de lo guapo que le parecía el actor principal y de las ganas que tenía de verlo en la gran pantalla.

—Su pelo... ¡Es que su pelo! —comentó en un determinado momento—. Es tan natural y tan rebelde y tan... ¡de Steven!

Todo lo que Arabia sabía sobre ese actor era por ella. No era muy conocido, pero se había hablado mucho de la película que iban a ver antes de que se estrenase, y los carteles promocionales eran los que habían revolucionado a Zane. Tenía fotos suyas en la carpeta, en la taquilla e incluso por la habitación. No había sustituido de forma definitiva al guapísimo Rob Lowe por Steven Bauer, pero sí había pegado una foto de Steven un poco por encima de un recorte de la cara de Rob. Arabia estaba segura de que la balanza que medía lo mucho que le gustaba uno y otro se desmarcaría en función de cuánto le gustase *Ladrón de pasiones*.

—Pero, a ver, ¿ese Steven es el de la peli de *Rebeldes* de la que tanto hablabas el año pasado? —Jake hizo la pregunta cuando pararon en un semáforo, ya muy cerca del centro comercial del sur, a donde se dirigían.

—¡No! ¡Ese es Rob!

Arabia sonrió por la coincidencia. Luego miró por la ventanilla, tras escuchar el pitido que emitió el coche de al lado. El conductor había hecho sonar la bocina para saludar a los dos chicos que cruzaban la calle en ese momento y que devolvieron el saludo de buena gana.

—¡Eh! ¿Esos no son de tu equipo? —preguntó Zane a su hermano—. Llevan una cazadora de los Ice Falcons.

—Sí. Lopes y Clark.

—Oye —Zane se giró hacia Jake apoyando el codo en el respaldo—, nunca te he visto a ti con esa cazadora, ¿también la tienes?

Era una cazadora estilo *bomber* de un negro brillante precioso, con el logo de los Ice Falcons —una silueta de halcón— visible en una de las mangas y el nombre del equipo detrás en blanco.

—Sí.

—¿Y por qué no la usas? Mola un montón.

Jake se encogió de hombros mientras seguía con la mirada a sus compañeros hasta que los perdió de vista.

—Vale, lo pillo. Tú prefieres vivir en el anonimato más extremo, para ahorrarte el tener que saludar a un desconocido.

—No todos los desconocidos que te pitan desde un coche lo hacen de forma positiva —se justificó él.

—Bueno, si no la usas, ¿significa entonces que puedo robártela?

—No. Es exclusiva de los jugadores.

—Vaya rollo.

—En serio. No sería una buena idea que la llevaras, así que no se te ocurra cogerla sin permiso.

—Vale…

Llegaron al aparcamiento a las ocho menos cinco. Zane y ella salieron pitando de la camioneta y se pararon al lado de la ventanilla de Jake. Arabia reparó entonces en el moratón que tenía en el ojo izquierdo.

—¿Cómo quedamos? —le preguntó Zane—. ¿Nos recoges en la puerta a eso de las diez?

—Me voy a quedar aquí. Cuando salgáis, venís y nos vamos.

Arabia se preguntó si de verdad pensaba quedarse allí a esperarlas, pero no tenía la confianza suficiente como para formular la cuestión. Lo que sí trató de averiguar, mientras esperaban en la cola de las palomitas, fue qué era lo que le había pasado en el ojo.

—Ni idea —respondió su amiga—. Lo único que sé es que gracias a eso mi madre lo ha convencido para que nos acompañe. ¡Vamos!

Zane la agarró del brazo para avanzar hasta su turno. Arabia pidió menú completo de palomitas gigantes y refresco y su amiga, solo refresco. La miró detenidamente con la ceja alzada.

—Es que mi madre nos ha preparado unos sándwiches de pavo —comentó por lo bajo.

—Póngame otra más de palomitas, por favor, y una lata de… Pepsi —le pidió Arabia al dependiente, pese a las protestas de Zane—. No te resistas, Zane. Adoras las palomitas y es tu cumpleaños.

—¿Y la Pepsi para qué? Ya he pagado mi refresco.

—Para tu hermano. —Arabia acompañó a su amiga hasta los tornos de entrada y le endorsó como pudo los dos cartones de palomitas y los refrescos—. ¡Ahora vuelvo!

Salió corriendo hacia el aparcamiento y se acercó a la camioneta donde Jake estaba sintonizando la radio. Le hizo gracia el respingo que dio cuando la vio aparecer tan de repente.

—Toma —le dijo ofreciéndole el refresco—. Por las molestias de traernos y esperarnos, para que lo uses como frío para la cara o para bebértelo. ¡Hasta luego!

Arabia regresó con una desconcertada Zane que no tuvo ni tiempo de preguntar por su gesto porque los anuncios previos a la película ya habían empezado. Buscaron sus asientos con torpeza y se acomodaron.

—¿En serio has comprado una Pepsi para Jake? —le preguntó Zane por lo bajo, segundos antes de que el título de la película apareciese en pantalla—. Creía que lo odiabas a muerte desde vuestra última conversación.

—No le tengo mucho cariño, pero estamos aquí gracias a él, ¿no?

—Sí, eso es cierto.

Cuando Steven Bauer salió en pantalla por primera vez, el suspiro grupal de casi todas las personas presentes resonó por toda la estancia. El noventa por ciento de las chicas estaban allí por Steven, Arabia estaba segura, y tuvo que reconocer que así, en movimiento, era más atractivo que en las fotos que le había visto a Zane.

Veinte minutos después de que empezase la película, la pantalla se apagó sin previo aviso. Zane y Arabia se miraron, confusas, mientras la mayoría de las personas se levantaban o se giraban hacia el proyector. Al poco se encendieron las luces y un par de acomodadores entraron y pidieron calma para poder explicar lo sucedido.

—Ha habido un problema con la cinta y lamentamos comunicarles que no se puede reanudar la película. —El descontento general no se hizo esperar—. En la ventanilla les tramitarán la devolución de las entradas. Esperamos solucionarlo lo antes posible.

Zane se quedó traspuesta.

—No es posible —dijo—. No puede ser verdad.

Arabia no supo ni qué decir.

—¿Por qué me tiene que pasar esto a mí?

—Lo solucionarán, Zane, y nosotras vendremos y la veremos y podremos seguir alegrándonos la vista con Steven Bauer.

Eso último, al menos, la animó.

—¡Lo sabía! ¡Sabía que iba a gustarte!

—Bueno, no considero que sea tan tan guapo como crees tú, pero... tiene algo, sí. Para qué negarlo.

Salieron riendo y se colocaron en la cola para la devolución.

—Vaya chasco —siguió diciendo Zane—. He sacrificado la celebración tradicional de mi cumpleaños por nada.

Cuando recuperaron el dinero de las entradas, salieron cargadas con las cajas de palomitas y los refrescos a medias y caminaron hacia la camioneta. Jake estaba apoyado en la ventanilla, con una mano sujetando la lata de Pepsi a la altura de la cara y con la otra comiéndose un sándwich.

—¿Qué hacéis aquí?

—Han cancelado la película —le explicó Zane cuando subieron juntas en los asientos de atrás—. Se ha roto la cinta y nos han devuelto el dinero, ¿te lo puedes creer?

—¿Va en serio?

—¡Claro que va en serio! ¿Por qué si no íbamos a estar aquí con todas estas palomitas pudiendo estar sentadas en una cómoda butaca viendo a Steven? Está claro que el destino casi siempre tiene alguna broma preparada para el día de mi cumpleaños.

A Arabia no le hizo falta preguntar. El año anterior no había habido ningún incidente, pero Zane ya le había contado varios de los inconvenientes con los que había tenido que lidiar cada veinticuatro de octubre desde que tenía uso de razón.

—¿Y qué es lo que queréis hacer ahora? —preguntó Jake.

Arabia lo miró sorprendida.

—Ir a casa —respondió Zane—. ¿Qué si no?

—Has dicho que os han devuelto el dinero, ¿no?

—Sí.

—Vale, pues son las ocho y media. Tenéis coche, tiempo y dinero para poder hacer alguna otra cosa que te apetezca.

—Necesito el dinero para cuando repongan la película, Jake.

—Pero yo no. —Arabia sonrió de cara a su amiga y luego se inclinó hacia delante por el hueco de los asientos delanteros y se dirigió a Jake—: ¿Tienes alguna sugerencia?

—Es posible.

—¿Quién eres y qué has hecho con mi hermano? —preguntó Zane, acercándose también por el mismo hueco.

—Siempre dices que tu cumpleaños está gafado, ¿no?

Arabia y Zane estudiaron a Jake con atención.

—Sí, ¿y qué?

—¿Recuerdas cuando una pelota impactó sobre la mesa donde estaba preparada tu tarta? Aquel día que bajamos a celebrarlo al parque de debajo de casa, en Filadelfia.

—Me acuerdo perfectamente, sí. Cumplía nueve años.

—Es posible que yo tuviese algo que ver. —Jake se giró para mirar a su hermana, pero no duró más de dos segundos, porque puso enseguida las manos sobre el volante y agachó la cabeza avergonzado—. Me gustaría enmendarlo.

Arabia reparó en la cómica cara que se le había quedado a su amiga, con la boca abierta de forma exagerada para expresar su asombro.

—¿Fuiste tú? No, espera. ¿Estás queriendo decir que fue a propósito?

—Si te sirve de consuelo, recibí el merecido escarmiento. Papá no tuvo piedad.

Miró a Jake con preocupación, pero este sonreía tranquilo hacia su hermana.

—Está bien, ¿cuál es el plan? —La pregunta de Zane propició que se pusieran en marcha.

Jake condujo hacia las afueras de la ciudad y continuaron durante casi media hora hasta un local de carretera llamado Iceberg Drive Inn, con fachada blanca y toldos rojos.

—¿Dónde estamos exactamente? —preguntó Zane.

—Cerca de Pleasant Grove. Aquí los helados se sirven en vaso de refresco.

Antes de dirigirse hacia el interior, Jake le pidió a Zane su cartón de palomitas y el refresco y les explicó que conocía el Iceberg por los viajes en autobús con el equipo. Estaba convencido de que el sitio le gustaría a su hermana y no se equivocó.

Caminaron hasta la última mesa del local y se sentaron. Cuando les tomaron nota, Zane pidió un vaso de Cookie Dough y Arabia, otro de Reese's. Jake añadió al pedido unas patatas fritas para compartir y luego se quitó la sudadera, dejando visible una camiseta negra con el número cincuenta y uno serigrafiado en la parte delantera y un par de líneas blancas en las mangas. Arabia descubrió que tenía todo el brazo izquierdo repleto de rayas y formas de colores, sin duda, obra de Rachel.

—Reconozco que este helado tiene poco que envidiarle al Michigan Blues de Baskin Robbins —comentó su amiga tras la cata.

—Debería de haber un Iceberg de estos en Vallon —opinó Arabia.

—Ya lo creo —Zane la secundó con la boca llena. Cuando tragó, se incorporó para suspirar con los ojos cerrados—. No tengo ni idea de qué fue lo que pasó aquel día o por qué destrozaste mi tarta de cumpleaños —añadió refiriéndose a Jake—, pero te perdono.

Jake sonrió con timidez y siguió comiendo palomitas como si nada.

—Oye, Ari, ¿no te parece que el pelo de mi hermano tiene un rollo así como el de Steven?

—Tal vez, sí.

¿Tal vez? Aquel dato era, de hecho, la primera cosa en la que había pensado al empezar la película, pero no podía decir eso delante de él. Arabia se sonrojó sin poder evitarlo y eso la llevó a echar un vistazo a su alrededor para que ni su amiga ni él se percataran. Al hacerlo advirtió que había varios chicos mirando hacia allí. Todos llevaban una *varsity* morada con mangas *beige* con el logo de la Universidad de Westminster, de Salt Lake City. Empezó a sentirse incómoda cuando uno de ellos le lanzó un beso.

—¿Qué pasa? —Su amiga reparó en su cambio de expresión y miró hacia donde estaba el grupo—. ¿Quiénes son?

Jake se giró para ver qué les había llamado la atención y, acto seguido, apartó la vista y dijo:

—Mierda.

No pudieron preguntarle sobre su reacción, porque entonces dos de ellos se acercaron a la mesa.

—Qué sorpresa.

—Un *falcon* deambulando solo tan lejos de su casa.

Arabia estuvo a punto de decir que no estaba solo, pero, por una vez, se mordió la lengua.

—Y, si no me equivoco, eres Becker, ¿no? —continuó el más corpulento de los dos. Jake lo miró desafiante—. El que juega con el mismo número que yo. Qué bonita casualidad que hayas sido tú el primer *falcon* que me encuentro, ¿verdad?

Jake, sin replicar siquiera, les hizo un gesto a las dos para indicarles que cogieran sus cosas y luego se movió para levantarse, pero los chicos lo obligaron a quedarse donde estaba.

—¿Qué pasa? ¿Te ha entrado prisa?

Arabia pudo deducir que todos los que llevaban la *varsity* morada eran jugadores de fútbol igual que él, rivales de la misma liga. Solo se le escapaba el porqué Jake se había quedado tan callado frente a aquella diatriba. Lo observó con detenimiento, y tuvo la ligera impresión de que se estaba conteniendo.

—No quiero problemas —fue lo que dijo cuando habló por fin.

—Por supuesto que no. Ningún *falcon* en su sano juicio buscaría problemas con una manada de *griffins* rondando tan cerca.

Después de eso, los dos chicos se apartaron para dejarles salir, y Jake no tuvo que volver a insinuar que se levantasen. Pasaron por entre todos los jugadores que estaban repartidos por el pasillo del local y, al salir a la calle, el frío del otoño los recibió con ganas. Zane y ella se pusieron las chaquetas. Caminaron rápido sin que nadie lo pidiese, pero eso no impidió que tres de los chicos los siguiesen hasta la camioneta. Ellas accedieron sin problemas. A Jake le cerraron la puerta y lo echaron hacia atrás.

El que más había hablado en el Iceberg se dirigió a ellas, después de saludarlas por la ventanilla.

—Os lo traemos de vuelta en un ratito, no os preocupéis —dijo tratando de llevarse a Jake.

—Tío, suéltame —le oyeron decir.

—Camina.

Jake hizo todo lo posible por quedarse donde estaba.

—¡Que me sueltes!

Intentó liberarse con mucha más fuerza. Eso hizo perder la paciencia del cabecilla que, mientras los otros dos lo sujetaban, le puso una mano en la nuca y le estampó la cara contra el capó del vehículo. Ellas dieron un respingo por el duro impacto. Jake cayó al suelo y dejaron de verlo unos instantes, hasta que su agresor lo cogió por la pechera y lo levantó.

—¡Eh! ¡Vosotros! —Arabia miró a través de la luna delantera para ver quién era el que había hecho girarse a aquel gorila sin escrúpulos. Un hombre de avanzada edad sostenía un teléfono en la mano—. Me da igual de qué se trate todo esto, pero suelta a ese chico a menos que quieras que llame a la policía.

—Deja el puto teléfono. No seas aguafiestas, Bob.

—Como quieras.

El hombre marcó y se puso el aparato en la oreja.

—Será cabrón —masculló el agresor antes de soltar a Jake de mala gana—. Está bien, viejo, tú ganas.

—Volved dentro, o mejor, largaos de aquí. Todos. No volveré a repetíroslo —concluyó el señor amenazando con el teléfono en alto antes de volver al interior.

—Por qué poco, ¿eh? —dijo el líder volviéndose hacia Jake, que se había quedado apoyado en la camioneta y jadeaba—. Espero que a tu entrenador le guste el bonito regalo que te he dejado en la cara, pero, por si no fuera suficiente, aquí te dejo otro más.

El chico lo golpeó con la rodilla y eso hizo que Jake cayera de nuevo.

—Os dijimos que nos las pagaríais, paleto. Y ahora, vete con tu camioneta de mierda al vertedero de donde no tendrías que haber salido, y agradece que ese viejo estúpido te haya salvado el culo.

Jake entró en el coche a toda velocidad, arrancó sin decir nada y ni ella ni Zane se arriesgaron a hablar. Arabia ni siquiera se atrevió a mirar por el espejo retrovisor para comprobar su estado, pero sí se fijó en cómo él conducía solo con la mano derecha, porque el brazo izquierdo lo tenía apoyado en la ventanilla y no dejaba de tocarse la frente. Zane se armó de valor cuando ya habían cubierto un buen tramo de carretera de vuelta a Vallon.

—Sé que estás enfadado, pero tenemos que parar, Jake, por favor. Estás sangrando.

Sorprendentemente, él puso el intermitente, se hizo a un lado y apagó el motor. Zane pasó a la parte de delante, se sentó en el asiento del copiloto para verlo mejor y luego abrió la guantera en busca de una caja de pañuelos.

—No estoy enfadado —dijo Jake después de todo, cogiendo los pañuelos que su hermana le ofrecía.

—¿Te duele mucho?

—No, pero es que ahora mismo no puedo pensar en nada que no sea lo jodido que estoy.

—No volveré a decir que tengo mala suerte, lo prometo. La tuya es siempre mucho peor. —El comentario hizo reír a Jake, aunque fue una carcajada muy corta—. Hay que limpiarte bien la cara. No puedes llegar así a casa.

—Ya.

Arabia se acordó de la botella de agua que había metido en la mochila antes de salir de casa y se la tendió a Zane de inmediato, sin mediar palabra.

—¡Genial! Jake, sal a lavarte con esto.

Los dos se bajaron del coche y ella los esperó en el interior del vehículo, afligida por no poder servirles de más ayuda. Zane revisó a su hermano para que quedase lo más limpio posible. Cuando este levantó los brazos para quitarse la camiseta manchada y mojada, Arabia apartó la vista avergonzada. No pudo volver a mirarlo después de eso, ni siquiera cuando regresaron al coche y Jake, ya vestido con la sudadera abrochada, le preguntó si la llevaba a casa.

—Sí —Zane respondió por ella—, y será mejor que nos demos prisa. Ya son las diez y cuarto.

Arabia no podía creer que su decisión de comprar las entradas para aquella película hubiese conllevado tan terribles consecuencias para Zane y, sobre todo, para Jake.

—Le diremos a mamá que han intentado atracarnos a la salida del cine —sugirió Zane—, y que has tenido que intervenir.

Jake apoyó de nuevo el brazo en el marco de la ventanilla y condujo en silencio.

12 | UTAH UTES

jueves 25 de octubre

Jake

Ocultar a sus padres el verdadero motivo por el cual había llegado pasadas las once de la noche a casa con la cara hecha un cuadro fue fácil gracias a la coartada de su hermana. Con sus compañeros de equipo y con los entrenadores no iba a serlo tanto, por eso Jake ni siquiera se planteó mentirles. El incidente había sido bastante grave, y de no ser por el hombre que amenazó con avisar a la policía, no quería ni imaginar cómo habría vuelto a casa. Duncan Richardson tenía motivos para tenerle ganas a cualquiera de los *falcons*, pero una cosa era que se enfrentasen en el terreno de juego y otra muy distinta que lo intimidase como lo había hecho un día cualquiera, en plena calle.

El entrenador Tayler le había dejado muy claro que no se metiese en líos, pero el ajuste de cuentas en el que se había visto envuelto ni siquiera lo había provocado él. Era fruto de algo que ocurrió con sus compañeros hacía ya varios meses, y no pensaba cargar con las culpas, menos estando como estaba en el punto de mira.

—¡Qué cojones! —exclamó Shawn cuando se cruzó con él de camino al estadio—. Becker, ¿qué te ha pasado?

El *quarterback* se puso delante de él para pararlo y poder observarlo mejor.

—No me jodas. ¿Lewis te buscó después del entrenamiento?

Jake lo sorteó y siguió caminando mientras le daba a conocer los detalles.

—¿Te acuerdas del último partido contra los Golden Griffins? Anoche me topé con varios de los jugadores. —Se señaló la frente, aunque no tenía marcas solo ahí—. Este es uno de los regalos que me dejó el capitán de la defensa.

—¿Richardson?

Asintió.

—La brecha combina bien con el revés de Lewis, todo hay que decirlo. —Shawn tuvo que apartarse para no llevarse un empujón—. Pero da la sensación de que estás recién salido de una pelea callejera en el barrio Gris y de que a los entrenadores no les va a hacer ninguna gracia. ¿Qué vas a decirles?

—¿Que qué voy a decirles?

Shawn lo cogió del brazo.

—No puedes decirle a Tayler que ha sido cosa de los *griffins*. Mucho menos que se trata de un ajuste de cuentas. —Jake procesó la información lentamente—. Lo que pasó aquella noche… no puede salir a la luz, ¿entiendes? Ellos no dieron parte, porque así lo acordamos. De lo contrario, nos habrían denunciado al Comité Deportivo y nos habrían sancionado a todo el equipo, o incluso expulsado de la competición. Siento que te encontrasen a ti solo por ahí, pero tienes que inventarte algo. En serio, no…

Hock pasó justo por su lado y Shawn se calló de inmediato. Al reparar en el aspecto de Jake, el coordinador defensivo levantó las cejas y redujo la velocidad hasta que alcanzó la puerta de entrada y desapareció.

—Mira, si no quieres dar la cara por el equipo, hazlo al menos por Ford —prosiguió el *quarterback*—. Ya sabes que se le fue la pinza. Si esos imbéciles de Salt Lake City hubiesen dicho algo al respecto… hoy no estaría en el equipo.

Cuando Shawn se alejó, Jake pensó en el último partido contra la Universidad de Westminster, donde los Ice Falcon ganaron de tres puntos gracias a un gol de campo en el último minuto. Durante los sesenta minutos que duró el encuentro, la rivalidad se mantuvo patente y la agresividad del ataque y la brutalidad de la defensa estuvo a la altura del derbi que era. Los Westminster Golden Griffins y los VSU Ice

Falcons eran los dos únicos equipos del estado de Utah de la RMAC, la conferencia a la que pertenecían.

Después del juego, los *griffins* no volvieron directamente a su ciudad, al norte, sino que salieron por Vallon y, casualmente, coincidieron con algunos jugadores de los Ice Falcon en plena celebración de la victoria. Jake no estuvo allí, pero conocía de sobra lo que pasó. Chris y Tony fueron, precisamente, los dos que más se excedieron a causa del alcohol. La pelea se paró antes de que se volviese peligrosa, casi como le había pasado a él en el Iceberg. Desde entonces, Chris había reducido notablemente la ingesta de alcohol. Solo bebía cerveza muy de vez en cuando.

Chris y Tayler llegaron a la vez y se sorprendieron al verlo. Jake supo al instante que era demasiado tarde para inventarse una coartada que protegiese a su compañero.

—A mi despacho —ordenó el entrenador—. ¡Ya!

No tuvo ni tiempo de intercambiar palabra alguna con Chris. Caminó hacia el despacho y, cinco minutos después, Tayler apareció seguido de Tony Lewis.

—Acabemos con esto cuanto antes —comenzó Tayler. El *tackle* ofensivo se quedó de pie, al lado de la silla donde se había colocado Jake, frente a la mesa de despacho—. Lewis, soy consciente de que ayer Jake hizo un comentario muy poco acertado en los vestuarios, pero ¡¿puedes explicarme por qué demonios parece que haya tenido que pasar la noche en un hospital?!

Jake no pudo devolverle la mirada a Tony cuando el chico se giró para entender a qué se estaba refiriendo. Aparte de la abertura en la frente que no había precisado puntos porque su madre había conseguido que ya no sangrara, tenía el labio superior hinchado y varias marcas más, casi todas a consecuencia del impacto en el capó. El entrenador había exagerado un poco con lo del hospital, pero sí era cierto que tenía muy mal aspecto.

—Oiga, entrenador, yo no he tenido nada que ver con eso —se excusó el chico señalándole la cara—. Le juro que…

—No fue Lewis.

A Jake no se le había ocurrido todavía ninguna buena excusa cuando habló, pero se convenció a sí mismo de que, tal vez, la que les había contado a sus padres no era tan mala. Le dio un poco de vergüenza tener que declarar, delante de Tayler y Tony, que el tipo que había intentado robarle a su hermana le había dado a él un escarmiento por entrometerse. Pero lo dijo, porque ¿qué otra cosa podía hacer?

Cuando acabó de relatar la breve historia, a Jake no le pasó por alto la cara de incredulidad que puso su compañero de equipo.

—¿Me estás vacilando? —preguntó entonces el entrenador.

Se giró hacia él y se quedó sin habla, una vez más. Tener delante a Harper Tayler seguía provocándole una sensación de malestar, muy parecida a cuando tenía que enfrentarse a su padre por algo que sabía que conllevaría una discusión.

—¿De verdad esperas que me crea, Becker, que te peleaste con un ladrón de poca monta y que el que acabó malparado fuiste tú?

Jake podría haberse sentido halagado, pero lo único que sintió fueron ganas de salir de aquel despacho cuanto antes. No quería mentir, pero tenía que hacerlo, porque lo que no quería era que el entrenador pensase que se había metido en un lío, ni tampoco perjudicar al equipo, a Chris.

—No me defendí —fue su última excusa—. Solo intento no meterme en líos, señor.

—Pero los líos te llaman, ¿no es así?

Tony carraspeó para disimular la risa.

—Está bien, Lewis, márchate. Di a los demás entrenadores que empezamos.

Cuando se quedaron a solas, Jake empezó a mover la pierna derecha de arriba abajo, a la espera de que el entrenador le diese otro de sus sermones.

—Bien, veamos. —Tayler cogió un montón de folios para entretenerse con las manos mientras apretaba los labios, pensando en lo que iba a decir—. Contéstame a un par de preguntas rápidas, ¿de acuerdo? —No se movió—. ¿Lo que te ha pasado guarda relación con el espectáculo que disteis en el Dix76? —Al nombrar la pelea, Jake abrió mucho los ojos por inercia—. Sí o no, Becker, no tenemos todo el día.

—No, señor —respondió con seguridad.

—¿Y tiene algo que ver con algún miembro de este equipo?

—No, señor.

—¿Debería preocuparme por lo que te ha sucedido?

—No, señor.

—Piénsalo bien, Jake. ¿Estás completamente seguro de que no me van a llamar por teléfono de alguna comisaría? Porque ya seríamos veteranos en ese asunto, y te recuerdo que te dije a principios de temporada que…

—He dicho que no.

Por la cara que puso Tayler, la interrupción le molestó, eso seguro. Pero Jake no toleraba bien que empleasen la ironía con él y no pudo ni quiso evitarlo. Ya tenía un padre, no necesitaba dos. Además, que mencionase el asunto de la comisaría le pareció de lo más ruin.

—Quítate de mi vista antes de que me arrepienta de haberte dado una segunda oportunidad —fue lo único que agregó el entrenador tras el incómodo silencio.

Y Jake no se lo pensó dos veces. Salió de allí lo más rápido que pudo y no paró hasta que llegó al vestuario, ya vacío, y tomó una gran bocanada de aire.

Lo había conseguido.

Lo había conseguido, ¿verdad?

La excusa del ladrón no había funcionado, pero Tayler no había insistido más. Lo había dejado estar y no lo había expulsado, que era lo más importante.

Así que, sí, volvía a respirar. *Podía* volver a hacerlo.

Durante el entrenamiento, Jake notó las miradas de refilón de la mayoría de sus compañeros; incluso le pareció percibir gestos de agradecimiento, muestras de respeto. Intentó no hacer mucho caso de toda esa atención de más porque sabía que era muy fácil distorsionar la realidad, pero a las once en punto, cuando terminaron la sesión, confirmó que todo lo que había advertido era real.

—¿Es cierto eso de que anoche te topaste con Richardson? —le preguntó Lopes, a su lado en la cola para beber agua, sin dejar de mirar a su alrededor para cerciorarse de que los entrenadores se quedaban al margen de la conversación.

Jake asintió con un gesto sutil y rellenó su vaso en el dispensador. Luego, por pura inercia, se giró para ubicar a Tayler y se arrepintió al instante, porque Tayler lo estaba mirando a él.

—Mierda —se lamentó por lo bajo.

—Mierda, ¿qué? —indagó Lopes.

No respondió. Acabó de beber y se fue al vestuario concentrado en sus pasos, pensando que ojalá los problemas le diesen tregua por un tiempo, aunque solo fuese un par de meses.

Coincidió con Chris al llegar, pero no se dijeron nada, a pesar de que era obvio que todos estaban al tanto de su situación porque Shawn se había encargado de correr la voz. Mientras se desvestía, Tony Lewis apareció y se sentó a su lado. Jake estaba tan agotado que ni siquiera se tensó ante su imponente presencia. Tony le pasó el brazo por los hombros y se acercó para hablarle bajito:

—No voy a olvidar la gilipollez que dijiste ayer porque nunca nadie me había faltado tanto el respeto. Pero te juro que la próxima vez que nos crucemos con ese hijo de puta me lo cargo.

Y dicho lo cual, se apartó, le dio una palmada en la espalda y se fue hacia su taquilla. Después de eso, nadie más hizo comentario alguno, hasta que Shawn lo abordó a la salida del estadio. Lo había estado esperando.

—Sabía que podías hacerlo. No eres santo de mi devoción, Becker, pero eres legal.

—No quiero hablar del tema, Williams.

—Sí, vale, como quieras, dejemos ese asunto y pasemos a uno más importante.

Jake suspiró, a la espera de que Shawn dijese algo sobre Cara, pero se equivocó.

—No sé si estás al corriente, pero en Halloween siempre doy una fiesta en casa de mis padres. Es como una tradición. —Por supuesto que Jake conocía lo de la tradicional fiesta en casa de Shawn. El año pasado no estuvo invitado—. Lo estamos organizando y, para que lo sepas, el entrenador está al tanto. Ese fin de semana no hay partido, así que está de acuerdo, más o menos. ¿Qué dices? ¿Te apuntas?

—Halloween es miércoles.

—Y por eso la fiesta será el viernes siguiente, por la noche.

Shawn abrió los brazos para dar énfasis a su gran idea de alargar la festividad hasta el fin de semana. Jake trató de sonreír, aunque no fue una gran sonrisa. Nunca había estado en una fiesta como las que daba el *quarterback* en su casa de Surie Gardens, así que no sabía cómo eran, pero se lo imaginaba. Por eso mismo, experimentó tanta ilusión como rechazo hacia la propuesta: sabía que iba a estar incómodo la mayor parte del tiempo, sintiendo que no encajaba y nunca encajaría en un sitio así. Con gente así.

Gente rica.

—Me lo pensaré —dijo por toda respuesta.

Shawn lo señaló con el dedo mientras se alejaba riendo.

—Lo estás deseando, Becker, no disimules —siguió hablando mientras se metía en su gigantesco 4×4—. Ya recibirás el resto de la información. Pero tendrás que mantenerte alejado de mi hermana, que no se te olvide.

No le dio importancia a su último cometario, porque Jake pensaba que lo de Cara Williams ya estaba totalmente superado. Sin embargo, se quedó pensando en que Shawn no había vuelto a ofrecerle subir en su todoterreno desde la pelea en el Dix76. No era algo que le importase, porque no iba a aceptar que lo llevase a casa como había pasado con Chris, pero era una nueva muestra de que Shawn y él pertenecían a mundos opuestos, y que, por mucho que pudiesen llegar a conectar en el campo, fuera era muy distinto.

—¡Eh! Tío cachas.

La voz de Beth y su sonrisa lo sorprendieron. Cuando la chica terminó de recortar la distancia que los separaba, se cogió las manos por detrás de la espalda y bajó la mirada. Jake creía saber bien por qué.

—El uniforme de los Ice Falcons te quedaba mejor —bromeó él en un intento de que todo volviera a la normalidad entre ellos—. ¿Te lo he dicho alguna vez?

—Con esta creo que ya van tres. Pero no es verdad.

—No. —Jake sonrió con sinceridad—. Tienes razón.

No es que un traje de animadora pudiese llegar a quedarle mal a alguien como Bethany Harris, pero era evidente que el color blanco que predominaba en el del equipo de baloncesto le hacía lucir mejor que el negro que usaban las animadoras de fútbol.

—Te preguntaría por lo que te ha pasado en la cara, pero no sé si quiero saberlo. ¿Te duele mucho? —Jake negó y Beth suspiró con ganas antes de añadir—: He vuelto con Curtis.

Él se metió las manos en los bolsillos y agachó la cabeza para ocultar una sonrisa triste.

—Eso he oído.

—¿Podemos ir a tomar un café? —le preguntó—. Tengo el coche por aquí cerca.

—¿Podemos hacer eso? ¿Juntos?

Beth lo miró confusa, pero no demasiado. Conocía la respuesta, aunque la estuviese esquivando.

—¿A qué te refieres?

—No sé, Beth. —Jake se esforzó, pensó lo que quería decirle—. Llevamos como un mes sin vernos, sin hablar. No sé por qué tiene que ser así de extraño que salgas con Greyson, pero es evidente que, de los dos, su compañía es la que prefieres en este momento, así que me adapto.

—Te adaptas.

—Me adapto, sí. ¿Qué otra cosa quieres que haga?

Ella quiso añadir algo, pero no lo hizo, así que él continuó:

—Mírate. Ni siquiera estás segura de que el hecho de salir del campus a tomar un café conmigo no vaya a molestarle. Y si vamos a hacer como si no hubiese pasado nada, pero en el fondo vas a estar pensando en qué pasaría si se entera, entonces creo que no merece la pena tu esfuerzo.

—Vale, ahora sí que no te entiendo.

—Nuestra amistad, Beth. No tienes que mantenerla por compromiso. Si quieres estar con él, adelante. No voy a interponerme. Y si eso supone que tengas que alejarte de mí, como ya te he dicho, me adapto.

—Pues es que a lo mejor yo no necesito que te adaptes.

—¿Cómo?

Beth retrocedió.

—Nada, tienes razón. Voy a marcharme. Será mejor que lo haga.

—¿Qué pasa, Beth?

Jake trató de acercarse a ella, pero la chica se dio la vuelta y empezó a caminar con los brazos cruzados por delante.

—¡Beth!

Él no se dio cuenta de que se había quedado allí de pie, con el ceño fruncido, hasta pasado un buen rato.

«A lo mejor yo no necesito que te adaptes», había dicho.

¿Qué se suponía que había querido decir con eso?

Harper

Por circunstancias del destino, el matrimonio entre Harper Tayler y Lissie Logan ni siquiera llegó a cumplir el año. Ellos, que habían crecido y vivido toda su vida en Vallon, fueron una de esas parejas perfectas que se forjan en el instituto y que perduran en el tiempo. Se casaron durante el penúltimo curso universitario de Lissie, porque Harper ya no quería esperar más. Pero hacía mucho mucho tiempo que la había perdido de un modo muy cruel. El fútbol siempre había sido una constante en su vida, así que se aferró a ello para sobrevivir. Desde entonces, Harper nunca más había pensado en el amor. Nunca. Y por eso había quienes lo tachaban de ser una persona solitaria y taciturna, sobre todo cuando no estaba rodeado de chicos sudorosos y del resto del equipo técnico que conformaba un equipo de fútbol, más concretamente, el que entrenaba desde hacía cinco años: los Ice Falcons de la VSU.

No eran muchos los momentos de paz y tranquilidad que podía disfrutar en soledad, porque se veía obligado a tener compañía si se encontraba en las instalaciones deportivas; por eso, algo tan sencillo como ir a hacer la compra le resultaba reconfortante. Era el único momento en el cual no tenía que pensar en el fútbol, o casi.

Después de pagar y guardar en bolsas todo lo que había adquirido en el supermercado, se dirigió a la salida. No era una persona muy observadora, pero se fijó por casualidad en la mujer que había apoyada en el mostrador de información hablando con una empleada del Walmart.

—Lo tendremos en cuenta, señora Becker —dijo esta última—. Seguro que en cuanto haya una vacante la llamarán.

—Muchas gracias, Cecil. Que tenga un buen día.

Harper se había detenido tras ella sin pensarlo siquiera. Cuando esta se dio la vuelta para alejarse del mostrador, se reconocieron al instante. Y entonces notó ese algo que le sucedía siempre que veía a Sara: una breve sensación de bienestar en el pecho, parecida a la felicidad que tanto anhelaba.

Que su hijo Jake hubiese terminado jugando en un equipo de fútbol que él dirigía era la coincidencia más increíble que la vida les había plantado a ambos.

Harper y ella estudiaron en el mismo instituto, coincidieron en algunas clases y… estuvieron a punto de ir juntos al baile del penúltimo año. Pero poco antes de que le preguntase a Sara si quería ir con él, otra persona llegó a la vida de ella y Harper no tuvo valor para entrometerse. Aquel año él acabó yendo al baile con Lissie Logan. Su romance con ella fluyó desde el primer momento y nunca tuvo dudas de que la había amado de un modo real y sincero. Pero muy muy de vez en cuando, Harper pensaba en qué habría pasado entre Sara y él si esa otra persona, Paul Becker, no hubiese aparecido. Sobre todo cuando se la encontraba y era consciente de que Sara seguía perdurando en el tiempo y Lissie no. Era un sentimiento muy extraño.

Nunca había hablado de ello con nadie, porque estaba seguro de que nadie lo entendería.

—¡Harper! —exclamó ella al verlo.

Lo más lógico habría sido devolverle el saludo y seguir por su camino. Pero los encuentros con Sara eran tan inusuales que no quiso volver a dejarlo pasar.

—¿Café? —se arriesgó a preguntarle.

Ella levantó la vista hacia el techo, cerró los ojos y luego lo miró con gesto serio.

—Harper Tayler, me has leído el pensamiento —respondió.

Rieron mientras ella lo agarraba del brazo y lo conducía hacia la cafetería de aquel gran supermercado.

En su vida, no había muchas personas como Sara. Personas que lo hicieran sentir que la amistad no se había evaporado pese al paso del tiempo, que no lo hicieran sentir como un desconocido con alguien con quien un día no lo fue. De ahí que ella le despertase sentimientos de nostalgia y calidez al mismo tiempo. Y eso que Sara había vuelto a Vallon hacía unos pocos años y la había visto a lo sumo cuatro veces desde entonces.

—Desde luego —siguió hablando ella—, nuestros encuentros no pueden ser más inesperados.

Harper le dio la razón y se quitó la gorra al tomar asiento. Sara lo sorprendió arreglándole el pelo sin pedir ni siquiera permiso y haciendo del gesto algo completamente natural.

Era una mujer extraordinaria, siempre lo había sido.

—Espera un momento. —Sara puso la espalda muy recta y abrió los ojos—. ¿Esto no es una encerrona verdad? Por favor, dime que no tiene nada que ver con el supuesto agresor de Jake de anoche.

Harper se rio, tuvo que hacerlo.

—*Supuesto* agresor —repitió. Sara se encogió de hombros, cómplice—. No, Sara. Vallon no es una ciudad demasiado grande, pero no es tan fácil encontrarte.

Los dos agradecieron que llegase el camarero y les sirviese café recién hecho. Sara se calentó las manos poniéndolas encima de la taza humeante y él jugueteó con la cucharilla después de añadir azúcar a la suya.

—Así que doy por hecho que tú tampoco crees que lo de Jake en el cine, defendiendo a su hermana, haya sido algo fortuito —prosiguió como si nada.

Su intención no había sido invitarla a café para abordar ese asunto, pero, ya que ella lo había mencionado, Harper creyó que podría ser un buen tema de conversación. Algo neutro, que les interesase a ambos y que no tuviese nada que ver con ellos.

Sara se tomó su tiempo antes de contestar, como si estudiase a fondo lo que quería comunicar.

—No creo en la versión que mis hijos nos vendieron a mi marido y a mí —habló al fin. No le pasó por alto la mención de *su marido*—, pero eso no significa que crea que Jake ha buscado problemas. Lo único de lo que puedo estar segura es de que la excusa del atraco se la inventó Zane, la hermana de Jake. Y Zane no tiene por costumbre mentirme, así que, sea lo que sea que haya pasado, he decidido que no voy a indagar más. No por esta vez. Porque, créeme, Harper. Jake lo intenta. Lleva toda la vida intentándolo.

—¿Intentando qué?

—¿De verdad tengo que explicártelo?

Por la mente de Harper pasaron todas las teorías que, con seguridad, Sara le habría enumerado: frenar su impulsividad, controlar su frustración o incluso dejar de entrometerse en asuntos ajenos. Evitar problemas, alejarlos.

—No, claro que no —repuso.

—Es un buen chico.

—Lo sé.

Podría haber aprovechado la ocasión de tener a Sara delante para contarle lo ocurrido varios meses atrás, cuando tuvo que recoger a Jake de una comisaría porque este prefirió llamarlo a él para evitar la confrontación con sus padres. Pero no lo hizo, precisamente, porque lo que le había dicho ella de su hijo —«Es un buen chico»— era cierto. Y él no tenía ni idea de hijos, pero saltaba a la vista que Jake no era agresivo por naturaleza. Su ira provenía de un lugar muy profundo, que solo salía si se le molestaba mucho, si le tocaban la fibra sensible o si bebía más de la cuenta. Cuando ocurrió el incidente que lo llevó a la detención, había sido por una mezcla de ambos supuestos. Pensó en expulsarlo del equipo, pero no pudo hacerlo, pues sabía que el fútbol era su única vía de escape, y de eso Harper sabía bastante.

—La universidad, el equipo, tú… Todo eso le está ayudando mucho —continuó Sara—. Sé que lo sabes, pero de todas formas siempre te estaré agradecida por haberlo seleccionado.

—Tu chico tiene talento, Sara. Habría sido estúpido por mi parte no ofrecerle una beca. Además, estaría jugando en D-I si no hubiese desaparecido de la faz de la tierra los días en que los ojeadores de los Utes o los Cougars vinieron a Vallon.

—¿Puedes repetir eso último?

—¿El qué?

—Lo de que podría estar jugando con los Utah Utes, su equipo soñado desde que nos mudamos aquí.

Harper leyó el desconcierto en el rostro de Sara y le habló con absoluta franqueza:

—Jake no se presentó a las pruebas para los equipos de las universidades de Utah que juegan en D-I. Me enteré el año pasado. Esperaba que tú supieras por qué.

Sara

Durante el camino en autobús de vuelta a casa, Sara estuvo dándole vueltas a dos de los asuntos que Harper había mencionado. El primero, la invitación a ir a ver jugar a Jake, porque llevaba saliendo de titular desde el principio de la temporada y tenía la impresión de que su familia aún no había acudido al estadio.

No le faltaba razón.

Todavía no habían asistido a ningún partido.

A Paul nunca le había gustado el fútbol, tampoco que Jake estuviese más centrado en el deporte que en los estudios. Además, no le hacía ninguna gracia que Harper Tayler fuese el entrenador, a pesar de que Sara y él nunca habían llegado a salir juntos. Pero es que Paul no era tonto: sabía que Harper era la única persona por la que Sara había tenido sentimientos románticos antes de conocerlo a él. El malestar de Paul al respecto carecía de sentido, porque llevaban casados más de veinte años y nunca habían tenido problemas de celos. Pero que Harper reapareciera en la vida de Sara de un modo tan concreto, como entrenador de su hijo, era algo que no llevaba nada bien. Era precisamente por eso que Sara le contaría que se habían encontrado, porque «Vallon no es una ciudad demasiado grande».

El segundo asunto tenía que ver con una frase que no podía quitarse de la cabeza; ese «Esperaba que tú supieras por qué» que Harper había dicho tan convencido y que estaba relacionado con que Jake no se hubiese presentado a las pruebas para dos buenos equipos de la NCAA.

Sara recordaba perfectamente la cara de derrota con la que Jake había vuelto a casa el supuesto día de la visita de los ojeadores de los Utes, dejando muy claro que no quería hablar al respecto. Todos habían dado por hecho que le había ido mal en las pruebas, pero ahora ella se preguntaba si no habría sido otra cosa. Si algo o alguien le había impedido presentarse. Se bajó del autobús y caminó hasta su casa con la mente a mil por hora. Estaba convencida de que siempre estaba al tanto de todo, incluso de lo que sus hijos no le contaban, y no sabía si es que estaba perdiendo facultades o si Jake se había vuelto tan inteligente como ella.

Sin embargo, en cuanto abrió la puerta de entrada y se topó con la escena de Jake y Rachel jugando a pillar por todo el salón, ató rápidamente todos los cabos.

Nadie le había impedido asistir a las pruebas de los Utah Utes. Jake, simplemente, había elegido quedarse en Vallon. Y Sara no había perdido facultades. Era solo que, hasta ahora, no se había parado a pensar en que la adopción de Rachel no había sido una responsabilidad asumida en exclusiva por Paul y por ella. Su vida había ido a un ritmo tan frenético desde la mudanza y la adopción que no había tenido tiempo de reparar en las consecuencias.

—Mamá, ¿estás bien? —preguntó Jake haciendo parar a su prima un momento.

Sara salió del trance de (ir)realidad y se acercó a su hijo.

Lo abrazó en silencio.

Fue un abrazo largo y fuerte.

—Sí, cariño —dijo después—. Gracias por ocuparte de Rachel.

Estuvo a punto de añadir «esta tarde», pero se detuvo a tiempo, porque eso era justo lo que quería decir. Ellos, ajenos a la emoción que amenazaba con desbordarla, siguieron con el juego. Cuando se recompuso, preguntó:

—¿Cuándo es el siguiente partido en casa?

—Este sábado, contra Chadron State.

—¿Chadron? ¿Dónde está esa universidad?

—En Nebraska —le aclaró su hijo—. Pero ¿por qué lo preguntas?

—Quizás vayamos a verte. —Jake la miró con sorpresa—. Convenceré a tu padre.

13 | MÁS EXTRANJERA QUE LA MEDIA

sábado 27 de octubre

Arabia

Acababan de llegar al estadio de fútbol de la VSU; era la segunda vez que Arabia asistía a un partido de fútbol universitario. Los Becker habían invitado también a su madre, pero Ebru… no estaba bien. No se sentía con ánimos para aguantar el frío del exterior durante todo un partido. Aun así, la había animado a que fuese a acompañar a su amiga, porque, para su madre, los amigos eran importantísimos. Siempre le decía que la amistad había que cuidarla. «Con esmero y cariño, la amistad perdurará». Arabia pensaba que ese consejo no era tan bueno como otros que le daba, porque ya había tenido amigas antes y, pese al esmero y el cariño que había dedicado, los resultados no habían sido los esperados. Para empezar, la amistad era una cosa de dos como mínimo y, por lo tanto, debía retroalimentarse en las dos direcciones.

Por suerte, con Zane el sentimiento sí parecía real.

Le había pillado por sorpresa la propuesta de ir a aquel partido, porque no era habitual que fuesen a ver jugar a Jake. Y aunque a su amiga y a ella el fútbol no les importaba lo más mínimo, ahí estaba, con su mochila llena de comida, lista para ver el encuentro. Ellas fueron las primeras en subir por las escaleras que conducían a las gradas, seguidas por Louis y Rachel, mientras Paul y Sara compraban refrescos.

Arabia se fijó en que casi todo el mundo llevaba ropa, bufandas o gorras de los Ice Falcons. Zane había encontrado en el armario de Jake la cazadora que este le dijo explícitamente que no buscara y la llevaba puesta. Le venía enorme, pero le quedaba bien. Su amiga se acercó a la barandilla divisoria del primer y segundo piso y posó como si alguien le estuviese haciendo una foto, con el pelo liso suelto y su ropa favorita de fin de semana: vaqueros claros, con un roto a la altura de la rodilla izquierda, y un suéter verde pistacho de cuello vuelto. Le alegró verla tan natural, tan radiante, mucho más relajada que en el instituto.

Arabia también se había puesto la ropa que más le gustaba para aquella ocasión; le había parecido importante hacerlo. Consistía en un conjunto de pantalón y chaqueta de tela vaquera y una camiseta con el logo de Pink Floyd, todo oculto bajo un aburrido abrigo cerrado. También iba ataviada con guantes y gorro, porque las bajas temperaturas se notaban aún más bajas después de un rato a la intemperie. Arabia se consideraba mucho más friolera que la media, pero también era más extranjera que la media, por lo tanto, tenía sentido.

Louis se sentó en una butaca con absoluto desinterés y ellas colocaron sus mochilas en las contiguas.

—¿Dónde está Rachel? —preguntó Zane con voz de alarma.

—¡Jake! —la oyeron decir.

La niña estaba asomada en el hueco por donde salían los jugadores del vestuario. Corrieron hacia ella y Zane la apartó, la tomó en brazos y se inclinó para mirar. Y era cierto, allí estaba. Hablaba con un entrenador. Discutía, más bien.

Cuando Jake se quedó solo, Rachel volvió a gritar su nombre. Él levantó la cabeza y las miró. Arabia comprobó que aún tenía la cara toda marcada por lo ocurrido hacía unos días. Segundos después, negó con la cabeza y se marchó hacia el interior.

Jake

Hock acababa de decirle no solo que no iba a ser titular, sino que tampoco iba a jugar, todo eso a escasos diez minutos de que saliesen al campo a calentar.

—Pero ¿por qué?

—Órdenes de Tayler. Da gracias de que este es un partido fácil y que no te pierdes gran cosa.

—Me da igual que sea fácil. Quiero jugar.

—Ya, Becker, y yo quiero tener un yate esperándome en el Caribe. Pero así son las cosas. Deja de meterte en líos, o las consecuencias no serán tan insignificantes como quedarte en el banquillo durante un partido.

En cuanto Hock se fue, Jake estuvo a punto de lanzar el casco contra la pared, pero entonces oyó su nombre. Rachel lo saludó en brazos de Zane.

«Genial, ya están aquí. Esto solo mejora».

Ni siquiera pensó en lo mal que había estado ignorar a las chicas y meterse en los vestuarios a descargar su frustración. Pero es que la noticia lo había dejado más maltrecho que el encuentro con Richardson. No solo no iba a salir de titular en el partido contra los Eagles de Chadron, ni siquiera iban a contar con él como suplente. No jugaría y punto. ¿La razón? Su falta de sinceridad por lo sucedido en Pleasant Grove.

Chris se sentó a su lado y le puso una mano sobre la pierna izquierda, que no dejaba de subir y bajar.

—Acabo de enterarme —le dijo—. Lo siento, tío. Pero míralo por el lado bueno: este no es un gran partido.

No le contestó. No tenía ganas de hablar. Estaba muy enfadado con todo el asunto, porque había tenido que mentir por los demás y era el único que estaba pagando las consecuencias. En la misma semana había recibido un puñetazo de un compañero, le habían dado una paliza por algo que no había tenido nada que ver con él y lo habían relegado al banquillo.

—Vale, está bien, no era eso lo que te quería decir. —Chris hizo una pausa, pero Jake no lo miró. No pudo. La rabia se le estaba acumulando en el cerebro al pensar que toda su familia había ido a verlo jugar por primera vez en lo que llevaban de temporada y él no lo haría—. Gracias por cubrirnos. Por cubrirme. Sé que estás enfadado y que quieres jugar, pero tómatelo como el descanso que te mereces. Has estado trabajando duro. —Otra pausa, esta vez mucho más larga—. Me cambiaría por ti si mi deseo de convertirme en jugador profesional no estuviese ligado a decir la verdad. Solo quería que lo supieses. Te debo una.

Cuando anunciaron la salida de los Ice Falcons en el estadio, Jake ni siquiera corrió junto a sus compañeros para recibir los vítores de los espectadores locales. Tan solo caminó, consciente de que eso iba a cabrear aún más a los entrenadores. Tampoco se esforzó en hacer un buen calentamiento. Se paseó por el campo como si nada, porque eso era justo lo que iba a hacer cuando comenzara el partido: nada. Ni Hock ni Tayler lo llamaron para reprocharle su actitud, aunque le hubiese dado igual si lo hubiesen hecho. Jake no se había sentado todavía en el banquillo y ya podía sentir la mirada de decepción de su padre y la de incredulidad de su madre.

Sobra decir que ganaron y que fue un partido fácil. Los entrenadores dieron muchos minutos a los jugadores suplentes. De hecho, el único que no jugó ni un solo minuto fue él. Era tan lamentable que no tuvo valor de mirar a las gradas para localizar a su familia y saludarla. Caminó hacia los vestuarios con la cabeza gacha y se deshizo de la equipación en silencio. Sus compañeros charlaban con ánimo y desdén sobre los Eagles y comentaban las mejores jugadas, entre las que destacaba un pase de sesenta y cinco yardas de Shawn.

—No te mortifiques, Becker —le dijo Brian Comer a su lado en el banco—. Solo ha sido un partido.

«Pero qué partido».

—La semana que viene vendrás a la fiesta de Williams, ¿no? Allí, si quieres, podemos ahogar las penas juntos.

—¿Y qué penas vas a ahogar tú? —le preguntó Murphy.

—¿Qué más da? Si se trata de beber, cualquier pena es buena.

Los chicos rieron; Jake fue hacia las duchas sin participar en la conversación.

Poco después, el vestuario se llenó de gente que no conocía y con la que no quería hablar, así que salió deprisa y vio al entrenador en el pasillo hablando con alguien. Estuvo a punto de dejarlo estar, de salir de allí sin darle más vueltas al penoso asunto, pero entonces ambos cruzaron la mirada y, pese a la brevedad del gesto, fue suficiente para que el orgullo lo convenciera de andar hasta Tayler. Ni siquiera le importó que estuviese acompañado.

—No es el momento, Becker. —El entrenador hizo un gesto al otro hombre para que lo disculpase al ver su cara de indignación—. Ya hablaremos el lunes.

—¿Era necesaria la humillación? —le espetó Jake de todas formas.

—No sé de qué me hablas.

—Solo le ha faltado sacar a jugar a los utilleros.

—Un segundo, Julius.

Tayler lo agarró para separarse un par de metros y seguir hablando.

—Piensa que te he hecho un favor —le dijo de muy mal humor—. No necesitabas más contusiones.

Jake intentó replicar, pero Tayler no lo dejó:

—Mira, chico, he tenido una pésima semana. Escogiste el peor momento para mentirme.

—¡Y usted el peor partido para sancionarme por ello!

Las palabras le rasparon la garganta al salir atropelladas y cargadas de rabia. Sin duda, a Tayler le impactó su comentario. Lo desconcertó, más bien. No pudieron decir nada más, porque la voz alterada de Sara les llegó desde la distancia solicitando a Jake. Vieron su imagen recorriendo un pasillo atestado de gente y ruido, abriéndose paso, desbordada de inquietud.

—¡Rachel! ¿Está contigo?

—¿Qué?

—Rachel. ¿Está aquí? —Sara, nerviosa, empezó a girarse en todas direcciones buscándola—. ¡No la encontramos por ninguna parte! —aclaró—. Ella quería bajar a verte, pero le dije que debíamos esperar a que salieras del vestuario y entonces Louis chocó con alguien y tuve que sujetarlo y luego Rachel ya no estaba y…

Jake salió disparado hacia el campo sin acabar de escucharla. Desde allí miró al graderío, que empezaba a vaciarse pero que aún estaba lo bastante lleno como para que no fuese nada fácil localizar a una niña de tres años. A quien sí visualizó fue a su hermana y a su padre, de un lado a otro. Jake subió por entre los asientos notando un dolor en el pecho punzante y desagradable.

—¡Dios mío! ¡¿No está contigo?! —exclamó su hermana al verlo.

Echó un vistazo rápido tras ella y luego salió hacia el interior de la grada, donde el público se apelotonaba para salir. Examinó cada rincón, sin resultado, y bajó corriendo por las escaleras hacia la salida de la planta baja, apartando a todo aquel que encontraba a su paso y eludiendo los reproches.

Arabia ya estaba allí, atenta.

—Louis está en la otra salida —le explicó—. ¡Busca en otra parte, que esto lo tenemos cubierto!

Desde allí, Jake corrió de nuevo hasta el túnel del vestuario. El dolor era cada vez más intenso, casi insoportable. Justo cuando iba a esprintar hacia el pasillo curvo que recorría el estadio, Chris lo detuvo.

—Si estás buscando a la niña, está dentro. Relájate. —Jake lo miró conteniendo la respiración—. Ha venido preguntando por ti.

Pero no se relajó. Aún no.

Fue directo al vestuario para verla con sus propios ojos.

—Eres una monada —oyó comentar a Lopes.

Rachel estaba sentada bajo la taquilla de Jake, rodeada de sus compañeros, feliz de recibir tanta atención. Solo entonces, Jake fue consciente de que su corazón latía con demasiada fuerza, porque le había invadido un miedo distinto a cualquier otro que hubiese sentido con anterioridad: el relativo a la pérdida. Fue consciente de que era el peor sentimiento que había albergado nunca, y no quería que se repitiera, sobre todo si la profecía que producía aquel miedo se cumplía, porque no estaba seguro de si podría soportarlo.

Creía que no.

Sara llegó poco después guiada por el entrenador y corrió hacia la niña, pasando por al lado de Jake a una velocidad pasmosa. Rachel bajó del banco y dejó que su tía la abrazase. Después se acercó a Jake y se agarró a sus piernas, feliz. Su madre y él se miraron, cómplices de un mismo sufrimiento.

—Rachel, no puedes separarte de la tía Sara como lo has hecho. Eso no está bien —le dijo a su prima cuando dejaron de ser el centro de atención.

—Te estaba buscando.

—Ya, pero podrías haberte perdido. De hecho, me ha costado mucho encontrarte. Por favor, no vuelvas a escaparte así.

—No quiero perderme —razonó ella segundos después—. Morgan dice que perderse da miedo.

—Me llevo a Rachel a casa. —Su madre se acercó y agarró la mano de la niña—. Puedes volver con algún compañero, ¿verdad?

—Sí, señora Becker. —Ford levantó la mano a escasos metros de distancia—. Yo lo llevo de vuelta.

Jake no quería separarse de Rachel, pero, a su vez, agradeció que su madre se la llevara. Tenía un nudo en la garganta y necesitaba espacio, intimidad para volver a la normalidad. Cuando se marcharon, le pidió a Chris que no lo siguiera y se fue en busca de un vestuario individual vacío. Se encerró dentro y apoyó las manos en el lavabo mientras repasaba mentalmente lo que había pasado. Para empezar, todo eso de querer alejar su vida personal de la deportiva se había vuelto a complicar: habría preguntas sobre Rachel que no quería tener que contestar durante la siguiente semana, porque le molestaban.

Le molestaba el hecho de que su prima siempre se presentase como tal, cuando la realidad era que formaba parte de la familia como cualquiera de los demás. Su madre la había cuidado desde que era una recién nacida y él había vivido muy de cerca su crianza. Ni siquiera la quería como a una hermana, era algo… indescriptible. Por eso nunca le había gustado que sus padres, sobre todo por insistencia de Paul, tomasen la decisión de informarla de que ellos no eran su *verdadera* familia y de que sus padres biológicos habían muerto en un accidente, porque no era coherente. Ellos eran su única familia y ¿qué podía ser más *verdadero* que eso? De momento, a Rachel no le importaba referirse a la única madre que conocía como «tía», pero a él sí le importaba que pensase que ellos eran *solo* primos.

No lloró, no le salieron las lágrimas. Pero no salió de aquel vestuario hasta que el espejo le devolvió un reflejo más favorable; uno con el que camuflar la impresión de que lo que acababa de ocurrir le había pasado factura.

Durante el trayecto de vuelta a casa, Chris se limitó a conducir. Agradeció la empatía de su compañero y que pareciese que todo había vuelto a la normalidad entre ellos.

Arabia

Arabia nunca había visto a la señora Becker tan preocupada. Nunca. Ni siquiera al llegar a casa había relajado el semblante, por eso Zane y ella se estaban ocupando de Rachel. Estaban las tres en la habitación de su amiga, jugando a las cartas.

—¿Sabías que Cara Williams siempre organiza fiestas de Halloween en casa de sus padres? —preguntó Zane durante la partida. Arabia negó con un sonido nasal—. Son como superfamosas, porque va gente mayor y, por lo visto, es supertemática. La de este año es el próximo viernes.

No dijo nada, porque sabía que Zane no había terminado. Organizó las cartas de Rachel y esperó a que dijese de una vez por todas lo que tenía en mente.

—Lorreine irá. Lo sé porque Susan me lo ha dicho; la invitó a ir con ella hace una semana. —La pausa fue un poco embarazosa. Arabia sabía a dónde quería llegar—. ¿Crees que nos invitará?

—¿Sinceramente? No.

—Quizás se le ha pasado decirnos algo esta semana, puede que el lunes…

—No, Zane. Eso no va a pasar y, en el hipotético e improbable caso de que pasase, yo no iría.

—¿En serio?

—No pintaría nada allí. —«Y tú tampoco», le hubiese gustado añadir.

Zane se encogió de hombros.

—Creía que Lorreine… —comenzó—. No sé. Creía que le caíamos bien.

—Le caes bien —agregó Arabia con sinceridad—. Tú, al menos. Pero no creo que invitarte o no a esa fiesta sea solo cosa de ella. No te lo tomes como algo personal.

Arabia estaba casi segura de que a Lorreine ni siquiera se le había pasado por la cabeza invitarlas, pero tampoco podía decir eso. No aportaba nada positivo a la conversación, así que se lo guardó.

Escucharon pasos rápidos en la escalera de caracol y, segundos después, llamaron a la puerta.

—Pasa, Jake. —Zane no se equivocó al adivinar quién sería. Arabia tampoco: sus pisadas eran inconfundibles.

Él abrió y se limitó a hacerle un gesto a Rachel para que lo acompañara. La niña no se pensó dos veces el dejar las cartas sobre la cama y correr en su dirección. Era tarde, así que se la llevaba a dormir. La cosa estuvo a punto de quedar así, pero, justo antes de cerrar, Jake reparó en la cazadora que estaba tirada en el suelo. *Su* cazadora.

—¿Qué hace eso ahí? —preguntó con una calma artificial que no auguraba nada bueno.

—La cogí prestada para el partido. Quería llevar algo del equipo.

—Te dije explícitamente que no podías usarla.

Zane puso cara de absoluta inocencia.

—Tú es que no te enteras de nada, ¿no? —Arabia lo miró con atención, impaciente por saber a qué se estaba refiriendo—. Esa cazadora es exclusiva de los jugadores, lo dejé muy claro. ¿Has olvidado lo que pasó en el Iceberg, cómo me reconocieron por una estúpida camiseta con un número? —Jake se señaló la cara.

—No.

—¿Y qué crees que pasaría si un día te encuentras a esos mismos tipos y llevas esa cazadora, Zane? ¿Te has parado a pensar en lo que podría pasar? ¡¿Que te dijera que es *exclusiva* de los jugadores no te dice nada?!

—No lo había visto de ese modo —se disculpó su amiga.

—Ya, claro. —Jake regresó, recogió la cazadora y luego le increpó—: ¡No vuelvas a tocar mis putas cosas!

NOVIEMBRE de 1984

14 | HALLOWEEN

viernes 2 de noviembre

Jake

Jake todavía llevaba en la mano la misma cerveza que había cogido al llegar, porque posiblemente fuese la única que tomaría en toda la noche. Shawn y su hermana eran los anfitriones de aquella famosa fiesta de Halloween en la residencia de los Williams, de ahí que hubiese decidido que dosificaría el contenido de la lata mientras permaneciese allí. Tenía que mantenerse lúcido. Más le valía hacerlo.

La vivienda era una de las más impresionantes de Surie Gardens. De no ser porque Chris Ford lo había recogido y llevado hasta allí, habría tenido serias dudas de que fuese la dirección correcta, porque sabía que Shawn estaba forrado, pero no imaginaba que tanto.

Casi todos sus compañeros iban disfrazados, a excepción de él y unos pocos que habían acordado ponerse ropa del equipo. Era eso o ir de Drácula. Así que Jake llevaba una de las camisetas que raras veces usaba: de manga corta, negra, con el logo de los Ice Falcons impreso por delante y el número cincuenta y uno detrás, debajo de su apellido. La chaqueta la había dejado en un armario de la entrada y la estaba echando un poco de menos. No hacía tanto frío como otros días de otoño, pero sí el suficiente como para que en la piscina del jardín solo estuviesen los más valientes o los más borrachos.

Como Jake no tenía ninguna intención de emborracharse, se limitó a quedarse sentado cerca del borde, con los brazos apoyados en las rodillas.

—¡Eh! —escuchó decir.

Al darse la vuelta se encontró con Chris, extendiendo los brazos hacia la piscina con un vaso de plástico en la mano derecha.

—¿Por qué no te animas?

—Qué va.

El *running back* se acercó y le empujó el brazo con la pierna.

—Vamos. ¿Por qué no?

Jake se levantó y, con la mano con la que sujetaba la lata de cerveza, le indicó que no se acercara más. Lo último que quería era acabar en la piscina.

—Venga, Becker, no te hagas de rogar. Tú y yo.

Jake negó, rio y dio un trago.

Por suerte, algo atrajo la atención de Chris justo cuando iba a insistir de nuevo.

—Mira quién ha venido. —Cuando señaló hacia la otra parte de la piscina, Jake solo vio a una chica disfrazada de bruja, como tantas otras, solo que esta tenía el pelo tintado de rojo. Muy rojo—. ¿Sabes quién es esa pelirroja *sexy* de ahí?

—¿Debería saberlo?

—Tío, es Emma Wathson, la novata más cotizada de nuestra universidad. Si no estuviera tan borracho me acercaría a saludar, pero ¿sabes? Creo que mejor voy a sentarme…

Chris se dejó caer en el césped y luego terminó completamente acostado y riendo a la nada.

«Emma Wathson».

Jake la siguió con la mirada un rato, preguntándose si tendría algo que ver con la fábrica Wathson. Otra chica, prima de Shawn, se había acercado a ella y estaba presentándole a gente sin parar. ¿De qué facultad habría salido?

Con ese pelo, sin duda, llamaba la atención, y con el atrevido escote de su disfraz también, aún más teniendo en cuenta lo pequeña que era.

Justo cuando estaban a punto de cruzar las miradas, notó que alguien tiraba de él. Chris acabó tumbándolo a su lado al agarrarse a sus rodillas y se le cayó lo que le quedaba de cerveza encima de la cara y la camiseta.

Emma

—Mira a esos dos.

Brenda señaló hacia un poco más allá de la piscina, donde había dos chicos tirados en el césped. El de piel más oscura no podía dejar de reír. El otro se incorporó, se secó la cara y le pegó un puñetazo amistoso al que reía.

—Ahí tienes al capitán del equipo de los Ice Falcons, Chris Ford, y a… Becker. ¿Te gusta el fútbol?

—No demasiado.

—¿Y los jugadores de fútbol?

—Eso ya es otra cosa.

Ambas rieron.

—Juraría que ese va a mi facultad. El de la derecha.

—¿En serio?

Emma asintió con desinterés, aunque estaba convencida de que era el mismo chico que se había estrellado contra un carro de la limpieza.

—No está mal, pero Becker no es muy hablador, ni muy amigable —prosiguió Brenda—. Ven. Te presentaré a los del equipo de ataque. Son casi todos los que van disfrazados de Drácula.

Conocer gente popular era uno de los pasatiempos favoritos de Emma Wathson. Tenía dieciocho años, aquel era su primer año en la universidad y, dado que la mayoría de sus amigas se habían ido a estudiar a otros estados, la perspectiva de quedarse sola le había dado un poco de miedo al principio. Pero, como era de esperar, no había tardado mucho en dejarse caer en los sitios más importantes del campus y en acercarse a las personas adecuadas. Además, ella era pelirroja natural, pero hacía una semana que se había teñido el pelo de un rojo muy intenso y eso había resultado todo un éxito, porque si había algo que Emma adoraba era llamar la atención.

A la chica que ahora la estaba presentando a todos los jugadores de fútbol que encontraban, Brenda Collins, la había conocido en el club de tenis. A Emma el tenis no le gustaba especialmente, pero lo había practicado con regularidad durante años en los clubs de su padre, y sabía de sobra que la gente que iba a encontrar allí era casi toda de su misma clase. De hecho, Brenda era la prima del anfitrión de aquella fiesta, cuyos padres eran los dueños de la casa en la que se encontraban, en Surie Gardens, el segundo mejor barrio de toda la ciudad. Saltaba a la vista, por el tamaño del jardín y la decoración interior.

Emma señaló a un Drácula de pelo castaño que no llevaba camisa bajo la capa y que tenía una sonrisa deslumbrante.

—¿Quién es ese de ahí? —Brenda miró al grupo de tres chicos que había un poco más al fondo—. El blanco —concretó—. El que se parece a James Dean.

—Ya quisiera mi primo parecerse a James Dean... —La cogió de la mano y la condujo hasta ellos. El susodicho se atusó el flequillo del pelo y abrió los brazos para recibirlas en cuanto vio que se acercaban—. Emma, te presento al pesado de mi primo: Shawn.

—Shawn Williams —concretó él ofreciéndole un vaso con bebida. Emma lo cogió—. Eres la nueva, así que me encargaré de que toda esta chusma se porte bien. Si alguien te causa problemas, solo tienes que decírmelo. Y si quieres alguna otra cosa de mí...

—Vale, Shawn, suficiente. —Brenda la alejó del chico y agregó—: Perdona, es que ya va pasadísimo.

—No pasa nada. Es mono.

Brenda puso los ojos en blanco.

—Mira, Shawn es el *quarterback*, el gracioso, el triunfador y todo eso..., pero va para veintidós años y aún no ha superado a su primera novia. ¿Entiendes por dónde voy? No te compliques. Tienes mucho donde elegir.

Emma lo entendió a medias, pero decidió hacerle caso, porque tenía razón: aquella fiesta estaba llena de chicos que encajaban en su prototipo, así que lo único que hizo fue dejarse agasajar por todos los Dráculas solteros que se acercaron a conocerla.

Sonrió por dentro y por fuera cuando ya llevaba un par de horas en la fiesta, bailando, bebiendo y tonteando, porque la habían aceptado, había encajado en el punto exacto: ese que había ido a buscar.

Jake

Jake había indagado sobre la novata, por supuesto, y sí, la chica en cuestión era hija de alguien importante de la fábrica Wathson, así que su objetivo fue mantenerse alejado de ella. No quería que nadie lo relacionase con la empresa, teniendo en cuenta que su padre trabajaba allí y que la fábrica era conocida, entre otras cosas, por contratar a gente con pocos recursos. De no ser porque pertenecía a los Ice Falcons y ya jugaba de titular, Shawn jamás lo habría invitado, ni aquel día ni nunca.

Pero Emma no era su único problema, porque Cara Williams llevaba bastante rato mortificándolo. Se había disfrazado de diablesa, igual que sus amigas, solo que ella llevaba el vestido más corto que las demás y no dejaba de andar cerca de donde él estaba, tropezando de manera voluntaria contra él, rozándolo en distintos puntos del cuerpo. Candy Ford también estaba allí, haciendo exactamente lo mismo: divirtiéndose a su costa.

«¿Cómo es que han vuelto a ser tan amigas?».

De repente, en un intento por esquivar una nueva tentativa de Cara, Jake acabó justo detrás de Emma y la otra chica con la que iba a todos lados, junto a los más veteranos del equipo. Comprobó que era aún más bajita de lo que había supuesto y sintió un escalofrío por la cercanía. Jake pudo, simplemente, caminar hacia otro lado, pero Ottis Strongttenher —alias Strongy— lo vio y lo llamó para que terminara de acercarse. Abochornado por la situación, hizo lo primero que se le ocurrió para evitar el primer contacto con Emma Wathson. Se tocó los bolsillos dando a entender que buscaba algo.

—Mierda, ¿habéis visto a Ford? —preguntó.

—Está jugando al *beer pong* con Williams.

—¿Qué has perdido, Becker?

Strongy intentó agarrarlo por los hombros, pero Jake se escaqueó, haciendo como que llamaba al capitán y dirigiéndose hacia donde estaba.

—¡Ford!

Respiró aliviado cuando se alejó del grupo, totalmente ajeno a las intenciones de Emma por dirigirse a él por primera vez aquella noche. Por suerte, ella nunca sospecharía que su precipitada huida había sido premeditada.

Chris y Shawn estaban muy dentro de la partida, al igual que toda la gente de su alrededor. Reían juntos con la misma complicidad que tenían en el campo, pese a las diferencias que se entreveían fuera de él.

Lopes se le acercó y le ofreció una nueva cerveza, pero él la rechazó.

—Becker, vamos, hombre. No volveremos a tener un descanso hasta Navidad. Tayler sabe de sobra que esta noche vamos a divertirnos. Solo tienes que ver a Ford. *Porra*, si no fuese cierto, él mismo nos estaría llevando de vuelta a casa en lugar de estar aquí bebiendo como un cabrón. Es su ojito derecho.

—No soy su ojito derecho —protestó el aludido.

—Oh, sí, ya lo creo que lo eres —corroboró Shawn.

Minutos más tarde, cuando el juego acabó, Jake condujo a Chris al interior de la casa y lo sentó en el impoluto, blanco y enorme sofá que había en la estancia más próxima al jardín.

—Mañana me arrepentiré, ¿verdad? —le preguntó a Jake con la cabeza por encima del respaldo, con la vista fija en el techo.

—Puede, pero yo no me preocuparía demasiado. Un día es un día.

—Oye, creo que no voy a poder llevarte de vuelta a casa. Le pediré a Shawn que me deje uno de los cuartos de invitados y dormiré aquí. Puede que no tarde en hacerlo.

—No te preocupes por eso.

Chris cerró los ojos unos minutos y Jake lo observó, barajando la posibilidad de preguntarle algo que llevaba rondándole ya un tiempo. Esperó a que su compañero volviese a mirarlo y entonces lo interrogó:

—¿El entrenador te pidió que me vigilaras? —Chris lo escudriñó confuso—. Ya sabes, al inicio de la temporada. ¿Te pidió que te acercaras a mí para… controlarme o algo así?

—¿Te refieres a si me pidió que me ocupase de que no volvieses a acabar en una comisaría?

—¿Lo hizo?

—No.

Su respuesta fue tan escueta como inesperada.

—¿Y por qué lo haces?

—¿Por qué hago qué exactamente? Tío, estoy borracho. Deja de andarte con rodeos.

—Acercarte a mí.

Chris se pasó una mano por uno de los laterales rasurados de la cabeza mientras lo miraba con incredulidad. Luego cambió de expresión y empezó a hablar con cierta teatralidad:

—De vez en cuando me caes bien. Debe de ser eso, porque si no, yo tampoco me lo explico.

Jake asintió sonriendo de medio lado.

—Ya, vale —fue lo único que dijo.

—Le das muchas vueltas a las cosas, tío. Y ahora pírate, sal a divertirte y deja que yo duerma un rato.

Jake regresó al jardín, donde seguía la fiesta, y volvió a colocarse cerca de la piscina. Dentro había una pareja dándose el lote, completamente ajena a los comentarios de los que se habían congregado en torno a ellos, entregados el uno al otro. Jake se quedó pasmado al distinguir el inconfundible pelo rojo de la chica nueva. El otro implicado era Tony Lewis.

«Suficiente por hoy».

Echó a andar para ir a recoger su chaqueta, pero Cara y Candy le cerraron el paso justo antes de que accediera a la casa. La hermana de Chris tenía un cigarrillo en la mano.

—¿A dónde vas? —preguntó Cara.

—A mi casa.

—Ay, no. Aún no. Candy y yo tenemos un asuntito pendiente contigo y tenemos que solucionarlo. Y diría que ahora es un buen momento.

Lo agarró de la mano para conducirlo a la cocina. Allí había varias personas más repartidas por la enorme estancia, fumando cachimba, asaltando la nevera de los Williams y otras cosas de la misma trascendencia.

—Vale, ¿qué queréis? —les preguntó, intentando acabar cuanto antes.

—Verás, Candy y yo hemos estado un tiempo distanciadas por aquello de que te decantases tan rápido por mí y me besases, ya sabes.

Jake las miró a ambas perplejo. Abrió la boca para protestar por la distorsionada versión, pero entonces Candy levantó la mano para impedírselo y dio una calada antes de hablar.

—Así que para enmendarlo… —Apagó la colilla sobre el mármol de la isla y añadió—: Ahora tienes que besarme a mí.

Si alguien hubiese capturado aquel momento con una Polaroid, estaba seguro de que su cara habría reflejado el más absoluto desconcierto. No entendía qué les había dado a aquellas dos con él, pero estaba claro que el hecho de que Chris lo invitase a pasar la tarde con ellas había sido un error. Un tremendo error.

—No estáis hablando en serio, ¿no?

Las chicas rieron y lo empujaron hacia alguna parte.

—Tranquilo, fingiremos que llevas una hora negándote si así te sientes mejor —comentó Cara mientras tanto.

Cuando se dio cuenta de que se dirigían hacia lo que, sin duda, era una enorme despensa, paró en seco.

—No —pronunció con gravedad—. Candy, no voy a besarte, y mucho menos voy a meterme ahí dentro contigo.

—¿Y con las dos? —Cara lanzó la pregunta acercando las caderas a su entrepierna.

Jake notó un calor extremo subiéndole de golpe de los pies al cerebro y el hormigueo previo a una erección. Cerró los ojos para controlarla y se agradeció mentalmente el no haber bebido más de una cerveza. Despacio, apartó con suavidad a Cara de su lado, anunció que se marchaba y les pidió que por favor no lo siguiesen.

—Tiene que ser gay —escuchó decir a Candy en el trayecto hasta el vestíbulo.

—No, no creo —Cara habló lo suficientemente alto como para que la escuchara—. Ha estado a puntito de ceder, te lo aseguro.

Recordó que, al principio de la noche, había deseado que el tiempo fuese más cálido. Ahora, de camino a casa, recién salido del residencial y recorriendo las irregulares calles de Delton a toda prisa, pensaba que el frío no era lo suficientemente intenso como para calmar todas sus emociones, en especial, la de su entrepierna.

Cuando llegó a Prinss, uno de los barrios con las calles más estrechas de Vallon, escogió la ruta más directa hasta su casa sin aminorar el paso. Quería llegar, meterse en la cama y despertarse al día siguiente como si nada de lo sucedido en aquella fiesta hubiese sido real. Pero, en cuanto encaró la vía que lo llevaba hasta su destino, reconoció el Corolla de Beth a varios metros de distancia y, sin pensárselo dos veces, corrió hacia allí.

15 | NO SOBREVIVIRÍA A ESTA CIUDAD SIN TI

sábado 3 de noviembre

Jake

Jake se asomó por la ventana del conductor y encontró a su amiga dormida en el asiento. La observó durante varios segundos y apoyó las manos en el marco superior de la puerta, tratando de controlar su respiración para evitar ponerse a maldecir en cuanto Beth le contase lo que había ocurrido. Acto seguido, golpeó el cristal con suavidad para despertarla. Lo consiguió al segundo intento y, de inmediato, se echó hacia atrás para que ella lo reconociera. Cuando Beth activó la luz interior del vehículo, sus ojos verdes, rojos y cansados, le dieron a entender que, tal vez, lo último que quería en ese momento era hablar de lo que había pasado.

Así que Jake se arriesgó a hacer algo distinto. Le pidió que quitase el pestillo, rodeó el coche por delante y entró en el asiento del copiloto.

—Bien, ¿a dónde vamos? —preguntó.

Beth lo miró con detenimiento.

—Son las dos de la mañana. ¿Quieres ir a alguna parte?

—La pregunta no es si yo quiero, es si quieres hacerlo tú. Pero si lo prefieres podemos quedarnos aquí hablando durante lo que queda de noche.

La chica se frotó las piernas para entrar el calor y Jake se preguntó por qué las animadoras no tenían pantalones. Es decir, podían llevar jerséis de manga larga y cuello alto durante la temporada de frío, pero en las piernas lo único que hacían era ponerse calentadores.

—Creo que… prefiero hacer algo, sí.

—Genial, tengo hambre. ¿Walmart?

Beth sonrió, arrancó el vehículo y Jake le indicó que siguiera calle abajo, dirección Oaks Road.

Eran las dos y media de la mañana cuando entraron corriendo al supermercado, emocionados por la escapada nocturna que habían organizado y dispuestos a conseguir que la idea de atiborrarse a *snacks* y refrescos sonase como la mejor del mundo.

Jake solo llevaba cinco dólares, pero Beth lo obligó a guardarse la cartera.

—Esto corre de mi cuenta, te lo aseguro.

Cogieron un carro y empezaron a recorrer los pasillos semivacíos. La cadena no dejaba de expandirse y a Jake no le extrañaba. Allí podías encontrar de todo y a cualquier hora: desde un radiocasete hasta unos calcetines, sin contar con la oferta infinita en alimentación. Abordaron primero la larga estantería de refrescos y Jake tuvo clara su elección cuando vio las bebidas frías disponibles en la nevera: Mountain Dew. Cogió cuatro latas. A Beth le costó mucho más decidirse, pero finalmente agarró dos botellas grandes de New York Seltzer sabor frambuesa.

—Me acuerdo del anuncio que hicieron de esa soda —comentó Jake—, del tipo que saltaba desde lo alto de un edificio a una colchoneta gigante.

—Era Randy Miller —amplió Beth orgullosa—, cofundador de la marca. Saltó desde una altura de diez pisos. Increíble.

—Bueno, a mí me parecen más increíbles todas esas piruetas que hacéis las animadoras. Él solo tenía que saltar a una superficie grande y acolchada. Lo vuestro requiere mucha más precisión.

Beth descolgó la mandíbula y estuvo varios segundos de cara a él, manteniendo el gesto.

—¿Qué? ¿Qué he dicho?

—Jake Becker alabando la función de las animadoras. —La chica soltó el carro y se puso a caminar de un lado a otro del pasillo con las manos en la cabeza—. Esto es algo completamente extraordinario. ¡Histórico! Debería llamar a algún periodista para venderles la exclusiva.

Jake cedió a la burla y sonrió.

—Está bien, Beth. —La cogió por los hombros para obligarla a avanzar hacia otro pasillo—. Sigamos.

Además de las bebidas, cogieron varias bolsas de patatas fritas y Hot Pockets de pizza de peperoni. Luego continuaron hasta la sección de dulces y se hicieron con galletas de chocolate, cacahuetes M&M's y un montón de barritas de pastel de pudín. La cajera que los atendió levantó las cejas en cuanto vio todo lo que había en la cinta. Ellos se miraron y se sonrieron.

Abrieron las primeras patatas en una de las mesas que ofrecía el supermercado y comieron a lo bruto. Jake no podía estar más en su salsa, hacía tiempo que no se atiborraba así. Beth empezó un poco más tímida, reacia por culpa de las estrictas normas de las animadoras, pero él le dijo que era el momento de mandarlo todo a la mierda, y bastó. Comieron, jugaron con la comida y rieron hasta sentir que ya no podían más. Jake bebió tanto refresco que tuvo que ir dos veces al cuarto de baño. Incluso probó la soda de frambuesa de Beth.

—Esta porquería es buena —admitió.

Regresaron al coche casi a las cinco de la mañana, pero se quedaron un rato más allí, en el aparcamiento, compartiendo una bolsa enorme de M&M's en los asientos de atrás y hablando de cosas triviales. Jake le contó lo último que le había pasado en la fiesta de Shawn, el encuentro con Candy y Cara.

—Esas dos no van a parar hasta que consigan lo que quieren.

—No pienso acostarme con ellas —aseguró él.

—Eso ya lo sé.

—¿Lo sabes?

—Sí, claro que lo sé.

Jake la miró sin comprender, pero ella sonrió y se guardó lo que fuera que estuviera pensando. Después, Beth se puso de lado en su asiento y colocó el codo en el reposacabezas para seguir hablando con él. Jake sabía que estaba a punto de ponerse seria, pero no la presionó. Siguió comiendo cacahuetes y mirándola. De repente, le resultó extraño estar allí dentro con ella, tan cerca en un espacio tan íntimo. Sobre todo porque podía llevar la cinta del pelo descolgada, el moño deshecho y las ojeras marcadas de haber estado llorando todo el día, pero seguía siendo Bethany Harris, una animadora guapísima que el curso anterior había decidido ser su amiga. Además, los cristales ya se habían empañado un poco, hacía algo de calor y sus mejillas estaban encendidas, volviéndola aún más atractiva. Cuando su vista se situó a la altura de sus piernas descubiertas, Jake le acercó la bolsa de M&M's para distraerse.

«Recuerda: es Beth».

—Yo mejor paro ya. —La chica rechazó el ofrecimiento—. De lo contrario, voy a vomitar.

Jake levantó la cabeza y se metió en la boca todo lo que quedaba en el paquete. Cuando terminó de masticar, abrió el último refresco y dio un buen trago, agradecido de que hubiese conservado más o menos el frío.

—Curtis me ha engañado. Dos veces. —Ahí estaba, por fin. El motivo por el que Beth había ido a buscarlo—. Después de que se enfadara conmigo estuvo bastante ausente, y fue entonces cuando lo hizo.

Jake había dado por hecho que, tras la pelea en el Dix76, al haber interrumpido a Greyson cuando se disponía a meterse en una habitación con otra chica, había conseguido hacerle cambiar de opinión. Por lo visto, no.—¿Y cómo te sientes al respecto? —No se le ocurrió qué otra cosa preguntar.

—¿Que cómo me siento? —Beth rio—. Dice que está arrepentido y que solo lo hizo porque sentía que tenía que compensar de algún modo que yo hubiese estado con otra persona antes de salir con él.

—¿Qué pasa? ¿Acaso él era virgen antes de estar contigo?

—Sí.

Jake arrugó el entrecejo. No terminaba de creérselo. No de Curtis Greyson.

—De todas formas, si de verdad ha hecho lo que dices, es un capullo. Vaya excusa de mierda para confesar que te puesto los cuer... —se interrumpió e hizo una mueca al darse cuenta de lo directo que había sido—. Perdona.

—No pasa nada, soy una cornuda. Lo acepto.

—Pues no lo aceptes. Creo que ese es motivo suficiente para que lo dejes de una vez por todas, si es que aún no lo has hecho.

Beth echó la cabeza hacia atrás y siguió hablando, haciendo caso omiso de lo último que le había dicho.

—Quería contártelo la semana pasada, cuando fui a recogerte al entrenamiento —le explicó—. Me ha costado mucho coger el coche esta noche para ir a tu casa. Cuando tu madre me ha dicho que estabas en una fiesta, me he encerrado aquí dentro, dispuesta a esperar el tiempo que fuera necesario hasta que volvieses, sin dejar de preguntarme si querrías hablar conmigo. —Suspiró—. No sabía qué otra cosa hacer. He pasado dos semanas horribles pensando en la confesión de Curtis y en lo mal que te había hecho sentir a ti lo de nuestra relación, y reconozco que no había reflexionado mucho sobre ello hasta lo del otro día.

Jake tuvo que ordenar la información en su cerebro.

—Vale, primero, ¿has hablado con mi madre?

—He ido a tu casa, Jake. He llamado a la puerta y ella me ha recibido. Me ha dicho que no estabas y eso ha sido todo.

—¿Y no te ha hecho ninguna pregunta? Ella es muy de hacer preguntas.

—Me ha invitado a pasar, pero he vuelto al coche, ya te lo he dicho. ¿Por qué siempre te pones tan nervioso cuando se trata de tu familia?

No contestó. Era más importante hablar sobre todo lo demás.

—Respecto a lo del otro día… Créeme que lo último que pretendía era que pensaras que yo quería desaparecer de tu vida. —«Es justo lo contrario»—. Y no sé qué dije exactamente, pero solo intentaba que no te sintieras culpable por ser mi amiga sabiendo que eso te atormenta porque molesta a Greyson.

—Dijiste que yo no tenía que mantener nuestra amistad por compromiso. Y algo así como que te adaptabas al hecho de que me deshiciese de ella.

—Suena un poco a rescindir un contrato.

—Ya, es que tú suenas muy raro a veces.

Jake llenó los carrillos de aire y asintió mirando la luna llena de aquella noche tan peculiar.

—Lo siento.

Ella rio y eso lo desconcertó. La cara que puso la hizo reír más.

—Ay, menos mal que todavía te tengo. No sobreviviría a esta ciudad sin ti, en serio. ¿Sabes que hasta me había planteado mudarme? Pedir un traslado. —Beth se incorporó para quitarse la goma del pelo y dejarlo suelto. Jake estuvo a punto de decir que se bajaba del coche y volvía a casa andando—. Ni siquiera lo descarto del todo. Dios…, es que lo de Curtis me supera la mayor parte del tiempo. Dime qué piensas tú. ¿Crees que ahora que se ha acostado con otra persona ya estaríamos en paz?

Miró a su amiga, dudando de que la pregunta hubiese sido en serio.

—¿Bromeas?

—Ya sé que desde un punto de vista objetivo suena horrible, pero no sé… Desde que me lo contó, parece que las cosas han vuelto a la normalidad.

Jake negó con la cabeza. Empezaba a estar cansado de aquel asunto.

—Es que da igual cuántas cosas hayas hecho con alguien antes de estar en una relación, Beth —trató de explicarle—. No es equiparable a que él se haya acostado con otra mientras aún seguíais juntos, por mucho que pretenda hacerte creer que sí. Si no estuvieras tan pillada, sabrías que tengo razón.

—Pero lo estoy, ¿no?

Él no supo qué decir, así que levantó los brazos y los dejó caer, dándose por vencido tras el infructuoso intento de hacerle ver que Greyson no era bueno para ella.

—Siento que hablemos siempre del mismo tema. —Beth captó una parte de sus sentimientos—. Lo siento de veras. Intentaré no ser tan pesada de ahora en adelante. Y prometo sacar tiempo para nosotros dos, sin importar lo que Curtis opine.

Jake quiso creerla y, aunque estaba convencido de que no lo cumpliría, fomentó la idea diciendo:

—Pero lo de ir a patinar queda totalmente descartado.

—¡No!

—Sí.

—¡Venga ya! Pero si fue divertidísimo.

—Fue humillante. No volveré a ponerme unos patines en toda mi vida.

Una vez iniciada aquella conversación, se pasaron a los asientos de delante y Beth condujo hacia Prinss. El curso anterior, ella lo había llevado a la pista de patinaje de Glee en una de sus falsas citas. Tuvo que calzarse unos patines demasiado pequeños porque no había nada de su talla, y luego, cuando consiguió ponerse de pie con esos ortopédicos botines con cuatro ruedas, también tuvo que agarrarse a la barandilla para tratar de avanzar mientras Beth daba vueltas por toda la pista como si fuese lo más sencillo del mundo. Jake fue el hazmerreír de la tarde. Se retiró a la tercera caída, cuando el último golpe en el coxis lo dejó amargado de verdad. Tardó una semana en recuperarse del todo.

—Tengo un plan para cuando te decidas a agendar una nueva escapada conmigo —le dijo Jake al salir del coche, apoyado en la ventanilla.

—¿Cuál?

—Podríamos ir a una de esas sesiones de micro abierto para que cantes y toques con tu guitarra. Hace mucho que no te veo usarla.

La sonrisa de Beth se apagó tan despacio que él no llegó a percatarse del cambio.

—Sí, tal vez. Ya pensaré en algo. Tú solo estate preparado para cuando yo aparezca.

Jake se incorporó y extendió los brazos.

—Cuando la animadora quiera.

16 | MEJOR DE LO QUE HABÍA IMAGINADO

miércoles 7 de noviembre

Emma

Compaginar la faceta de empollona con la de chica popular ya no le resultaba tan fácil como en el instituto. Cada vez se daba más cuenta de que haberse matriculado en Geofísica suponía un obstáculo a subsanar la mayor parte del tiempo. La razón era que su facultad no estaba situada cerca de las que gozaban de mayor popularidad, como la de Empresariales, por ejemplo, donde estudiaban la mayoría de sus nuevas amigas. Así que tenía que hacer un gran esfuerzo por llegar a todo, a las clases y a las quedadas.

Durante el tiempo que pasaba en la facultad, solía estar sola. Había un par de chicas que habían intentado acercarse a ella, pero Emma se las había quitado de encima sin contemplaciones. No quería hacer amigas allí. Ella allí lo único que quería era ser la mejor de clase y ganarse a los profesores para contentar a su padre y tener un expediente académico tan brillante como el de su hermana gemela.

Era por eso que lo de teñirse el pelo de color rojo había resultado acertado de cara a su vida fuera de la facultad, pero molesto dentro de la misma, porque todo el mundo se quedaba mirándola o la señalaba cuando estaba cerca.

—No seas tan descarada —llegó a decirle a una chica que tuvo la mala suerte de cruzarse en su camino. Estaba tan acostumbrada a ser el centro de atención que la mayoría de veces no sabía distinguir lo que era curiosidad de simple casualidad.

Entró en la cafetería y se sentó soltando un bufido.

La comida allí no era nada del otro mundo, de ahí que Emma siempre llevase un sándwich vegetal casero que Margarett, la doncella, le preparaba todas las mañanas. Lo sacó, organizó todas sus cosas en la mesa y luego cogió su monedero y se dirigió al mostrador a por un zumo de naranja y un café. Estaba cogiendo de la cartera el billete de diez dólares con el que pensaba pagar cuando alguien chocó de refilón contra ella, con un vaso de refresco en una mano y un bocadillo en la otra. El bocadillo no sobrevivió: acabó en el suelo junto con el plato sobre el que reposaba, que se hizo añicos.

Emma se quedó muy quieta al reconocer a la persona que maldijo en voz alta por el incidente. Era el deportista por excelencia de la Facultad de Física y Geofísica. El único jugador de fútbol americano con el que no había hablado en la fiesta de Halloween de hacía una semana.

Becker.

—¿Estás bien? —preguntó él.

La miró de una forma muy concreta, como si también la hubiese reconocido y se sorprendiera de tenerla delante.

—Sí, no ha sido nada —respondió Emma, porque era verdad. El choque no había sido fuerte gracias a que él había rectificado a tiempo.

Movió los pies con cuidado para avanzar y alejarse de los trozos de cerámica que habían quedado esparcidos por el suelo.

—Que alguien llame a Gladys —escucharon decir desde el interior de la cocina.

—No, da igual, yo lo recojo.

El chico apoyó el refresco en el mostrador, cogió servilletas y se agachó y empezó a amontonarlo todo. Emma se quedó atónita. A ella jamás se le hubiese ocurrido hacer una cosa así. Para eso estaba el personal de servicio y de limpieza.

—Muchacho, déjalo —le avisó la cocinera que estaba atendiendo en ese momento—. Te puedes cortar.

Pero él no le hizo caso. Se ayudó de los pies y de las manos y consiguió hacer un buen montón de comida y cerámica. Durante el proceso, Emma se quedó absorta observando el trozo de piel de su espalda que acabó al descubierto cuando la camiseta, gris y desgastada, se le arrugó por encima de los vaqueros. No llevaba cinturón, así que también se le vio buena parte de la ropa interior.

«¡Por Dios! ¿Quién no lleva cinturón hoy en día?».

Tan comprometido estaba con la tarea que a la cocinera no le quedó más remedio que ofrecerle un recipiente a falta de un recogedor.

—Bonita, ¿tú que vas a querer?

Emma volvió en sí, pidió lo que quería y esperó, consciente de que allí no servían en la mesa. Al instante, le pusieron un vaso de cristal con zumo de naranja y una taza llena de café.

—El café era para llevar.

—No me has dicho que lo fuese.

La mujer, negra, robusta y poco amigable que la estaba atendiendo, puso los brazos en jarras.

—Pues lo es —insistió. Si alguien tenía que pecar de prepotente, prefería ser ella.

Con muy pocas ganas, la mujer vertió el contenido de la taza en un vaso de cartón y le puso una tapa con boquilla y un papel alrededor para que pudiese agarrarlo sin quemarse.

—¿El zumo también es para llevar o ese tipo de vaso sí puedes transportarlo sin derramarlo?

La ofensa se le clavó en el pecho como un puñal. Uno certero y bien afilado.

—Dedíquese a hacer su trabajo —contraatacó dispuesta a regresar a su mesa.

—Deberías ser más educada, jovencita.

—¿Para qué exactamente? ¿Contentarla a usted? Siga soñando.

Emma caminó muy digna hasta su asiento, dispuesta a tomarse el almuerzo como estaba previsto. Más tarde, en casa, le tendría que pedir a Margarett que para el próximo día le dejase preparado un termo con café.

Cuando se le pasó el enfado, que era una mezcla de impotencia, vergüenza e indignación, empezó a pensar en cómo iba a decirle a Tony Lewis, el chico con el que se había acostado un par de veces, que no quería seguir haciéndolo. Ni siquiera le gustaba. Su nariz era demasiado pequeña para alguien de su tamaño, le daban ganas de reír cuando la miraba. Además, había descubierto que era hispano. Emma había descartado con alevosía a Chris Ford —el jugador más atractivo de cuantos habían acudido a la fiesta— por su tono de piel, así que descubrir que la familia materna de Tony era de México la incomodó. Se había decantado por él, una de las tres estrellas del equipo, solo porque Brenda le dijo que evitase a Shawn.

«Debería haber escogido a Shawn».

De repente, Emma se acordó del otro chico, el que había limpiado la basura del suelo. Lo buscó con disimulo por la cafetería y lo vio sentado, concentrado frente a otro bocadillo y un libro de texto. Con una mano sujetaba lo primero y con la otra alternaba el pasar páginas con escribir en un cuaderno. Estaba solo, como ella. Lo estudió con detenimiento.

No llevaba ropa de deporte ni del equipo. De no ser porque era el doble de grande que casi cualquiera de los allí presentes, podría haber pasado desapercibido. En un momento dado, el chico se revolvió el pelo, absorto en lo que estaba leyendo, y no se molestó en volverlo a ordenar. Ese Becker tenía un aspecto…

Desgarbado.

Sí.

Esa era la palabra exacta.

El chico miró hacia el reloj de la cafetería y, de pronto, empezó a recoger, apurando lo que le quedaba de refresco al tiempo que se levantaba. Cogió su mochila y la chaqueta y salió a toda prisa. Después de eso, Emma hizo un gesto de genuina sorpresa y siguió a lo suyo.

Diez minutos más tarde, justo cuando estaba cogiendo su bolso y su carpeta para marcharse a la siguiente clase, levantó la vista al percibir ajetreo. Un grupo de chicas acababa de sentarse en la misma mesa que había ocupado el jugador y cogieron el cuaderno que él se había olvidado allí. Las escuchó preguntar de quién sería y mirar en el interior para averiguarlo.

Emma se dirigió hacia ellas y se plantó delante de todas con la mano extendida.

—¿Me lo devuelves? —preguntó a la que lo sostenía, aunque sonó más a orden que a pregunta.

—¿Tú te llamas… Jake?

«Así que así se llama».

—Es amigo mío.

—Amigo —comentó otra con ferviente ironía—. Ya, claro.

—Mira, da igual. —La que sostenía el cuaderno se lo dio sin hacerla esperar más—. Dile de mi parte que tiene una letra muy bonita.

—No lo haré. Adiós.

Lo agarró con fuerza y salió de la cafetería muy orgullosa de su pequeña victoria. Miró el cuaderno y se corrigió: de su pequeño trofeo.

Estaba dispuesta a descubrir si aquello que le habían dicho sobre el chico poco amigable era cierto, porque no lo parecía.

«A lo mejor solo es tímido».

Se llevó el cuaderno a su siguiente clase y estuvo revisándolo. Contenía apuntes de física cuántica, pero una mucho más compleja de la que ella estaba estudiando en su primer año. No había coherencia en las páginas, más bien, desarrollos y anotaciones, todo muy desordenado, pero era verdad que la letra era bonita, clara. Lo cerró cuando se dio cuenta de que no estaba prestando atención a la profesora de Geodinámica y lo puso a buen recaudo, sobre su carpeta, dispuesta a buscar a Jake más tarde y a iniciar una conversación con él.

Solo que no lo encontró.

Emma estuvo mirando por los pasillos entre clase y clase durante toda la mañana, incluso se dignó a volver a la cafetería para comer del bufet, ignorando la mirada severa y reprobatoria de la mujer que la había atendido por la mañana. Luego salió del edificio y se dirigió al Mercury Comet azul claro que había heredado de su padre al cumplir dieciséis años y condujo hasta el magnífico campo de fútbol de la VSU, segura de que él estaría allí. En cuanto puso la radio, la noticia de que Ronald Reagan había sido reelegido como presidente de los Estados Unidos se repitió en todas las emisoras hasta que sintonizó Mazz Radio e identificó la nueva canción de Madonna, *Like a Virgin*, que había salido hacía solo una semana y que, según ella, era mucho más importante que la predecible y aplastante mayoría de Reagan. Emma estaba convencida de que esa canción entraría pronto en la Billboard Hot 100, la lista norteamericana de los sencillos más populares del país.

You're so fine and you're mine
I'll be yours 'til the end of time

Pensar en lo mucho que le gustaba el estilo de Madonna y su nueva canción conllevó que en su mente se instalase la idea de que debía retocarse los labios antes de entrar en el estadio. Y esa idea la acompañó durante todo el trayecto.

A las tres y media de la tarde llegó al recinto. Después de guardar el pintalabios, se miró en el espejo retrovisor y repartió los mechones centrales del pelo justo como quería que estuviesen. Al bajar, se subió la falda de cuadros hasta su sitio y se aseguró de que los leotardos negros no tuviesen arrugas. Hacía frío para ir solo con el suéter que llevaba, a juego con todo lo demás, pero dentro la temperatura sería confortable, así que se colgó el bolso y prescindió del abrigo. Su silueta era mucho más llamativa sin él, sin duda.

Con el cuaderno apoyado contra el pecho, entró en las instalaciones y caminó por los pasillos hasta el campo de juego. Una vez allí, la inmensidad de la superficie la impresionó. Había estado en el campo del Valley High, pero no era para nada lo mismo. Sobre el terreno solo había unos pocos chicos haciendo estiramientos, muy pocos en comparación a todos los que conformaban un equipo de fútbol.

«¿Dónde está todo el mundo?».

—¿Puedo ayudarla? —El hombre que hizo la pregunta era corpulento pero de baja estatura, llevaba un chándal y una gorra de color negro y la miraba con el ceño fruncido. En su placa identificativa se leía: «S. Hock».

—Estoy buscando a… Jake.

—¿Al asistente o al jugador?

—Jake Becker —respondió pronunciando su nombre completo en voz alta por primera vez.

—Está en La Nevera. Es por ahí. —Hock señaló un pasillo que no había visto al acceder, agitando una toalla que llevaba en la mano—. La última puerta. Dile de mi parte que como vuelva a llegar tarde se acordará del día en que nació.

Emma sonrió, complacida, aunque no entendió el nombre de la estancia hasta que llegó.

Al otro lado de la puerta había varios chicos, todos en pantalón corto o ropa interior, unos metidos en bañeras, otros repartidos por el suelo sobre colchonetas y otros tantos en bancos de madera colocando bolsas de hielo en distintas partes de su cuerpo. Jake era uno de los que estaba en el banco. Tardó un poco en verla, a pesar de que estaba situado a la derecha, de cara a ella, porque estaba hablando con el compañero que tenía enfrente. Llevaba un pantalón corto azul y tenía las piernas a ambos lados del asiento, con una bolsa sobre cada muslo. A Emma se le fueron los ojos a sus abdominales arrugados por la postura y luego a su torso definido y a sus hombros.

«Mejor de lo que había imaginado».

—¡Eh! Tenemos visita —anunció alguien.

—¡Emma Wathson! —Shawn Williams se acercó con paso decidido, exhibiéndose al andar, con un pantalón igual que el de Jake y nada más—. ¿A qué debemos este honor? Lewis se fue hace media hora, pero, si quieres, yo te ayudo con lo que necesites.

De repente, se sintió estúpida e ingenua. Sobre todo ingenua.

¿Qué pensaba que iba a ocurrir cuando encontrase a Jake? ¿Que él estuviese solo y que, al recuperar el cuaderno, la invitase a tomar algo como agradecimiento? Para colmo, que Shawn mencionase a Tony no ayudó en absoluto a reducir su frustración.

Emma ladeó la cabeza y sonrió con desagrado.

—Para tu información, no necesito nada de ninguno de los dos. Bueno, de ti sí. —Puso un dedo sobre el pecho del chico para echarlo hacia atrás y quitárselo de encima y luego le encasquetó el cuaderno de Jake, ese que había atesorado con tanto celo y que ahora entregaba como si fuese escoria—. Dale esto a Becker y dile que aprenda a recoger mejor sus cosas. No soy su maldita niñera.

Enfiló el pasillo de regreso, moviendo las caderas de forma exagerada.

—¡Si quieres, puedes ser la mía! —escuchó decir a Shawn a sus espaldas.

Sin girarse, Emma levantó el dedo corazón de la mano derecha a modo de respuesta y de despedida.

«Menos mal que no elegí a Shawn».

Jake

Jake no se había movido ni un centímetro desde que había visualizado a Emma en el umbral de la puerta.

—A ver qué tenemos aquí… —Shawn se puso a ojear el cuaderno que ella le había entregado—. Hostia, tío, esto parece idioma extraterrestre. ¿Qué es, Becker?

Cole McRae, *tackle* ofensivo, se acercó a cotillear.

—Es física, idiota —le aclaró.

—Olvidaba que tenemos a un cerebrito en el equipo. —Shawn se acercó para entregárselo después de pasar varias páginas más—. Tendrás que explicarle a Lewis por qué tenía esto su novia.

—¿Emma está en la misma facultad que tú? —preguntó Cole, un paso por delante del *quarterback* y de todos.

«Eso parece».

No fue capaz de responder en voz alta. Seguía en *shock*.

—Espabila, Becker. —Cole le palmeó la espalda al regresar a su sitio—. Solo es una chica.

Sin duda, iba a tener que espabilarse mucho, en eso su compañero tenía razón, porque quizás Emma Wathson fuese *solo una chica*, pero no era una *chica cualquiera*.

17 | LO CREAS O NO

jueves 15 de noviembre

Jake

Llevaba toda la semana durmiendo fatal. Su prima Rachel había cogido algún tipo de virus que la tenía febril e inapetente casi todo el día, así que cuando él estaba en casa, lo buscaba más de lo habitual para acurrucarse. Por la noche, Jake se despertaba cada vez que ella se revolvía incómoda y la tapaba y la destapaba en función de lo que marcase el termómetro. Así que, aquel jueves, el cansancio acumulado le hizo mella de un modo más acuciante. En clase, mantener la cabeza erguida y los ojos abiertos para no sucumbir a un sueño profundo fue casi misión imposible. De no ser por el examen sorpresa que Bill Newman les puso y por el molesto dolor de cabeza, Jake no habría podido aguantar la posición.

—Becker, espere —le dijo el profesor cuando terminó la clase—. ¿Ocurre algo? Tengo la impresión de que esta semana no ha estado muy involucrado. No entregó el trabajo del martes.

La física cuántica le gustaba y Newman le caía bien.

Desde que le había repetido el examen al que no había llegado a tiempo por el incidente con Gladys, le parecía que la relación profesor-alumno había mejorado. El hombre se había vuelto un poco más comprensivo y amable, y era prácticamente el único que se dignaba a hablar con él de algo más que no fuese cambiar de plazos alguna prueba con motivo de los entrenamientos.

—Estaré más atento la semana que viene —le aseguró.

—¿Cómo le ha ido hoy?

—No creo que todo lo bien que usted espera.

Newman movió el bigote a un lado y a otro y se cruzó de brazos.

—Sé que el fútbol es importante, pero, por lo que más quiera, no abandone los estudios.

Jake conocía de sobra lo que hubiese seguido después si no le hubiese dado la espalda para evitarlo: «Los estudios son para siempre, el fútbol no». Anteponer los estudios al deporte era una norma no escrita que no le gustaba y no aceptaba, así que odiaba con todas sus fuerzas ese razonamiento, porque llevaba toda la vida escuchándolo.

Ya en el entrenamiento, todo fue de mal en peor.

El sábado iban a enfrentarse a los Golden Griffins y, aunque habían estado trabajando duro desde el lunes, Tayler decidió que Hock tenía que apretar aún más en defensa y este los tuvo entrenando sin protecciones, haciéndose placajes a un metro de distancia contra los linieros ofensivos de su mismo equipo. Al primer toque de silbato cambiaban de pareja y al segundo buscaban el contacto. Al inicio del ejercicio, Jake había podido mantener el tipo. Pero llegó un momento en el que sintió que no podría soportar un nuevo pitido y se alejó unos metros.

—¡Becker! ¡Vuelve a la línea!

Pero no lo hizo.

Ya no tenía solo dolor de cabeza, sino un malestar general que se le había metido en el cuerpo y sentía frío pese al sudor.

—¡¿Qué cojones te pasa, Becker?! Vuelve a la línea a menos que quieras quedarte calentando el banquillo pasado mañana.

La amenaza de Hock fue bastante clara, así que regresó y ocupó el puesto que le tocaba. Sin embargo, cuando el entrenador hizo sonar el silbato, no pudo moverse y, al no defenderse, el impacto que recibió fue tan fuerte que estuvo a punto de quedarse sin respiración.

—Becker, ¿estás bien? —le preguntó Strongy, el *guard* derecho con el que había impactado—. ¡Eh! ¡Becker!

Segundos después, notó que se oscurecía su campo de visión, a consecuencia de la llegada del resto de compañeros. A Jake le dolía tanto el pecho, a la altura del esternón, que no podía ni hablar. Strongy le había clavado el codo.

—¿Qué te pasa, Becker? —La voz ronca y cabreada de Hock sonó lejana en un principio, pero, cuando se volvió a pronunciar, estaba en su nuca—. ¡Que qué carajos te pasa hoy!

—Apartaos.

La llegada de Tayler despejó la zona al instante. Solo entonces Jake pudo incorporarse, con la mano derecha sobre el pecho. Respiraba con dificultad, pero respiraba.

Con otro gran esfuerzo acabó sentado, con los codos apoyados en las rodillas. En esa posición, sintió los primeros escalofríos.

—Estás enfermo —dijo Tayler.

—No lo sé —acertó a decir, pese al punzante dolor de cabeza.

—No es una pregunta, Becker. Sal del campo antes de que te hagan picadillo.

Clark y Murphy lo acompañaron a petición de Hock, a pesar de que él insistió en que no era necesario.

—Tienes mal aspecto.

—Te necesitamos entero el sábado. Cuídate.

***

Cuando salió a la calle, pensó en lo mucho que le habría gustado encontrar a Beth esperándolo en el aparcamiento para pedirle que lo acercase a casa, pero no era su día de suerte, así que caminó hasta la parada del autobús pensando en que hacía pocos días que habían ido juntos a dar una vuelta por el campus y ella le había hecho prometer que iría a ver un partido de baloncesto.

—Eres mi mejor amigo y no has venido nunca a verme —le había dicho refiriéndose a su actuación como animadora.

—Te vi de sobra el año pasado, antes de que nos traicionaras y te cambiaras de equipo —se había defendido él.

—Eso no cuenta. No hacías el acto de venir. Simplemente, estabas en el mismo sitio que yo. Me lo debes.

Así que no se había podido negar, pero consiguió darle una vuelta a aquel compromiso, agregando que, si él hacía el esfuerzo de ir a ver un partido de Greyson, a cambio, ella tenía que acceder a acompañarlo a una sesión de micro abierto. Quería escucharla tocar. Cantar.

Le pareció importante que Beth no se olvidase de que podía hacerlo.

***

Jake sintió un gran alivio cuando llegó a casa y encontró a su madre con Rachel, sentadas en el sofá viendo dibujos, porque ella siempre sabía qué hacer.

—Llegas pronto, ¿ha pasado algo?

—No. Bueno. No me encuentro bien. El entrenador me ha mandado a descansar. —Jake se acercó a su prima para cogerla en brazos—. ¿Cómo estás, renacuaja?

—¡Bien!

—Va mejor —aseguró Sara—, pero todavía tiene fiebre. Tú tienes mala cara. Seguro que te lo ha pegado.

Se dejó caer en el sofá y agradeció que su madre le diese una pastilla para aliviar el malestar. Rachel se acomodó sobre él y los dos se quedaron dormidos. Cuando se despertó, toda la familia estaba en casa y la cena servida.

—¡Jake! —exclamó su hermana cuando se acercó a la mesa—. ¿Sabes que Derek viene el próximo lunes y se quedará hasta el sábado?

—Intuyo que esa información es relevante por algún motivo, así que ilumíname.

—¿De verdad tengo que explicártelo? —Jake miró a su hermana expectante—. Podremos celebrar Acción de Gracias el día que toca, no como el año pasado —agregó ella con un tono de exagerada evidencia.

Sobre la mesa había un bol con crema de puerro, otro más pequeño con sopa y unos filetes de pechuga empanada sobre una fuente. Jake los contó de un vistazo. Cuatro. Había un quinto cortado a trozos en el plato de su prima.

—¿Te sientes mejor? —le preguntó su madre cuando ocupó el lugar que le correspondía.

Zane se sirvió un poco de crema y le pasó el recipiente.

—Mucho mejor, sí —respondió mientras rellenaba hasta arriba su cuenco—. Creo que solo necesitaba dormir un poco.

—Si no hubieses acostumbrado a la niña a dormir contigo, no te habrías contagiado.

La aportación de su padre fue tan provocadora como innecesaria.

—Está enferma —le espetó—. Aunque no estuviese acostumbrada a dormir conmigo, alguien habría tenido que atenderla todas estas noches.

Cuando se trataba de su padre, el mal humor se apoderaba de él muy rápido. «Os he hecho un favor —estuvo a punto de decir—, uno de tantos», pero calló porque no le pareció justo para su madre. Sara nunca había tratado de escaquearse. Ella era la que muchas veces tenía que convencer a Rachel de que durmiese en la cama de Derek cuando Jake tenía pensado llegar tarde o estaba en época de exámenes.

—La estás malcriando, y todos acabaremos sufriendo las consecuencias —continuó su padre sirviéndose uno de los filetes en su plato.

—Ese tema ahora no, Paul —le pidió su madre, e inclinó la cabeza hacia Rachel para indicarle que la niña estaba presente y no era lo más apropiado.

Jake acarició el pelo de su prima. Se había quedado callada en su asiento, mirando a su tío, sin comprender. Extendió el brazo derecho para atraerla hacia él, pero se interrumpió cuando notó un dolor punzante donde había recibido el golpe de Strongy. Su madre se percató, así que Jake tuvo que explicar lo que había sucedido en el entrenamiento y, al instante, ella se acercó y le metió la mano por el cuello de la camiseta para inspeccionar.

—Mamá, no, déjalo.

—No es un buen sitio para recibir un golpe —dijo cuando concluyó la revisión.

—¿Qué más da? —Jake miró a su padre con incredulidad intuyendo lo que añadiría a continuación—: Estando en el banquillo no tiene que preocuparse por eso.

A Louis se le salió el agua por la nariz al escuchar el comentario y a Jake le dieron ganas de estrangularlo al estilo Homer-Bart.

—Lo creas o no, papá, estoy en el equipo titular.

—Servíos la carne antes de que se enfríe —prosiguió Paul sin siquiera mirarlo.

No merecía la pena discutir con su padre por cosas relacionadas con el fútbol. Aun así, no podía evitar cargarse de rabia cuando él hacía justo eso: ningunearlo. Y sabía que debería darle igual lo que pensase después de tantos años despreciando su deporte favorito, pero seguía siendo su padre, así que no podía evitar la necesidad de un poco de validación por su parte.

Zane y Louis cogieron su trozo de carne y, en la bandeja, solo quedó el último filete. Sara usó los cubiertos para cogerlo y dirigirlo hacia el plato de Jake. Él, sagaz, la paró antes de que completara la tarea.

—Yo no tengo hambre —mintió.

—Tienes que comer algo.

—Ya me estoy comiendo esto. —Señaló la crema—. Y prefiero la sopa para después.

—Lo partiré en dos —continuó Sara haciendo justo lo que había dicho.

—Mamá, de verdad, no tengo hambre. —Conocía de sobra lo que significaba que hubiese crema de puerro en la mesa como plato principal—. Debe de ser el virus de Rachel —declaró—. Mañana estaré mejor.

Se sirvió lo que quedaba de sopa y siguió comiendo como si nada, ayudando a su prima y escuchando a Zane hablar sobre lo que harían el próximo fin de semana con Derek, cómo decorarían la casa de cara a Navidad.

El teléfono sonó antes de que terminaran de cenar. Su madre descolgó y, tras hacerle un gesto a su hermana para que atendiera la llamada, todos dedujeron que se trataba de Arabia.

—Iré arriba.

Zane desapareció al instante. Sus padres se dedicaron una mirada cómplice y a Jake le extrañó. No era habitual que alguien se levantara de la mesa sin haber terminado de cenar, mucho menos por una llamada.

—¿Por qué Ari ya no se queda nunca a cenar? —preguntó Louis.

Jake se dio cuenta de que la apreciación de su hermano era cierta. Hacía semanas que ni siquiera la veía.

—Su madre ha empeorado —Sara sonó tranquila, pero fue notable la expresión de preocupación que la acompañó al hablar—. Tiene que quedarse con ella.

Zane no regresó, así que su madre tapó su plato para subírselo después y Jake se ofreció a hacerlo, consiguiendo encasquetarle a su hermano pequeño la tarea de recoger la mesa.

—Tendrás que estar más atento la próxima vez —lo chinchó por lo bajo.

Su hermana aún no había terminado de hablar por teléfono cuando él irrumpió en su habitación. Dejó de hablar para preguntarle qué quería y Jake levantó el plato.

—Tu cena.

—Espera un segundo —le dijo al aparato inalámbrico—. No quiero más, Jake. Cómetelo.

—¿Seguro?

Miró a su hermana con incredulidad y al plato, con deseo.

—Conque no tenías hambre, ¿no?

Jake le sonrió.

—Sal de aquí antes de que me arrepienta —le ordenó Zane.

Pero antes de salir por la puerta, y para que su madre no sospechara, destapó el plato, cogió lo que quedaba del filete y se lo metió en la boca.

—El plato lo bajas tú —le dijo a su hermana masticando.

Zane puso cara de asco y volvió a hablarle al teléfono:

—No te lo vas a creer. O quizás sí. Jake acaba de meterse en la boca el trozo de carne más grande que he visto nunca.

Jake retuvo el delicioso sabor de la carne empanada de su madre hasta que llegó la hora de lavarse los dientes con Rachel.

—¿Qué quiere decir «malcriando»? —preguntó su prima mientras él la ayudaba a pasarse el cepillo por toda la boca.

—Nada de lo que debas preocuparte —respondió tras meditar la respuesta.

—¿Seguro?

—Sí, seguro.

—Entonces, ¿puedo seguir durmiendo contigo?

—Por supuesto que sí.

GAME DAY

18 | UN TRES COMO MUCHO

sábado 17 de noviembre

Jake

Durante las dos horas y media que duró el encuentro contra los Golden Griffins, sufrieron abucheos por parte de los aficionados que habían acudido a ver el gran derbi de la temporada en Salt Lake City, pero eso no los amedrentó. Los Ice Falcons jugaron uno de sus mejores partidos en los últimos tiempos y acabaron imponiéndose, con un resultado de 30-14.

En ataque, Tony Lewis se encargó de Duncan Richardson, tal y como le había prometido a Jake. El *linebacker* de Westminster acabó retirándose del partido con molestias en una pierna. Ford arrasó en yardas avanzadas con balón y Williams se lució en su posición. En defensa, la actuación de toda la unidad de Hock fue reseñable, pero Jake hizo su mejor partido hasta la fecha, con diferencia. Además de capturar tres veces al *quarterback* rival —3 *sacks*—, también consiguió desviar un pase y recuperar otro, consiguiendo así una nueva posesión para los suyos. Y, por supuesto, no le dio tregua a ninguno de sus dos principales oponentes en la línea de *scrimmage*, en especial, al *tackle* derecho, un tal Jefferson de primer año, que se había empeñado con ahínco en cerrarle el hueco que había entre él y el *guard*.

Fue tal el trabajo que, por primera vez en mucho tiempo, los comentaristas del partido destacaron la implacable defensa de los Ice Falcons por encima del acertado ataque.

—El número cincuenta y uno es el líder defensivo que todos estábamos esperando. Una buena promesa del fútbol universitario, sin duda.

—Jake Becker. Ese chico tiene talento. Qué espectáculo el de hoy.

Lopes y Lewis lo llevaron a hombros hasta el vestuario. Jake no terminaba de creerse que todo le hubiese salido tan bien, que hubiesen ganado y que él hubiese conseguido tanto reconocimiento. Ni siquiera se había recuperado al cien por cien del virus de su prima, pero, en cuanto salió al campo, jugó, cargó y soportó como nunca. Jefferson se acordaría de él durante los próximos días, y el *quarterback* también.

La afición de los Golden Griffins había acabado muy decepcionada, pero había animado hasta el final y se había marchado del campo aceptando la derrota. Los Ice Falcons, por su parte, habían aullado de alegría y de orgullo, primero en grupo y luego de cara a los contrincantes, creando un ambiente tan poco amigable como cabía esperar después de lo ocurrido en el Iceberg.

Los árbitros habían tenido que pedir a los entrenadores que se ocupasen de sus jugadores, que les instasen a retirarse al vestuario. Allí continuaron los gritos de júbilo, los aplausos y las burlas hacia los adversarios.

—¡La venganza se sirve fría, pero nosotros la hemos servido a menos veinte grados! —exclamó Lewis después de un rato de festejo.

—¿Qué venganza? —En cuanto el entrenador Tayler apareció y lanzó la pregunta, el vestuario enmudeció—. Ganamos contra los Golden Griffins hace unos meses en los Rivalry Games, así que no sé a qué viene todo este espectáculo.

La sonrisa de Jake se esfumó igual de rápido que la de sus compañeros.

—¡Hemos ganado, entrenador!

—Solo lo estamos celebrando.

—Hemos ganado y nos alegramos por ello —continuó Tayler—, pero no nos ponemos a presumir de esta forma en una casa que no es la nuestra, y mucho menos humillamos a un justo rival como vosotros lo habéis hecho al terminar el partido. —Hizo una pausa para dejar reposar sus palabras. Y entonces dijo algo que a todos se les quedaría grabado para siempre—: Un equipo no gana solo con una buena victoria; gana de verdad cuando, a pesar de hacerlo, respeta a su oponente tanto como a sí mismo. —Jake se sintió avergonzado por la aplastante lógica—. Yo os he inculcado ese respeto, pero vosotros habéis optado por lo fácil, que es enorgulleceros a costa de la miseria ajena. Será mejor que corrijáis vuestra actitud de aquí en adelante porque, o lo hacéis por vuestra cuenta, o lo haréis por la mía. Y creedme, no creo que os guste. Y ahora dejad de pavonearos y meteos en la ducha. El autobús no va a esperaros eternamente para regresar a Vallon.

Nadie se atrevió a hablar después de aquello, a excepción de Hock, que antes incluso de que se marchase Tayler, les gritó que eran una panda de malnacidos. Muy en su línea.

—¡Becker! —le dijo Tony ya bajo la ducha—. Esta noche nos vamos al Dix a celebrarlo. Veronica Falls estará encantada de atenderte, y hoy más que nunca te lo mereces. Tus deseos serán órdenes para ella. Me ocuparé de ello.

¿Sus deseos, órdenes para ella?

«Más bien al contrario».

El comentario consiguió agriarle el ánimo, cosa difícil teniendo en cuenta lo contento que estaba. Pero es que lo último que quería era tener que verse con Veronica. El sexo tal vez podría haberle resultado una opción interesante con alguna otra persona. Pero, definitivamente, no con ella.

No habían sido pocas las veces que Jake se había preguntado si era raro en comparación con el resto; sobre todo cuando oía a sus colegas hablar de aventuras pasajeras o de quedar para follar con alguien que apenas conocían, mostrándose siempre dispuestos si se les presentaba la ocasión. Él también podía hacerlo, claro; sin embargo, no era una idea que le interesase lo más mínimo, a menos que bebiese más de la cuenta o que la persona en cuestión le atrajese muchísimo. De normal, tenía la impresión de que necesitaba algo más, por poco que fuese, como crear un pequeño vínculo emocional o conectar con la otra persona implicada. Nada de eso se podía conseguir en el Dix76, y mucho menos si alguien como Veronica, asidua al lugar, te echaba el guante y te pedía solo para ella. No le gustaba en absoluto lo que sentía cada vez que pensaba en encontrársela.

Jake salió del vestuario con Chris y con Moore para dirigirse al autobús, ataviado con toda la ropa negra distintiva del equipo: pantalón de chándal, sudadera y cazadora, algo de lo que no podía escaquearse los días de partido. Cerca de la salida, vio a un grupo de jugadores del equipo contrario, tan identificables como él por su indumentaria morada y dorada en lugar de negra, pero no reconoció a Jefferson hasta que el chico le habló, justo a su altura. Con el casco, no se había percatado de lo rubio que era.

—Prepárate para la vuelta —amenazó con sorna.

—Calladito estás más guapo, rubiales —dijo Chris.

—No volverás a lucirte tanto como hoy. Te lo aseguro —siguió diciendo el otro *tackle*—. Lo mismo ni vuelves a jugar al fútbol.

Jake sonrió con malicia.

—Suerte con eso.

—Suerte la tuya si no vuelves a encontrarte con Richardson porque, como te encuentre, eres hombre muerto.

—¡Que te calles ya, coño! —Gerry Bertier, *linebacker* izquierdo y capitán de la defensa, apareció por detrás y se puso delante de ellos dos para intentar empujar a Jefferson con el pecho, pero se lo impidieron y tiraron de él hacia la salida—. No sé de dónde has salido tú, pero no deberías ir por ahí amenazando a la gente.

—En un rato estaré saliendo del cuarto de tu…

Casi tuvieron que arrastrar a Bertier para sacarlo de allí y evitar la confrontación, porque era lo último que necesitaban y lo único que estaba buscando Jefferson.

—Déjalo, tío. El entrenador no toleraría una pelea aquí, joder. Lo sabes de sobra. —Chris lo agarró por los hombros—. Les hemos dado su merecido, solo busca provocarte para manchar nuestra imagen.

—Tienes razón.

—Siempre la tengo.

—No, eso sí que no.

Jake se alegró de que se pusieran a bromear para que Bertier se olvidase del asunto. A Jake le caía bien su líder defensivo. Era un buen tipo.

De vuelta a casa, hicieron lo de siempre: el autobús paró en Iceberg Drive Inn y llenaron el establecimiento y comieron y bebieron sin límite. Jake disfrutó de aquel momento mucho más de lo que sus compañeros disfrutarían dentro de unas horas en el Dix76, y tuvo que mantenerse muy firme desde el principio para que lo dejasen en paz respecto a ese asunto, porque no tenía pensado ir, y punto.

De no ser por Chris, que defendió su postura cuando ya había bebido demasiada cerveza, lo habrían convencido, así que se alegró de que aquel *running back* intercediese por él y velase por sus intereses, como un verdadero amigo.

Arabia

La tarde con Zane le había recargado la energía perdida durante las últimas semanas. Habían hecho los deberes juntas escuchando música y luego se habían pintado las uñas, aunque Arabia había optado por limpiárselas después, poco contenta con el resultado. Sara y Paul habían salido de casa al acabar de cenar y ellas se habían ocupado de recoger la cocina y de acostar a Rachel a las siete y media. Louis fue quien las avisó de que el nuevo videoclip de Madonna, *Like a Virgin*, estaba saliendo por la tele.

—¡Corre! ¡Dale a grabar! —chilló Zane mientras corría hacia el reproductor de vídeo donde habían dejado una cinta para ese mismo propósito.

El videoclip ya lo habían visto a primera hora de la tarde, pero les había gustado tanto que habían acordado estar pendientes para grabarlo. Su amiga llegó a tiempo de darle a Rec justo cuando el león aparecía en escena, segundos antes de la estrofa: «Didn't know how lost I was until I found you». Arabia se sentó emocionada en el sofá y Zane hizo lo mismo cuando se aseguró de que estaba grabando, con un bolígrafo y una libreta, dispuesta a transcribir la letra completa de la canción.

Entre las dos, con ayuda extra de Louis, consiguieron un resultado aceptable, y cuando revisaron la cinta lo completaron. Después de eso, el chico apagó el reproductor y dejó el canal de la MTV para verlo mientras conversaban.

—Me encanta su corte de pelo —comentó Arabia refiriéndose a la inigualable Madonna.

—¡Ya! ¡Es genial! ¿Por qué no te lo cortas así? O a lo Kim Wilde. A ti te quedaría muy bien, por tus ondas.

El pelo de Arabia —largo, ondulado y oscuro— no podía ser más distinto al de las mujeres que Zane había mencionado. Casi siempre lo llevaba recogido en una coleta baja o suelto y sin adornos. No le gustaba mucho esta última opción, porque era demasiado grueso y se le encrespaba con facilidad, todo lo contrario que el de su amiga, más claro, suave y liso, siempre con aspecto de estar recién lavado.

—No creo que mi madre estuviese muy de acuerdo.

—Pero si Ebru es supermoderna.

—Pero no sé si hasta el punto de permitirme llevar un *look* como el de Madonna. —Rieron, Arabia un poco con pesar. Su madre era moderna, sí, y también había abandonado la religión musulmana antes de emigrar a Estados Unidos, pero conservaba algunas normas y tradiciones de su país de origen: Turquía—. Me encanta que hayan hecho una parte del videoclip en Venecia —dijo para cambiar de tema—. Y el concepto de esa ciudad, toda rodeada de agua.

—Venecia está en Europa, ¿verdad?

—Sí. En Italia.

A Zane ese último dato no pareció interesarle.

—Ojalá ser tan *sexy* como Madonna… O tan guapa como Sharon Stone o como…

—Cara Williams.

Arabia soltó aquello sin pensarlo y Zane, lejos de sorprenderse o reprochárselo, agregó:

—Estoy de acuerdo. Me conformaría con parecerme un poquito a Cara.

—Al menos, de las dos, tú eres la que más se le parece.

—¿Sí? Veamos.

Su amiga se levantó, se anudó la camiseta por encima del ombligo y se cogió el pelo en lo alto con la mano derecha al mismo tiempo que caminaba por el salón como una modelo de pasarela. En cuanto sacó los labios hacia fuera como si mantuviese un beso, Arabia empezó a reír y no paró hasta después de un buen rato.

—Es la mejor imitación que he visto en mucho tiempo —le aseguró a Zane cuando se recompuso.

—¿Quién es Cara Williams? —quiso saber Louis.

—Una chica que iba a mi instituto. La Pop más Pop que ha habido en el Brown.

Zane iba a seguir hablando de Cara, pero se quedó con la palabra en la boca en cuanto empezó a sonar el inicio de *Wake Me Up Before You Go-Go* y entonces los tres se prepararon para una sesión de karaoke improvisada. Esa canción lo pedía a gritos.

Fue así, con Louis vociferándole al mando a distancia y Zane y ella de pie sobre el sofá cantando a pleno pulmón, como Jake los encontró cuando hizo su aparición. De no ser porque a él enseguida se le notó la embriaguez, se habría muerto de vergüenza.

¿Y por qué se le notó?

Porque después de encontrarse con aquel panorama, se acercó al centro del salón al ritmo de la música y se quitó la cazadora para hacerla girar en alto. No se dejó caer en el sofá pequeño hasta después del último: «Wake me up before you go-go, don't you dare to leave me hanging on like a yo-yo». Sobra decir que los demás continuaron bailando y coreando hasta el final.

A Arabia lo que más le sorprendió no fue que Jake se animase a interactuar con ellas, sino que había estado sonriendo todo el rato, y ni siquiera ahora que estaban recobrando el aliento había dejado de hacerlo.

Le hizo gracia su cara contenta y alelada a la vez.

—¿Llegas ahora del partido? —le preguntó su hermana. Él extendió los brazos para abarcar el respaldo del sofá y levantó la barbilla y las cejas con aire misterioso—. Vale, habéis ganado. Pero… ¿por eso este arrebato tuyo de buen humor o hay algo más?

—¿Has jugado? —preguntó entonces Louis.

Jake se mosqueó, medio en broma, medio en serio, y le tiró un cojín a su hermano.

—Pues claro que he jugado, idiota. —Se quitó la sudadera con un movimiento rápido y se quedó sentado, inclinado hacia delante con los codos sobre las rodillas. Arabia se fijó en los arañazos que tenía en los brazos y en las manos, sobre todo, a la altura del puño izquierdo—. Y se comenta que he sido el mejor de todo el partido.

—¿En serio?

—Lo han dicho por la radio.

—Salta a la vista que lo has celebrado por todo lo alto —Arabia hizo su aportación con la idea de mantener la charla animada, pero sus intenciones cayeron en saco roto cuando Jake se puso serio.

—Oye, ¿tú por qué me odias tanto?

Zane y Louis se echaron a reír. Ella se quedó mirándolo, realmente confusa.

—Porque eres un aguafiestas de primer nivel —aseguró Louis.

—¿Por qué crees que te odio? —preguntó Arabia después.

—Vale, ya sé. —Jake se echó hacia atrás, quedando apoltronado contra el sofá—. Es por lo del año pasado, ¿no? Por eso de que te llamé Arábica delante de todo el mundo.

Zane, que no había dejado de reír por el estado alterado de su hermano y sus ocurrencias, se partió de risa aún más al mencionar una anécdota que recordaba a la perfección. Aquel día, Zane no pudo acudir a clase porque estaba enferma, pero, como era el último día para presentar un trabajo de Ciencias, sus padres le pidieron a Jake que fuera al instituto a buscar a Arabia para entregárselo. Ella, que no estaba al tanto de nada de eso y que todavía se consideraba una recién llegada a la ciudad y al instituto, enfiló el pasillo de entrada y, cuando alguien la llamó al grito de «Arábica», primero quiso que se la tragase la tierra y luego golpear a quien quiera que hubiese pronunciado mal su nombre. Darse cuenta de que había sido Jake fue incluso peor. Le pareció un acto cruel y narcisista, y era cierto que desde ese día lo había tenido siempre entre ceja y ceja.

—Es que eso te hizo parecer un grandísimo capullo —le dijo intentando conservar el tono hilarante de la conversación.

—Me «hizo parecer» —repitió Jake con el dedo índice en alto—. Hizo. Pasado. ¿Eso quiere decir que ya ha prescrito? ¿Ya no me odias?

—Madre mía, Jake —Zane intervino—. Pero ¿cuánto has bebido? Estás irreconocible.

—Pero es guay —opinó Louis—. ¿Por qué no lo aprovechamos? Pregúntale, por ejemplo, si cree que Madonna es *sexy*.

—¡Eso! Responde, Jake. ¿Lo crees?

Arabia se abrazó las piernas, dispuesta a escuchar el interrogatorio que estaba a punto de empezar.

—Diría que sí —respondió él.

—En una escala del uno al diez, ¿cuánto de *sexy*?

Jake se puso a pensar con los ojos apretados y moviendo la cabeza, como si le costase mucho decidirse.

—Ocho. Creo.

—¿Y Samantha Fox? —le preguntó Louis.

—¿Quién? —La duda de Zane fue compartida por Arabia.

—Eso no tengo ni que pensarlo. Diez. —Jake sonrió con picardía, pero luego miró a su hermano con el ceño fruncido—. Oye, espera un momento, ¿de qué conoces tú a Samantha Fox? —Louis se subió al sofá, al lado de Arabia, porque era el lugar más alejado de su hermano mayor—. ¿Has estado en mi…? ¿Has cogido la…?

Jake se levantó para capturarlo y entonces Louis salió disparado hacia la cocina. Cuando lo atrapó, lo tiró al suelo sin apenas emplear fuerza y le frotó la coronilla con los nudillos.

—¡Para! ¡Vale ya!

—¿Tú sabes de qué va todo esto? —le preguntó Zane a Arabia.

—Creo que prefiero no saberlo.

Poco después, los dos chicos regresaron acalorados. Jake se pasó una mano por el pelo de delante hacia atrás y se aireó la camiseta.

—Por cierto, ¿dónde están papá y mamá? —se dirigió a su hermana.

—Salieron a comprar.

—¿De noche?

—Discutieron antes de la cena. Creo que salir era solo una excusa para reconciliarse.

—¿Sobre qué?

—Ni idea, ya sabes lo discretos que pueden llegar a ser.

—Oye, Jake —Arabia se aventuró a hacer una nueva pregunta, para ver qué tan lejos quedaba alguien como ella de su prototipo de chica—. ¿Y en qué posición de la escala estaría Cara Williams?

—¿Cara? Pues… —Justo cuando iba a decir un número se interrumpió—: No. Ni hablar. No quiero tener que pensar en eso.

—¿No quieres pensar en Cara? —lo presionó Zane—. ¿Por qué? Yo creo que podría ser un nueve.

—¿Sabéis qué? —dijo—. Creo que me voy a dormir. Ya empiezo a notar la casa un poco desordenada.

—¡Espera! ¿Y nosotras? —Zane no se dio por vencida.

Arabia notó cómo se le aceleraba el pulso, ansiosa por la respuesta, pero el chasco fue tan grande que la sensación posterior la dejó sin habla.

—Vosotras un tres como mucho.

Fue Louis quien lo dijo.

Jake quien rio.

—Voy a tirarme aquí. Un rato. —Sin aportar cualquier otro detalle, este último se quitó la camiseta y se acomodó en el sofá pequeño, de espaldas a los demás—. Despertadme dentro de unos diez minutos —agregó.

—¡Vete a la cama, Jake!

—Shhh… Vosotras a lo vuestro. Como si yo no estuviera.

«Qué fácil decir eso», pensó Arabia cuando, triste y sin remedio, se perdió en un punto impreciso de la espalda de Jake al que volvió con disimulo varias veces más, hasta que los padres de Zane regresaron y los mandaron a todos a sus respectivas habitaciones.

Siguió pensando en eso de que solo era un tres ya con la luz de la habitación apagada.

«Un tres como mucho».

19 | LIONS VS. PACKERS

jueves 22 de noviembre

Jake

Se suponía que los preparativos del día de Acción de Gracias eran algo divertido que hacer en familia o, al menos, algo que todo el mundo esperaba con muchas ganas. Para sus hermanos tal vez lo fuese, sobre todo para Zane, que se había pasado la mañana decorando la casa y el árbol de Navidad. Siempre era ella quien sacaba, año tras año, la caja de los adornos que ahora habían quedado esparcidos por todo el salón. Y, como Derek había podido viajar a Vallon esa semana, su hermana había recuperado la tradición de hacer todo aquello con él.

La adoración de Zane por su hermano mayor era inversamente proporcional a la de Jake.

Desde que había llegado de Florida, hacía cuatro días, en casa de los Becker solo se oía hablar de lo bonita que era la ciudad de Davie, como si después de un año todavía no supiesen que era acogedora, que tenía muchas zonas con agua y un buen clima. Y tampoco faltaban los comentarios de lo caro que era todo en la universidad privada donde estudiaba o de lo afortunado que era por haber conseguido una beca allí.

—¿Y tú, Zane? ¿Cómo llevas las solicitudes? —había preguntado Derek la noche anterior, durante la cena, refiriéndose a las que debía enviar a las universidades para el próximo curso.

—¡Bien! La profesora de literatura nos ha animado a Ari y a mí a que solicitemos en Yale y Chicago. Nos gustaría que echaras un vistazo a nuestras redacciones.

—Eso está hecho.

—¿Te imaginas? Yale está en Connecticut, ¡al otro lado del país!

—¡Ah! ¿Pero sabes dónde está? Pues deberías ponerlo en la carta, seguro que eso aumenta tus nulas posibilidades de acabar en Yale. —El comentario de Jake hizo que todos dejaran los cubiertos sobre la mesa. Tuvo que esforzarse en dejar de sonreír cuando se dio cuenta de que a nadie le había parecido gracioso y no vio venir la colleja que llegó a los pocos segundos de parte de su padre, que se había levantado de su asiento para rebasar a Louis y alcanzarlo. El manotazo en la nuca fue tan fuerte que Jake estuvo a punto de meter la cara en el plato. Se incorporó, orgulloso, fingiendo que no había sido para tanto—. Era broma, ¿eh? Relajaos.

—No ha tenido gracia —había dicho su madre.

Un día después, la tensa situación que creó con su ingeniosa aportación no había mejorado. Zane no le dirigía la palabra y su madre solo le daba órdenes directas, como que pelase todas las patatas y batatas que necesitaba para preparar el puré y las *candied yams*. Mientras lo hacía, no había dejado de pensar en por qué todo el mundo fingía que su hermana era una buena estudiante —porque no lo era—, ni en por qué se empeñaban en meterle en la cabeza ideas tan descabelladas como que pudiese obtener una beca en una universidad de renombre. Le parecía que eso era mucho más cruel que el golpe de realidad que él había soltado durante la cena.

Cuando ya casi había acabado, levantó la cabeza para mirar el reloj de pared que había sobre el televisor del salón y se puso nervioso al descubrir que faltaba solo media hora para el inicio de la previa de uno de los clásicos de Acción de Gracias: el partido de fútbol de los Lions, que ese año sería contra los Packers. Los Lions de Detroit no estaban haciendo una buena temporada, pero Jake esperaba que ganasen y que solventasen la mala racha.

—Mamá, esto ya está.

—Bien. Ahora abre ese armario de ahí —Sara señaló con la cabeza el que tenía justo arriba a su derecha— y búscame el bote de azúcar moreno para cuando acabe con esto.

Jake observó que su madre estaba preparando la masa para el pastel de calabaza. La rodeó, abrió el armario en busca de lo que necesitaba y dejó el recipiente a su lado. Ya estaba retirándose hacia el salón cuando la oyó maldecir.

—¡No queda casi nada! —anunció después—. Debí de olvidarme de añadirlo a la lista de la compra la última vez que lo usé.

—Zane y yo podemos ir a comprar en cuanto terminemos con el árbol —le dijo Derek.

Su madre se puso la palma de la mano sobre la frente para pensar.

—En la tienda de Freddy Miles deberían tener, pero no puedo esperar a que acabéis. Jake, ¿vas tú?

Él se quedó parado en mitad de la cocina mirando a su madre, luego a sus hermanos y luego de nuevo a su madre.

«Veinticinco minutos para la previa».

—Bueno, se han ofrecido ellos. El azúcar no puede esperar, pero el árbol sí, ¿no?

—Haré como que no he oído eso.

Sara fue hasta el armario de al lado de la escalera donde tenía su bolso, sacó el monedero y buscó dinero para darle. Nadie, salvo él, vio la cara de preocupación que se le puso cuando sacó un billete de veinte dólares y se lo entregó. Jake, en ese momento, lo único que dedujo de su gesto a esas horas de la tarde fue que iba muy justa de tiempo y que lamentaba no haberse asegurado de tener azúcar de sobra.

—No tardes —añadió al tiempo que lo empujaba hacia la puerta.

«Veinte minutos para la previa».

Se convenció de que, si aligeraba el paso, conseguiría ir y volver de la tienda minutos antes de que empezase la retransmisión.

El ultramarinos estaba situado al sureste de Chancery y colindaba con sus dos barrios vecinos, Prinss y Oaks Road. Y aunque Chancery no era, lo que se dice, un distrito popular, la tienda gozaba de una buena reputación, porque abría los días festivos y a veces hasta después de la medianoche. Al dueño no le caían bien los forasteros, ni a los forasteros él. Era un tipo especial. Jake solo esperaba que el sitio estuviese tranquilo y no hubiese mucha cola. Cuando entró, lo primero que hizo fue mirar el reloj.

«Catorce minutos para la previa».

Como era habitual, no estaba encendida la calefacción y Freddy no lo saludó. Se acercó para preguntarle por lo que necesitaba y el hombre señaló un pasillo sin apartar la vista del escaparate que daba a la calle. Jake echó un vistazo rápido por si había algo fuera de lo normal, pero no vio nada, así que fue a buscar el paquete de azúcar y regresó y encontró al dueño de la misma guisa. Carraspeó para llamar su atención y pagarle, pero él no se inmutó. Cuando fue a hablar para pedirle que lo atendiera, alguien entró a toda prisa por la puerta del establecimiento, haciendo sonar la campanilla de forma estrepitosa.

—¡Buenos días, Freddy! —saludó con voz cantarina.

Jake tardó unos segundos en reconocerla, porque llevaba puestas unas enormes y oscuras gafas de sol. Lo hizo justo antes de que ella se parase frente a él.

—¡Bomboncito! ¡Qué sorpresa!

Ahí estaba, delante de sus narices, la mismísima Veronica Falls, ataviada con una gabardina cerrada y saludándolo con su característica sonrisa perversa, enseñando todos los dientes y masticando chicle.

—¡Caray, bomboncito! Cualquiera diría que has visto a un fantasma. —Él continuó sin decir nada. Detestaba que lo llamase así—. Mientras reaccionas, iré a por lo que he venido a buscar.

Jake se preguntó qué estaría haciendo alguien como ella en Chancery y por qué había saludado a Freddy con tanta naturalidad. Cuando la vio coger una chocolatina y guardarse otras tantas en uno de los bolsillos, miró automáticamente al dueño y comprobó que este la observaba sin decir nada. Veronica regresó, colocó la chocolatina encima del mostrador y le pidió a Freddy que le pusiera lo de siempre. El hombre cogió una cajetilla de Lucky Strike de la estantería y un paquete de Hubba Bubba. Se lo puso todo junto a la chocolatina y ella sacó cinco dólares del mismo bolsillo donde llevaba lo que había robado, como si no le importase que ellos se fijasen en lo abultado que estaba. Freddy le dio el cambio y ella guardó el dinero y lo adquirido en el otro bolsillo.

—Veronica, ¿estás bien?

Jake lanzó la pregunta con total sinceridad. Nunca la había visto en otro sitio que no fuese el Dix76, pero le parecía que estaba alterada. Alterada por algo.

—¿Que si estoy bien? —Se abrió la gabardina tras la pregunta. Llevaba una minifalda vaquera con botones y una finísima camiseta de tirantes rosa sin nada debajo. Jake se sonrojó a más no poder—. ¿Tú qué opinas? ¿Y tú, Freddy?

La chica se movió para poder mostrarles el atuendo a ambos. Ninguno de los dos dijo nada y ella rio de forma exagerada.

—Sois tal para cual.

—Tápate. —Jake se acercó y le cogió los extremos de la gabardina para cerrársela—. Hace frío.

—Sabes de sobra que aquí dentro no hace frío, bomboncito —repuso ella impidiéndoselo—. ¿Quieres comprobarlo de nuevo? ¡Tengo una idea! Hace tiempo que no coincidimos en la disco y te he echado mucho de menos. ¿Por qué no te vienes a mi casa?

«Porque estoy mejor en la mía».

Veronica hablaba como si llevase al menos cinco tazas de café. Dejó por fin caer los extremos de la gabardina, sacó un cigarrillo y se lo encendió allí mismo.

—¿Qué? ¿Te vienes? —continuó—. Necesito a alguien que me folle como tú lo haces, bomboncito. Lo necesito de veras.

Su voz adquirió un tono ligeramente triste al acabar la frase. Fue tan notable que ella misma lo contrarrestó enseguida, acercándose tanto a Jake que este acabó chocando de espaldas con el mostrador. El olor de su aliento, una mezcla de tabaco, chicle de fresa y alcohol, le pareció mucho más intenso que de costumbre. Más desagradable. Veronica volvió a reírse en exceso y se apartó dando un par de vueltas sobre sí misma.

—¿Tú qué opinas, Freddy? ¿Has visto alguna vez a un hombre resistirse tanto? —Luego miró a Jake—. A veces me pregunto si te haces de rogar con todas o es solo conmigo. En fin. Me voy. En realidad, tengo un poco de prisa. Espero que al menos hayáis entrado en calor al verme. Tú, Jake, si quieres más, ya sabes dónde encontrarme. Lo siento, Freddy, tú no eres mi tipo. Seguro que lo entiendes. Eres un buen hombre.

Después de que se marchara, Freddy y él se quedaron un buen rato en silencio, asimilando lo que acababa de ocurrir. Veronica era como un pequeño tornado: uno de esos que levantan el polvo sin cambiar las cosas de sitio, pero que de todas formas asustan.

—Esa chica tiene problemas —comentó Freddy, de pronto.

Jake volvió a la realidad y miró el reloj.

«Cuatro minutos para la previa».

—Me cobra, ¿por favor?

Buscó el billete de veinte para pagarle y marcharse cuanto antes.

—Nunca lleva gafas de sol.

—¿La conoce? —preguntó para darle algo conversación mientras seguía buscando el dinero por entre los diferentes bolsillos de la chaqueta y el pantalón.

—Lleva un par de meses viniendo a por tabaco, pero no es de por aquí.

—Ya, sí. Eso es porque es de Glee.

Freddy lo miró, más serio que de costumbre.

—No hace falta ser muy listo para darse cuenta de que esa chica no es de Glee. O, al menos, ya no.

—Pues lo es —repuso Jake molesto.

Se impacientó a medida que la idea de que Veronica le había robado fue cobrando sentido.

—Deberías haberla acompañado a casa, aunque te haya robado.

Jake hizo un gran esfuerzo por no golpear nada de lo que había a su alrededor.

—¿Usted lo ha visto? ¿Ha visto cómo me robaba y no ha dicho nada?

—Puedes llevarte el azúcar, de todas formas.

—Sí, genial, gracias. ¿Y qué hay del cambio? Me ha robado veinte pavos, joder. —Veronica debía de haberle quitado el billete al obligarlo a apoyarse en el mostrador. Qué estúpido había sido. Cuando volvió a dirigirse a Freddy, lo hizo muy enfadado—: ¿Se puede saber por qué no ha dicho nada? O mejor, ¿se puede saber por qué la ha dejado campar a sus anchas y que le robase a usted y a mí?

—Ya te lo he dicho, chico. Tiene problemas.

—¡Me importa una mierda!

Salió del establecimiento dando un portazo.

Veronica tenía problemas. Pues muy bien.

Él también, así que le daba igual si la chica era o no de Glee, o si llevaba gafas de sol en un día nublado o si se había mostrado afligida durante un único momento de la conversación. Además, su encuentro en el ultramarinos había sido incómodo y vergonzoso y solo quería olvidarlo.

***

Los Lions se impusieron por tres puntos a los Packers y eso fue lo único bueno que tuvo aquel día de Acción de Gracias para Jake. Bueno, eso y que Rachel cambió el nombre de los Green Bay Packers por el de Green *Bean* Packers, en honor al guiso de judías verdes de la cena.

Porque, cuando Sara preguntó por el dinero y confesó que lo había perdido, se dio cuenta de que la cara de preocupación que había puesto su madre hacía unas horas no se debía a una lista de la compra incompleta, sino a que aquel billete de veinte dólares que le había dado para el azúcar era el último que le quedaba para acabar el mes.

DICIEMBRE de 1984

20 | LA CHICA DE BOWLING GREEN

jueves 20 de diciembre

Beth

Beth sabía que Jake no estaba pasando por un buen momento. Lo sabía y, aun así, llevaba dos semanas posponiendo la quedada furtiva que tenía en mente proponerle para subirle el ánimo. Era una mala amiga, pero porque también era una cobarde y no se atrevía a contarle a su novio que iba a quedar con él.

Decírselo implicaba dos cosas que a Curtis le molestaban. Una, el hecho de que el plan que quería organizar conllevaba que se llevase su guitarra y cantase en directo. La otra, simplemente, porque se trataba de Jake. Por mucho que lo hubieran hablado, ella sabía que no le hacía ninguna gracia que fuesen amigos, porque dicha amistad le hacía sentir muy inseguro. Cosa que, según ella, carecía de sentido.

Jake y Beth eran como dos niños que habían crecido juntos desde la infancia, solo que se conocían desde hacía poco más de un año. Dos personas que lo único que tenían en común era que se habían encontrado solos y presionados en un mismo momento y que se habían esforzado en sobrevivir a dicha circunstancia: ella como recién llegada a las animadoras de fútbol y él como jugador al equipo. Un par de novatos que todo el mundo se empeñó en emparejar y que fingieron interés mutuo para que los dejaran en paz.

El día que les hicieron la jugarreta de dejarlos encerrados en el cuarto de limpieza del estadio para «darles el empujoncito que les faltaba», justo ese día, Beth supo que acabarían siendo grandes amigos.

—No tenemos que hacer esto si no quieres —le había dicho Jake entonces, después de que el beso que estaban compartiendo y del que ella había tomado la iniciativa no terminase de coger ritmo e hicieran una pausa.

Beth intentó retomarlo, pero él se apartó.

—No pasa nada si no te gusto, en serio.

—¿Eso significa que yo tampoco te gusto?

Estaba oscuro y apenas podía distinguir su rostro, así que nunca supo qué cara puso durante los segundos que tardó en responder.

—No, tampoco.

Se sintió tan aliviada en ese momento que aún recordaba la sensación. Y allí, a oscuras y sin ninguna otra cosa que hacer, idearon el plan de fingir que salían juntos para que dejasen de forzarlos. Fue muy divertido ver a Jake moviendo las escobas y otros artilugios de limpieza para que se oyera algo, y más divertido aún cuando acordaron ponerse a cuatro patas y recorrer la minúscula habitación de un lado a otro para que se les viese acalorados al salir. Todo el mundo se creyó la pantomima. Fueron cinco meses de supuesta relación durante los cuales Beth pudo integrarse más y mejor en la universidad. Gracias a eso, las animadoras de baloncesto la habían reclamado para el equipo y ella se había cambiado encantada. Llevaba enamorada de Curtis Greyson, el capitán, desde que habían coincidido en una fiesta, así que fue la oportunidad perfecta para acercarse a él y para que, poco después, Jake y ella acordasen anunciar que ya no estaban juntos.

Habían tenido millones de ocasiones para intimar y nunca lo habían hecho, salvo una vez, y por decisión exclusiva de Beth. Los dos tuvieron que emborracharse para hacer lo que hicieron, porque no logró convencer a Jake hasta que se acabaron la segunda botella de vino.

Por todo eso, podía decirse que su amistad estaba bien anclada por un montón de tardes sentados en el cuarto de la residencia de Beth, ella tocando la guitarra, él leyendo o ambos estudiando o decidiendo qué cosas públicas como pareja iban a hacer. Eso, y una mamada desastrosa por la inexperiencia de ella y la embriaguez de él.

Cada vez que Beth pensaba en ello le entraba la risa floja, pero nunca sacaba el tema delante de Jake, porque sabía que él seguía pensando que había sido una pésima idea y había acabado teniendo razón, ya que, cuando Curtis se enfadaba con ella por alguna tontería o perdía un partido importante o bebía de más, de una forma u otra salía a relucir «la mamada de Jake». Y era desesperante. Hasta estaba empezando a cansarse de tener que contentarlo cuando eso ocurría.

Beth abrió el armario y sacó la guitarra —una Gibson J-50 acústica—, prisionera allí desde que Curtis le metió en la cabeza que lo de ir a cantar en público y dedicarle tiempo a la música era cosa de *hippies* y de niñitas que solo querían llamar la atención. En los ocho meses que llevaba saliendo con él, solo la había tocado un par de veces, tarareando melodías en su cabeza, convencida de que la culpa al acabar sería menos grave si al menos no entonaba en voz alta. Así que podía decirse que Curtis Greyson había conseguido que una chica de Kentucky como ella, envuelta desde la infancia por la música *country*, aparcase su mayor afición en favor de una decencia que no estaba ligada a la decencia en sí misma, sino al precario concepto que él tenía sobre la aplicación del término, y que nada tenía que ver con lo que era o no correcto.

Pero aquel día Curtis había dicho que se quedaría toda la noche en casa de uno de sus compañeros de clase para preparar un examen, así que Beth pensó que era el momento perfecto para salir con Jake. Lo único que tenía que hacer era localizar a su amigo y arrastrarlo con ella. Cosa que, a las tres de la tarde, todavía le parecía sencillo.

***

Llegó al WM, hogar de los Ice Falcons, antes de las cuatro con intención de ver el final del entrenamiento, con ropa normal, vaqueros altos, suéter de punto abrigado y su chaqueta favorita: una roja con un grabado de letras blancas donde se leía la palabra «Bowie» que había estado guardada el mismo tiempo que la guitarra, haciéndole compañía. A Curtis no le gustaba, decía que David Bowie estaba sobrevalorado.

Beth también se había soltado el pelo, así que la imagen que el cristal de la puerta de entrada al estadio le devolvió le resultó tan extraña como reconfortante. Se reconoció en esa otra Beth, en la que había sido hasta antes de trasladarse a Vallon y volcarse de lleno en las animadoras. La

Bethany Harris rural, la de Bowling Green, una ciudad corriente al suroeste de Kentucky. Pensar en ella de esa forma le hizo darse cuenta de cuánto había cambiado.

Salió hacia las gradas de la planta baja y se sentó cerca de una chica de pelo rojo que no se inmutó en absoluto. Se cerró la chaqueta, metiendo las manos —siempre frías— en los bolsillos en un nulo intento por calentárselas, y entrecerró los ojos para echar un vistazo en busca de Jake. Le llevó un par de minutos, porque necesitaba gafas —pero prefería pensar que era el frío lo que hacía que le llorasen los ojos—, y porque Jake no estaba en el centro del campo haciendo los mismos ejercicios que el resto de los defensas, sino apartado sobre la *end zone* de la derecha, hablando con Harper Tayler.

Beth los observó con interés, y se dio cuenta de que la otra chica también miraba hacia allí. Recordó haber visto a Tony Lewis pasear por el campus con alguien con ese mismo color de pelo. Estuvo a punto de iniciar conversación con ella, pero entonces Jake se marchó hacia el interior del estadio y Tayler regresó con los jugadores de ataque.

Sin dudarlo, se levantó y bajó a buscarlo.

La puerta del vestuario estaba abierta, así que entró directamente y encontró a su amigo de espaldas, desajustándose las hombreras. Eran negras, igual que todo lo demás que todavía llevaba puesto: pantalón y zapatillas.

—Toc, toc —dijo para anunciarse.

La cara de sorpresa de Jake al girarse la hizo reír.

—Beth —pronunció su hombre al tiempo que se sentaba en el banco—. ¿Qué haces aquí?

—Estoy lista.

—Lista ¿para qué?

—Para eso que dijiste hace como mes y medio de… ¿Cómo era? ¡Ah, sí! «Cuando la animadora quiera».

Jake se agachó y empezó a desatarse las zapatillas.

—No es un buen momento —comentó.

Ella sabía que no lo era, pero trató de animarlo.

—¿Por qué? ¿Tienes la agenda muy ocupada? —Beth se acercó y se sentó a su lado, sin perder el entusiasmo—. ¡Ah, claro! Olvidaba que ahora eres la nueva estrella del equipo. ¿Te han salido muchos compromisos?

—Déjalo, Beth. No estoy de humor, y sabes de sobra que lo que has dicho no es cierto.

—¿El qué? ¿Que eres la nueva estrella? Pues, si no lo es, dime entonces por qué me duelen los oídos de escuchar halagos sobre ti cada vez que alguien habla de fútbol en este maldito campus. Becker, el cincuenta y uno. Becker, el *tackle* defensivo. —Beth puso la mano derecha en forma de pinza y empezó a abrirla y a cerrarla, acercándose hacia él—. Becker, Becker, Becker, Becker.

Jake tuvo que apartarse, dejando escapar una sonrisa furtiva.

—¿Ves como tengo razón?

—No es para tanto.

—Estáis invictos desde el partido contra Westminster, así que yo diría que sí.

—De todas formas, eso no es lo que me importa ahora. —Claro. Lo que a él le importaba era su situación familiar, más complicada que de costumbre. A sus padres les habían llegado unas deudas de su anterior casa de Filadelfia y estaba siendo un mes complicado. Pero Beth no había ido hasta el West Mountain Stadium para hablar de eso. Lo que Beth pretendía era arrastrarlo con ella y hacer algo que le permitiera evadirse—. No quiero hablar de ello.

—No te he pedido que lo hagas.

—Ah, ¿no? ¿Y qué haces aquí?

—Ya te lo he dicho.

Jake se echó hacia atrás, sujetándose las hombreras.

—No puedo. Tengo que irme a casa. Mi madre se va a trabajar a las siete y tengo que ocuparme de Rachel.

—En mi coche hay sitio de sobra para ella. ¿Quieres invitar a alguien más o con Rachel es suficiente?

Estaban tan cerca el uno del otro que, cuando él giró la cabeza y la miró a los ojos, una sensación parecida a la de una descarga eléctrica le recorrió la columna vertebral de forma imprevista. Y, de pronto, el lunar que él tenía debajo del ojo izquierdo le pareció más bonito que nunca, y el del labio superior…

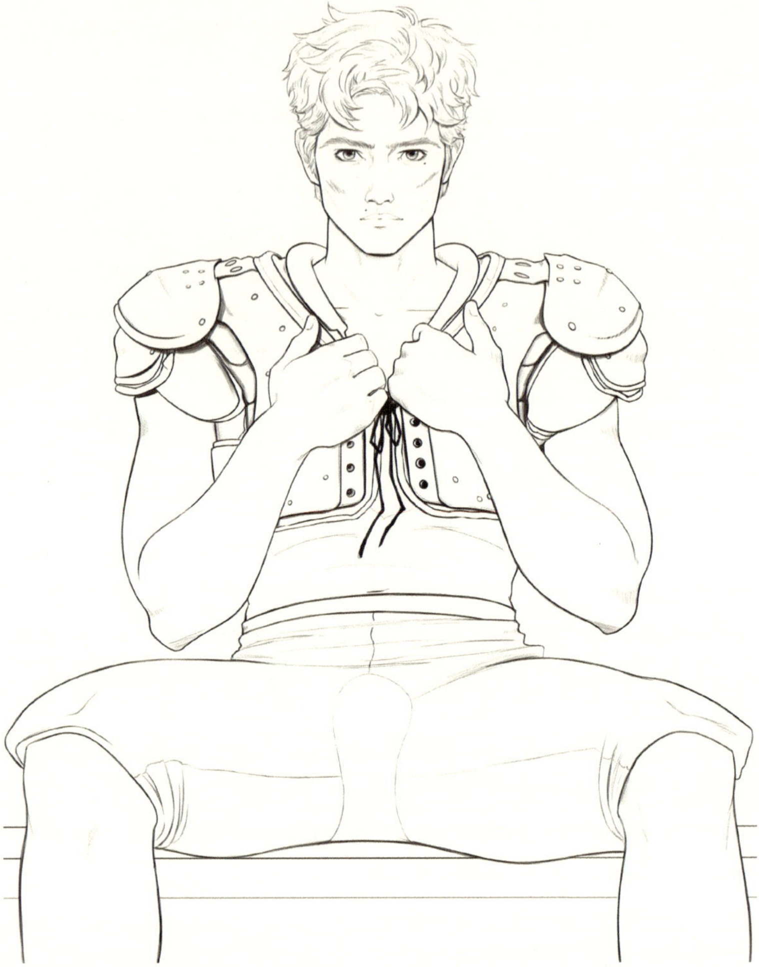

«No. Ese mejor no mirarlo».

Beth se levantó y fue hacia la salida, acalorada pero frotándose las manos en señal de que se había salido con la suya.

—¿Hay algún otro inconveniente o con eso ya estaría? —añadió.

Jake sonrió sin poder remediarlo. Luego se sacó al fin las hombreras por encima de la cabeza, las dejó en el banco y apoyó los codos sobre las rodillas.

—Me gusta tu *look*.

Beth posó de forma divertida, abriendo y cerrando la chaqueta y levantando una pierna.

—Te espero en mi limusina en diez minutos, superestrella.

Salió del vestuario y del estadio y caminó con paso decidido hasta su coche. Una vez allí, arrancó para sintonizar la radio.

El escalofrío de la espalda aún no había desaparecido del todo.

«¿Qué demonios se supone que ha sido eso?».

No podía quitárselo de la cabeza.

«Por el amor de Dios, Beth. Tienes novio».

Bajó la ventanilla para airearse con el frío de diciembre.

«Y recuerda: es Jake».

Para cuando él apareció, algo más de diez minutos después, Beth ya había recuperado la compostura y pudo sonreírle con normalidad cuando ocupó el asiento de al lado. Jake se quitó la chaqueta con dificultad por el espacio y se puso el cinturón.

—Te has puesto el cinturón —remarcó ella.

A Curtis siempre tenía que pedírselo y, aun así, rara vez le hacía caso.

—Siempre me lo pongo, Beth. «Tu coche, tus normas» —la citó haciendo referencia a la advertencia que le hizo el año anterior.

Era cierto. Siempre lo hacía.

—¿Así que te acuerdas de eso? Ya decía yo que tenía que haber una razón de peso para que fueras mi mejor amigo —bromeó.

—Pues me alegro de que por fin la hayas encontrado. Yo aún estoy buscando la mía.

Lo golpeó en el brazo con cariño.

—Bueno, ¿qué? ¿A Prinss? —Jake asintió y Beth empezó a conducir—. ¿Y cuál es el plan? ¿Te dejo como a unos doscientos kilómetros de tu casa para que vayas a buscar a tu prima y nadie de tu familia te vea conmigo y luego nos vamos?

—Muy graciosa. ¿Me vas a decir a dónde piensas llevarme o…?

—Mira ahí detrás. —Beth señaló los asientos traseros, donde tenía la guitarra.

Jake lanzó los brazos hacia arriba, como celebrando que hubiese recuperado su instrumento.

—He reservado mesa en el Under a las siete y media —le dijo para corroborar a dónde irían—. Ya no hay marcha atrás.

Se preguntó si no estaría siendo egoísta por llevar a Jake a una sesión de micro abierto, es decir, por escoger una escapada que era más del estilo de ella que de él.

Esperaba que no.

—Entonces, ¿es cierto? —La pregunta del chico la extrañó. Lo miró y vio que estaba sonriendo—. ¿La chica de Bowling Green ha vuelto?

A Beth le entusiasmó que la hubiera llamado así. «La chica de Bowling Green» era la forma que tenían de anunciarla en el Under Club antes de salir a tocar. Jake tampoco había olvidado eso.

—Eso creo —respondió feliz.

Siguió conduciendo, pensando en lo mucho que quería a su amigo y en lo bien que sonaba en su cabeza *La chica de Bowling Green* como título para una canción.

Jake

El local estaba llenísimo.

Jake cogió a Rachel en brazos para abrirse paso detrás de Beth y alcanzar el sitio que les habían asignado, donde una mujer de mediana edad con el peculiar uniforme amarillo y blanco los estaba esperando. Agradeció que la mesa fuese una de las que tenían sofá, porque eso facilitaría mucho las cosas cuando a su prima le venciese el sueño. De momento, estaba muy emocionada por la idea de salir de casa entre semana y cenar con él y con Beth. Para convencer a su madre de que la dejase salir y llevársela había tenido que:

1. asegurarle que el Under era un lugar tranquilo de ambiente agradable;
2. contarle que iban a ir con Beth, en su coche;
3. recordarle que Beth no era su novia;
4. prometerle que no dejaría que Rachel siguiera despierta después de las nueve.

—No me parece una buena idea que salgas con la niña, Jake. Sabes que tu padre no lo aprobaría —le había dicho.

—Por eso me voy antes de que pueda opinar.

Gracias a todos esos factores, ahora estaban los tres en aquel lugar pintoresco, atípico, lleno de artistas, con las mesas dispuestas muy juntas unas de otras, la barra en constante movimiento, la cocina en marcha y el escenario al fondo, a una pequeña altura de tres escalones.

—Como me alegro de volver a verte, preciosa —le dijo la camarera a su amiga cuando se acomodaron—. ¿Qué turno quieres que te ponga?

—Dame el hueco que quieras —respondió Beth—. Llevo mucho tiempo sin venir y estoy un poco… desentrenada.

—Cariño, le vas a encantar a todo el mundo. Lo harías aunque escogieras una canción aburrida y te olvidaras la letra. Sobre las ocho y media, ¿te parece bien?

—Genial, sí. Gracias.

Jake le quitó el abrigo a Rachel y sacó el sándwich que su madre había metido para ella dentro de su diminuta mochila de la escuela. Cuando se lo puso delante, la niña lo miró e hizo un gesto de desagrado.

—¿Qué pasa? Pero si te encantan los sándwiches de queso.

—Beth me ha dicho que podíamos pedir patatas fritas.

Jake puso cara de sorpresa y miró a la susodicha.

—Vaya, ¿eso ha dicho?

—Culpable.

No le dio tiempo a quejarse, porque la camarera regresó con una jarra de agua con gas para serviles y tomarles nota. Beth pidió entonces aperitivos para todos y un bocadillo para después.

—¿Y tú? ¿Qué quieres? —le preguntó.

—Yo estoy bien, gracias.

—Añade también una hamburguesa completa, Mery. Gracias.

Tuvo que aguantarse las protestas hasta que la mujer se retiró, dejando claro que la candidez de una niña pequeña podía ganar imperios y que Beth lo conocía demasiado bien.

—Sé que quieres rechazar la invitación, Jake, pero os he arrastrado hasta aquí para que me deis un poco de apoyo moral. Es lo mínimo que puedo hacer por vosotros.

En realidad, Beth no lo había arrastrado hasta allí con ese motivo, lo sabía de sobra, así que agradeció que lo expresara de ese modo en lugar de decir que quería que se olvidara de las preocupaciones familiares, que no escaseaban a falta de cinco días para Navidad.

—Mi madre está trabajando en un almacén de fruta, turno de noche, de ocho a seis de la mañana —Jake soltó la información que más le pesaba de golpe. No había querido hablar de ello con nadie, sin embargo, era una carga que no quería seguir soportando solo y era evidente que Beth estaba dispuesta a escucharlo—. A mi padre no le parece bien. Él cree que… Bueno, piensa que no es ella la que debería sacrificarse, o no tanto. —Beth no dijo nada, dejó que continuase—. Yo tampoco creo que sea lo mejor. Pero ¿qué se supone que tengo que hacer? ¿Dejar el equipo y la universidad? Tendría que hacerlo para desempeñar un trabajo como ese o cualquier otro.

—Tú ya estás trabajando, ¿no?

—Solo los viernes, con mi padre. Era el viernes o el sábado, y lo segundo estaba totalmente descartado por los partidos.

—Haces otras cosas aparte de trabajo remunerado, como cuidar de Rachel cuando tu madre se va o cuando está demasiado cansada. Sé que has faltado a clase y al entrenamiento algunos días.

—Tengo que turnarme con mi hermana, sí.

Acarició el pelo de su prima; un gesto de cariño para darle a entender que no le importaba hacerlo. Acto seguido, les trajeron todos los entrantes: *fingers* de queso, patatas fritas bañadas en salsa ranchera y nachos. Beth cogió uno de los *fingers*, le dio un bocado y siguió hablando:

—No quiero meterme donde no me llaman, pero… ¿Es necesario hacer tanto sacrificio? Quizás tu madre podría, no sé, buscar algo menos pesado, o con otro horario, o…

—Lleva desde verano buscando trabajo y esto es lo único que ha encontrado compatible con las obligaciones de todos los demás.

—Vale, y aunque esté siendo duro y todo eso, ¿vais progresando con el asunto de la deuda?

—Supongo que sí. No sé. Mis padres no hablan de eso, no lo comparten con nosotros. Trabajan, pagan y, si algo no sale como esperaban, mi padre carga contra mí, porque el fútbol no es nada en comparación con labrarse un oficio.

—Es que tú no solo tienes el fútbol. Estás estudiando, Jake.

Se encogió de hombros, porque no sabía qué otra cosa hacer. Ya había pensado en todo eso, pero justificarle la beca de fútbol —que también era de estudios— a su padre era lo mismo que intentar convencer a un republicano de que el aborto de una mujer no incumbía a nadie más que a ella.

—¿Podemos hablar de otra cosa? —Jake empezó a notar que el asunto mermaba la poca energía que le quedaba—. Aunque he sido yo quien ha sacado el tema, solo quería que estuvieses al tanto. No hay soluciones milagrosas, ni las habrá por mucho que sigamos hablando de ello.

—Soluciones milagrosas no, pero se me ha ocurrido algo. —Beth estaba radiante. Eso fue lo primero que Jake pensó cuando la volvió a mirar, esperando a que se explicase—. Podríamos cuadrar nuestros horarios y ver qué días puedo ocuparme de Rachel cuando estés en el entrenamiento, así no tendrás que faltar tanto. Ya me pediste que te ayudara con algo así una vez, ¿no? Y Rachel y yo lo pasamos genial. ¿A que sí?

Su prima asintió con entusiasmo.

—¿Harías eso por mí?

—¿En serio, Jake? —Beth se inclinó hacia delante en la mesa y le puso las manos encima de las suyas—. No tienes ni que preguntarlo.

La camarera regresó justo entonces para servirles los platos principales. Jake quitó las manos de la superficie y deshizo el contacto al instante, no muy seguro de haberlo hecho con la única intención de dejar sitio a los platos.

El primer cantautor de la noche se subió al escenario a las ocho en punto. Se llamaba Jason Mendoza y estrenó la noche con una de las míticas canciones de John Denver: *Take Me Home, Country Road.* A Beth le encantaba esa canción. Era una de sus favoritas de la década anterior.

—Espero que no la tuvieses en tu repertorio para hoy —le dijo Jake.

—Ya la toqué, ¿no te acuerdas? —«Claro que me acuerdo»—. No puedo hacerle eso a mi público.

El ambiente en el club ya empezaba a estar bastante cargado de calor humano y de humo, así que, tras los aplausos de la actuación de Mendoza, Beth se quitó el suéter de lana. Debajo llevaba una camiseta *beige* ajustada con cuello ancho y redondo y una línea roja alrededor. Él actuó en consecuencia y se quitó la sudadera, mostrando una camiseta blanca de manga corta, la que tenía un pequeño agujero en la costura del hombro derecho que él fingía que no existía.

Siguieron cenando y charlando de piruetas y pompones nuevos, de entrenamientos bajo la lluvia, de exámenes de Historia Medieval, de Geografía, de profesores estirados, comprensivos, brillantes, de fiestas a las que no habían sido invitados, a las que sí, de canciones que no decían nada y que lo decían todo —como la de *Nobody,* de Sylvia Hutton, que una mujer había interpretado hacía escasos minutos—.

—¿Y tú, Rachel? —Beth acercó su silla hacia la parte del sofá donde estaba su prima—. ¿No tienes nada que contarme?

Jake sabía que se acercaba su turno y que ya se estaba poniendo nerviosa. No quería que la conversación muriese bajo ningún concepto, y pensó que Rachel sería una buena aliada para lograrlo.

—Mi amiga Morgan se perdió un día.

Jake tuvo que ponerse la mano en la boca y ladear la cabeza para disimular la risa, porque menuda ocurrencia la de su prima. Beth lo miró en busca de ayuda, pero él dejó que solventase la situación a su manera.

—Vaya, ¿sí? ¿Y qué pasó? ¿La encontraron?

Rachel asintió y luego le explicó que perderse daba miedo.

—Perderse no mola nada, no.

—Y por eso no tienes que separarte de mí o de la persona con la que estés en cualquier momento —le recordó Jake, rescatando a la vez a su amiga—. No puedes ir sola a ningún sitio como hizo tu amiga Morgan.

—Pero ¿y si de todas formas me pierdo y no pueden encontrarme? ¿Me moriré como el niño de la tele?

A Jake le impactó que su prima se acordase de aquel suceso.

—No se ha muerto, Rachel —la tranquilizó—. Y, de todas formas, si tú te pierdes, yo te encontraré. Puedes estar segura de eso.

—Sí se ha muerto. Lo dijeron en la tele. —Beth y él se miraron sin saber qué decir—. ¿Morirse duele?

Se quedó atascado en un «Eh» infinito, y entonces fue Beth quien lo rescató a él:

—Si te pierdes, tienes que pensar en un sitio donde te sientas segura y tratar de volver ahí. ¿Cuál es el lugar más seguro del mundo para ti? —Rachel no supo qué contestar. Miró a Jake en busca de ayuda, pero él prefirió que continuara esforzándose para que se mantuviera entretenida y no volviese a mencionar al niño desaparecido. Iba a tener que preguntarle a su madre si era cierto que había muerto—. Piénsalo bien y la próxima vez que nos veamos me lo cuentas, ¿vale? —agregó Beth.

Y entonces llegó su turno de subir al escenario, quince minutos después de la hora estipulada.

—Demos la bienvenida a una joven con una voz única, que conquistó a todos cuantos tuvieron la suerte de coincidir con ella la primavera pasada. —El presentador la señaló y se dirigió a Beth—: Querida, es un placer volver a tenerte en nuestro humilde escenario. ¡Un aplauso para la chica de Bowling Green!

A Jake le pareció que el público aplaudió con un poco más de entusiasmo que con los anteriores participantes, aunque quizás solo fuesen las ganas que tenía de que todo el mundo la oyese tocar y cantar, y las suyas propias.

Rachel se frotó los ojos sentada en su regazo, pero, lejos de decir que tenía sueño, esperó con ilusión a que Beth comenzase. Esta se colgó la guitarra al hombro, tocó unos acordes para comprobar el sonido y se acercó al micrófono.

—Hoy estoy un poco nerviosa —empezó diciendo—. Ha pasado mucho tiempo desde la última vez que toqué en público, así que lo único que espero de la actuación de esta noche es que me sirva para desempolvar mi guitarra, mi voz, mi... —se interrumpió y se hizo el silencio. A Beth se le escapó una risa nerviosa que contagió al resto los presentes—. Lo siento, no quería que esto sonase como un discurso emotivo. Como iba diciendo, espero que subirme de nuevo a este escenario me permita reconectar con algo que creía que había perdido y, quizás, volver a ser una participante asidua en este lugar, si su dueño me lo permite. —Se volvió para acercar el taburete al micrófono, ajustó la altura de este y se sentó. Algunas personas reanudaron la cena. Jake estaba deseando ver su reacción—. Hace solo un momento, sentada ahí, con mi amigo Jake, hablábamos de esas canciones que cuentan historias que llegan al alma. Así que he decidido cambiar el orden de las que voy a interpretar hoy y empezaré con *Jolene*, de Dolly Parton. Los que la conocéis, ya sabéis de qué hablo.

Su guitarra sonó antes incluso de acabar la frase, lo que le confirió a la última parte del monólogo un toque mágico.

Jolene, Jolene, Jolene, Jolene
I'm begging of you please don't take my man

Beth empezó a cantar con los ojos cerrados y en voz muy baja, dejando que la primera estrofa de aquella poderosa canción se fuese abriendo paso lentamente. Luego el ritmo continuó igual de pausado hasta que llegó a la parte de «He talks about you in his sleep. There's nothing I can do to keep», momento que ella aprovechó para aumentar el tempo y levantar la vista hacia un público embelesado a medias. Miró a Jake y le sonrió sin dejar de cantar segundos antes de levantarse y hacer completamente suya la canción, cantando con esa voz dulce y salvaje a la vez que tanto la caracterizaba.

A partir de ahí, Jake ya no pudo apartar los ojos de ella. El público tampoco.

Jolene, Jolene, Jolene, Jolene
Please don't take him even though you can

Beth se sacó de la manga una versión de *Jolene* que dejó a todo el mundo con la boca abierta, y luego brilló con luz propia durante las otras tres canciones que interpretó en el Under Club aquella noche. En la penúltima, Jake acostó a su prima en el sofá para que se durmiera escuchándola cantar. No le sonaban mucho el resto de las canciones, pero se deleitó igualmente con todo lo que tocó.

Disfrutó de verla tan natural y despreocupada, tan guapa con su pelo suelto y tan feliz de volver a cantar en directo, a solas con su guitarra. Y, como él, todos los presentes de la noche, porque, en cuanto dijo que había llegado la hora de despedirse, protestaron y le rogaron que siguiese.

—De acuerdo, si se me permite, cantaré una más, pero solo si me acompañáis. Me acaba de venir a la mente un tema idóneo para esta noche.

Jake no fue consciente de lo embelesado que estaba y de la cara de idiota que se le había quedado hasta que ella lo miró y le guiñó un ojo.

El mismo hombre que la había presentado, Spencer, que también era el dueño del club, se acercó al escenario para indicarle que podía seguir actuando. El público aplaudió y Beth agradeció los ánimos. Se colocó el pelo por detrás de las orejas, se arremangó la camiseta y se detuvo unos segundos para situar varios acordes en el instrumento, como recordándose a sí misma lo que iba a tocar a continuación.

—Seguro que a todos os suena una canción que compuso y lanzó Billy Swan en el setenta y cuatro, porque un año después la interpretaron Elvis Presley y Loretta Lynn en sus respectivos álbumes. —Beth volvió a hacer lo de empezar con la melodía antes de terminar de hablar—. A ver si consigo hacer una buena combinación de estos tres grandes artistas, con vuestra ayuda. Vamos con eso de *If you've got a problem, I don't care what it is…*

El público no necesitó nada para animarse a seguirla.

I can help, I've got two strong arms, I can help
It would sure do me good to do you good
Let me help

Hacia la mitad de la canción, un hombre con una camisa demasiado bien planchada se acercó a Spencer y Jake escuchó la breve conversación.

—¿Quién es esa muchacha y de dónde ha salido?

—Es Bethany Harris, te hablé de ella hace meses, ¿recuerdas? Te pedí que vinieras a verla, pero nunca lo hiciste porque tú nunca te tomas en serio lo que te digo.

El de la camisa siguió mirando a Beth con el ceño fruncido.

—¿Qué me dices ahora? —añadió Spencer—. ¿Arrepentido? Ya te dije que tenía talento.

—Su voz es…

—Especial, sí, ya lo sé.

No pudo escuchar más, porque se retiraron hacia la barra.

Jake no tenía ni idea de quién era el desconocido, pero sonrió, otra vez como un idiota, contento por las impresiones que generaba su amiga. Cuando volvió a centrarse en ella, vio que Beth lo estaba mirando desde el escenario.

Don't forget me, baby, all you gotta do is call

Estaba cantando para él. Le estaba dedicando la canción.

Para cuando acabó la actuación, Jake todavía no había salido de su asombro. Y, mientras todo el club se levantaba para ovacionarla y agradecerle el magnífico espectáculo, él se preguntó si era posible que se hubiese enamorado de ella, sin querer, aquella misma noche.

Se conocían desde hacía un año, habían estado juntos mucho tiempo y el romance nunca había tenido cabida en su amistad. Sin embargo, durante todo ese año habían tenido tiempo de comprenderse el uno al otro y, precisamente, quizás fuese ese el motivo por el que ahora sentía esa emoción en el pecho.

La conocía.

Puede que más que otras personas que creían hacerlo.

Pero no, no podía ser. Eso no tenía sentido.

¿O sí?

Beth regresó a la mesa, exultante, y él se levantó para ofrecerle el abrazo que había ido a buscar.

—¿Cómo crees que ha ido? —le preguntó cuando se separaron.

—Ha sido increíble.

—¡Me lo he pasado tan bien, Jake! —Su felicidad era notoria, superlativa—. No puedo creer que haya estado meses sin hacer esto.

Jake se abstuvo de mencionar a Greyson, porque no quería romper la magia de lo que estaban compartiendo al recordarle que era por él que ella había dejado de lado la música. Por suerte, Spencer se acercó a la mesa y preguntó si podía sentarse un segundo para hablar con Beth. Le preguntó si tenía canciones propias y si podía tocarlas en alguna de las próximas sesiones. Ella le dijo que sí, pero que no eran nada del otro mundo.

—Avísame con tiempo la próxima vez que puedas venir a cantar. Te reservaré una hora, ¿de acuerdo? Hasta entonces, prepara un buen repertorio que incluya algo actual y algunos de tus mejores temas.

Spencer no quiso darle más detalles, pero Jake dedujo que el otro hombre había tenido algo que ver, así que animó a Beth a que se tomase el asunto en serio durante las vacaciones.

A las diez y media salieron del club y ella lo llevó a casa.

Y mientras pensaba que el día no podía haber acabado de mejor manera, subió a Rachel en brazos hasta la habitación, la metió en su cama, la tapó hasta la nariz y ella abrió los ojos para decir:

—Beth canta muy bien. —Jake sonrió y empezó a desvestirse—. ¿Me prometes de verdad que, si algún día me pierdo, me encontrarás?

—Te lo prometo, sí —la tranquilizó—. Puedes estar segura de que *siempre* te encontraré. Y ahora, a dormir, que ya es muy tarde.

Jake supo que estaba sonriendo por la forma que adoptaron sus ojos, lo único visible de su rostro.

—Ya sé lo que voy a decirle a Beth la próxima vez que me pregunte cuál es, para mí, el lugar más seguro del mundo —añadió poco después.

—¿Sí? —Terminó de ponerse el pijama y se sentó en la cama, a su lado—. ¿Y cuál es?

Ella apretó la colcha contra su cuerpo y dijo:

—Este.

Jake se sintió realmente afortunado por que el destino hubiese llevado a Rachel hasta él.

21 | LOS OJOS BESAN MUCHO ANTES QUE LA BOCA

lunes 31 de diciembre

Jake

La mayoría de los miembros del equipo se habían ido a casa por Navidad, así que en Vallon solo quedaban los que habían crecido allí y los que habían vuelto hacía un par de días para despedir el año con sus colegas en la casa del lago de los padres de Shawn, a unos diecinueve kilómetros de la ciudad.

Jake estaba invitado, pero no entraba dentro de sus planes acudir, porque llevaba trabajando en el muelle de la fábrica Wathson desde antes del inicio de las vacaciones y lo único que quería era llegar a casa, descansar y dormir hasta tarde, aprovechando que al día siguiente era festivo nacional. Pero cuando llegó de trabajar con su padre y ambos entraron por la puerta, Chris Ford estaba en el sofá, con su madre, su prima y su hermana. Había una botella de cava con un lazo y una caja de bombones ya abierta sobre la mesa del salón.

—Ya era hora —le dijo su compañero como si llevase allí un buen rato.

Iba vestido con un traje chaqueta negro y una camisa dorada con formas extrañas.

—¿Qué haces aquí?

—¿A ti qué te parece?

Chris no tuvo que sacarlo a rastras, pero casi. Porque después del sorpresivo encuentro, hubo un intercambio de palabras entre todos los presentes, que incluyeron varias negativas de Jake y un par de bromas sobre su reticencia entre Chris y su madre. Esta última le puso una bolsa en la mano y lo animó a que se marchase con él.

—Con su permiso, señora Becker, me llevo al cabezota de su hijo a celebrar el Fin de Año.

—Portaos bien con él. Es su cumpleaños.

Y por eso ahora estaba en el Jeep de Chris de camino a Genola, la localidad de la segunda residencia de Shawn con vistas al precioso Lago Blanco de la región.

—¿Así que es tu cumpleaños? —Jake no contestó, ni siquiera apartó la vista de la carretera. Pero sí, ya tenía diecinueve—. ¿Qué llevas en la bolsa?

Era una camisa de su padre que no pensaba ponerse. Sacó de mala gana el contenido y lo dejó bien visible para Chris, que negó al instante.

—De acuerdo. Es un poco tarde, pero vamos a hacer una parada en casa de mis viejos. Allí habrá algo que pueda servirte.

—No voy a ponerme tu maldita ropa —le aseguró Jake, omitiendo deliberadamente los adjetivos más adecuados: estrafalaria y hortera.

Diez minutos más tarde, sin embargo, ya estaban aparcados al este de Glee, frente a una bonita casa, de las que tenían un jardín delantero de más de diez metros de profundidad. Jake se quedó en el coche mientras Chris se acercaba a la puerta de entrada. Candy abrió sin necesidad de que su amigo llamase al timbre y se cruzó de brazos. Los observó en la distancia mientras… ¿discutían? Minutos después, ambos entraron en la vivienda y desaparecieron de su campo de visión.

Jake cambió de emisora en busca de algo que le despejase la mente. Lo único aceptable que encontró fue un canal independiente de música *country*, ya que el resto estaba invadido de música disco o de la clásica y lentísima y nada animosa canción de Fin de Año: *Auld Lang Syne*.

El recuerdo de Beth cantando en el Under Club le vino a la mente enseguida. Se la imaginó en una habitación de casa de campo, la de su abuelo, muy lejos de Utah, componiendo canciones, preparándose para su siguiente actuación. Esperaba que, cuando regresase de Kentucky, lo hiciese como la chica de pelo suelto, despreocupada, que había cantado con anhelo y había recuperado lo que la hacía feliz, y no como la animadora retraída e insegura de los últimos meses.

Chris salió de la vivienda con una mochila y acompañado de su hermana, que se había puesto un abrigo acolchado hasta las rodillas. Mostraba una sonrisa radiante y sujetaba una percha con ropa; una americana y algo más. Un hombre y una mujer, que debían de ser sus padres, se despidieron de ellos. Cuando el señor y la señora Ford lo saludaron en la distancia, Jake salió del vehículo con presura y levantó el brazo en su dirección mientras los otros avanzaban hacia él, preguntándose si no hubiera sido más educado acercarse.

Chris le lanzó la mochila antes de que los tres accedieran al Jeep. Su amigo había adoptado una expresión sombría muy inusual en él. Jake no tardó en descubrir a qué se debía.

—Maldita sea, Candy. Te juro que como esta noche tenga que ocuparme de ti, no volveré a llevarte a ningún evento de la temporada ni de nada.

—Abstemia por una noche, hermanito. Te lo prometo —repuso Candy.

—Me apunto a eso —añadió Jake.

Candy se quitó el abrigo y se acercó al hueco que quedaba entre ambos asientos para chocarle los cinco al tiempo que Chris salía de la urbanización. Se había maquillado bastante, así que sus rasgos resaltaban bajo todo aquel montón de sombra de ojos, pintalabios y purpurina. Llevaba un vestido negro.

—Abre la mochila —lo animó—. Y mira a ver si te sirven.

Al hacerlo, descubrió unos vaqueros oscuros que ya venían con cinturón.

—Igual te van un poco justos.

Candy descolgó la americana de la percha y luego una camisa. Le pasó esto último.

—Este es el color que mejor le queda a mi hermano. Creo que combina bien contigo también, aunque tu piel sea más clara.

Jake miró a Chris desconcertado. Ni siquiera sabía cómo definir el color de la camisa. ¿Verde claro? ¿Gris?

Su amigo relajó el semblante y sonrió un poco.

—Te presento a mi asesora de imagen personal.

Jake los miró a ambos, incapaz de creer que quisieran que se cambiase de ropa allí mismo.

—Vamos, hombre. No tenemos todo el día —lo apremió Chris—. En menos de veinte minutos habremos llegado.

Sin otra opción, se quitó el suéter de punto y se colocó la camisa sobre la camiseta interior. Cuando terminó de abotonársela, se giró y levantó las manos en busca de aprobación.

—Los pantalones, Jake.

Candy se abalanzó hacia él como para dar a entender que se los quitaría ella misma de ser necesario, así que Jake se apartó avergonzado y maniobró como pudo para quitarse los suyos y ponerse los de Chris. Luego se metió la camisa por dentro, se subió la cremallera y cerró el botón con dificultad. Lo siguiente que hizo fue abrocharse el cinturón y volver a ponerse sus desgastadas zapatillas, unas Bally sin apenas adornos que un día fueron blancas.

—No está mal —comentó Candy.

—No, nada mal —corroboró Chris.

—Aunque habría estado bien una corbata.

—O una talla más de todo —opinó Jake dando las gracias en su interior por la inexistencia de la corbata.

Llegaron a su destino pasadas las ocho. Al salir del vehículo, Candy le pasó la americana de Chris y, una vez con el atuendo completo, ellos se rindieron en halagos y él se miró de arriba abajo, poco convencido con el resultado. Su compañero le puso la mano en la espalda para que avanzara de una vez por todas hacia la vivienda, una acogedora casa de madera que no tenía nada que envidiar a las vacacionales en alquiler que salían en las últimas páginas de los catálogos de los supermercados.

De un primer vistazo, a Jake le pareció que todas las caras le resultaban conocidas, lo cual lo tranquilizó, porque no tenía ganas de socializar demasiado. Los barriles de cerveza estaban a la vista y algunos ya se presumían vacíos.

Movió los hombros, incómodo por la presión de la camisa, para intentar que las prendas prestadas se ajustasen mejor a su cuerpo.

Shawn apareció mientras lo hacía. Le chocó primero la mano a Chris y se acercó para preguntarle por la presencia de Candy.

—Me ocuparé de ella —le aseguró Chris—. Créeme si te digo que no he tenido elección.

A Jake le extrañó aquel intercambio de palabras, así que miró a su alrededor en busca de Cara u otras chicas de su edad, sin resultados —lo cual no dejaba de ser un alivio—. A quien sí identificó enseguida fue a Emma Wathson. Imposible no hacerlo. Su pelo rojo parecía recién teñido y su vestido granate, ajustado, corto y escotado era lo más llamativo del lugar.

Shawn se le acercó y le dio dos palmadas en la cara.

—Se te van los ojos, Becker —dijo a su vez.

Jake le apartó la mano con brusquedad, realmente molesto por el gesto de superioridad.

—No vuelvas a hacer eso —le advirtió.

Sabía distinguir cuando Shawn estaba sobrio de cuando no en función de lo capullo que fuese.

—Tranquilo, tranquilo.

El chico se retiró un paso hacia atrás, exagerando sus movimientos para llamar la atención. Jake odiaba que hiciese ese tipo de cosas, porque sabía que a continuación diría algo para humillarlo. Lo había hecho innumerables veces el año anterior y, dado que la temporada regular estaba a punto de acabar, parecía que la tregua que habían mantenido desde el inicio de la misma iba a esfumarse esa noche.

—He de reconocer que hoy te has esforzado, Becker —le dijo señalando su atuendo—. Casi no parece que hayas salido de un capítulo de *Matrimonio con hijos*, pero esas zapatillas… —Shawn torció el gesto como si algo le chirriase y todos rieron—. Esas zapatillas quedarían mejor junto a un cubo de basura. Deberías plantearte jubilarlas.

«También puedo plantearme partirte la cara».

Chris se interpuso entre ambos cuando Jake intentó avanzar hacia Shawn.

—Está borracho —le recordó. Shawn rio y se dio la vuelta para chocar la mano con los más cercanos, sellando su éxito en ridiculizarlo—. Olvídate de él. Hemos venido a divertirnos.

Eso no consiguió disminuir su frustración, así que Jake le preguntó a Chris por el cuarto de baño y se fue hacia allí, por no salir por la puerta principal, que era lo que le hubiese gustado hacer. Se apoyó en el lavabo y abrió el grifo para echarse agua en la cara en algún momento. Su reflejo en el espejo, con aquella americana y aquella camisa, hizo que se sintiera patético, fuera de lugar, como siempre. Se deshizo de la chaqueta, la colocó sobre el retrete y se agachó para beber agua. La puerta le golpeó en la cadera cuando alguien entró de improviso.

—¡Ay! Lo siento. Creía que estaba li... —Emma se interrumpió al verlo— bre.

Jake tuvo que concentrarse mucho en sus ojos azules para que no se le desviase la vista. El escote de Emma era demasiado, incluso para él, que *intentaba* no prestar *tanta* atención al físico de las personas. La chica se apoyó en el marco y le sonrió. Había bebido. Quizás no tanto como Shawn, pero la alegría de sus ojos podía delatarla a ella y a cualquiera.

—Está libre.

Jake recogió la chaqueta y abrió completamente la puerta para salir, pero Emma se quedó plantada en medio del umbral y tuvo que pegarse mucho al lado derecho para poder hacerlo sin rozarla. El bochorno del que había ido a desprenderse al baño solo aumentó después del encuentro. Dejó la americana de Chris en el respaldo de uno de los sofás y resopló. Su amigo llegó con un vaso de plástico rojo para socorrerlo.

—Pepsi —le aseguró—. Sobreviviremos juntos esta noche, tío. Te lo prometo.

Jake se cercioró del contenido del vaso mojándose los labios.

—Intentaré no tomarme como algo personal que a estas alturas todavía no te fíes de mí —bromeó su amigo tras aquel gesto.

—Oye, ¿qué te pasa con Shawn? —quiso saber—. Parecía que habíais resuelto las diferencias, pero últimamente no...

—A estas alturas, creo que nuestras diferencias son insalvables. —Jake lo miró extrañado—. He vuelto con Alissa —confesó—. No estoy seguro de si él lo sabe, pero hemos estado viéndonos, así que algún rumor le habrá llegado. ¡Eh! ¿Por qué sonríes?

Lo hacía, era cierto, porque al ver la cara de Chris no había tenido más remedio.

—Es que no sabía que seguías pillado por ella —le dijo—, pero ahora resulta muy evidente que sí.

—Sí, tío. Es que con Alissa siempre fue diferente, ¿sabes? Nunca he sentido nada igual. Creo que estamos hechos el uno para el otro, tío. —Exhaló pensativo—. A veces lo que uno necesita está más cerca de lo que cree.

—Vale, *tío*. Lo capto, *tío*.

—Voy a consentir que te rías de mí solo porque hoy es tu cumpleaños.

—¡Eh! ¡Es el cumpleaños de Becker! —gritó Liam Miller tras ellos, el *kicker* del equipo.

Cuando un par más se acercaron con idea de subirlo a hombros, Chris lo atrajo hacia sí para decirle:

—Mantente alejado de Emma Wathson. Desde que no está con Lewis, Shawn la persigue a todas horas.

—¿Qué te hace pensar que me interesa?

—Nada. —Chris señaló hacia donde estaba la susodicha, fuera de la casa, cerca de donde Lopes forcejeaba con la barbacoa. Estaba con otras dos chicas, cuchicheando y mirando hacia ellos—. Lo que me preocupa en realidad es cuánto de interesada esté ella en ti.

Emma

El segundo cóctel de piña colada no tuvieron ni que pedirlo. El novio de Linsey, Travis McKain —guapo, receptor y veterano del equipo—, se acercó al porche donde estaban con tres copas de cristal tambaleantes sobre una bandeja. Emma dio las gracias por la bebida y observó cómo la pareja se besaba con pasión después de aquel gesto de amabilidad.

—¡Eh! ¡McKain! —gritó Lopes—. Recuerda que el motel está a diez minutos.

Lejos de amedrentarse por el comentario, Travis cogió a Linsey por las piernas y la subió hasta su cadera para seguir besándola unos segundos más. Entonces todo el mundo levantó su bebida y los animó a continuar. Brenda y ella se apartaron riendo para dejarles espacio.

—¿Cuánto tiempo lleváis juntos? —preguntó Emma cuando Linsey regresó con ellas.

—Desde su último año de instituto. Me invitó al baile de graduación.

—Rey y reina del baile —complementó Brenda—. Todo un clásico.

—Oye, ¿lo tuyo con Lewis ya es definitivo? —Linsey recuperó su cóctel y cerró un poco el círculo para que la conversación fuese más privada—. ¿No vais a volver?

—Superdefinitivo —respondió ella con un gesto de obvio cansancio—, aunque él crea lo contrario.

—Por suerte, hoy no está —dijo Linsey—. No tendrás que soportar su insistencia.

—No —continuó Brenda—, hoy solo tendrás que soportar a mi primo, a menos que quieras dejar de resistirte. Ya sabes lo que yo opino, pero es tu decisión.

Emma miró a Shawn. Sabía que le gustaba, el chico no había dejado de llamar su atención desde hacía un par de meses. Pero era demasiado fanfarrón, y eso que a Emma solían gustarle los fanfarrones.

—Bueno, esta noche tampoco hay mucho más donde elegir —comentó haciéndose la interesante—, así que ya veremos.

Linsey abrió la boca sorprendida.

—¿Cómo que no? Pero si hasta ha venido Ford.

«¿Qué les pasa a todas con ese chico?».

Brenda respondió por ella.

—Linsey, querida, es que a Emma no le van los tipos como Ford, ¿entiendes? Es más de pelo castañito como Shawn. O morenos, pero como Travis.

Fue una forma elegante de decir que no estaba interesada en los negros ni en los mulatos ni en nadie que no estuviese dentro del estándar básico norteamericano.

—Uf, entonces, sí. El mercado queda muy limitado. Veamos. —Linsey echó un vistazo al interior de la casa—. Eso se reduce a Williams, a Strongy, a Bertier y a… Becker. Blancos no hay más.

durado más de tres meses. Siempre se aburría antes de dicho plazo, así que había llegado a pensar que en Vallon no había nadie lo suficientemente bueno para ella. Ni siquiera Becker, su último capricho, lo era. No había dejado de pensar en él desde que lo había visto en el vestuario, pero saltaba a la vista que ese chico no estaba a su altura y que, cuando consiguiera lo que quería de él, pasaría a un segundo plano, perdería el interés. Estaba tan convencida de ello como de que el cielo de aquella noche era el más estrellado en mucho tiempo.

—*Happy birthday to you…*

Jake se resistió todo lo que pudo y más a que sus compañeros lo separasen del suelo y cargaran con él, pero lo consiguieron. Fue el mismo Ford quien cogió su vaso antes de que lo lanzasen por primera vez al aire. En ese momento, Brenda aprovechó para partir las pastillas y marcharse hacia el alboroto, guiñándoles un ojo y articulando en silencio un «Deseadme suerte».

Emma contuvo el aliento, con las manos agarradas a las de Linsey, durante el breve espacio de tiempo que su amiga tardó en acercarse al capitán del equipo y fingir que chocaba con él. Habría estado bien poder decir que todo salió a la perfección, ya que Ford no se dio cuenta de sus intenciones e incluso ayudó a Brenda a no perder el equilibrio sin dejar de cantar con el resto. Pero, cuando la chica regresó junto a ellas, lo hizo con una impactante cara de preocupación.

—¿Qué? ¿Qué ocurre? —Linsey fue la primera en hablar.

—¿No has podido hacerlo?

Brenda mostró la palma de la mano. Había dos mitades.

—He puesto una pastilla entera, dos trozos —dijo.

—Lopes dijo que era suficiente con una mitad.

—Lo sé, ha sido sin darme cuenta. —Emma pensaba que Brenda estaba preocupada por los efectos que aquella droga pudiera causar en Jake, pero entonces añadió—: Una de las tres va a quedarse sin poder probarla.

—No te preocupes por mí —se apresuró a decir Linsey—. Yo prefiero quedarme como estoy, por si tengo que ocuparme de Travis más tarde.

Brenda se encogió de hombros y la miró a ella, como retándola, así que Emma extendió la mano fingiendo una seguridad que no

—Gerry tiene novia, así que descartado —siguió Brenda, señalando al tal Bertier—. Y Ottis Strongy… Supongo que eso ya es cuestión de gustos.

Las tres tuvieron que aguantarse la risa. Ottis Strogttenher no era el más agraciado del lugar y no tenía un cuerpo atlético; de hecho, era uno de los jugadores más pesados del equipo junto a Lopes.

—Pues la cosa está entre Williams y Becker. —Linsey la miró dando un trago a su copa y levantando las cejas—. Una apuesta segura contra una arriesgada. Y algo me dice que tú eres de las que prefieren el riesgo.

A Emma le gustó aquel apunte.

—¿Y por qué sería Becker una apuesta arriesgada? No me parece que tenga muchas pretendientes, aparte de esa mocosa de ahí. —Las tres miraron hacia donde él estaba, con Ford. Brenda le explicó que *la mocosa* era la hermana de este último—. Sé que le gusto, lo he notado. Pero me evita. Creo que tiene miedo de Lewis.

—Eso tendría sentido. Pero también es que Becker es de los tímidos —prosiguió Linsey—. Que yo sepa, el año pasado estuvo saliendo un tiempo con una chica, Bethany Harris, una animadora guapa pero un poco mojigata. Travis me contó que tuvieron que insistirles a ambos para que quedasen, porque ninguno era capaz de dar el primer paso.

—¿Qué más sabes? —preguntó con indudable interés.

—Que Veronica Falls está obsesionada con él —apuntó Brenda.

—Por cierto, ¿qué ha sido de esa chica? —prosiguió Lindsey—. No la he visto merodear por el campus en todo el semestre. ¿Y por qué dices que está obsesionada con él?

—A lo primero, ni idea, yo tampoco recuerdo haberla visto. A lo segundo…, una vez la escuché decir que él era el único de los que iban al Dix que la dejaba satisfecha, y algo de que aguantaba más de cinco minutos incluso borracho.

Linsey levantó su copa y ellas la imitaron.

—Brindemos por eso.

Emma sonrió traviesa y agregó:

—No me importaría comprobarlo.

—¡Eh! ¡Es el cumpleaños de Becker! —gritó de pronto uno de los jugadores captando la atención de las tres.

Miraron hacia el interior del salón al tiempo que varios de los chicos se levantaban para ir a felicitar a Jake, cargados con botellas de alcohol y ganas de juerga. Cuando lo alcanzaron, intentaron rellenarle el vaso, pero él se apartó y retrocedió, negando a su vez.

—Vamos a necesitar un plan —comentó Brenda al ver el panorama—, porque, si Becker no bebe, es un auténtico muermo. Y ni con ese vestido *sexy* conseguirás que deje de resistirse.

—¿De quién habláis? —Lopes se acercó con su particular acento brasileño, con un plato lleno de costillas chamuscadas que dejó sobre la mesa más cercana en cuanto ellas rechazaron el ofrecimiento—. Porque, en mi opinión, ningún hombre podría resistirse a ese vestido. Pero, por favor, decidme que no se trata de Williams. Daría lo que fuera por que el afortunado no fuese él.

—¿Por qué? —le preguntó Linsey.

—Eso haría que la noche fuese muy aburrida.

—¿Y si se tratase de… Becker? —sugirió Emma.

La cara de perplejidad de Lopes las hizo reír una vez más.

—Joder, eso sería alucinante. Pero ¿hablas en serio? —Emma asintió—. *Puta que pariu* —agregó en su lengua natal—. Shawn se pondría furioso. Pagaría incluso por ver su reacción cuando te vea acercarte a Jake.

—Pero no parece que Becker tenga muchas ganas de divertirse hoy —dijo entonces Brenda—, y creemos que, quizás, es lo bastante listo para esquivar a Emma, teniendo en cuenta que ha estado saliendo con Lewis y que ahora mi primo va detrás de ella.

—Sí, ahí llevas razón. Pero eso puede arreglarse… —Lopes se metió la mano en el bolsillo y les mostró una bolsa con pastillas diminutas— con medio caramelito de estos.

—¡Lopes!

—*Calma, linda*. Tienen efecto pasajero. —El chico sacó con disimulo dos pastillas y se las puso en la mano—. Os dejo una de sobra. La mitad de la dosis es suficiente para pasar un Fin de Año inolvidable. Invita la casa.

Brenda puso los brazos en jarras y lo miró con intensidad.

—¿Te he dicho alguna vez lo bien que me caes?

—¿Y yo que siempre se agradecen los donativos de cariño? —repu[…] él recogiendo el plato, dispuesto a seguir con la ronda.

—¡Espera! —Linsey lo detuvo—. ¿Qué se supone que tenemos q[…] hacer? ¿Cómo vamos a…?

—Tendréis que ponérsela en la bebida.

—¿Y no puedes hacerlo tú? —preguntó Brenda.

—No, nena. Eso ya es cosa vuestra. Ford me mataría si se enterase de que ha sido idea mía.

Las tres se miraron en silencio cuando se quedaron a solas. Brenda, que era la que sujetaba las pastillas, escondió el puño en la espalda y les hizo un gesto para que la acompañaran al salón. Allí el ambiente olía ligeramente a marihuana, y a sudor y a carne semiabrasada. Los chicos habían asaltado el plato de Lopes y daban cuenta de la comida con las manos, como cavernícolas hambrientos. Emma hizo tal gesto de desagrado que hasta Linsey le preguntó por ello.

—Se están… pringando —explicó.

—Créeme, ensuciarse es lo que menos les preocupa. Dales diez minutos más de cerveza y, cuando menos te lo esperes, se habrán quitado la mitad de la ropa y estarán jugando a fútbol por el salón, o fuera, en el porche. Podremos dar gracias si llegan con pantalones a la medianoche.

—Vale, chicas —Brenda reclamó su atención—, creo que tengo una idea. Linsey, necesito que le propongas a Travis que aúpen a Becker y le canten *Cumpleaños feliz,* por ejemplo. Él se verá obligado a dejar su vaso un momento sí o sí, yo me acercaré disimuladamente en mitad del jaleo y… ¡plop!

Emma sintió un gran alivio al escuchar que Brenda se ofrecía voluntaria para aquel fin, porque, aunque no lo había dicho, la idea de poner estupefacientes en la bebida de alguien sin su permiso no terminaba de convencerla. Probablemente, de estar sobria, se habría negado. Pero no lo estaba, así que le pareció que ver cómo afectaba aquel *caramelo* al organismo de Jake sería divertido. Tenía ganas de verlo más relajado, más dócil.

Cuando Linsey se acercó a Travis para iniciar el plan, Emma los observó interactuar y tuvo que reconocer que hacían buena pareja. Hasta puede que le diese un poco de envidia. A ella ningún novio le había

tenía. No entraba dentro de sus planes tomar droga, ni aquella noche ni nunca.

—A la de tres.

En cuanto acabó la cuenta, imitó a Brenda, que se puso la pastilla en la lengua y se bebió de un trago lo poco que quedaba ya en su copa. La única diferencia fue que Emma no llegó a introducirse nada en la boca. Se guardó su mitad en la mano y, cuando se aseguró de que nadie la miraba, la tiró al suelo.

Un par de horas más tarde, a las once y media de la noche, ya no quedaba ni una sola corbata ajustada al cuello de ninguna camisa y los vasos de plástico vacíos rodaban por el suelo junto a alguna que otra colilla. Tal y como Linsey había anticipado, varios de los jugadores se quitaron la parte de arriba de su indumentaria, otros se anudaron la corbata en la frente o se pusieron la chaqueta del revés. Llegados a ese punto, no tardaron en sacar un balón de fútbol. Ellas y las pocas chicas más que había en la fiesta tuvieron que cuidarse de no interferir en las trayectorias de la pelota cuando empezaron a pasársela de un lado a otro del salón.

En cuanto a Emma, cuando los efectos de la pastilla fueron notables en Brenda, siguió todos y cada uno de sus movimientos, exagerando su comportamiento para que ni ella ni Linsey sospechasen de su falta de atrevimiento.

Y en cuanto a Jake...

Bueno, él, sin duda, se estaba divirtiendo. Hacía escasos minutos que había estado tumbado en la mesa del comedor bebiendo de la manguera que conectaba al barril de cerveza. Ellas, que se habían acercado con intención de ser las siguientes, optaron por alejarse de allí cuando Chris Ford se puso a discutir con Shawn. Este último era de los que llevaba la corbata en la cabeza.

—¿Pero a ti que te pasa? Pareces su novia, o peor, su madre.

—¿Qué mierda le habéis puesto en la bebida?

—Colega, ya te lo he dicho, no sé de qué me hablas.

Poco después de eso, Brenda le dijo algo a Linsey al oído y esta asintió con entusiasmo. Luego cogió una silla, la puso en mitad del salón y llamó a Lopes y a su primo.

Al primero lo sentó y al segundo le dijo:

—Ve al radiocasete, pon la cinta de Foreigner y busca la de *Urgent*. Cuando la tengas, apaga las luces.

A Shawn no le hizo falta preguntar por qué. Aulló al techo y siguió las indicaciones, aunque cambió el orden de las tareas y lo primero que hizo fue apagar las luces del salón, dejando la estancia iluminada únicamente por la de la cocina y las del porche. Hubo una queja general cuando se cortó la canción que estaba sonando, pero entonces la gente reparó en Lopes y en Brenda, y en breve se formó un círculo espacioso alrededor de ellos. En cuanto la instrumental de *Urgent* comenzó a sonar, todos empezaron a animar y a silbar, y Brenda, con unos pantalones negros de cuero y de pitillo y un top amarillo, se puso a bailar.

You're not shy, you get around
You wanna fly, don't want your feet on the ground

Se acercó a Lopes de espaldas a él y empezó a mover el trasero, permitiendo que la cogiese de la cintura y la atrajese hacia sí. Poco después, se levantó y se situó detrás, sacándole la corbata por la cabeza y abriéndole un poco más el cuello de la camisa. Colocó las manos en su pecho, acercó su cara a la suya y le plantó un beso que acabó en un morreo de más de diez segundos.

Entonces apareció Linsey, arrastrando a Travis consigo, solicitando permiso para continuar. Brenda y Lopes les cedieron el asiento y los otros dos procedieron con la misma dinámica, solo que de una forma mucho más sensual. Emma vio a Jake levantar una botella de ron, gritarles y sonreír.

Se sobresaltó cuando Brenda apareció a su lado y le dijo:

—Te toca. A ver qué sabes hacer.

Y Emma lo tuvo claro.

Con paso decidido, y mientras Linsey seguía desvistiendo a su chico, se acercó a Shawn, cambiando el foco de atención de los que estaban más cerca. Dio una vuelta a su alrededor mientras él la seguía con la mirada, muy seguro de que había llegado su momento. Sin embargo, ella levantó el índice de la mano derecha y lo movió de lado a lado para decirle que no. Caminó por delante del círculo, tocando a varios más, simulando cierto interés, hasta que llegó a Jake. Él ya tenía la camisa desabrochada, así que se la agarró de un lado y tiró de él hacia el centro. Tuvo que tocar el hombro de Linsey, que ya estaba a horcajadas sobre Travis, para que le cambiase el turno. Emma estaba segura de que, de no ser porque era ella la que había aparecido con Jake, el público habría protestado por interrumpir a aquellos dos tortolitos que habían caldeado el ambiente a un nivel que no confiaba poder superar.

Pero lo iba a intentar.

Porque por eso habían montado aquel espectáculo.

Con un gesto, le indicó a Jake que se deshiciera de la camisa y él procedió sin dejar de mirarla. Pero no hizo nada más, por lo que Emma señaló la camiseta interior que aún tenía puesta y se cruzó de brazos, a la espera. Jake siguió mirándola, embobado, con una sonrisa bobalicona. Por suerte, Brenda y otra chica se acercaron para quitársela, y eso la puso un poco nerviosa. Porque, de pronto, no sabía si Jake iba a responder a su provocación, ya que no sabía en qué fase o estado se encontraba. Ni siquiera sabía qué droga le habían puesto en la bebida, aunque saberlo tampoco habría supuesto una diferencia; ella no tenía ni idea de los efectos de ninguna.

Instantes después, escuchó a Brenda a su espalda, animándola a pleno pulmón, y volvió a concentrarse en Jake y en su torso ya desnudo. Había esperado toda la noche a que llegara ese momento. Se acercó a él al ritmo de la siguiente canción, *I'm Gonna Win*, que no era tan *sexy* como la anterior, pero su métrica se ajustaba igual de bien a la realización de aquella exhibición. Avanzó hasta situarse delante de Jake y, apoyando primero las manos sobre sus hombros, se sentó sobre él, apretando al instante su pelvis contra la suya para evitar que los presentes le viesen la ropa interior. Jake agachó la cabeza, como cerciorándose de lo cerca que estaban y de la posición tan comprometida; Emma lo sujetó por las mejillas y le levantó la cara. Las manos se le humedecieron al instante por el sudor de él, pero no le importó. Movió los hombros para que se le bajasen los tirantes del vestido, volvió a observar a Jake y ambos se sostuvieron la mirada durante un tiempo indeterminado, muy concentrados el uno en el otro. De pronto, dejó de escuchar la música, las voces, el barullo. Le dio la impresión de que se habían trasladado a alguna otra parte, a un lugar íntimo, confortable. Jake bajó la vista hasta sus labios brevemente y luego regresó a sus ojos. De haber habido más luz, Emma habría podido percatarse del tamaño dilatado de sus pupilas, sin embargo, de lo único que se percató —dado que en ese momento no le importaba nada más— fue de lo húmedos que tenía los labios y de cómo asomaba ligeramente su lengua por una de las comisuras.

Y, por algún motivo, eso le pareció muy *sexy*.

Le pasó las manos por el pelo, lo obligó a pegar su frente a la de ella y, por último, buscó su boca. En cuanto sus labios se rozaron, la luz se encendió y ella regresó de golpe al salón de la casa de madera de Shawn Williams, la primera persona que vio cuando volvió en sí. Estaba justo enfrente de ella, en primera fila. Emma supuso que aquella expresión de rabia contenida era la que tanto ansiaba ver Lopes. Estaría dando saltos de alegría, donde quiera que estuviese.

Percibió que la música había dejado de sonar y se levantó, todavía aturdida por la interrupción. Se colocó bien el vestido, se retiró el pelo de la cara y giró en busca de sus amigas. Brenda tenía las cejas levantadas y los labios hacia dentro, conteniendo algún tipo de emoción.

—Joder. ¿Quién ha encendido la maldita luz? —preguntó Jake arrastrando un poco las palabras y, por lo visto, ajeno todavía a la tensa situación que se había generado.

—¡Eres un aguafiestas, Williams! —gritó alguien.

—El Novato te ha robado en tu propia casa —comentó otro.

—Eh, Emma —Jake de nuevo—. ¿Por qué no vuelves aquí?

Todo el mundo rio.

Todo el mundo menos ella, por dos motivos: el primero, se le hizo muy evidente el hecho de que Jake no era Jake en ese momento. Después de pedirle que regresara, empezó a desabrocharse los abultados pantalones, a la vista de todos. El segundo, que Shawn había avanzado hacia él por detrás. Lo miraba con tanta rabia que estaba muy claro que terminarían peleándose, pese a que quien había provocado la situación había sido ella. Las risas y burlas de los demás avivaban su odio.

Chris Ford apareció justo cuando Jake se levantó, dispuesto a bajárselo todo.

—Mañana esto ya no te parecerá tan divertido, te lo garantizo —escuchó que le decía—. Abróchate los pantalones de una jodida vez, llevas un ciego de la hostia.

—No puedo cerrarlos más.

«Por Dios...», pensó Emma al observar la erección de Jake, quien había conseguido abrocharse el botón, pero había tenido que dejar la bragueta abierta. Emma no sabía si sentirse orgullosa o abochornada por semejante situación. Para el resto, era evidente que resultaba muy cómica. Jalearon a Jake y este apuntó con los puños al techo y empezó a dar vueltas, gritando con sus compañeros, hasta que cruzó la mirada con Williams, que seguía allí plantado, sin moverse.

Jake se acercó a él y, con guasa, le dijo:

—Eyyyy. ¿Qué pasa, carapasa?

Ni Brenda ni nadie pudo aguantarse ya la risa con el comportamiento de un Jake que, acto seguido, se acercó aún más, sin ningún tipo de temor a Williams, y le palmeó la cara, tal y como este había hecho con él nada más llegar a la casa.

—¿Qué se siente siendo el hazmerreír? —añadió.

En cuestión de segundos, Jake y Shawn estaban rodando por el suelo, enzarzados el uno con el otro, sin importar lo que hubiese de por medio. En un momento dado, Shawn consiguió levantarse y lanzó una silla que impactó contra la espalda del otro. Todos contuvieron la respiración durante los breves instantes que Jake se mantuvo en el suelo, pero poco después se incorporó, sonriendo, como si el impacto solo le hubiese hecho cosquillas, y corrió hacia Shawn para derribarlo al más puro estilo del fútbol americano.

La pelea fue tan intensa que, cuando salió por televisión la bola de Times Square bajando y dando paso a 1985, ni uno solo de los asistentes le prestó atención, y no hubo besos de Año nuevo, ni brindis, ni festejos.

Cuando empezaron a darse cuenta de que Jake era incansable en ese estado, algunos de los más sensatos decidieron que era hora de parar, entre ellos, McKain y Ford. Shawn no quería retirarse, pero, con ayuda de unos cuantos más, los separaron y los llevaron a sitios opuestos.

—¡Candy! —gritó entonces Ford—. Coge una botella de agua y las chaquetas. Nos vamos.

Emma se dio cuenta de que la chica estaba muy cerca de ella, a su izquierda. La vio poner cara de hastío antes de apurar lo que le quedaba en el vaso y de acercarse a Brenda para entregárselo, vacío.

—Sé que habéis sido vosotras —dijo—, pero tranquilas, no diré nada. Ha sido una noche de lo más interesante. Feliz Año nuevo y todo eso.

Brenda recibió la información, pero no dio muestras de procesarla, porque se fue hacia el radiocasete, le dio al Play y subió el volumen al máximo.

—¡Que siga la fiesta!

***

Emma llegó exhausta a su casa cerca de las tres de la mañana, después de haber llevado a Brenda hasta su residencia y de asegurarse de que se metía en la cama. Se sintió aliviada de no haberse tomado la media pastilla, porque no le había gustado cómo le había sentado a su amiga y a Jake. Mucha energía y mucha euforia, sí, pero también mucha falta de sentido común. La resaca del día siguiente iba a ser importante para todo el mundo, pero al menos ella había dejado de beber antes de las doce y se había metido sobria en el coche.

A pesar de eso, la intensidad de la noche y el agotamiento mental que le había supuesto no le permitieron conciliar el sueño de forma sencilla. Sobre todo porque Emma había sentido, por primera vez en su vida, lo que tantas veces le había dicho su madre, a la que tanto echaba de menos. Aquello de que «En ocasiones, los ojos besan mucho antes que la boca». Y siguiendo al pie de la letra dicha premisa, Jake y ella se habían besado varias veces durante los minutos que habían durado sobre la silla.

Eso estaba clarísimo.

Y no tenía ni idea de qué pasaría cuando se volvieran a ver.

ENERO de 1985

22 | POR SUPUESTO QUE NO

lunes 7 de enero

Jake

El primer día de vuelta oficial a las clases y a los entrenamientos, Jake llegó al campus a las siete menos cuarto, puntual. Peter Phillips y Evan Connelly lo saludaron al entrar en el vestuario, pero él no les devolvió el gesto. Abrió la taquilla para sacar sus cosas y la volvió a cerrar de un portazo.

Durante la última semana lo había pasado tan mal, recuperándose de la sustancia que le habían administrado e intentando mantener el tipo trabajando con su padre, que había estado a punto de mandar a la mierda su carrera deportiva con tal de no tener que volver a ver a ningún miembro del equipo.

Cuando Shawn apareció, le sostuvo la mirada con intención. Jake ya no tenía ninguna marca visible de la pelea, salvo una contusión en la espalda de la que se acordó al ajustarse las hombreras, así que le alegró comprobar que el otro no podía decir lo mismo.

Chris entró con la ropa de entrenamiento puesta, señal de que se había adelantado a todos y de que volvía de hablar con Tayler. Tampoco lo saludó a él; no habían vuelto a hablar desde el día de Año Nuevo. Jake había amanecido en su residencia y se había puesto furioso al recordar, más o menos, lo que había pasado. Chris le aseguró que les pondría a todos los puntos sobre las íes, pero, en ese momento, a Jake no le importó ni que lo hubiese separado a tiempo de la pelea, ni que, en lugar de llevarlo de vuelta a Prinss, le hubiese permitido dormir en su habitación para que su familia no lo viese en el estado en el que se encontraba. Cuando su amigo le dijo que se había pasado tres pueblos golpeando a Shawn, recogió sus cosas para marcharse y gritó un: «¡No vuelvas a presentarte en mi casa nunca más, o el próximo serás tú!», antes de salir. Fue una amenaza de mierda, porque Jake jamás se pelearía con Chris, pero la hizo igualmente y era demasiado tarde para arrepentirse.

A los Ice Falcons solo les quedaba un partido para terminar la liga y se jugaría el próximo fin de semana en Durango, Colorado, contra Fort Lewis Skyhawks. Tayler había convocado entrenamientos voluntarios la semana anterior, pero Jake no había asistido a ninguno, porque el trato con su padre había sido trabajar durante las vacaciones de Navidad y luego ya nada hasta, al menos, después de los Rivalry Games, con el cierre definitivo de la temporada. Iba muy atrasado en los estudios, así que esperaba ponerse al día en ese espacio de tiempo.

El entrenador fue claro cuando los convocó en el centro del campo tras la primera hora de acondicionamiento físico.

—Fort Lewis no es rival para nosotros si seguimos jugando como hasta ahora, y tampoco es un factor importante el resultado que obtengamos de cara a la clasificatoria, porque ya sabéis que depende más del resultado de Mines y Westminster en sus respectivos encuentros. Pero eso no significa que no espere el máximo de vosotros, así que vamos a dejarnos la piel desde hoy y hasta el sábado. Espero que me demostréis que no fue un error daros un descanso en vacaciones. —Jake aceptó la mirada crítica que el entrenador le dedicó, debido a su ausencia en los entrenamientos extraoficiales—. Defensa, con Hock. Ataque, conmigo. ¡Ya!

Durante los siguientes cuarenta y cinco minutos de entrenamiento jugarían un partido contra ellos mismos. Después de haber estado varios días con dolor de cabeza, náuseas y malestar general, ahora que volvía a estar en plenas facultades, Jake lo estaba deseando. Desahogarse en el campo era lo que más le apetecía, sobre todo porque la mayoría de los asistentes a la fiesta de Fin de Año eran jugadores ofensivos.

Los primeros quince minutos estuvo implacable. Hasta Hock le dio la enhorabuena.

—Tomad ejemplo de ese *tackle*, sabandijas. Poneos las pilas y defended como si tuvieseis delante a un contrincante real. Haced que se caguen en los malditos pantalones para que sepan a lo que se enfrentan los demás cuando vosotros estáis en el campo.

Jake miró a los dos compañeros que tenía más próximos; Comer, a su izquierda y Murphy, a su derecha, que asintieron con una sonrisa tras las indicaciones de Hock. Estaban preparados. Todos ellos. En cuanto el *center*, Lopes, inició la jugada, se abalanzaron contra la ofensiva con una energía arrolladora. Él aprovechó la ventaja de conocer las jugadas y, en lugar de simular una defensa estándar, sorteó con facilidad a Strongy y a Tony con un giro falso y avanzó hacia el indefenso *quarterback*. A Shawn no le dio tiempo ni de levantar la vista para pasar el balón. La segunda vez que lo alcanzó, el entrenador Tayler le gritó desde más allá:

—¡Becker, no te pases de listo!

Pero le dio igual. Porque tenía muchas ganas de cargar contra todos.

En la siguiente jugada, se llevó por delante a Moore, *tight end* de su misma estatura pero unos kilos por encima.

—Córtate un poco, ¿no? —le sugirió Tony.

Miró a Hock un instante para ver si él opinaba lo mismo, y al descubrir que el coordinador lo espoleaba con disimulo a continuar, volvió a la línea imaginaria de *scrimmage* dispuesto a arrasar, aunque la ofensiva lo paró a tiempo esa vez.

—Becker, mira —Lopes captó su atención antes de poner el balón en el suelo para continuar y señaló a la grada. Emma Wathson estaba sentada allí—. Cuídate de que los pantalones que llevas no te aprieten demasiado cuando te cruces con ella. No queremos ver cómo se te agujerean.

Jake cruzó la mirada con Tony Lewis después del comentario. Él no había estado en la fiesta, pero debía de estar al tanto de lo que había pasado, como todo el mundo. Se plantó en posición de dos puntos —solo los pies en contacto con el suelo—, advirtiéndolo de que conseguiría ser más rápido que él, y mantuvieron la vista fija el uno en el otro durante los segundos que Shawn tardó en iniciar la jugada. Bertier indicó que sería una jugada de *blitz*[3] y los *linebackers* se aproximaron a los

[3] Acción de la defensa en la que se aumenta la presión al *quarterback* rival, enviando al menos un jugador extra a la DL.

linieros defensivos para presionar, poco antes de que Lopes soltase el balón. Entonces Jake se saltó las instrucciones del capitán de la defensa, fintó para esquivar a Tony y echó a correr hacia Shawn una vez más. Esta vez el *quarterback* sí que tuvo tiempo de sobra de pasarle el balón a uno de los receptores, pero Jake arremetió contra él de todas formas, y varios se acercaron para protestar por ello mientras Connelly corría hacia la zona de anotación.

—Ya vale, tío.

—Déjalo ya.

—Escucha las instrucciones de Bertier —añadió Ackerman, *linebacker*—. Y limítate a dejarnos pasar.

Recibió varios empujones de protesta junto a los comentarios. Shawn se levantó despacio, quejándose de un tobillo, y Tayler no tardó en aparecer.

—¿Estás bien?

El chico empezó a dar pasos cortos para comprobar el apoyo.

—Creo que sí.

—Becker, sal del campo y quédate haciendo movimientos de empuje. O mejor, vete a la ducha. —Jake miró al entrenador después de la orden, sin poder creer que estuviese hablando en serio—. Ya me has oído.

—Muy bien.

Se quitó el casco, lo tiró a un lado y empezó a caminar hacia la banda. Chris se quedó mirándolo, como muchos otros, pero no le dijo nada.

Se adentró en el túnel del vestuario sin apartar la vista del horizonte, evitando así la presencia de Emma y preguntándose por qué cojones había ido hasta allí. Se fue del estadio sin esperar siquiera la reprimenda por parte del entrenador, pensado en que tendría tiempo de hacerlo en la sesión de la tarde.

***

Pasó la mañana de muy mal humor, prestando la atención justa a las clases. A la hora de comer, pidió un bocadillo en la cafetería y se fue a un aula vacía a comérselo mientras leía uno de los libros que tenía atrasados de una de las asignaturas.

—No sé si esto que haces está permitido, jovencito.

Gladys apareció con su carro de limpieza y le habló desde la puerta. Él estaba en la quinta fila, repantingado en el asiento, pero se incorporó nada más verla. No era la primera vez que la mujer lo encontraba de esa forma, comiendo solo dentro de un aula.

—Pues mejor que no preguntes si lo está —le dijo Jake.

Podía estar enfadado con medio mundo, pero no con Gladys. Desde el encontronazo que supuso la caída de Jake a las puertas del aula en la que ahora se encontraba, no habían sido pocas las veces que había coincidido con ella en los pasillos y se habían dedicado unos minutos de atención. Gladys y Simone, de la cafetería, eran las únicas personas de la universidad por las que sentía simpatía.

—Además, no estoy ensuciando nada —le aseguró.

—Solo tu cara.

Jake se limpió la boca, avergonzado, pero con una media sonrisa asomando, el gesto más optimista que había compuesto en todo el día.

—¿Tienes clase aquí después? —preguntó la mujer.

—Sí.

—Bueno, pues haré la vista gorda una vez más.

—Qué remedio, Gladys.

—Ni se te ocurra vacilarme, chico.

Jake rio en mitad del siguiente bocado.

Pero la risa fue efímera. Se cortó en cuanto Emma Wathson entró por la puerta. Vestía con su particular ropa llamativa, ajustada y muy a la moda, y sujetaba una carpeta negra a la altura del pecho. Jake suponía que tarde o temprano se iban a encontrar, pero el haberla visto en el entrenamiento y ahora allí solo podía significar que era Emma la que estaba forzando dicho encuentro. Y lo último que él quería era enfrentarse a ella.

No estaba preparado.

No cuando aún podía correrse pensando en los tirantes del vestido que había llevado en Fin de Año escurriéndose por sus clavículas. Solo con eso, porque ella era la única persona que lo provocaba de esa forma tan primitiva desde que ya no era ningún crío.

—Hola, Jake. ¿Podemos hablar?

Gladys continuó pasando la mopa, fingiendo que la conversación no le interesaba.

—No es un buen momento.

¿En serio quería que tuviesen su primera conversación *normal* en un aula de la universidad con el personal de limpieza delante?

—¿Y cuándo lo será?

—Oye, solo llevo un día aquí —protestó refiriéndose a que se acababa de reincorporar a las clases—, y tengo clase en quince minutos. De todas formas, tampoco creo que sea necesario que hablemos.

—Ah, ¿no?

—No.

Emma cruzó los brazos por delante de la carpeta y apretó las cejas.

—Muy bien. O sea que ahora dirás lo típico de que estabas borracho y que por eso…

—Si *solo* hubiese estado borracho aún tendríamos algo de lo que hablar.

—No me lo puedo creer. Vas a ser *de esos*.

—¿*De esos* de qué? ¿A qué te refieres?

—Estoy perdiendo el tiempo —añadió Emma antes de darse la vuelta y salir de allí.

Jake miró a Gladys para mostrarle su desconcierto, pero entonces ella le dijo:

—Síguela, chico. Y no seas *de esos*.

—Pero ¿qué…? —La mujer insistió con un gesto de cabeza.

«Vale. Joder. Voy».

Se levantó y bajó a toda prisa para alcanzar a una Emma que ya estaba girando por el siguiente pasillo. Gritó su nombre para que se detuviese y no tardó en alcanzarla.

—Oye, no sé a qué ha venido lo de antes, pero para que quede claro: fuiste tú quien vino a buscarme. Eso lo recuerdo perfectamente.

—Así que esa va a ser tu excusa.

De repente, el dolor de cabeza de la semana anterior regresó con la misma intensidad.

—Maldita sea, Emma, ¿qué excusa? ¿Por qué no me dices de una vez qué es lo que quieres? ¿Que me disculpe?

—Solo esperaba que pudiésemos hablar de lo que pasó, sin que creas que Tony o Shawn podrían suponer un problema.

Vestía unos pitillos altos y una camiseta negra de manga larga que se cerraba sobre el cuello, pero dejaba los hombros al descubierto y se ajustaba totalmente a su generosa delantera. Tener a Emma delante siempre le provocaba ciertos sentimientos de lujuria, llevase lo que llevase.

—No se trata de ellos, sino de mí. No tengo tiempo para esto. —Jake movió la mano de delante hacia atrás, para señalarla a ella y a él—. ¿Entiendes?

Emma rio mientras contestaba:

—Ni tiempo ni ganas. Me queda claro.

Y empezó a alejarse.

Jake se rascó la nuca. No quería que ella se sintiera mal, ni con lo que había pasado ni con la conversación, porque el asunto iba mucho más allá de lo que él quería o no, de lo que deseaba. Así que elevó un poco la voz y añadió:

—Yo ni siquiera merezco la pena.

Emma detuvo el paso y se giró con una sonrisa perversa.

—Por supuesto que no, ¿qué demonios te piensas? Solo quería saber si estabas interesado en resolver lo que dejamos a medias, pero me he equivocado contigo. —Hubo una pausa en la cual él no fue capaz de articular palabra—. Puedes quedarte tranquilo, que nada de lo que haya pasado entre tú y yo se volverá a repetir —concluyó.

Jake se quedó un buen rato allí de pie después de que se marchase, como consecuencia al hiriente «por supuesto que no» que Emma le había dedicado.

Y ese «por supuesto que no» lo acompañó durante lo que quedaba de día. Cuando el profesor Newman explicó algo que no terminó de entender. Cuando, en el camino de vuelta al entrenamiento, vio a Beth con su grupo de siempre y de la mano de Greyson. Cuando el entrenador Tayler le hizo sentir insignificante comportándose como si no existiera. Cuando Hock lo regañó por equivocarse en una de las jugadas, gritándole delante de todos que no estaba donde tenía que estar. Y cuando llegó a casa y nadie le preguntó qué tal había ido el día, ni siquiera su madre, porque había conseguido un nuevo empleo y eso eclipsaba —con motivo— cualquier otra cosa.

Cargó con esa maldita frase toda la semana.

Posiblemente, lo haría durante años sin que nadie se diera cuenta.

Ni siquiera él mismo.

23 | SUPER BOWL XIX

domingo 20 de enero

Arabia

Cuando llegó a Prinss aquella tarde de domingo con el pijama en la mochila, a Arabia le dio la sensación de que había pasado una eternidad desde la última vez que había estado en casa de los Becker. Entrar de nuevo le produjo… una extraña sensación de felicidad.

Zane y ella tenían que preparar un mural para la exposición de Filosofía del día siguiente sobre Simone de Beauvoir, así que ahora estaban en el dormitorio de su amiga, sentadas en el suelo, escuchando la radio y trabajando en ello.

—«Hay personas tan atractivas y a la vez con un cerebro tan vacío, que creo que su físico es un regalo de consuelo» —citó Zane rodeada de cartulina, recortes y pegamento—. ¿Crees que la escritora dijo de verdad algo así?

—Podríamos enviarle una carta y preguntárselo —propuso Arabia, pintando con rotulador otra de las frases seleccionadas—. De ser cierto, apuesto a que debió de conocer a alguien como Lorreine en algún momento de su vida —bromeó.

—Suerte que no todas las personas atractivas tienen el cerebro del tamaño de un mosquito —siguió Zane.

Arabia la miró con asombro, dejando el rotulador en el suelo.

—Vale, dime ya mismo en quién estás pensando —le exigió—. Sea quien sea.

—Pues… pensaba en el amigo de mi hermano. Chris Ford. Ese tan guapo que estuvo aquí en Fin de Año. Te lo dije, ¿no?

—Sí, claro, ¡pero no que te habías fijado en él de ese modo!

—Ya… No sé. —Zane se ruborizó—. Quizás me pareció mucho más guapo de lo que te dije en su día. Y no es tan… negro como otros negros, ¿sabes lo que quiero decir?

Arabia se había equivocado tantas veces, con tantas amistades en los otros dos países donde había vivido, que por un momento dudó de haber juzgado demasiado bien y rápido a su amiga o a su familia.

—¿Qué pasa? —preguntó Zane cuando levantó la vista y vio la cara de perplejidad que se le había quedado.

—No está bien que digas eso —le dijo, a riesgo de parecer que la juzgaba con dureza.

—¿El qué?

—Lo de que «no es tan negro» —explicó armándose de valor—. Es racista.

—¿Lo es?

—Sí.

Zane se puso las manos en la boca y la miró con preocupación.

—Madre mía —declaró—. Qué vergüenza.

Arabia se echó a reír, aliviada de que su comentario no hubiese sido malintencionado, incluso de que la avergonzase.

—Bueno, yo tampoco tendría que haber dicho lo de Lorreine —comentó para contrarrestar—. No ha estado bien.

—Iremos al infierno, ¿verdad?

—Si creyésemos en el infierno, sin duda, nosotras iríamos por esto, sí.

—¡Todo el mundo por ahí arriba! —Sara gritó desde dos pisos más abajo—. ¡A cenar!

Zane y ella se levantaron a toda prisa, dejando el material esparcido por el suelo sin remordimientos. Arabia estaba contenta, pero su amiga aún más, porque las cosas en su casa se habían estabilizado bastante desde que su madre había empezado a trabajar en el nuevo Walmart de la ciudad.

Olieron a pizza en cuanto abrieron la puerta y se miraron sorprendidas.

—¿Mi madre ha pedido pizzas?

La pregunta de Zane quedó en el aire hasta que llegaron al salón y vieron cuatro cajas enormes de D&D, una pizzería que había abierto recientemente, apiladas en la mesa. Paul estaba colocando los vasos.

—Papá, ¿y esto?

—A mí no me preguntes. Es cosa de tu madre.

—Hoy es el día de la Super Bowl, ¿no? —comentó la aludida sacando un montón de refrescos de la nevera.

—¿Y desde cuándo organizamos una fiesta con motivo de la Super Bowl?

—Eso mismo quisiera saber yo —dijo Paul.

—Desde que tu hermano está pasando por una mala racha —explicó Sara—. Lleva todo el fin de semana encerrado en su habitación, así que he supuesto que, ya que no verá el partido con los del equipo, esto lo animará.

—¿Y qué es lo que le pasa exactamente? —preguntó Zane.

—Ojalá lo supiera, cariño. Louis, busca el canal de retransmisión, ¿quieres? Es casi la hora.

Jake bajó por la escalera con Rachel en brazos cuando Zane y ella ya habían destapado las dos primeras pizzas, una rebosante de queso y otra cubierta de salsa barbacoa.

—¿Qué es todo esto? —preguntó mirando hacia la comida.

—¡Listos para la Super Bowl! —respondió Sara con entusiasmo.

Arabia lo adoraba todo de aquella mujer: su jovialidad, su forma de prestar atención a todos sus hijos, su ánimo frente a cualquier adversidad.

—¿Vamos a ver el partido aquí, en casa?

Jake miró directamente a su padre tras la pregunta. No era ningún misterio que aquel hombre detestaba el fútbol.

—En realidad, vais a verlo vosotros —Sara fue la encargada de brindarle una respuesta—. Papá y yo daremos una vuelta, si no os importa, para celebrar algunas cosas que tenemos pendientes. —Acto seguido, fue hacia el perchero de la entrada para colocarse el abrigo—. Creo que tenéis todo lo necesario. Vigilad que Rachel no se empache con la pizza y… no nos esperéis despiertos, ¿de acuerdo? No todos los días tengo la oportunidad de salir a solas con mi marido.

—¡Sara! —protestó Paul abochornado.

—¡Mamá! —exclamó Louis casi al unísono.

—Era una broma… —Sara miró a las chicas—. Cómo son los hombres, ¿verdad?

—Que os divirtáis —le dijo Arabia antes de que el matrimonio saliera por la puerta.

Luego miró a Jake. Pantalón de chándal, suéter gris de pijama y calcetines. Lo notó ligeramente distinto, aunque su vestimenta no tuviese nada de distinta. Era más bien algo en su expresión, más alicaída. Y le había crecido el pelo.

—¿Es en serio que vamos a ver el partido? —preguntó Louis recostado en el sofá y pasando canales sin ningún tipo de entusiasmo.

Jake se acercó para quitarle el mando a distancia y pulsó una combinación de números que hizo que un enorme campo de fútbol apareciese en pantalla.

—Ya lo creo que sí.

Diez minutos más tarde, los cartones de pizza habían pasado de la mesa del salón a la mesita baja frente a los sofás, las botellas de refresco y algunos vasos campaban a sus anchas y el volumen del televisor competía con el de las casas vecinas, aunque el partido todavía no hubiese empezado.

—¿Y con quién vamos, en realidad? —preguntó Louis, que se había metido en la boca casi una porción entera de la pizza barbacoa—. ¿Con los 49ers o con los Dolphins?

—Con los Niners de Joe Montana. Los de rojo —puntualizó, sin mirar a nadie en particular, pero con toda intención de ilustrarlas a ellas.

Arabia tenía curiosidad. La Super Bowl era algo importante en Estados Unidos, una tradición en la que se volcaba casi todo el país. Allí, el deporte, en general, estaba mucho más valorado que en otras partes del mundo. Las becas deportivas, sin ir más lejos, eran una grandísima oportunidad para los jóvenes que querían ir a la universidad. Miró a Jake, preguntándose cómo sería eso de vivir tan implicado con el fútbol desde pequeño.

—¿Con cuántos años empezaste a jugar tú? —le preguntó.

—Nueve —respondió sin apartar la vista de la pantalla y bebiendo después un trago de la botella de Mountain Dew de la que se había adueñado.

Rachel, Jake y Louis ocupaban el sofá frente a la televisión; Zane y ella, el otro. Su amiga tenía los pies recogidos en el asiento. Arabia se percató de que ella era la única que no iba descalza.

El primer cuarto fue entretenido porque los 49ers lo acabaron tres puntos por debajo y Jake estuvo todo el tiempo protestando contra los árbitros y maldiciendo por cosas que nadie entendía demasiado. Durante el segundo, el equipo al que animaban anotó tres *touchdown* y eso les otorgó mucha ventaja.

Llegados al descanso y ya sin pizzas, Zane propuso continuar con el trabajo, así que bajaron al salón todo el material y siguieron con él. Rachel se acercó con sus propios colores y ellas le pusieron unos folios en la mesa y dejaron que las acompañara e hiciese sugerencias mientras Jake se encargaba de deshacerse de los cartones, de limpiar un poco el salón y de regañar a su hermano por «No levantar el culo del sofá». También hizo palomitas para la segunda parte, pero fue el único que comió, y ya durante dicha parte se hizo muy evidente que el único interesado en el partido era Jake. Zane y ella continuaron con el mural, Louis se puso a tirar bolitas de papel hechas con restos de servilletas para molestar a su hermano y Rachel a jugar con sus colores en la escalera. En cuanto acabó el encuentro, con un marcador de 38-16, Jake se recostó en el sofá con los brazos en alto, celebrando la victoria.

—El fútbol es un coñazo —dijo Louis.

—No tanto como tú.

—¿Qué te apuestas a que puedo engañarte fácilmente con el balón?

—Eso será si puedes hacerte con él antes que yo.

Arabia levantó la vista de lo que estaba haciendo en cuanto escuchó el resto. Observó con diversión la carrera que los dos hermanos iniciaron escaleras arriba instantes después.

—Yo no sé esa manía que tiene Louis de picar a Jake si siempre acaba perdiendo —comentó Zane.

—Puede que sea la única forma que se le ocurre de interactuar con él.

—Puede, sí. —Escucharon un par de golpes en el piso de arriba y muchos pasos—. Podremos dar gracias si no terminan haciéndose daño.

En cuanto dijo aquello, el balón salió disparado por el hueco de la escalera y Jake y Louis aparecieron de nuevo, bajando a por ella casi en paralelo, empujándose entre ellos.

De repente, Jake resbaló y salió despedido con las piernas por delante, arrastrando con él a Louis escaleras abajo. El primero cayó con un golpe seco; el segundo terminó de hacer el recorrido deslizándose por los últimos peldaños.

—¿Qué te había dicho? —comentó su amiga mirándolos por encima del respaldo, antes de conocer la gravedad del asunto.

Louis fue el primero en quejarse, retorciéndose de dolor en el suelo, agarrándose la mano derecha. Jake, sin embargo, se quedó clavado en el sitio, con los ojos cerrados. Tenía el trasero a la altura del último escalón y la espada apoyada en los superiores. Arabia oyó el característico repicar de unos lápices al caer.

—Joder —fue lo único que Jake articuló.

Zane se acercó.

—¿Puedes incorporarte?

Sus padres regresaron justo en ese momento y se toparon de frente con la escena. Sara corrió a atender a su hijo pequeño, que seguía gimiendo y parecía que se había doblado los dedos. Paul observó a Jake durante una fracción de segundo y luego se acercó a él, subiendo un pie hasta el tercer escalón. Le golpeó el pecho y pronunció su nombre. Repitió el procedimiento moviéndole la cara.

—Jake. ¿Puedes oírme? —Otro zarandeo—. ¡Jake!

Él entreabrió los ojos, pero no dio muestras de estar consciente, y Arabia empezó a preocuparse llegados a ese punto. Sin titubear, su padre le pasó el brazo por detrás de la cabeza y lo forzó a sentarse. Después le puso la mano delante mostrando tres dedos y le preguntó que cuántos veía. Cuando Jake volvió a abrir los ojos, respondió que tres antes de retorcerse sobre sí mismo para terminar con las rodillas y la cabeza apoyadas en el suelo y las manos en la espalda, por debajo de los riñones.

—¿Alguien puede explicarme qué ha pasado? —preguntó Sara mientras sujetaba con firmeza el dedo índice y corazón de su hijo menor.

—Han resbalado —dijo Zane.

—¡No! —Louis tenía lágrimas en los ojos—. Jake se ha resbalado y me ha tirado a mí después.

—Zane, prepara dos bolsas de hielo y tráemelas —ordenó la mujer, omitiendo la innecesaria acusación del chico—, y también el botiquín.

Cuando todos empezaron a moverse, Zane hacia la cocina, Sara conduciendo a Louis a la mesa del comedor y Paul ayudando a Jake a levantarse para llegar hasta el sofá, Arabia reparó en Rachel. Estaba agachada al lado de la escalera y no apartaba los ojos de Jake. En la mano llevaba algunos lápices.

—Ven aquí —le dijo.

La cogió en brazos y luego avanzó hasta situarse a unos pasos del lugar donde se había tumbado Jake, para que lo viese.

—Está bien, ¿lo ves? No pasa nada.

Sara se encargó de que Louis mantuviese los dedos sobre la mesa, bajo la bolsa de hielo, y después fue a ver a Jake con la otra que Zane había preparado. Se la ofreció y le indicó que la colocara en la cabeza, a la altura del golpe.

—Ahora date la vuelta y enséñame la espalda.

Él se movió con esfuerzo para tenderse bocabajo y se tocó las lumbares con la mano que le quedaba libre para señalar la zona de más dolor. Cuando su madre le subió la camiseta, dejó al descubierto varias marcas, pero, en especial, una franja muy marcada y con un buen raspón en el centro. Sara sacó una botella con líquido transparente y una gasa, acercó una silla al sofá y, con mucha delicadeza, empezó a humedecer la herida. Arabia observó el procedimiento sin apenas parpadear durante los primeros minutos, hasta que se dio cuenta de lo extraño que resultaba que se hubiese quedado allí de pie. Se acercó de nuevo a Rachel y sugirió que fuesen juntas a recoger los lápices que habían quedado esparcidos al final de la escalera.

Y eso era lo que estaban haciendo cuando Paul lanzó una pregunta tras ellas:

—¿Es que otra vez has estado jugando con los colores en la escalera? —Rachel miró a su tío con temor y apretó contra el pecho los colores que había acumulado en ambas manos—. ¿Qué te dije la última vez que lo hiciste? ¿Qué te dije? Vamos, dilo.

—Que los tirarías a la basura —respondió con una temerosa y dulce voz infantil.

Paul cogió el estuche de Mickey Mouse que aún estaba en la mesita y extendió la mano hacia ella para que se los entregase. A Rachel no le quedó más remedio que hacerlo. Arabia sabía que Jake habría intervenido de haber estado atento, pero no lo estaba, y ella no podía enfrentarse al señor Becker bajo ningún concepto. No era apropiado. La niña se quedó sentada al final de la escalera mientras Paul se marchaba con sus posesiones hasta la basura de la cocina. Sintió mucha pena cuando vio que le sobresalía el labio inferior y trataba de contener las lágrimas, pero no supo qué hacer o qué decir para consolarla.

—Recoged todo esto —le ordenó Paul a Zane cuando regresó, señalando el mural y el resto de material.

Media hora más tarde, de vuelta a la habitación de Zane, Arabia siguió pensando en cómo se había sentido y preguntándose qué habría pasado si Sara y Paul no hubiesen aparecido tras la caída. Le hubiese gustado tener los recursos necesarios para mantener la calma y controlar la situación. Ayudar.

De pronto, una idea con ganas de coger más forma se instaló en su mente. Aún no había decidido lo que quería estudiar el próximo año y en el instituto le insistían mucho en que escogiese una rama de literatura. Esa era la asignatura que mejor se le daba y, sin embargo, Arabia no tenía claro que quisiese una formación de ese tipo. Lo único que tenía claro es que iba a quedarse en Vallon y que solicitaría plaza en alguna de las opciones de la universidad local, porque el futuro de su madre era incierto. Además, Zane haría lo mismo. Su amiga no podía permitirse nada más, y con sus notas era muy difícil que le fuesen a ofrecer una beca, mucho menos a aquellas alturas del curso. En ese aspecto, Arabia lo tenía más fácil, pero no iba a marcharse justo cuando estaba a gusto, mucho más a gusto que en ningún otro sitio hasta la fecha. En Vallon, su madre y ella habían descubierto un buen lugar para echar raíces, y los Becker habían puesto la única guinda que le faltaba a aquel irresistible pastel.

Cuando por fin se descalzó, se quedó un buen rato contemplando sus calcetines, sintiendo el contacto de aquel viejo suelo laminado bajo sus pies, y se dio cuenta de que allí, en el hogar de los Becker y de su mejor amiga, se sentía bien.

Protegida. Segura. Incluso querida.

Tuvo la impresión de que podría llegar a sentirse como *en casa*.

—Oye, Zane —dijo antes de meterse en la cama—. He estado pensando y… creo que me gustaría estudiar Enfermería.

24 | LAS PREGUNTAS ADECUADAS

jueves 24 de enero

Jake

Tayler y Hock ya no sabían qué hacer con él. El dolor de espalda no desaparecía y no podía sumarse a las actividades en el campo con el resto de sus compañeros. Se había pasado casi toda la semana metido en el gimnasio haciendo ejercicios adaptados a su particular situación, pero después de dos días intensos de lluvia, dicho gimnasio estaba lleno de goteras y no podían enviarlo allí.

—¿Me recuerdas, por favor, por qué cojones pensaste que pelear con tu hermano en una escalera era una buenísima idea? —le preguntó Hock con ironía mientras decidía lo que iba a hacer con él aquella tarde.

—Porque tengo la cabeza llena de serrín —respondió, repitiendo lo mismo que él llevaba diciendo desde el lunes.

—¡Exacto! ¡Sí! Por eso.

Fanton, ayudante de Hock, entró con prisa al diminuto despacho del coordinador donde se encontraban desde hacía diez minutos.

—El pabellón de baloncesto está bastante bien —anunció—. Solo hay un par de goteras en la pista y el gimnasio está intacto. El entrenador Carter ha dicho que podemos usarlo si nos comportamos como es debido.

—Glorioso. Magnífico. La mejor de las noticias. —Jake miró a Hock sin comprender cuando este le estampó varios folios contra el pecho y lo instó a que saliese por la puerta—. Vamos, ya tienes algo de provecho que hacer. Mejor dicho, un sitio donde hacerlo. Y ya has oído a Fanton: compórtate. No hagas enfadar a Carter.

Los papeles tenían un montón de ejercicios dibujados, imposibles de comprender para alguien que no hubiese trabajado previamente con el coordinador defensivo.

—¿Quiere que vaya al gimnasio de los White Falcons?

—¿Qué pasa? ¿Te da miedo perderte por el camino o qué? Saca tu culo de aquí, Becker, y que no regrese hasta las cuatro y media —Hock no dio opción a réplica alguna—. ¡Y ni se te ocurra escaquearte!

Jake, que solo quería días tranquilos, sin emociones fuertes, caminó hacia el pabellón de baloncesto nada seguro de poder conseguir allí algo así. Para empezar, tuvo que caminar casi quince minutos a pie. Fanton se había ofrecido a llevarlo, pero había declinado la oferta para no tener al asistente pegado a él toda la tarde.

Cuando llegó, se adentró en las instalaciones y pidió un vestuario. Dejó sus cosas, se cambió con rapidez y, ataviado con un pantalón de chándal negro y una camiseta del mismo color, caminó hacia el gimnasio dando pequeños saltos y moviendo las articulaciones para ir entrando en calor.

—Vamos con las transiciones libres de antes del penúltimo *toss*.

Las instrucciones de la entrenadora de las animadoras le hicieron detenerse a la altura de la puerta de entrada a la pista de baloncesto. Jake asomó la cabeza por la pequeña abertura que quedaba para cerciorarse de que se trataba de las animadoras de Beth y luego entró y apoyó medio cuerpo en la pared de las gradas para observar a su amiga. Los movimientos perfectamente coordinados y las primeras piruetas captaron su atención hasta el punto de perder la noción del tiempo. No mintió al alabar la precisión de las animadoras en el pasillo de refrescos del Walmart un par de meses atrás. Lo que hacían era asombroso y arriesgado a partes iguales.

—¿Has venido a probar? —Jake tardó varios segundos en darse cuenta de que la entrenadora se estaba dirigiendo a él; el mismo tiempo que tardaron las primeras chicas en girarse en su dirección para conocer el motivo de la interrupción—. Pasa, no seas tímido.

En cuanto Beth estrechó los ojos para asegurarse de que era él, demostrando una vez más las dioptrías que negaba tener, Jake salió atropelladamente y regresó al pasillo.

Sin embargo, su amiga no tardó en darle alcance.

—¿Cómo tú por aquí?

Su sonrisa era la de siempre: sincera, bonita, ajena a los detalles más complejos de su situación personal —la que había vivido durante las vacaciones de Navidad y que lo habían vuelto aún más reservado—.

—Nuestro gimnasio tiene goteras —explicó.

—¿Y habéis venido todo el equipo?

—No. Solo yo.

Beth puso los brazos en jarras y lo miró con la frente perlada de sudor, aunque no más que la suya por la incomodidad de la situación.

—¿Tienes que hacer penitencia en forma de pesas o algo así?

—No.

—Pues parece que tienes muchos deberes. —Beth señaló las hojas de papel que él sujetaba en la mano izquierda.

Jake se limitó a levantarlas y volverlas a bajar.

—¿Es mi impresión o estás un poco raro? —continuó ella al ver que no decía nada.

¿Que si estaba raro?

Se había pasado dos semanas rememorando en su cabeza la noche en el Under y pensando en qué estaría haciendo Beth en Kentucky hasta que la fiesta de Fin de Año en casa de Shawn había entrado en escena como pura dinamita, arrasando con todo.

—¡Bethany!

La llamada de la entrenadora llegó a tiempo para evitar tener que darle más explicaciones.

—Te busco al acabar —dijo Beth antes de empezar a alejarse— o me buscas tú si te marchas antes, ¿de acuerdo? —La chica lo amenazó con el dedo índice—. Sé dónde vives.

El gimnasio estaba vacío cuando llegó y eso le aportó un poco de esa tranquilidad que tanto anhelaba. Jake se sentó en la máquina de abductores y empezó a descifrar las indicaciones de Hock. Había menos ejercicios de lo que parecía, porque el coordinador no sabía explicarse con detalle y siempre trazaba líneas o dibujos llenando cualquier superficie que se pusiese a su alcance. Dejó las hojas y se levantó a ponerle un peso moderado a la máquina en la que estaba, consciente de que iba a tener que lidiar con el dolor lumbar de todas formas. Cuando se tumbó en el banco de levantar la barra de pesas para cambiar de ejercicio, los miembros del equipo de baloncesto, con sus pantalones blancos ridículamente cortos y sus aún más ridículos calcetines hasta las rodillas, empezaron a llegar. Entre ellos, como no, su capitán: Curtis Greyson.

—Con que eras tú el que tenía que venir a nuestro gimnasio —dijo nada más verlo.

Jake bajó la barra hasta el cuello sin replicarle. Carter llegó acto seguido y dio instrucciones de trabajo, cortando de cuajo las intenciones de molestar del estúpido y engreído novio de Beth. Todos los jugadores se pusieron en marcha sin dilación y en silencio hasta que el entrenador se marchó quince minutos después.

Para entonces, Jake ya había añadido treinta kilos a cada lado de la barra en vista de que el dolor en la parte baja de la espalda era soportable tras el calentamiento inicial. Estaba con la segunda serie de repeticiones cuando Greyson se volvió a acercar a él.

—¿Qué broma es esta, Becker? —le dijo refiriéndose al peso—. ¿Esto es lo que trabajáis los de fútbol?

Greyson se volvió hacia sus compañeros con los brazos extendidos, al estilo de Shawn Williams, y Jake se preguntó si aquella constante de idiotas en su vida —idiotas con ganas de satirizar al prójimo— era igual para todo el mundo o solo fruto de su pésima ventura.

—Para que luego digan que ellos son los más fuertes.

—Lo somos —contestó, pese a que hubiese preferido no hacerlo.

—¿Sí?

El chico se puso detrás de él y le paró la barra con las dos manos cuando la tenía a medio subir. Jake notó el pinchazo por el sobreesfuerzo y hasta las gotas de sudor de más bajándole por la sien. Aguantó la presión, sin atreverse a estirar por completo los brazos, hasta que Greyson creyó que ya se había burlado bastante y dejó de ejercer presión. Entonces él enganchó la barra en la estructura, descansó unos segundos y se incorporó.

—Podemos hacer la prueba cuando quieras. Elige cuánto y cómo.

Hacía un mes, Jake no lo habría retado.

Pero hacía un mes Jake era una persona ligeramente distinta, porque ahora todo se había vuelto más complicado, se le hacía más cuesta arriba. Y el cansancio físico y mental le había pasado factura. Vivía en un estado de enfado constante que no le hacía ningún bien, y no tenía herramientas suficientes para canalizarlo a menos que fuera en el terreno de juego o forzando situaciones como la que acababa de forzar.

Porque Jake no sabía que la fragilidad no tenía nada de malo.

Todavía no.

Como era de esperar, el gimnasio se llenó de silbidos y ánimos para Greyson, que se acercó bien erguido para demostrar que lo superaba en altura por un miserable par de centímetros de los que siempre había estado muy orgulloso.

Jake no retrocedió, al contrario. Sus frentes estuvieron a punto de chocar.

—¿Estás seguro de que quieres probar, Becker?

—Te he concedido la ventaja de elegir cómo hacerlo, ¿necesitas alguna otra prueba de que estoy dispuesto a dejarte en ridículo?

Algunos de los presentes, los más atrevidos, dieron muestras de que el vacile había sonado tan provocativo como pretendía. Greyson apretó los labios, se pasó la lengua por los dientes y luego sonrió ocultando el cabreo. Jake sabía que había dado justo en el clavo al concederle esa ventaja, porque eso lo ponía en el compromiso de negarse, bravucón, o de aceptar. Escogió esta última porque era lo más inteligente.

Y a Jake no le importó. Conocía su capacidad física y estaba muy seguro de ella.

—Muy bien. Has dicho que me dejas escoger cuánto y cómo, ¿verdad? —Greyson señaló las barras de dominadas—. Pues a ver *cuánto* eres capaz de aguantar ahí arriba con tu ego y *cómo* se recupera después de que te obligue a abandonar primero.

La aludida seguridad se evaporó como si nunca hubiese existido, porque Greyson escogió un ejercicio de calistenia y no de potencia, y eso no lo habría visto venir —teniendo en cuenta que él había menospreciado el peso que cargaba en la barra— ni aunque la inquina general acumulada no le estuviese nublando la razón desde hacía semanas.

«Eso ha sido incluso más inteligente», reconoció para sus adentros.

No le quedó más remedio que camuflar la sorpresa, fingir que aceptaba con gusto el desafío y dirigirse hacia una de las dos barras paralelas dispuestas en el gimnasio.

Greyson hizo movimientos circulares con el cuello y luego con los hombros, preparándose. Jake, por suerte, ya tenía los brazos calientes del rato que había estado haciendo *press* banca. Se limitó a quitarse la camiseta y las zapatillas, en un triste intento de aligerar su peso, como mínimo veinte kilos por encima de su oponente. Esa era su gran desventaja frente a un Greyson que también optó por deshacerse de la camiseta al pensar que su gesto había sido vanidoso.

«Inteligente, pero lo justo».

Jake inspiró y espiró con fuerza varias veces, mirando la barra, concentrándose en ella y esperando a que alguien diese inicio al duelo. En cuanto eso sucedió, saltó y empezó a subir y a bajar al ritmo que marcaba uno de los miembros del equipo. La zona que tenía dolorida llamó su atención después de la tercera repetición, pero Jake se concentró en ignorarla. En ese momento, nada le importaba más que el orgullo, al que alimentaba con cada subida, a pesar de que no tenía ningún motivo para comportarse así. No *creía* tenerlo, mejor dicho.

La cuenta, que había empezado con un único vocal, se volvió coral de forma progresiva conforme el resto de miembros del equipo se unió a ella. Él empezó a notar el cansancio, el fin de sus posibilidades, pero trató de mantenerse constante, siguiendo a Greyson. No se dio cuenta del instante en el que una animadora se acercó a ver qué era lo que estaba pasando en el gimnasio, y tampoco cuando regresó acompañada de algunas de sus compañeras.

—Doce, trece…

Iba a tener que parar. Hacía cinco que debía haberlo hecho.

¿Merecía la pena preservar su dignidad frente a Greyson o solo estaba retándose a sí mismo y por eso salvaba dominadas sin sentido?

Jake se dio por vencido en la quince. Se convenció de que no completaría la siguiente al mismo tiempo que su mirada se cruzaba con la de Beth y que Carter entraba hecho una furia, enmudeciendo con él la cuenta.

Cuando plantó los pies en el suelo, Greyson todavía subió una última vez, por pura inercia, dejando claro que habría podido continuar de no ser por la interrupción que había auxiliado al mencionado ego de Jake.

El entrenador se dirigió primero a sus jugadores:

—Os gusta contar, ¿no? Pues a ver qué os parece si os vais a la cancha y contáis cincuenta líneas por cabeza. Veinte extras de regalo para nuestro mejor atleta. —Carter señaló a Greyson y luego se miró el reloj de muñeca—. Tenéis quince minutos para hacerlas si queréis seguir jugando en mi equipo. ¡Quince minutos desde ya! —añadió al ver que nadie se había movido del sitio.

Tras la última aclaración, todos salieron a trompicones del gimnasio, incluido Greyson, que no tuvo ni tiempo de sugerir que había ganado.

—Fin del *show*, señoritas —Carter invitó a las animadoras a salir de allí—. O, si lo desean, pueden continuar con la segunda parte en la pista. Algo me dice que será un espectáculo lamentable.

Beth fue la última en salir. Jake fue incapaz de sostenerle la mirada más de dos segundos, porque ya tenía bastante con respirar, recobrar el aliento y soportar el dolor de espalda.

—No voy a perder el tiempo contigo —Carter hizo una pausa intencionada, por lo que supo al instante que esa frase llevaba implícita una segunda parte: «Estoy seguro de que Hock sabrá lo que hacer»—. Fuera de mi pabellón.

Beth regresó al gimnasio poco después de que él se sentase en el suelo a ponerse las zapatillas.

—¿Qué te ha pasado en la espalda?

Jake giró noventa grados para ocultar el penoso aspecto del hematoma que ya había adquirido un color amarillento.

—Nada.

La chica se acercó y se sentó frente a él, a la distancia razonable de un metro, con las piernas cruzadas a la altura de los muslos.

—No tiene aspecto de nada. —No contestó, pero estaba seguro de que Beth no esperaba que lo hiciese—. ¿A qué ha venido lo de antes?

Silencio por respuesta, una vez más. Porque ¿qué demonios iba a decirle?

Cuando terminó de atarse los cordones, mantuvo la posición con la pierna izquierda flexionada y la otra cruzada por debajo. Fijó la vista en una mancha del suelo que tenía forma de diamante e intentó darle un razonamiento a lo que había pasado hacía escasos minutos, al porqué había sucumbido a una provocación de Greyson y este había motivado la misma. ¿Acaso el pique entre ellos no iba a acabar nunca mientras Beth estuviese saliendo con él? ¿Qué importancia tenía eso? O... ¿qué significaba?

Le hubiese gustado encontrar una respuesta lógica, pero no había respuestas lógicas si las preguntas no eran las adecuadas. Y, en este caso, no era cuestión de *qué*, sino de *por quién* uno se sentía amenazado y *por quién* el otro se sentía impotente al no ~~querer~~ poder decirle lo que sentía.

—Jake, ¿va todo bien?

La realidad se presentó ante él con la agradable forma de unos ojos verdes —a los que había echado mucho de menos— que lo miraban con preocupación. Constatar eso último fue lo que le hizo reaccionar por fin. Se levantó, cogió su camiseta y se la puso pese a estar empapado de sudor.

—Tengo que irme —anunció.

—Jake...

No fue capaz de quedarse por más tiempo, de escuchar lo que ella había ido a decirle, porque presumía que sería un sermón sobre su reprobable conducta, sobre la vergonzosa guerra de testosterona que Greyson y él habían protagonizado. Si lo hubiese hecho, Beth habría podido recordarle ilusionada que era jueves y que estaba preparada para volver al Under con un par de nuevas canciones que pensaba que iban a gustarle. Y entonces ella no habría tenido que pedirle a Curtis Greyson que la acompañase en su lugar, porque acudir sola a la sesión de micro abierto la aterraba más que enfrentarse a la desaprobación de su novio.

Pero no había podido hacerlo, entre otras cosas, porque Jake estaba llegando a un punto de saturación igual o superior al que hizo que el año anterior acabase detenido y encerrado en la comisaría de Durmond. Y creía que era necesario salir primero de ese bucle de oscuridad antes de recuperar su amistad con Beth. Esa que, en realidad, no había cambiado en ningún momento y cuya percepción alterada solo era fruto de un gran malestar.

Su propio malestar.

Consigo mismo.

25 | ATENTO PERO AL MARGEN

viernes 25 de enero

Jake

Ni un día entero en La Nevera sería suficiente para recuperarse del entrenamiento que Hock había diseñado exclusivamente para él después de lo ocurrido en el gimnasio.

Ni la lluvia, que seguía, ni los cero grados que hacía en Vallon desde primera hora de la mañana, ni el dolor lumbar que aún soportaba amedrentaron las ganas del coordinador por darle un escarmiento. Hock lo había tenido en el centro del campo recibiendo embestidas de todos y cada uno de los linieros, ofensivos y defensivos. Uno tras otro, una y otra vez, hasta que cayó de rodillas sobre el embarrado césped, incapaz de volverse a levantar. El coordinador tampoco permitió que sus compañeros lo ayudasen, así que tuvo que quedarse allí a cuatro patas, recomponiéndose. Cuando fue capaz, se arrastró hasta la ducha y de allí pasó después La Nevera, con la firme convicción de permanecer en dicha sala hasta que se le congelasen todos los músculos y pudiese quejarse de frío y no de dolor.

Tumbado bocabajo en una colchoneta, con una enorme bolsa de hielo colocada sobre la zona lumbar, Jake pensó en las setenta líneas de castigo que el entrenador Carter le había impuesto a Greyson la tarde anterior. Él las habría hecho a la pata coja de haber sido necesario. Cualquier cosa habría sido mejor que lo que había tenido que aguantar, aunque nada de lo que había soportado hasta entonces iba a ser comparable en dureza con la bronca que Tayler tenía preparada para él. Aún no se había pronunciado ni le había dirigido la palabra, pero estaba seguro de que iba a llamarlo a su despacho antes de que acabase la mañana.

Shawn fue uno de los últimos en acudir a la sala después del entrenamiento. Jake lo vio entrar con ropa de calle y con una enorme sonrisa en la cara. Se acercó hasta donde él estaba y se agachó para hablar:

—Espero que tu hazaña con Greyson mereciera la pena, en serio te lo digo.

Después se incorporó y empezó a caminar por la estancia, acercándose a chocar el puño con el resto de los que estaban allí. Algunos comentaron que Jake había resistido demasiado, que debía haberse rendido mucho antes, y así habría sido mejor para todos. Al fin y al cabo, él no había sido el único que había estado pasando frío, mojándose y trabajando de más.

—Es que Becker siempre tiene mucho que demostrar, ¿a que sí? —Shawn volvió a acercarse a Jake, que seguía allí tumbado, incapaz de moverse demasiado. Se agachó, ladeó la cara y le mostró una sonrisa mucho más perversa de lo habitual—. Por cierto, ¿qué vas a hacer cuando se vaya tu único amigo? ¿Lo has pensado ya o todavía no has tenido tiempo?

Jake intentó mostrarse imperturbable. Lo intentó con todas sus fuerzas, pero la información cifrada que Shawn acababa de soltar, de una forma u otra, le incumbía.

—¿Qué pasa? ¿Es que no te has enterado? Han convocado a Ford a la Combine. También a Lewis, pero supongo que lo suyo te da más igual.

Ford. A la Combine.

De manera instintiva, levantó la cabeza y miró a Strongy, para que alguien confirmara que la noticia cargada de veneno de Shawn era cierta.

Lo era. Por supuesto que lo era. Jake lo supo antes incluso de que el *guard* asintiera. Todo el mundo había estado hablando de las posibilidades de Chris desde que empezó la temporada, conscientes de que era su tercer año y ya podía ser drafteado. Además, no habían sido pocas las visitas que había recibido en los entrenamientos ni los ojeadores que habían estado observando los partidos.

Y ahora, de pronto, dichas posibilidades ya eran una realidad. Estaba dentro de la NFL Scouting Combine y formaría parte del draft de aquel año. En cosa de tres meses, Chris pasaría a formar parte de la plantilla de un equipo de la Liga Nacional de Fútbol. Y él no se había enterado. Nadie se lo había dicho hasta ahora. Mucho menos el propio Chris.

Como pudo, se quitó la bolsa de frío de la espalda y se sentó en la colchoneta con las piernas extendidas y el cuerpo un poco hacia adelante para volvérsela a colocar por detrás del cuello, sin pronunciarse.

—Se van esta noche a Arizona —continuó Shawn—. ¿Qué? ¿Sorprendido o enfadado por el hecho de que tu amiguito no te lo haya contado? —Su desfachatez era insufrible—. O quizás es que nunca habéis sido tan amigos como él te ha hecho creer. A Ford se le da muy bien fingir, Becker. Te lo habría dicho antes de no ser porque... Por nada, en realidad. No me dio la gana hacerlo. Me pareció más divertido ver cómo te la jugaba. En qué momento, más bien, te daba la espalda.

—Déjalo ya, Williams —dijo Vedder.

—¿Que deje qué? —Shawn se giró hacia su otro compañero—. ¿Acaso no es cierto? A Ford lo único que le importa es su propio beneficio, siempre ha sido así. Se acercó a ti para volverte un mejor defensa y que le dieses a él mayores posibilidades de ataque. Es así de simple.

Jake se levantó, harto de escucharlo, dispuesto a salir de allí.

—¿A dónde vas? ¿A pedirle explicaciones para consolarte? Ahórrate el...

—Voy a buscar a tu hermana —contraatacó lanzando su mejor baza contra él—, por si a ella le apetece consolarme.

El semblante de Shawn cambió de forma automática.

—No bromees con esas cosas, Becker.

—¿Qué te hace pensar que bromeo?

Contó los segundos que el *quarterback* tardó en darle alcance después de que saliera de La Nevera para dirigirse al vestuario: seis.

—Aléjate de Cara, ¿me oyes? Que no se te ocurra ir a buscarla, porque te juro que...

—No te tengo miedo, Williams. —«Ya no». Jake intentó avanzar, pero el otro se lo impidió—. Hazte a un lado, porque yo también puedo jurar cosas, pero no estoy de humor para jurarte que si no lo haces te arrepentirás. En este momento, estoy más en el punto de omitir ese paso y, simplemente, demostrarlo.

Hock llegó justo a tiempo de que llegase a hacerlo. Se acercó a toda velocidad y lo cogió del brazo para llevárselo de allí. El coordinador no era tan alto, pero sí lo bastante recio como para moverlo.

—Ve a vestirte —le dijo a la altura del vestuario—. Tayler te espera en su despacho. —Jake sabía lo que eso significaba en realidad: «No lo hagas esperar; no la cagues más de lo que ya lo has hecho»—. Y por el amor de Dios, olvídate de Williams, ¿quieres? No dejes que te lleve a su terreno. —Hock se tocó la sien—. Demuestra que eres más listo, que lo eres, maldita sea. Eres un jodido cerebrito de la física, ¿no es cierto?

«Como si *eso* importase algo».

«Como si le importase a alguien».

Jake no tuvo muy claro si ese último pensamiento hacía referencia a que se le diese bien la física o a él mismo.

Se duchó con parsimonia, apoyado en la pared de azulejo y dejando que el agua lo golpease en la nuca. Salió de allí solo cuando el vestuario empezó a llenarse de gente. Como en aquella época del año hacía frío para sus vaqueros habituales, Jake solía vestir con un pantalón deportivo de algodón y una camiseta interior de manga larga bajo la sudadera negra del equipo. Acababa de terminar de ponerse esta última prenda cuando Chris entró saludando a cuantos encontró a su paso, una de sus marcas de identidad y muy propio de un capitán. Jake agachó la cabeza, cerró su bolsa y abrió la taquilla para intercambiarla por la mochila, sepultada bajo el abrigo verde heredado de su hermano mayor cuando este se fue a Florida. No era un color habitual en su vestuario, pero abrigaba más que cualquiera de sus chaquetas, y él era, a fin de cuentas, un chico práctico.

Cuando se levantó con ambas cosas en la mano y listo para enfrentarse al entrenador, se topó con Chris.

—¿Puedes esperarme fuera? Quiero hablar contigo.

—Resulta que Tayler también —respondió sin mirarlo a la cara.

—Pues cuando acabes con él. Te espero en la entrada.

—Tendré que irme a clase.

—Vamos, tío. Tenemos que hablar. No quiero seguir alargándolo más.

—Pero yo sí. —Levantó la vista por fin—. Avísame cuando vuelvas de Arizona, si aún quieres que hablemos.

Salió con un nudo en la garganta del que no pudo desprenderse antes de llegar al despacho del entrenador, pero entró de todos modos, porque estaba tan habituado a escuchar reproches que no creyó que la charla con él fuese a perjudicarlo más de lo que ya estaba.

Se equivocaba, una vez más.

Jake aguantó la compostura como pudo, asumiendo la culpa cuando procedía, pero Harper Tayler fue más cruel que nunca, y se preguntó si la bronca tan monumental que le estaba dedicando era solo fruto de su estúpida hazaña con Greyson o había algo más. Hasta dijo que «una sola cosa más» y podía ir despidiéndose de la beca.

—Eso no es justo —le salió decir.

Porque había hecho una temporada estupenda, había demostrado que se merecía su plaza en el equipo, había trabajado mucho para que así fuese y hasta se había convertido en el *tackle* defensivo más ágil de la división.

—¿Sabes qué no es justo, Becker? Que tenga que andar detrás de ti como si estuviésemos en el instituto y no en la universidad. Compórtate de una vez, ¿quieres? Deja a un lado la mierda que arrastras y te lastra y céntrate en el fútbol. ¿Crees que eres capaz de eso? No me contestes ahora. Piénsalo. Pero piénsalo bien. Porque los próximos meses son decisivos para todos, incluso para mí, no sé si sabes a qué me refiero. No quiero tener que tomar decisiones que no le convienen al equipo solo porque uno de mis chicos es incapaz de evitar los problemas. No quiero jugadores conflictivos, lo he dejado claro desde el principio. Así que te lo digo una última vez, en vista de que aún no te ha quedado claro: no habrá una próxima. Si lo has entendido: demuéstralo. *Demuéstramelo*. Arregla lo que tengas que arreglar durante el fin de semana y regresa aquí el lunes como si el último mes no hubiese existido, ¿entendido? Tráeme de vuelta al chico que en agosto estaba dispuesto a dejarse la piel por entrar en el equipo titular.

Salió del despacho, no supo ni cómo, con todos sus fallos a la espalda, una carga mucho más pesada que la mochila de clase que llevaba, decidido a cobijarse en su facultad solo porque no sabía qué otra cosa hacer. Allí dentro no tenía que interactuar con nadie; podía pasar desapercibido si no se involucraba y Jake no era de los que solía hacerlo, a menos que algún profesor se dirigiera expresamente a él, o sea, Newman —el único que lo hacía—. Pero hasta este estaba decepcionado con su rendimiento del último mes.

Encontró a Chris Ford y su Jeep a las puertas del estadio, bien visible y con la puerta del copiloto abierta. Lo esperaba inclinado hacia delante en el asiento del conductor. Algunos de sus compañeros salieron y se despidieron dándole un toque de apoyo en el hombro durante el tiempo que Chris estuvo allí estacionado, esperando a un Jake que se sentía incapaz de dar el primer paso hacia una reconciliación. Ni siquiera sería preciso decir que, muy en el fondo, la necesitaba; le urgía tanto que se podía ver emergiendo por cada poro de su piel. Chris lo había visto, y por eso estaba allí, insistiendo a pesar de la reticencia de Jake. Le hizo un gesto con la cabeza en un último intento por que se animase a subir, y solo entonces él se movió, al fin.

—Es en serio que tengo clase —dijo en cuanto cerró la puerta—, y no debería saltármela, así que, si quieres hablar, podemos hacerlo de camino a…

—No vamos a ir a tu facultad, Jake. —Chris empezó a girar el volante para dar la vuelta—. Tendrás tiempo de sobra para ponerte al día durante todo el mes de febrero.

—¿Y a dónde vamos?

—No sé. Por ahí. A mí también me irá bien despejarme un poco. —Su amigo lo miró para ver si estaba de acuerdo, pero él no supo qué decir—. Vamos a dejar que la cosa fluya —continuó—. Si ves algún sitio donde te apetezca parar, me avisas y paramos. Si quieres hablar, te escucho. Espero que tú también me escuches con atención cuando yo lo haga.

—Di lo que quieras.

—No, aún no quiero decir nada. De momento, solo quiero conducir.

Condujeron sin rumbo durante casi una hora, de barrio en barrio, en un silencio que no se hizo demasiado incómodo gracias a la cinta que Chris había puesto, con una mezcla de canciones de estilos muy diversos, grandes éxitos de años anteriores en su mayoría. Jake no comentó nada de ninguna, excepto cuando la letra de una le sonó a trabalenguas. Era un idioma distinto, sin duda.

—¿Qué se supone que dice?

La sonrisa de Chris se ensanchó con orgullo.

—«Y antes de morir yo quiero echar mis versos del alma» —empezó a cantar acompañando al dueño de la voz desconocida con una entonación perfecta—. «Guantanamera, guajira guantanamera...», era la canción favorita de mi abuelo —aclaró después—, de Compay Segundo, un compositor cubano. No sé si lo sabes, pero mis abuelos maternos eran de Cuba. Llegaron a Texas cuando mi madre tenía cuatro años y ella llegó a vivir hasta en seis estados diferentes antes de mudarse a Vallon, con mi padre.

—No. No lo sabía.

—¿Tú tienes raíces de alguna otra parte?

—No que yo sepa. Mis padres crecieron en esta ciudad. Lo más extraordinario que hicieron fue mudarse a Filadelfia, donde nacimos mis hermanos y yo. De hecho, yo siempre me he considerado más de allí que de aquí. No había estado nunca en Vallon hasta hace... cuatro años. Ni siquiera había salido de Pensilvania antes de que nos mudásemos.

—¡Tío!, ¡de Filadelfia! El hogar de los Eagles. Por eso Charlie Jonhson ha sido siempre tu referente, aunque ahora juegue en Minnesota, ¿no?

—Supongo. —Jake se quedó mirando la fachada del Baskin Robbins cuando pasaron por delante. Era probable que ahí hubiese empezado su amistad con Chris—. Quién sabe. Lo mismo acabas allí —le dijo refiriéndose a la conocida franquicia de fútbol que había mencionado.

«Fly, Eagles, Fly», recordó con nostalgia.

Para su sorpresa, Chris detuvo el vehículo en el aparcamiento de la heladería. En cuanto se sentaron, una chica se les acercó con una jarra de cristal llena de humeante café, dispuesta a servirles en las tazas que ya esperaban vacías sobre la mesa.

Jake rechazó el ofrecimiento. No le gustaba demasiado el café.

—¿Nos traes un poco de pastel de nueces?

Chris pidió y luego miró a Jake, a la espera de que añadiese lo que quisiese.

—Un vaso de agua.

—¿Con hielo o sin hielo?

—Con, gracias.

Cuando se quedaron a solas, se deshicieron de los abrigos y Chris se calentó las manos en la taza donde le habían servido la bebida.

—Tayler me dijo lo de la Combine el siete de enero, cuando volvimos a los entrenamientos oficiales —Chris abordó el tema principal de la conversación que tenían pendiente de golpe, sin preliminares—. Pero supongo que ya lo sabía, porque hubo mucho ajetreo durante la semana previa. Quise mantenerlo en secreto. No quería que el equipo se enterase hasta que fuese más inminente, pero entonces convocaron a Tony y empezó a correrse la voz.

—El equipo ya sabía que tarde o temprano te irías —le dijo después de asentir. La camarera regresó y les sirvió lo que habían pedido—. Yo lo sabía. Otra cosa muy distinta es que haya sido capaz de hacerme a la idea.

—Bueno, aún no está todo claro. Falta ver qué pasa en Arizona.

Jake movió los hielos dentro del vaso y sonrió.

—No tengo ninguna duda de que te irá bien. A los dos.

Lo de que Chris y Tony Lewis fuesen a entrar en el draft desde un equipo de División II era increíble. No era la primera vez que convocaban a jugadores de su categoría, pero sí a jugadores de la VSU. Pasarían a la historia de la Universidad de Vallon. Era tan emocionante que Jake hasta pensó en sus propias posibilidades de cara al próximo año, y se ilusionó ante la idea de que se fijasen en él cuando completase su tercera temporada.

—Siento no habértelo dicho —prosiguió Chris.

Jake evocó el recuerdo de aquel: «¡No vuelvas a presentarte en mi casa nunca más, o el próximo serás tú!».

—En tu lugar, yo tampoco me lo habría dicho. Ni siquiera entiendo que me hayas vuelto a dirigir la palabra.

—He tardado lo mío, no creas. Tampoco estoy orgulloso de mi comportamiento. No sé. No me quedo muy atrás en cuanto a capullo. Ligeramente por detrás, eso sí. —Se sonrieron—. Lo que quiero decir es que se veía a la legua que estabas pasando por una mala racha y, aun así, no he sido capaz de pensar con claridad y darme cuenta de que aquello fue solo uno de tus arrebatos de rabia acumulada hasta hace unos días.

—¿Arrebatos? ¿Tengo de eso?

—¿Que si tienes? Amigo, forman parte de ti. Jake Arrebatos Becker deberías llamarte.

Un grupo de chicas entró en el local instantes después. Jake las reconoció como animadoras del equipo de Beth, por las calcetas y las faldas y los enormes abrigos bajo los que tiritaban. Una de ellas era Julie Fox, la capitana. Conocía su nombre porque ella fue la que orquestó la encerrona del cuarto de limpieza junto con los de su equipo. Se alegró de que no estuviese Beth, y a la vez no. No estaba preparado para asumir su vergüenza por el espectáculo coprotagonizado con Greyson, pero siempre era agradable verla.

Las siguió con la mirada mientras tomaban asiento, absorto en sus pensamientos, hasta que Julie reparó en ellos y lo miró directamente a él. Eso lo desconcertó, sobre todo cuando vio que se acercaba.

—Hola, Chris, ¿qué tal? —Julie le ofreció la mano—. ¿Te importa si hablo un momentito con tu compañero? Jake, ¿no?

—Todo tuyo. —Chris se levantó sin hacer preguntas—. De todas formas, justo iba a ir al baño.

—Genial, gracias.

La chica ocupó el sitio de Chris y lo observó con la espalda muy recta y con los antebrazos apoyados en la mesa, formando una especie de triángulo al tocarse las puntas de los dedos. Jake sabía que era deformación profesional, porque alguna vez había pillado a Beth con la misma pose.

—Solo he venido a decirte que vayas a ver a Beth cuando tengas un hueco.

—¿Por qué?

Julie no se inmutó. Sus ojos azules, rodeados de unas larguísimas pestañas llenas de rímel, lo miraron con intensidad.

—¿Le ha pasado algo? —insistió.

—Relájate. No le ha pasado nada. Está… bien. Pero creo que deberías asegurarte, porque hoy se ha quedado encerrada en su habitación de la residencia, y algo me dice que anoche las cosas no le fueron bien. No sé si tu numerito con Curtis ha tenido algo que ver, pero Beth está muy rara y, como digo, deberías asegurarte. Es tu amiga, ¿no?

—Y la tuya, ¿no? —respondió con sequedad.

—Ya sabes a qué me refiero.

—No, la verdad es que no lo sé.

La chica se puso una mano en la cadera y lo miró con fastidio.

—No esperaba que hablar contigo fuese tan complicado. —Jake levantó las cejas y puso cara de indiferencia. Julie, por su parte, hizo una mueca de aversión levantando un lado del labio superior—. Eres una compañía de lo más desagradable.

—Me alegra que estés disfrutando de la experiencia. Y ahora, ¿puedes hacer el favor de decirme qué coño pasa con Beth?

—Mira, yo ya te he dicho lo que necesitabas saber, tú ya verás lo que haces. —Se levantó indignada—. Por Dios…, no entiendo cómo puede ser amiga tuya.

Chris se cruzó con ella a su regreso y llegó hasta la mesa señalando tras él, extrañado.

—Parece enfadada. ¿Qué ha pasado?

Jake se pasó la mano por el pelo, confuso a un nivel insoportable.

—Ha venido a decirme que hable con Beth. —Su amigo movió la mano para incitarlo a continuar. Solía necesitar ese tipo de gestos para entender que se quedaba a medias—. Vale, a ver, cómo te lo explico. ¿Te acuerdas de que el año pasado estuvimos saliendo un tiempo?

—Claro.

—Pues no fue así. —La perplejidad de Chris fue tan lógica como exagerada—. Nunca he salido realmente con Beth.

—Necesito más detalles. ¿Qué cojones? Pero si…

—Es una larga historia, no sé si tienes tiempo para escucharla.

—El autobús para ir al aeropuerto no me recoge hasta las cinco de la mañana.

Jake tomó una bocanada de aire, la expulsó, se frotó el pelo y volvió a coger aire. Miró a Chris con detenimiento y duda. Nunca había hablado de eso con nadie, pero decidió quitarse una de las cargas más pesadas que soportaba, sin saber que era en sí misma una carga hasta ese preciso momento.

Y entonces se lo contó.

Todo.

Y Chris escuchó, paciente, hasta que pudo ponerle palabras a lo que de verdad sentía. Escuchó la historia de cómo le había dicho que no le gustaba —físicamente—, encerrados a oscuras en un cutre cuarto de escobas para que ella no se sintiera mal por él, de cómo se habían vuelto mejores amigos con el paso del tiempo, quedando sin compromiso y conociéndose poco a poco, y de cómo él había estado a las duras y a las maduras durante su relación con Greyson, atento pero al margen; de una forma intermitente pero eficaz. Por último, le contó lo que había sentido las últimas veces que había estado con ella, incluida la noche en el Under Club; lo que sintió al oírla cantar y la comodidad de tenerla cerca y de sentir que podía dejarse llevar a su lado, quitarse el caparazón.

Jake habló hasta que fue capaz de reconocer que se había enamorado de Beth, de ponerle la etiqueta a algo que pensaba que nunca sería para él, porque nunca había sentido tanta implicación emocional con nadie.

26 | HUMANA

domingo 27 de enero

Beth

Tres días eran los que llevaba encerrada en su habitación desde que regresó del Under Club el jueves por la noche. Durante ese tiempo, varias compañeras del equipo habían acudido a su puerta para comprobar que estaba bien, pero no las había dejado pasar. Curtis, por su parte, ni siquiera la había llamado.

Esa mañana, Beth seguía llevando la ropa que había usado el día anterior para bajar a cenar y con la que también había dormido: suéter de cuello alto marrón y vaqueros anchos. El pelo lo llevaba recogido en un moño desastroso, que le aguantaba en lo alto de la cabeza a duras penas.

Lo único productivo y menos deprimente que había hecho en todo aquel tiempo era escribir. La soledad le sentaba muy bien para eso, así que había escrito varios versos, ideas sueltas, en diversos cuadernos y sin ningún tipo de orden. Pero aún no se atrevía a coger la guitarra y componer con ellos. Eso no.

En su cabeza no habían dejado de resonar varias frases y conceptos, y lo había apuntado todo.

«¿Dónde está el chico de siempre?». Mery, la camarera del club, le había preguntado por Jake nada más llegar. Y ella, triste pero resuelta, había respondido que había preferido, por esa vez, que la acompañase su novio y no él. Aún recordaba la cara de desconcierto de Mery.

«¿Y dices que vas a subir ahí a tocar la guitarra?». Frase de Curtis justo después de que otra persona terminase de recitar unos poemas.

«La comida de aquí es una porquería». También de Curtis.

«Tendrás que ponerle título a esa canción». Spencer tras bajar del escenario y darle la enhorabuena.

«Una canción preciosa, Beth, la última». De nuevo Mery.

«Estarás contenta». Curtis.

Y a partir de entonces, el declive.

Curtis le había dicho tantas cosas, la había acusado de tantas otras, que ni siquiera podía recordarlas en orden cronológico. Lo único que visualizaba con claridad era el momento en el cual, mientras estaba todavía en el escenario cantando esa última canción que había compuesto en el pueblo, Curtis le pedía a Mery que se acercase para preguntarle algo, concretamente, cuándo había sido la última vez que ella había estado cantando en el club y cuya respuesta sepultó lo que podría haber sido una bonita experiencia, o una aceptable, al menos. Porque cuando Curtis comprendió que le había mentido, que en Navidad había estado en el club sin decírselo, no tuvo ninguna duda de que había sido acompañada.

—Estarás contenta —le había dicho al llegar a la mesa tras recibir los aplausos del público y la felicitación del dueño—. Has tenido la poca vergüenza de dedicarme una canción que ni siquiera has escrito para mí. —Su expresión atónita propició que continuase—. Solo he tenido que sumar dos más dos. Y ya ves, ni yo soy tan estúpido como crees ni tú tan santa como aparentas.

Después de eso, sus recuerdos saltaban al momento en que él se levantó, sacó las llaves de su coche y se marchó del club, dejándola sola.

Y sola seguía desde entonces.

Beth miró su guitarra, apoyada en una de las esquinas de la desordenada habitación, y se levantó para cogerla. No podía dejar de darle vueltas a lo que Curtis había dicho sobre que esa canción no la había escrito para él.

«¿Y para quién si no?».

Los celos lo cegaban tanto que parecía imposible que fuesen a retomar la relación.

Se sentó en el centro de la habitación, guitarra en mano, y empezó a tocar los acordes del estribillo y a cantarlo: «Tell me what would happen if it weren't risky to dream biggie». Pero llamaron a la puerta y se interrumpió de inmediato. No podía fingir que no estaba, porque quien quiera que fuese la habría escuchado, pero lo intentó de todas formas. Dejó pasar los segundos con los ojos cerrados, sin moverse, hasta que unos nudillos volvieron a golpear la madera.

—Julie, estoy bien —dijo elevando la voz.

Los toques se volvieron más insistentes, así que no tuvo más remedio que levantarse. Al abrir, su sorpresa fue mayúscula cuando descubrió que no era Julie, sino Jake, con las manos metidas en los bolsillos de un abrigo que solo usaba los días en los que el frío no daba tregua —detestaba el color y la procedencia— y la cara enrojecida, en especial, la nariz.

—¿Qué haces aquí?

Jake se encogió de hombros y miró tras ella.

—¿Puedo pasar?

—No deberías. Llevo tres días sin ducharme.

—He sobrevivido a viajes en autobús con un montón de tíos sin duchar.

Beth se dio por vencida. De todas formas, Jake era el único que no la hacía avergonzarse de sí misma; de quién era ella en realidad. Porque esa realidad decía que la chica que llevaba tres días recluida en su habitación, subsistiendo a base de una buena dosis de Dolly Parton y John Denver, y de lápiz, papel y unos pocos sándwiches, lo único que quería era sentirse validada en todas sus facetas, y no solo en la de animadora ágil y habilidosa.

—Bajo tu cuenta y riesgo —dijo cuando se hizo a un lado para dejarlo entrar.

Cerró la puerta y se quedó apoyada tras ella, con los brazos cruzados, mirando a Jake con curiosidad. Él se quitó el abrigo y le pidió permiso para tirarlo al suelo, a lo que ella respondió con un gesto para que lo dejase donde quisiera. Le extrañó que debajo solo llevase una camiseta azul de manga larga. En Vallon se estaban registrando las temperaturas más bajas de los últimos años.

—¿Quién te ha dicho que estaría aquí? —le preguntó.

—¿Importa?

Jake echó un vistazo a todo: a la cama deshecha, al conjunto de objetos repartidos por el suelo, a las prendas de ropa a los pies del armario como si alguien —ella— las hubiese arrojado en un intento por que se guardaran solas… Lo primero que cualquier otra persona habría dicho al apreciar el desorden sería: «Qué desastre». Curtis incluso habría soltado algo un poco más reprobable, algo como: «Esto no es propio de ti».

—No está mal —fue lo que dijo Jake—. Ahora casi parece que la persona que habita este lugar es humana.

—¿Casi?, ¿qué me falta?

—Comida, o restos de comida.

Jake esquivó un estuche y unos cuantos lápices del suelo, se sentó y cogió uno de los cuadernos.

—*Where is the guy you're always with?* —leyó—. ¿Quién es «el chico de siempre»?

Beth lo alcanzó y se lo quitó de las manos.

—Trae aquí.

Acto seguido, empezó a recoger todo lo que contenía parte de sus escritos y lo dejó apilado en la mesa del escritorio, frente a la cama. Luego regresó para sentarse cerca de él y de la guitarra. Se abrazó las rodillas y apoyó la barbilla en ellas. Jake, por su parte, se echó un poco hacia atrás, con las manos por detrás de la espalda.

—¿Por qué has venido?

—Echaba de menos que aparecieses de repente para contarme problemas con tu novio —bromeó él—. Aunque, si te soy sincero, sería estupendo si hoy pudiésemos hablar de algo distinto.

—¿De qué otra cosa quieres que hable si mis problemas giran siempre en torno a él?

—Pues a lo mejor ese es el quid de la cuestión, Beth —Jake se puso un poco serio—. Que él *te causa* problemas. ¿Cómo puede ser que no lo veas?

Se ofendió por su apreciación y por la pregunta de después, así que ladeó la cabeza para dejar constancia de ello y ocultar el brillo de sus ojos.

—Vale, venga. —Jake se incorporó—. Suéltalo. ¿Qué ha pasado esta vez?

—No puedo contártelo —respondió, todavía sin mirarlo—. No quiero hacerlo.

—¿Por qué?

—Vas a juzgarme. —«Y a enfadarte». A Beth le entró miedo de repente. Miedo a que se marchase cuando le dijese que había ido con Curtis al club. Quizás era por eso que no se había atrevido a acudir a Jake en busca del consuelo que siempre hallaba en él—. Además, has dicho que preferías hablar de otra cosa, ¿no? ¿Por qué no hablamos, por ejemplo, de cómo acabaste en comisaría hace un año? Aún no me lo has contado.

—Porque ya te dije que nunca te lo contaría, y porque no he venido a hablar de mí. Eres tú la que está jodida.

—Ah, ¿tú no?

—Lo mío es algo habitual.

—No debería serlo.

—¿Podemos ir al grano? —Jake dejó caer la espalda en el suelo conteniendo una mueca—. Cuanto antes acabemos de hablar de Greyson, mejor.

—¿Tienes algún otro plan para después?

—Beth. Hablo en serio.

El silencio que hubo después propició que el rugido de las tripas de Beth se escuchase a la perfección.

—¿No has comido?

—No, pero voy a pedir una pizza. ¿Quieres una? —Él negó. Ella se levantó para ir hasta el teléfono que colgaba de la pared junto al armario y dijo—: Pediré una familiar de todas formas. Peperoni, ¿verdad?

Beth encargó que le llevasen también una botella de vino y no pudo evitar echarse a reír cuando vio la cara que se le había quedado a su amigo.

—Es solo para mí —le aseguró—. Sabes de sobra que no puedo comerme una pizza sin una buena copa de vino.

—También sé que estás intentando alargar la conversación.

Beth recuperó la seriedad.

—El jueves le pedí a Curtis que me acompañara al Under —soltó a bocajarro—. ¿Contento?

Cuando Beth consiguió mirarlo a la cara, lo que descubrió la rompió un poco por dentro. La habitual e indescifrable mirada de Jake se había convertido en una de la que brotaban sentimientos de incredulidad, decepción y, sobre todo, traición. Algo tan previsible como desolador.

—Iba a pedírtelo a ti —se excusó—. Te dije que quería hablar contigo, ¿recuerdas? El jueves. Pero, después de lo que pasó en el gimnasio, tú solo... te fuiste. Estabas enfadado por algo, y no me pareció el mejor momento para seguirte y molestarte con lo de ir al micro abierto. Yo ya le había prometido a Spencer que iría, así que...

—Así que te pareció una buena idea llevar a tu novio al único sitio al que nunca has querido ir con él para mostrarle la faceta tuya que más detesta. No sé qué decir al respecto, la verdad —Jake habló dirigiendo la vista a todas partes menos a ella—. Bueno, sí, que, evidentemente, eso estaba predestinado a acabar mal. O sea que no me sorprende que hayáis discutido. Lo único que me sorprende es que fueras al Under con Greyson, y no es que me sorprenda, es que no me lo explico.

—¿Has terminado?

—¡No! —Jake la miró, al fin. Se dio cuenta de que se había pasado de la raya y rebajó el tono—. Lo siento, pero es que no me termino de creer que fueras con él.

Ni siquiera le había contado lo que había pasado allí, pero él ya estaba molesto.

—Creía que si me escuchaba cambiaría de opinión.

—¿Respecto a qué?

—Pues a lo de dedicarme a cantar. Intentarlo, al menos.

—¡Eh! ¿Quién ha pedido pizza?

Beth salió al pasillo de la planta en cuanto escuchó a la compañera de la habitación contigua hablar a voces en el pasillo. Reclamó la atención del repartidor, recogió el pedido y sacó como pudo un billete de diez dólares para pagarle. Luego llevó la enorme caja de cartón de Domino's Pizza hasta el centro de la habitación y la dejó en el suelo.

—¿Qué me dices ahora? —le preguntó con la botella de vino sujeta bajo el brazo—. ¿Humana cien por cien?

Jake no se rio, y a Beth se le quitaron de golpe las ganas de comer. Estaban en un punto crítico, así que fue al cajón de su mesita y sacó dos copas y un descorchador.

—Ya sé que no quieres —dijo al empezar a servir la bebida—, pero deja que te rellene la copa, así me sentiré un poco menos rara bebiendo sola.

—Deberías comer primero.

Muy a pesar del nudo que tenía en el estómago, cogió una porción con la mano izquierda, mordió y dio un trago a la copa que sostenía en la otra. Esa guarrada la había aprendido de él. Cerró los ojos para disfrutar del sabor aguado de la mezcla.

—Entonces, ¿quieres dedicarte a cantar?

Jake hizo que los reabriera con la pregunta, recordándole que el asunto que trataban era más delicado de lo que a ella le hubiese gustado admitir.

—Si fuera posible solo con querer, a lo mejor sí. A lo mejor lo dejaba todo y me iba a Nueva York, con mi guitarra y mis ganas de llevar la música *country* a cualquier rincón del planeta. Pero no lo es. —Beth señaló el tablón de corcho que tenía sobre el escritorio. Había un papel nuevo, con un número de teléfono—. Lo que sí empiezo a tener claro es que quizás se me da mejor volar que cantar, pero, aunque suene paradójico, cantando me siento más libre.

—¿Qué es ese número de teléfono?

—Se supone que es de un productor que está interesado en mí. Me lo dio Spencer. Dijo que llamase, pero solo si estaba abierta a un cambio radical, lo que yo he traducido como estar dispuesta a dejarlo todo atrás: la universidad, el equipo, mis amigos…

—Greyson.

No fue capaz de negarlo ni tampoco de confesar que mantener una relación con alguien había hecho que el productor la descartase *a priori*. Spencer la había avisado al darle el número de teléfono: «Está abierto a recibir tus propuestas. Solo ten en cuenta que busca gente con talento, pero sin compromisos». Beth siguió mezclando la pizza y el vino, más para entretenerse que para saciarse.

—Joder, Beth. ¿Qué tiene Greyson que no tenga —se interrumpió un momento—cualquier otro? En serio.

—Has hecho una pausa.

—¿Qué? No.

Beth se deslizó hacia él, sujetando recta la copa para no derramar el contenido.

—¿Qué ibas a decir? —insistió con las comisuras de los labios curvadas al máximo.

—Nada. Eso era justo lo que quería decir.

—Me ha parecido que ibas a poner un ejemplo. —Ella sonreía. Él no—. Qué aburrido. Pensaba que habías venido a animarme, y ahora resulta que tengo que animarte yo a ti.

¿Se había sonrojado?

—He venido a comprobar que estabas bien, y parece que lo estás, así que…

—No te vayas —le rogó—. Aún no, por favor.

El silencio que los envolvió a partir de ese momento se habría podido catalogar de incómodo de haberse dado entre dos personas distintas. Pero tratándose de ellos dos, de Beth y de Jake, el silencio, simplemente, los acompañó. Se expandió por la estancia, ocupando todo el espacio, y luego se deslizó entre ellos, acariciándolos mientras se miraban el uno al otro.

—¿Quieres saber cuál fue el verdadero motivo que cabreó a Curtis? —Beth volvió a coger el toro por los cuernos. No tenía sentido alargarlo más—. ¿Recuerdas que Spencer me pidió que llevase canciones propias? Pues logré terminar dos durante las vacaciones. Una es sobre mi ciudad. La otra la compuse para él y se la dediqué en el escenario. ¿Y sabes qué fue lo que me dijo cuando acabé de cantar y regresé a nuestra mesa? Que esa canción no la había escrito para él, y entonces cogió sus cosas y se marchó. De no ser porque Spencer vino a hablar conmigo sobre lo que ya te he contado y se ofreció a traerme de vuelta a la residencia, yo todavía seguiría allí, sepultada bajo una ola de miseria que no creía merecer, pero que, aun así, me ahogaba. Fue una sensación horrible, Jake, te lo prometo. Daría lo que fuera por que nadie tenga que sentirse nunca así. Ni siquiera puedo centrarme en la propuesta que quiero desarrollar para mandársela al productor, porque no dejo de pensar en cómo me trató, lo mal que me hizo sentir, y en que ni siquiera me ha llamado para preguntar cómo estoy.

Cuando terminó de desahogarse, vio cómo Jake llenaba los carrillos de aire y se abstenía de dar una opinión que ella sabía que llegaría de todos modos. O eso pensaba. Porque entonces se inclinó para coger una porción de pizza, la dobló hacia dentro, se la metió en la boca hasta más de la mitad y se quedó ahí, mirándola, intentando mantenerla cerrada mientras masticaba.

—Bueno, ¿qué? ¿No vas a decir nada? —inquirió al ver que seguía comiendo.

—¿Qué esperas que diga? —Jake cogió su copa de vino y se la bebió de un trago.

—Pues algo como: «Ya te dije que no me gustaba para ti» —Beth tuvo que hacer un gran esfuerzo para que su voz sonase tan grave como la de él.

—Creo que ya está todo dicho. —Jake se subió el cuello de la camiseta hasta la boca para ocultar un eructo—. Tú misma lo has hecho.

Beth rellenó las dos copas de vino y se cruzó de brazos, sosteniendo la suya.

—Sé que piensas que soy débil.

—No. No lo pienso.

Los dos bebieron.

—Sí —se reafirmó—. Crees que él se arrepentirá de haberme dejado tirada, vendrá a buscarme y yo lo perdonaré. Es lo que hago siempre ¿no?

—Pero eso no es debilidad, Beth. A eso se le llama estupidez.

Ella abrió mucho la boca, abrumada y sorprendida por su sinceridad.

—¿Cómo te atreves?

Le tiró uno de los bordes de pizza que había dejado, acertándole en el centro del pecho. Él sonrió con chulería, se lo comió y levantó su copa hacia ella.

—Brindemos por la estupidez que a todos nos sobra.

—Chin, chin.

Siguieron comiendo y bebiendo hasta el punto en el cual él tuvo que subirse las mangas de la camiseta y ella, cambiar su jersey por una camiseta más fina. Cuando terminaron la pizza, Beth apartó la caja a un lado y se puso la guitarra en el regazo, punteando una melodía.

—Vamos, tócala. —Jake se tumbó en el suelo, con las manos por detrás de la cabeza, a unos centímetros de ella—. Quiero escuchar la famosa canción.

—¿Seguro?

—No sé si estoy lo suficientemente borracho, pero sí.

When the sun sets on the horizon
And the moon begins to rise
And the trees whisper beyond the lagoon that has seen me grow

When I think I'm afloat
But I awaken at midnight
Because I miss you without really knowing why

That's when I want you to hug me
But you never can, because you can't see me

I already know, you can't see me

Tell me what would happen
If it weren't risky to dream biggie
If we wanted to be part of all our plans
I would take you
I would always take you with me
And you? Would you?

Tell me what would happen
If we could reach the moon and hover above it
Or if kissing us was enough to save each other
I would try it
With you I would always try it
And you? Would you?

En cuanto acabó, levantó la vista para ver a Jake y lo encontró negando con la cabeza y riendo.

—Hay que ser idiota para creer que no has escrito esa canción por Greyson —dijo. Sin embargo, y por primera vez, Beth fue la que dudó—. Es buena, por cierto. Me gusta. ¿Puedes tocarla otra vez? No, espera. Mejor toca la otra.

Dudó, porque sintió que la risa ebria de Jake, tan franca, tan ingenua, era capaz de estremecerla. Lo acababa de hacer. Y también sintió que podría pasar horas mirándolo allí tumbado, con ese rostro tan relajado que solo mostraba cuando estaba a gusto, y en especial el de aquel momento, con las mejillas encendidas por el calor del alcohol y sus ganas de que siguiese cantando.

Había compuesto la canción durante las vacaciones de Navidad de una forma muy natural, fácil, le había nacido de dentro. No fue hasta que la terminó que se dio cuenta de que se estaba dirigiendo a alguien y, tras pulirla y terminarla, decidió que ese alguien era Curtis. Pero no solo había echado de menos a su novio mientras estaba en Bowling Green. Jake había estado muy presente en sus pensamientos, porque gracias a él se había animado a desempolvar la guitarra y volver al Under Club. En definitiva, a cantar.

Quizás echar de menos a Jake era una constante que eludía para salvaguardar su relación.

Se obligó a no pensar en ello hasta que el chico se marchara y pudiese hacerlo con más claridad y menos vino. Dejó de rellenarse la copa y cantó *A Girl From Bowling Green*. A Jake le encantó esa canción, incluso dijo que algún día sería un éxito: *su gran éxito*.

«Demasiado vino».

Beth siguió tocando, cantando e improvisando al menos durante media hora más, hasta que Jake dijo que tenía que marcharse y se rompió la magia que los había envuelto durante las últimas dos horas.

—No permitas que sea él quien te deje a ti —le dijo, ya desde la puerta. A Beth le chocó su repentina lucidez—. Haznos un favor, a ti y a mí, y no le des esa satisfacción. No se la merece, así como tampoco se merece tu canción.

FEBRERO de 1985

27 | ¡BOMBONCITO!

sábado 9 de febrero

Jake

En Vallon, el frío de febrero había llegado con más ganas que nunca y la nieve llevaba una semana haciendo acto de presencia. No había vivido nada así desde que se habían mudado a la ciudad, así que debía de ser cierto lo que todo el mundo decía sobre que se estaban registrando temperaturas históricas. De hecho, Chris no había regresado de Arizona porque habían suspendido muchos vuelos a causa del mal tiempo, y algunos días Jake ni siquiera había podido ir a la universidad. Los entrenamientos a los que sí había asistido se habían limitado a trabajo en el gimnasio y teoría táctica. El entrenador Tayler les había repartido cintas con partidos que quería que viesen de cara a la liga extraordinaria de abril, los Rivalry Games. Aparte de todo eso..., febrero solía ser un mes bastante relajado para los jugadores de fútbol y los estudiantes en general, de ahí que fuese el mes por excelencia de salir de fiesta y en el cual el Dix76 tenía más afluencia.

Por eso esa noche Jake había acabado allí por decisión *propia*, con la única intención de *buscar a Veronica*, dos acontecimientos más insólitos que las bajas temperaturas.

Pero así estaban las cosas.

Entró por la puerta VIP sin necesidad de dar explicaciones. Se quitó todo lo que lo protegía del frío —abrigo, chaqueta, guantes y gorro— y lo dejó en el único hueco libre que encontró en los percheros, abarrotados de anoraks, plumíferos y chaquetas impermeables. Se había puesto la camisa que había usado en Fin de Año y que Chris había terminado regalándole, pero debajo llevaba una camiseta interior de manga larga, porque, como ya dijimos, Jake era práctico, y lo más sensato para no coger una pulmonía era abrigarse. Había aprendido esa lección el día en que, tras ir a ver a Beth con una sola camiseta, había vuelto a casa con un catarro monumental. Sin embargo, se arrepintió de la prenda extra en cuanto se adecuó a la temperatura de la saturada discoteca, porque que fuese una persona práctica no quería decir, ni mucho menos, que sus decisiones fuesen siempre las más acertadas.

Fue a la barra a por un par de cervezas y luego buscó a Veronica con el afán de quien no quiere ninguna otra posibilidad, pues sus intenciones al ir allí eran claras.

La encontró donde siempre, al fondo de la sala, en un rinconcito cerca de los baños de la planta baja. Jake conocía el vestido que lucía: de licra, azul eléctrico, aunque le pareció que le quedaba más holgado de lo normal, es decir, que no marcaba sus modestas curvas como de costumbre. Se abrió camino hasta ella y apartó al tipo que estaba metiéndole mano por la espalda sin ningún tipo de reparo.

—¡Bomboncito!

Jake le ofreció el botellín de más que sujetaba. Veronica, lejos de aceptarlo a la primera de cambio, le dijo:

—¿A qué debo esta iniciativa tuya tan repentina? Vas a hacer que me sonroje.

Al mirarla con seriedad para darle a entender que no estaba para bromas, se dio cuenta de que sus pómulos se marcaban de una forma distinta. En efecto, estaba más delgada.

—Oye, belleza, ¿quién es este? —El chico que la acompañaba, mayor que Jake, la atrajo hacia sí—. ¿Por qué no te olvidas de él y vamos a mi habitación de una vez? Estás irresistible. No me hagas esperar más.

Veronica miró a Jake con intención.

—¿Te das cuenta? Los hay que se lo curran.

Se contoneó delante del otro para hacerle ver que la seguridad de la que había alardeado dando por hecho que ella aceptaría su oferta le molestaba.

—¿La quieres o no? —Jake volvió a ofrecerle la bebida, cortante y nervioso al mismo tiempo, porque lo último que esperaba era que *ella* se lo fuese a poner difícil. Era justamente por lo contrario que había ido a buscarla.

Las patillas le habían empezado a sudar y Veronica debió de notar su desesperación porque, después de todo, agarró el botellín y le dijo al otro:

—Lo siento, cariño. En un ratito estoy contigo.

Él la cogió de la mano y la condujo sin esfuerzo hasta la recepción situada al lado de la escalera, donde solicitó y pagó por la llave de una habitación.

—Me has traído una triste cerveza —dijo ella cuando entraron a la asignada, en la segunda planta.

—Me gustaría decir que, si no me hubieses robado en Acción de Gracias, habría sido más generoso. Pero la verdad es que estoy sin blanca.

—Ya veo. Por eso tanta urgencia en que aceptase tu oferta, ¿no?

Veronica se le acercó, inclinando el botellín para beber, sin dejar de mirarlo. Su sonrisa de dientes pequeños y ligeramente separados se fue extendiendo después.

—¿Por qué me robaste?

—Me surgió un imprevisto. —Ella ya había empezado a desabrocharle la camisa.

—También le robaste a Freddy.

Jake se quitó la camiseta de debajo en cuanto Veronica acabó de quitarle la primera prenda y, acto seguido, esta llevó las manos hacia el botón de sus vaqueros, apretando su cuerpo contra el de él.

—¿Quieres seguir con el interrogatorio o podemos empezar con esto?

Siempre que coincidían en el Dix76 procedían de la misma forma, así que Jake se dejó llevar. De todas formas, ya no tenía mucho sentido pensar en aquellos veinte dólares. Veronica lo empujó con suavidad hacia la cama para que se sentara, pero antes de que lo hiciera, dejó el botellín en el suelo y le apretó los músculos de los brazos con las manos, admirándolos con atención. Le gustaba hacer eso. Decía que los brazos y la espalda eran las dos cosas que más le atraían de él.

Jake no necesitó de mucha estimulación previa porque ya estaba excitado ante la perspectiva de practicar sexo con ella —sudar, desconectar—, y eso se debía a que se había visto envuelto en una serie de situaciones de diversa índole en las que había deseado acostarse con alguien y, por una cosa u otra, no había podido. Por eso estaba allí. Quería follar, sin más. Y eso era lo que se hacía en el Dix76. Además, conocía a Veronica. Antes de salir de casa se había prometido que sería la última vez que iría a aquel lugar, y también la última que se acostaría con ella. Pero ahora no pensaba en nada de eso. Su deseo sorprendió incluso a la chica, poco acostumbrada a disponer de él estando tan sobrio. Veronica se agachó entre sus piernas para empezar a masturbarlo con la boca y Jake se concentró en ella y en lo que hacía, controlándose hasta que llegase su turno de complacerla. Sin embargo, rompió las reglas no escritas sobre sus encuentros y continuó más allá de lo que él esperaba que sucediese. Tras la sorpresa inicial, le pidió que parara, pero ella no le hizo caso, al contrario. Aumentó el ritmo y lo miró desde donde estaba, provocándolo más. Jake no llevaba idea de correrse tan pronto, pero fue incapaz de contenerse.

Miró sorprendido a Veronica cuando esta se levantó con una mirada traviesa antes de irse al baño.

—¿Por qué lo has hecho?

—Hoy me has pillado sin ganas, bomboncito. —La miró sin comprender y a ella le ofendió su expresión al regresar de enjuagarse la boca—. No me mires así. Que no me apetezca follar no es tan raro.

—¿Y por qué accediste a mi invitación si no querías…?

—Porque era evidente que me necesitabas. —Veronica se dejó caer en la cama bocarriba—. Mal de amores, ¿a que sí?

—No tenías por qué hacerlo. —Jake se levantó para abrocharse los pantalones.

—Tu cara de asombro ha merecido la pena el esfuerzo —dijo ella cambiando de posición y mirándolo con el codo apoyado en la colcha—. Aunque tampoco es que lo considere un esfuerzo. Me apetecía chupártela, Jake. Deja de torturarte. —Se levantó y se dirigió hacia la puerta—. Diviértete un poco esta noche y deshazte de la timidez. Bueno, no, olvida eso último. Ahí fuera ya hay chulos de sobra.

Lo abandonó sin opción a réplica, así que cogió la camisa del suelo y se la puso, prescindiendo de la interior, que se la echó al hombro una vez se decidió a salir de la habitación. Se quedó un buen rato apoyado en la barandilla de la planta, observando el bullicio de abajo y reconociendo a alguno de sus compañeros. Al poco, empezó a sonar *Like a Virgin*. La gente levantó las manos celebrando la canción y Jake resopló. Ese tema llevaba como tres semanas en el número uno y lo oía en todas partes. Su hermana, sin ir más lejos, lo ponía a todas horas.

Hizo contacto visual con Veronica, que ya estaba rodeada de otros dos chicos, y ella aprovechó la parte de la canción que decía: «You're so fine and you're mine. I'll be yours 'til the end of time», para cantarla con exageración mirándolo a él, porque era así de descarada. Jake sonrió y bajó por fin a la planta baja, con los dos botellines del principio en la mano porque quedaba cerveza en ambos y él no tenía dinero para nada más.

Apoyó la espalda y una pierna en un pilar y bebió en soledad. Notó que un grupo de chicas se le había acercado, pero fingió no darse cuenta porque llevaba idea de irse de la discoteca en cuanto terminase el último tercio.

De repente, un chico de pelo negro y ojos muy rasgados se situó frente a él. Llevaba una caja de plástico, de las que se usaban para recoger los botellines vacíos.

—¿Puedo hablar contigo un segundo? —Jake lo miró con extrañeza. Le sonaba de haberlo visto trabajando allí—. Soy Pitt, el chico de las cervezas.

—¿Qué es lo que quieres?

—Verás, tengo una hermana pequeña de diecisiete años que se ha colado. —Jake dio un trago y esperó a que continuase—. Se llama Georgia. Es esa de allí.

Señaló hacia donde estaba el grupo de Ian McGregor, el pez gordo por excelencia del Dix76.

—Ve al grano —le pidió al tal Pitt.

—Me preguntaba si tú podrías ayudarme.

—Está con McGregor —dijo Jake como si con eso ya no hiciese falta añadir nada más.

—Sé que tú le gustas más que nadie de por aquí —se explicó al fin—. Eres uno de los Ice Falcons, ¿no? Solo tienes que invitarla y se irá contigo.

Jake alzó ambas cejas.

—¿Me estás pidiendo que me lleve a tu hermana a una habitación? Dios, si mi hermana viniese aquí, intentaría por todos los medios que nadie le pusiese las manos encima.

—En realidad, es lo que intento.

Se sostuvieron la mirada durante varios segundos después de eso. Jake entendió a qué se refería, así que apuró lo que le quedaba de una de las cervezas y colocó el casco de vidrio en la caja de Pitt, maldiciendo que se hubiera corrido la voz de que ya había hecho algo parecido antes. Se impulsó en el pilar y se acercó a ellos.

Cuando acabó de fingir que se había llevado a Georgia a una habitación y regresó a la pista, fue directo hasta el perchero, recogió sus pertenencias y, antes de ponerse la primera chaqueta, se colocó la camiseta interior por encima de la camisa, sin ningún tipo de sentido del ridículo.

28 | JOECK'N DISCS

sábado 23 de febrero

Jake

El maltrecho letrero de Joeck'n Discs, con letras verdes descoloridas sobre un fondo blanco oxidado por las esquinas, les dio la bienvenida en pleno corazón del barrio Delton. Jake había llevado a su hermana hasta allí porque esta quería regalarle un casete a su mejor amiga con motivo de su dieciocho cumpleaños y él conocía aquella tienda por Beth; la había acompañado a revisar cajas de discos en dos ocasiones. Había otra tienda en el centro, más nueva, con más novedades, pero a ella le gustaba la de Joe, porque tenía mucho material de segunda mano y porque al viejo no le molestaba que se pasase horas allí dentro, sentada en el suelo en cualquier rincón, escudriñándolo todo.

Si Joe reconoció a Jake cuando entraron por la puerta, no lo demostró. Devolvió la vista a su periódico en cuanto Zane empezó a pasearse por el lugar.

—¿Qué estás buscando? —le preguntó a su hermana al alcazarla.

—A Ari le gustan grupos como Pink Floyd, Culture Club y UB40, pero quiero sorprenderla. No conoce apenas cantantes estadounidenses, así que algo nacional. Eso es lo único que tengo claro.

Él no reconoció los grupos mencionados.

—Deberías mirar en novedades —le sugirió a Zane señalando la pared del fondo llena de vinilos expuestos por la carátula.

Su hermana fue a echar un vistazo mientras él vagaba por los pasillos. Le parecía mentira que ya hubiese pasado un año desde la última vez que estuvo allí, y se quedó pensando en cómo el tiempo se percibía más o menos extenso en función de la atención que se le prestase.

—Jake, ven. Mira esto.

Zane le mostró un vinilo con una imagen partida: arriba, franja negra; abajo, en tono monocromático, la foto de una mujer.

—*Diamond Life* —leyó lo que ponía abajo del todo. Sobre la franja superior, solo ponía «Sade»—. No me suena de nada.

—Ese álbum acaba de llegar de la mano de Portrait Records —dijo entonces Joe desde el mostrador con voz rasgada y vigorosa—, pero se publicó por primera vez el verano pasado en Reino Unido. La música de Sade es única. No tardará en aparecer en todas las emisoras del país.

Tanto él como su hermana se quedaron pasmados por el exceso de información.

—Gracias —dijo Zane con amabilidad. Cuando el viejo dejó de prestarles atención, se acercó a él y añadió—: Yo solo iba a decirte que la chica de la portada se parece muchísimo a Ari.

Jake volvió a mirar el vinilo y puso cara de no estar muy seguro.

—¡Que sí! ¿Cómo puede ser que no lo veas?

Zane le dio la vuelta al disco y descubrió que había cuatro fotos más de los miembros del grupo. Una de ellas era de la misma mujer, casi de perfil y mirando hacia abajo: nariz apuntada, cejas gruesas, flequillo desordenado.

—Vale, ahí sí —reconoció al fin—. Se dan un aire.

—Disculpe —Zane reclamó la atención del dueño, con el vinilo en alto—. ¿Lo tiene en casete?

—Todavía no ha llegado. Quizás la semana que viene.

—¿En serio quieres regalarle ese solo porque la cantante se parece a ella?

—¿Qué tendría de malo?

—Ni siquiera sabes qué tipo de música es. Además, has dicho que estabas buscando algo de aquí, y ese grupo es británico.

—Ah.

Estudió la reacción de su hermana, avergonzada por no haberse dado cuenta. No solo era despistada en general, para Jake era como si ella viviese en una realidad diferente, una donde siempre podía ser feliz, ajena a los problemas que envolvían al resto de los mortales.

—De todas formas, no tienen la cinta. —Recordó que solo faltaban dos días para el cumpleaños—. Descartado, ¿no?

Su hermana dejó el vinilo en su sitio con pesar. En esa realidad suya, también era habitual que, cuando algo la devolvía al mundo real, la decepción la golpease con más fuerza.

Jake la acompañó a la sección de casetes, ordenados por orden alfabético, y empezaron a investigar. Un nuevo cliente entró por la puerta, pero Jake no le prestó atención hasta rato después, cuando miró de refilón a su hermana para ver cómo iba con la búsqueda y la encontró pasmada, mirando al frente.

«No me jodas».

—Madre mía —Zane habló por lo bajo cuando el chico fue hacia las novedades—. Es guapísimo. Y muy alto. Más que tú, ¿verdad? —Jake fingió desinterés y siguió mirando casetes sin leer siquiera los nombres—. Diría, incluso, que es más guapo que Derek.

Tuvo que morderse la lengua. Era el colmo que encima lo comparase con su hermano mayor.

—Y volviendo al tema que nos incumbe… ¿Has encontrado algo ya?

—No. Nada me parece lo bastante adecuado.

—Joe es un tipo raro —prosiguió Jake—, pero ¿por qué no vas a preguntarle? Explícale para quién es el regalo y la idea que llevas. Verás como funciona.

—¿Tú crees?

—Lleva más de veinte años trabajando en el sector. Yo diría que sí.

En cuanto Zane se acercó a él y empezó a coger confianza y a darle detalles sobre Arabia, Jake pasó por su lado en dirección a la salida, avisándola de que la esperaría fuera. No tenía ganas de interactuar con el *guapísimo-más-guapo-que-Derek*, y mucho menos dejar constancia de que lo conocía. Además, el comentario, para nada malintencionado por parte de Zane, había sido un golpe bajo, porque Jake se había pasado toda la vida escuchando lo guapo que era su hermano y eso había hecho buena mella en su autoestima: siempre la segunda opción, en el mejor de los casos.

Al salir, se apoyó en una de las paredes del hueco que había antes de la puerta de entrada y observó lo que ocurría en el interior a través del cristal. Joe había empezado a hablar y a mostrarle cintas a su hermana, pero insistía en una de ellas con más ahínco, hasta que ella accedió y le pidió que se la cobrase. El otro cliente se colocó detrás de ella, esperando su turno. Cuando Jake se fijó en el disco que había escogido, maldijo haberlo hecho, porque entonces empezó a dudar entre si decirle o no que era una mala elección. La razón le decía que no debía interferir, que no era asunto suyo. Pero que hubiesen coincidido en el mismo lugar y a la misma hora de un sábado por la tarde era una posibilidad tan remota que le hacía pensar en que debía de haber un motivo, y que tal vez significase que debía ayudarlo, aunque solo fuese una evidencia más de que el destino se reía de él cada vez que tenía ocasión.

Su hermana salió de la tienda ya con los guantes y el gorro de lana con orejeras puestos, feliz por la reciente adquisición.

—Tenías razón —le dijo—, Joe ha sido de gran ayuda. Nos hemos decantado por un grupo de *rock* llamado Heart. Ella es muy *rock and roll*, ¿no crees?

Jake no le prestó atención. Le pidió que se quedase donde estaba y entró en la tienda a toda prisa.

—No compres ese disco para ella —dijo. Greyson lo miró incapaz de comprender su repentina y sorpresiva aparición—. Ya lo tiene —aclaró, y miró entonces a Joe—. Ayúdele a escoger algo que esté a la altura de alguien como Bethany Harris. Ya sabe a qué me refiero.

Volvió a salir con la misma rapidez y con el corazón a punto de salírsele del pecho. Zane lo miró extrañada, ajena al discurso que había soltado en el interior.

—Ni preguntes —le pidió instándola a caminar de vuelta a casa—. Mejor cuéntame de dónde has sacado el dinero para comprar el regalo. ¿Se lo has pedido a mamá?

—Pues no. Te recuerdo que sigo haciéndole recados a la señora Miller. Dos dólares cada vez que necesita algo del ultramarinos. —Zane sacó unos billetes del bolsillo de su chaqueta y empezó a contarlos—. Me quedan cuatro dólares. ¿Tú has probado ya la nueva Cherry Coke? ¿Crees que habrá en el 7-Eleven de Lynehood? Si hay, te invito.

—Pensaba que irías a llevarle el regalo a Ari.

—Su cumpleaños es el lunes. Iré a su casa después de clase y se lo daré antes de que nos pongamos con los deberes. —Tiró de la chaqueta de él para que avanzase en dirección al supermercado que había mencionado—. Vamos.

—No puedo —le dijo—. Ya tengo plan.

Zane se paró y puso los brazos en jarras.

—¿Con quién? ¿Por quién me cambias?

—He quedado con Chris. Pero si quieres te acompaño a casa de Ari, aún tengo tiempo.

—¿Qué manía te ha dado con que voy a casa de Ari? —Miró a su hermana sin comprender. ¿Acaso no era lo más normal? Siempre estaban juntas—. No puedo, Jake. Su madre ha tenido una mala semana. Está en el hospital —le explicó. Acto seguido, hizo un gesto de rendición con los hombros—. Me voy a casa.

Jake la observó alejarse unos pasos hasta el semáforo más cercano, planteándose la posibilidad de pedirle que fuese con él.

A riesgo de arrepentirse, lo hizo.

—¿Te apetece venir?

De todas formas, aunque Chris y Zane perteneciesen a distintas partes en su vida —deporte y familia—, ya se conocían. Su hermana se giró y se señaló a sí misma con el dedo índice.

—¿Me dices a mí?

—¿Ves a alguien más por aquí?

La solitaria calle actuó como respuesta.

—¡Vaya! Sí. O sea, ¿puedo ir contigo? ¿En serio? —Se acercó y se le colgó del brazo apretujándose contra él—. ¿Y a dónde vamos exactamente?

—Hemos quedado a las cinco en Waffledreams. Y ya sé que Chris te gusta, pero no te hagas ilusiones, estará con su novia.

—En ese sitio hacen los mejores gofres del mundo —respondió ella haciendo alusión a lo único que le importó de toda la aclaración.

***

Llegaron a Glee a falta de diez minutos para las cinco. Habían hecho el trayecto a pie, así que ahora Jake sabía el nombre de casi todos los profesores de su hermana, el de quienes habían sido nombrados rey y reina del baile de invierno y el de algunas chicas con las que, a veces, su mejor amiga y ella se juntaban en el recreo. Zane hablaba por los codos, pero él rara vez la escuchaba más de dos minutos, porque siempre tenía la mente ocupada, pensando en cosas del equipo, concentrado en no llamar la atención de su padre o imaginando cómo entretener a Rachel para que se terminase la cena.

Cuando entraron en la gofrería, su amigo aún no había llegado. Jake pidió que los acomodaran en una mesa de cuatro y un chico los dirigió a una de las pocas que quedaban libres. Solo había estado allí una vez, con el equipo, así que no se había molestado en mirar los precios. Ahora que sí lo hacía, maldijo para sus adentros, porque le había prometido a Chris que lo invitaría a merendar por todas las veces que él lo había hecho.

Diez minutos después, Chris y Alissa aparecieron cogidos de la mano, muy pegados el uno al otro. Jake apenas conocía a la chica; había acabado la universidad el curso antes a su llegada. Baja estatura, caderas anchas, piel muy blanca y pelo largo, negro y ondulado.

—Por fin nos conocemos —le dijo ella cuando se levantó para saludarla—. Chris siempre está hablando de ti.

—Zane, qué sorpresa —comentó Chris instantes después. Jake se rascó la coronilla nervioso. Esperaba que no les importase que la hubiese invitado—. ¿Cómo está tu madre?

—¡Genial! Pero no se lo creerá cuando se entere de que Jake me ha invitado a salir con vosotros —respondió esta con su habitual entusiasmo—. Aún no se cree que seas amigo del sosaina de mi hermano —añadió bromeando en tono bajo.

La pareja rio y se sentó frente a ellos. Miraron la carta y decidieron su pedido poco antes de que el camarero apareciese. Todos pidieron batidos y gofres acompañados de fresas, nata y sirope excepto él, que solo pidió un refresco.

—¿Veis como es soso? —se reafirmó Zane.

Se alegró de haberla invitado, porque la presencia de Alissa y su madurez lo intimidaban un poco, y con Zane allí, él podía disimular sus precarias habilidades sociales.

La Combine fue el primer tema de conversación, porque Chris y él aún no habían tenido tiempo de ponerse al día después de que regresase con varios días de retraso de lo que fue un fin de semana infernal, todo por el mismo motivo: el inusual frío de Arizona. Chris le contó que fue el mejor en la carrera de las cuarenta yardas, muy a pesar de la lluvia que asoló el evento durante los dos días de su celebración. En el resto de pruebas tuvo dificultades, pero su previsión seguía siendo optimista. Alissa añadió que, si todo salía como estaba planeado, después del draft y de la asignación de Chris, ella se mudaría con él a la ciudad del equipo al que lo destinasen.

Cuando acabaron con ese tema, le preguntaron a él por su situación actual, dentro y fuera del equipo.

—El entrenador Tayler continúa enfadado por lo que pasó en el gimnasio con Greyson el mes pasado. Por lo demás, no sé. Mi vida no es tan emocionante.

—¿Cómo que no? ¿Y qué hay de la chica de Año Nuevo? —preguntó Alissa. Jake miró a su amigo al instante, que bajó la vista y sonrió—. La pelirroja *sexy*. ¿Volviste a verla después de lo que pasó?

Su hermana se giró hacia él, con la pajita de su batido todavía en la boca y los ojos abiertos de par en par.

—¿Pelirroja *sexy*?

—Volvió a verla, eso seguro —dijo entonces Chris—. Estudian en la misma facultad.

—No pasó nada —se apresuró a decir antes de que alguno de los dos entrase en detalles con su hermana delante—. Aclaramos lo que había sucedido, que no fue nada. —Miró a Zane con intención al remarcar eso último—. Y, desde entonces, ella no me ha vuelto a dirigir la palabra; o sea que diría que el asunto quedó bastante zanjado.

«Y menos mal».

—¿Y cómo siguen las cosas con la animadora?

Chris fue el encargado de lanzar la siguiente pregunta y Jake sintió que le daba un vuelco el corazón. En cuanto Alissa lo miró, colocando las manos debajo de la barbilla con especial interés, descubrió que su amigo también le había hablado a la chica de Beth, y no supo cómo sentirse al respecto.

Se revolvió inquieto y ladeó ligeramente la cabeza hacia su hermana, para señalarla y advertirle así a Chris que no era un buen momento para sacar ese tema.

—Vale. Lo pillo —dijo ella levantándose con el batido en la mano—. Me voy un rato a la barra para que habléis tranquilos. Pero no tardéis, ¿eh? Que sola me aburro mucho.

No impidió que se marchara y se sintió culpable por ello. Pero más que culpable, se sintió molesto por la falta de análisis de la situación por parte de su amigo, que sacó a relucir algo suyo tan privado delante de las chicas. Ajeno a esto, Chris sujetó la mano de Alissa, y eso provocó que se dedicasen una mirada cargada de un amor que Jake no era capaz de comprender. Él no se veía compartiendo gestos así con nadie.

—¿Y bien? —Chris volvió a prestarle atención, haciendo referencia a su última pregunta—. Lo último que supe es que Greyson y ella se habían dado un tiempo.

Era cierto. Desde entonces, Beth se había pasado la mayor parte del tiempo en su habitación después de clase, escribiendo y componiendo. También se había tomado un descanso en cuanto a las animadoras, algo que no había sentado nada bien ni a la entrenadora ni a sus compañeras. Jake había ido a verla a la residencia un par de veces, pero la chica estaba tan inmersa en la música, en un proceso creativo donde él tenía tan poco que aportar, que se había sentido muy fuera de lugar, así que había decidido dejarla a su aire.

—No creo que tarden mucho en reconciliarse —respondió con la imagen del disco que Greyson había escogido grabado en la retina—. Quizás no pase de este fin de semana.

—¿Qué te hace pensar eso? —Alissa volvió a participar en la conversación.

—Hace unas horas he visto a Greyson en la tienda favorita de Beth. —Ambos lo miraron con atención. Él resopló antes de continuar, cuando se sintió preparado para hacerlo—. Iba a regalarle un disco que ya tenía, así que he entrado para advertirlo de su error y luego me he largado. Supongo que no será tan idiota como para no haberme hecho caso.

—¿Y por qué lo has hecho, tío?

Jake se quedó un buen rato en silencio, fingiendo que analizaba la pregunta. Fingiendo, porque todavía no había tenido tiempo de pensar en su acción, pero tenía claro *por qué* lo había hecho. Y se debía, básicamente, a que él no era quién para impedir que Beth y Greyson se reconciliasen. Es decir, no podía —ni quería— ser la causa de que no lo hiciesen. La única forma de que esa relación acabase de una vez por todas era zanjándola por iniciativa propia de Beth.

—No lo sé —mintió.

Quizás, si Chris no le hubiese contado algo tan personal a Alissa, se habría apoyado en él. Jake no pensaba echárselo en cara, porque se desharía en mil disculpas que no serían del todo sinceras, estando como estaba en ese momento donde el amor lo es todo. Y también porque no quería que malinterpretase el reproche y volviesen a distanciarse, menos aún ahora que solo faltaban dos meses para que le perdiese irremediablemente la pista. Tenía la corazonada de que Chris iba a acabar en un equipo de la costa este, a tropecientos kilómetros de Vallon. Y, por mucho que se prometiesen seguir en contacto, el tiempo haría su inevitable papel de volatilizarlo todo, de hacer perecedero lo que no se hubiese consolidado lo suficiente.

Jake ya había dejado atrás a gente al mudarse a otro estado, conocía las consecuencias de lo que suponía algo así.

—Tenías razón —comentó de pronto Alissa dirigiéndose a Chris pero sin dejar de mirar a Jake—. Se le da fatal lo de ligar.

Chris levantó las palmas de las manos para corroborar la evidencia.

—Asunto zanjado. —Jake le hizo un gesto a su hermana para que regresase, intentando disimular lo incómodo que estaba por la complicidad de los otros dos respecto a sus asuntos personales—. No volváis a sacar el tema.

Una hora más tarde, Zane y él regresaron a casa con el ocaso rozándoles los talones. A pesar de cómo se sentía por los acontecimientos de aquella tarde, Jake no pudo evitar sonreír por la excitación de su hermana, por sus saltos de alegría mientras atajaban por el centro de la ciudad y por su interminable charla sobre lo bien que le caían Chris y Alissa.

—Ojalá un día de estos consideres que yo puedo ser tan buena confidente como tus amigos —le dijo.

—No te ofendas, Zane, pero eres la persona menos discreta que conozco.

Jake le estiró de una de las orejeras y le bajó el gorro hasta los ojos. Ella se apartó, se lo quitó y se lo volvió a poner.

—Me esforzaría si decidieses confesarme algo relacionado con tu vida amorosa —declaró orgullosa.

—¿Vida amorosa? —La risa se le escapó entre los dientes—. Yo no tengo de eso, te lo aseguro.

—Pero te van las animadoras —continuó Zane dándole un codazo.

—No me van las animadoras. ¿Por qué dices eso? Ah, vale. Ashley. —Se interrumpió al entender a qué se estaba refiriendo—. Joder, hace mucho tiempo de eso —se excusó.

—Fue tu primera novia, ¿no? Y era animadora.

Recordó el breve espacio de tiempo en el que Ashley y él salieron juntos, un año antes de que se mudasen. Podía haberle contado a su hermana que ella solo quiso salir con él para acercarse a Derek, pero le iba a costar tantas explicaciones que decidió, simplemente, admitirlo.

—Es solo una casualidad.

—Lo de la animadora actual parecía importante —continuó Zane dándole a entender que se lo iba a tomar en serio si decidía confiar en ella—. He notado cómo te cambiaba la cara.

—Es que Chris no tenía que haber sacado ese tema, mucho menos delante de Alissa —le explicó. Zane asintió, deduciendo por dónde iban los tiros—. Y siento que hayas tenido que levantarte, pero gracias por hacerlo.

—Para que veas que no soy tan tonta, y que a veces me doy cuenta de las cosas.

—Yo nunca he dicho que lo seas.

—Pero es lo que todo el mundo piensa. Puedo notarlo cuando sucede, ¿sabes? Pero da igual, porque desde que tengo a Ari como amiga ya no me importa.

Siguieron caminando en silencio después de eso, pero él estuvo dándole vueltas a lo que había dicho, buscando la manera de contrarrestar esa sensación de su hermana que, por lo visto, solo Arabia sabía cómo atenuar.

A la altura del parque Felton, Jake se paró para decir algo, haciendo un esfuerzo vertiginoso por abrirse, por una vez, al juicio de su hermana.

—¿Te acuerdas del chico de la tienda de discos?

—¿El guapo? —respondió ajena todavía a lo que iba a decirle—. Claro.

Que remarcase el calificativo tuvo su gracia.

—Es el novio de la animadora. —Hizo una pausa para que la exagerada reacción de sorpresa de su hermana se completase—. Bueno, lo era, y lo volverá a ser, supongo. Así que, como comprenderás, no tengo nada que hacer. Ya tienes la información que querías.

«Y el motivo de mi desdicha».

MARZO de 1985

29 | *WHEN THAT DAY ENDED*

viernes 8 de marzo

Jake

Estaba a punto de dormirse sobre la mesa; una sola definición más recitada por la profesora Foster y lo haría, porque la asignatura de Fundamentos era una de las más tediosas de todas cuantas había cursado hasta la fecha. También era de las más simples, pero Jake necesitaba cosas que le hiciesen pensar o que fuesen susceptibles de análisis para mantener el interés, por mucho que las materias fáciles aliviasen —a él y a todos— la carga de estudio de cara a las semanas de exámenes.

Bufó sin darse cuenta cuando Dorothy Foster inició una nueva definición.

—¿Algún problema allí arriba?

No dijo su nombre, pero los que estaban más cerca se giraron, acusándolo sin remedio.

—Becker, ¿verdad? —Jake se incorporó en el asiento—. ¿Por qué no baja y me ayuda con la lección de hoy? Seguro que así le será mucho más interesante, a usted y al resto. —Dorothy le dejó un razonable tiempo de espera—. ¿Y bien?

—Preferiría no hacerlo.

Sin embargo, la mujer bajó de la tarima e hizo un gesto para animarlo a acceder a ella, dando a entender que la clase no continuaría hasta que él respondiese. Jake se levantó, disimulando el fastidio, y bajó por el hueco que quedaba entre las filas de mesas de aquel aulario. Subió a la tarima y esperó instrucciones.

—¿Qué se supone que quiere que haga? —preguntó al ver que la profesora no hacía ni decía nada.

—Que siga usted con la clase, por supuesto.

Unas tímidas risas hicieron acto de presencia, y Jake notó enseguida el calor en la cara.

—El profesor Newman siempre dice que usted es mucho más inteligente de lo que aparenta —continuó Dorothy—. No estaría mal que empezase a demostrarlo en el resto de las asignaturas que cursa. Quizás así le creamos.

Hubo más risas, también expresiones de sorpresa y cuchicheos. Dorothy Foster era una de las profesoras más longevas de su facultad. No tenía aspecto de ser una persona amable, pero tampoco de ser capaz de humillarlo como lo estaba haciendo. Además, a Jake le dio la impresión de que la mujer estaba intentando dañar la imagen del profesor Newman al mismo tiempo.

—Esto es una estupidez —dijo subiendo de nuevo hacia su sitio para recoger sus cosas.

—¿Qué está haciendo?

Sin responder, lo cogió todo —sudadera, chaqueta, libro y mochila— y se marchó del aula sin añadir nada, dirección a la cafetería.

A Jake no le gustaban las miradas que le dedicaban la mayoría de los profesores, porque daban a entender que creían que no se tomaba en serio la otra parte importante que conllevaba su beca deportiva y no era cierto. Podría haber escogido cualquier otra carrera, incluso optar a más asignaturas sencillas de las que tenía, solo que su intención no era pasar por la universidad sin salir de allí con un buen currículum académico. Y eso no se debía en exclusiva a sus ganas de equipararse con Derek, sino porque de verdad disfrutaba aprendiendo. Le molestaba que, solo porque no participase de forma activa en las clases, no se ofreciera voluntario para salir a resolver un ejercicio o no levantase la mano cada dos por tres, ellos considerasen que no estaba igual o más interesado que el resto de sus compañeros. Newman se lo había dejado caer en más de una ocasión, aunque no había conseguido que Jake cambiase su actitud en ninguno de los casos. También le había sugerido que solicitase tutorías o que entregase trabajos extra, pero, simplemente, no quería hacerlo.

—¿Acaso no basta con aprobar los exámenes y entregar lo que me piden? —le había preguntado en una ocasión, antes de las vacaciones de Navidad.

—No siempre entrega usted los trabajos a tiempo.

Desde entonces se había esforzado por ponerle remedio, por faltar a clase lo menos posible y por no tener que solicitar prórrogas. Los compromisos del fútbol eran ahora menos exigentes, sin embargo, los Rivalry Games estaban a la vuelta de la esquina y empezaba a pensar que tendría que pasar más de una noche sin dormir para llegar a todo y demostrar que se lo tomaba en serio.

Además, no había escogido Geofísica para alardear ante nadie más que ante sí mismo.

En cuanto entró en la cafetería, lo dejó todo encima de una mesa y fue directo al mostrador a pedirle a Simone un bocadillo de lo que fuese. No se fijó en nada ni en nadie. Como consecuencia tuvo que girar ciento ochenta grados para esquivar a una chica, lo que provocó que chocase con Polly, otra de las camareras, que acababa de salir de la barra portando una tetera que impactó de lleno en el pecho de Jake. El contenido salpicó primero y se derramó después sobre ambos al intentar evitarlo.

Polly gritó cuando el líquido le llegó a las manos y soltó la tetera de golpe. Jake se echó hacia atrás y se separó la camiseta de la piel, conteniendo un alarido. Simone y otra cocinera salieron enseguida para atenderlos, pero él dejó que se ocupasen de su compañera y echó a correr en dirección al baño más cercano. Una vez allí, se quitó la camiseta y se agachó sobre el lavabo para gruñir por el dolor, con la frente apoyada sobre la fría piedra. La puerta se abrió tras él, pero no se movió.

—No te quedes ahí parado. —Reconoció la voz aguda de Emma al instante, que llegó a su lado y abrió el grifo—. Échate agua. Rápido.

Lo obligó a incorporarse y ella misma se mojó las manos y trató de extender el líquido sobre la piel.

—¡Para! ¡Me estoy mojando! —protestó cuando empezó a notar que se le empapaban los pantalones.

—De eso se trata, idiota.

Jake le apartó las manos y retrocedió mirándose el torso, que sentía caliente a pesar del agua fría. La marca por donde el agua caliente había traspasado la ropa estaba bastante roja y extendida. Cogió su camiseta, la hizo una bola y la colocó bajo el grifo para humedecerla y ponérsela sobre la piel acto seguido. Notó un poco de alivio, así que buscó una pared y se sentó a esperar que el efecto continuase con la mejoría. Desde ahí observó a Emma, antes de que esta desapareciese sin decir nada más. Se sorprendió al verla reaparecer minutos después, cargada con todas sus pertenencias.

—De nada por la ayuda —dijo lanzándoselas a su lado.

—No habría pasado nada si no te hubieras interpuesto en mi camino —la atacó él, pese a que había sido la única persona que había acudido en su auxilio—, y por segunda vez, además —especificó.

—La próxima vez mira por dónde vas, desagradecido.

Dio un portazo al salir y Jake cerró los ojos, incapaz de concentrarse en nada más que no fuera la quemazón y la posibilidad de que aquello le causase molestias bajo las hombreras en el entrenamiento de después.

No pudo volver a ponerse la camiseta, así que se abrochó la sudadera y salió del baño cuando el dolor se tornó un poco más soportable, dispuesto a pasar un rato tranquilo en la biblioteca, omitiendo el hambre que aún tenía para no tener que regresar a la cafetería. Se cruzó con el profesor Newman de camino hacia allí, pero, cuando buscó su mirada, él se la apartó esquivo.

***

A las tres menos cuarto llegó al vestuario y empezó a prepararse. Decidió ponerse una camiseta extra bajo el *crop* top y las hombreras, pensando que así evitaría mejor el roce de la protección y, por tanto, el dolor. Pero, tal y como había imaginado, entrenar fue un auténtico infierno, porque Hock estaba en plena fase de fortalecer la defensa en el campo de cara a los próximos eventos. Jake se habría permitido el lujo de bajar la intensidad de no haber sido porque Tayler había estado supervisando los ejercicios.

Resistió todo lo que pudo, esquivando los impactos en la medida de lo posible y golpeando solo en las actividades que lo requerían, como la de lanzarse sobre una dura colchoneta vertical desde una posición estática en el suelo. Esa fue una de las que más lamentó.

Chris vio su mueca de camino a los vestuarios y se acercó para preguntarle si estaba bien.

—Creo que no —fue cuanto pudo decir.

Beth

Beth llevaba ya un buen rato esperando en su coche, aparcado en un lugar discreto del aparcamiento del estadio de fútbol, y tamborileaba los dedos sobre el volante para paliar su inquietud. Desde hacía semanas, no había salido de la residencia más que para ir a clase y al comedor, así que incluso había tenido que ir a rellenar el depósito antes de poder dirigirse allí.

Jake no solía ser de los primeros en salir, pero empezó a impacientarse cuando vio a Cole McRae, el más lento de todos por excelencia, marcharse del estadio. Se bajó del coche y se acercó para preguntarle por él, rezando por que su respuesta no fuese que no había acudido al entrenamiento.

—¿Bethany? —le preguntó extrañado. Ella levantó la cabeza para que la visera de la gorra de los Cardinals que llevaba no le impidiese ver la totalidad de su rostro—. Dichosos los ojos. ¿Dónde has dejado tu bonito uniforme?

—A buen recaudo, no te preocupes. ¿Y Jake? —insistió.

—Sigue ahí dentro. Búscalo en la enfermería. —McRae pasó de largo, pero volvió la vista para ver cómo ella se dirigía al interior—. Trátanoslo bien, guapa, que está delicado. Y evítale problemas con Greyson, que ya está de mierda hasta arriba.

«¿En la enfermería?».

Salió de dudas cuando llegó al lugar indicado y lo encontró sentado en una camilla, en vaqueros, con el pelo mojado y un apósito transparente pegado al torso desnudo. Chris, el entrenador Tayler y otro hombre estaban con él. Jake fue el primero en verla; su cara de desconcierto le pareció muy dulce.

—Beth.

—¿Puedo pasar? —preguntó desde la puerta quitándose la gorra.

Chris sonrió, le puso una mano en el hombro a Jake para despedirse y salió de la sala como para cederle el turno.

—Adelante —agregó.

Sin embargo, no se atrevió a entrar hasta que el entrenador se despidió del otro hombre y salió, dedicándole un vistazo tan breve como la inclinación de cabeza que utilizó para saludar. Entonces, poco convencida de que debiera hacerlo, avanzó unos pasos hacia su amigo, que no había apartado los ojos de ella desde que había aparecido.

—Puedo esperar fuera, si lo prefieres.

—Tranquila, ya estamos acabando —el otro hombre fue el encargado de contestar al tiempo que regresaba con un rollo de venda ligera y unas gasas.

Le pidió a Jake que se quitara el apósito y se secase la humedad con una toalla para poder colocarle lo que había traído. Beth observó la quemadura vertical que le llegaba casi hasta el ombligo y que resaltaba, sobre todo, debajo del pecho; esa era la parte más afectada y donde el hombre —doctor o enfermero, dedujo— le colocó las gasas antes de liarle la venda alrededor del cuerpo para sujetarlas.

—Lo revisamos el lunes —le dijo a Jake antes de marcharse—. Deja que las ampollas se aireen cuando estés en casa.

—¿Qué ha pasado? —preguntó Beth cuando se quedaron a solas.

—La versión resumida es que me he chocado con una tetera hirviendo y pensaba que no pasaría nada por entrenar si me ponía dos camisetas. —Jake se tocó las gasas por encima del vendaje—. Pero no ha sido así.

—¿Y la versión extendida?

—No es relevante. ¿Y tú? ¿Qué estás haciendo aquí?

—Iba a pedirte que me ayudaras a grabar la maqueta que quiero mandarle a Harry Jones, el productor del que te hablé, pero supongo que tendrá que esperar.

Beth habló rodeando la camilla para evitar que él notara las ganas que tenía de grabar.

—¿Ya has terminado todas las canciones?

—Creo que sí. No es mucho, pero el señor Jones dijo que necesitaba material urgente, así que… debería bastar. Por ahora.

—¿Y por qué has dicho «tendrá que esperar»? —Beth inclinó la cabeza y le señaló la venda con los ojos—. ¿Por esto? No, qué va.

Se levantó y se acercó hasta una de las butacas que habían cerca de la puerta. Su sudadera azul de cremallera estaba allí. La cogió para ponérsela y Beth pensó en que podría regalarle una nueva mientras lo veía abrochársela. Era la prenda que más usaba y se notaba demasiado.

Fuera de la enfermería, un carraspeo hizo que Jake se girara y saliera.

—He encontrado esta porquería tirada en el suelo de la facultad y he supuesto que era tuya —oyó decir.

Beth caminó para asomarse a ver de quién se trataba.

«Emma».

No era la primera vez que la veía, pero hacía poco que había oído hablar de ella, y también de lo que había pasado en Fin de Año en casa de Shawn Williams, aunque Jake no lo había mencionado.

En cuanto la chica se dio cuenta de que estaba con él dentro de la estancia, soltó la arrugada prenda para que cayera al suelo cerca de sus pies y dio media vuelta.

—Le encanta tirar mis cosas —comentó él, más para sí mismo que para que lo escuchase.

Beth levantó las cejas.

—¿Qué ha sido eso?

—Una parte de la versión extendida.

—¿Ha sido ella quien te ha tirado el té?

—Es quien me ha hecho tropezar con la camarera que llevaba la tetera.

—Y se ha molestado en venir hasta aquí a devolverte tu camiseta. Qué interesante —comentó con una sonrisa.

—Vamos a dejarlo ahí, si no te importa. ¿Has venido en coche?

—¿Por qué? ¿Quieres que te deje conducir?

—No estaría mal a cambio de ayudarte con eso de la maqueta.

***

Beth había tenido que ordenar su cuarto a conciencia después del trance en el que se había sumido componiendo sin descanso día y noche, porque el instinto le había exigido armonía al terminar la última canción. Jake apreció el cambio en cuanto llegaron e hizo una broma al respecto, pero Beth no lo escuchó. Estaba demasiado concentrada pensando en lo que tenían que hacer. Había dejado preparada una manta en el suelo con su guitarra, las hojas de las seis canciones acabadas, un estuche, un radiocasete y diez cintas vírgenes. Tenía la esperanza de que la grabación saliese bien a la primera, pero había comprado nueve extras por si acaso. También había dos botellas de agua y una malla de latas de Mountain Dew.

—Deberíamos empezar cuanto antes —dijo sentándose con una pierna encogida y otra semiextendida para apoyar mejor la guitarra.

—¿Quieres grabar en el suelo?

—Sí.

—¿Y así? ¿Sin micro ni nada?

—El micro está integrado en el radiocasete. Además, es solo una maqueta, Jake —le explicó—. Ni siquiera quiero hacerme ilusiones. Hago esto por no desaprovechar la oportunidad, para no tener que pensar el día de mañana en que ni siquiera lo intenté. ¿Te sientas, por favor? Me estoy poniendo nerviosa. —Jake se acomodó frente a ella, con las piernas abiertas y los brazos apoyados por detrás de la espalda. Beth señaló el reproductor—. Tienes que ponerte aquí para poder darle a los botones cada vez que empiece y acabe una canción. Así, mira.

Beth pulsó el Rec, inició un par de acordes, tarareó una frase y luego se interrumpió y pulsó Stop.

—¿Para qué me necesitas si puedes hacerlo tú?

—¡Jake!

Él se acercó arrastrando consigo las latas. Abrió una y bebió.

—¿Aquí va bien? —preguntó después.

—No puedes hacer nada de eso cuando estemos grabando —le advirtió escandalizada por el ruido.

Él volvió a beber, esta vez mirándola a los ojos y hasta que acabó todo el contenido. Luego dejó el envase a un lado y preguntó:

—¿Por qué me has pedido que venga?

Beth se dio cuenta de que no había sido muy amable con él, fruto de los nervios y de todo lo que retenía en la cabeza.

—Porque confío en ti —respondió suavizando el tono.

—Que se note entonces. —Jake se estiró el cuello de la sudadera y sopló hacia dentro para refrescar la herida—. Cuando quieras empezar, empezamos —añadió después—, pero antes tienes que relajarte. Date una vuelta, estira las piernas... Lo que sea, pero algo.

Aceptó el consejo, pese a las ganas que tenía de ponerse a tocar. Se levantó, salió de la habitación y fue hasta el baño común de la planta. Allí se refrescó la cara y se rehízo la coleta alta para trenzarla después. Su reflejo denotaba cansancio —nunca había tenido tantas ojeras, pero tampoco la cara tan despejada, sin un atisbo de maquillaje—; sin embargo, ella se sentía con energía suficiente para afrontar un último esfuerzo. Bebió agua del grifo para hacer gárgaras y, después de escupir, se frotó los ojos y tiró de sus mejillas hacia abajo. Con ese último gesto le vino un recuerdo de su infancia: era lo que hacía antes de salir a competir en un campeonato, su pequeño tic de buena suerte y algo que su entrenadora de entonces le prohibió en cuanto descubrió el motivo de que siempre tuviesen que retocarle el maquillaje. «¿Por qué iba a darte suerte poner una cara fea frente al espejo? No digas tonterías».

Cuando regresó a su habitación, Jake había empezado el segundo Mountain Dew.

—Estoy lista —anunció. Recuperó la posición inicial y se recogió detrás de la oreja el único mechón que no se había adherido bien al peinado—. Van a ser siete canciones —le explicó—, y quiero grabarlas sin hacer ninguna pausa. Cada vez que acabe, te haré una señal para parar y luego otra para volver a grabar.

—¿Y si te equivocas?

Beth había ensayado tantas veces que confiaba en poder hacerlo del tirón. No era importante de cara al resultado de la cinta; podía permitirse el lujo de descansar entre canción y canción, pero así se lo había autoimpuesto. Llevaba siendo animadora desde los nueve años. Había sido instruida para alcanzar la perfección, y, justo por eso, también había extrapolado la disciplina recibida en el resto de los ámbitos de su vida de forma inconsciente pero progresiva.

—Descartaremos la cinta y empezaremos con otra desde el principio —respondió con convicción.

—De acuerdo. —Jake contó las que había—. Diez intentos. Cuando quieras.

Beth empezó con *A Girl From Bowling Green* y luego siguió con el resto de las canciones con perfecta fluidez, sin fallar ni un acorde y sin equivocarse de renglón al leer los párrafos de las letras. Omitió solo una canción de todas las que tenía terminadas: *Would you?* A cambio, hizo una premeditada versión corta de *While My Guitar Gently Weeps*, de los Beatles. Esa fue la séptima.

Tras la última señal a Jake para detener la grabación, Beth tardó unos segundos en levantar la vista hacia su amigo, que tenía los pulgares hacia arriba y la miraba vacilante, a la espera de que ella confirmase que todo había salido como esperaba.

La alegría llegó a Beth de manera gradual al ir asimilando que no solo había salido bien, sino que lo había hecho sin cometer un solo error.

Su sonrisa sirvió como catalizador para activar la de Jake.

—¿Qué te ha parecido? —le preguntó.

—Guau —fue su primera respuesta.

Ella rio con modestia.

—En serio, ¿te han gustado?

—Si quieres que sea sincero al cien por cien, diría que me han gustado todas menos la última.

—Estás de coña, ¿verdad?

—No. ¿Por qué? No vayas a decirme que es tu favorita, porque ni siquiera sé de qué cojones hablaba.

Tras unos segundos de silencio, Beth rompió a reír, dejando que las carcajadas la despojasen de toda la tensión acumulada. La sonrisa de Jake se amplió en consecuencia.

—Deberías decirme qué es lo que pasa, porque me río contigo, pero en el fondo me siento muy estúpido.

Lejos de poder hablar, Beth se tumbó y se apretó la barriga del dolor que le producía tanta risa. Cada vez que lo miraba y leía su desconcierto, arrancaba de nuevo.

—A ver —dijo cuando logró recomponerse—, es que… Bueno, la última canción era una *cover*. Es la única que no es mía. —Jake levantó las cejas y se frotó un pelo que ya necesitaba un buen corte. A Beth siempre le había gustado la rebeldía de sus puntas—. Creo que este ha sido el piropo más halagador que he recibido nunca —continuó, notando, de pronto, timidez en el rostro de él. Beth interpretó que se debía a su poco compromiso con la música, por llamar de algún modo a su falta de interés, así que cambió de tema—. Y sobre las demás, las mías… ¿Hay algo que te haya llamado especialmente la atención?

—Hay una que habla de las animadoras, ¿no?

—Sí.

—¿Qué título le has puesto?

—*Ephemeral Greatness.*

Jake validó su decisión en silencio, asintiendo.

—¿Y la de tu abuelo? Ese estribillo de «Country grand, country pa» es muy pegadizo.

Beth buscó la hoja donde tenía la lista de las canciones y se la ofreció para que pudiera descubrir los títulos él mismo. Ella se pasaría la noche escribiéndolos en los papeles interiores de todas las copias que iba a hacer de la cinta: una para Harry Jones, otra para Spencer y otra para ella.

—Gracias por ayudarme —le dijo mientras leía la lista.

—Gracias por invitarme a tu primer concierto.

Se estremeció cuando la comisura derecha de su labio superior se levantó y se preguntó cómo era posible que Jake pasara siempre tan inadvertido con una media sonrisa tan… ~~irresistible~~ bonita. «No termina de ser guapo», le había oído decir a una de las animadoras del equipo de fútbol cuando todavía militaba allí. «Pero tiene algo. Eso no te lo niego».

—Oye, ¿me aceptarías un consejo? —le preguntó de repente. Él la miró con curiosidad—. Lleva cuidado con esa chica, con Emma.

—¿A qué te refieres? ¿La conoces?

—No. Pero tiene pinta de caprichosa.

—No sé qué cosas habrás oído, pero no hay nada entre ella y yo.

—Solo digo que tengas cuidado.

En lugar de contestar, Jake paseó la mirada por la habitación para evitar la de ella.

—¿Y eso de ahí? —Señaló el vinilo que tenía apoyado en la pared, todavía dentro del envoltorio marrón de la tienda de Joeck'n Discs.

—Es un regalo de Greyson. Me lo trajo Julie de su parte hace unas semanas.

—¿Y no lo has abierto?

Beth empezó a puntear la melodía de *Would You?* antes de responder.

—¿Para qué? —respondió—. Seguro que ya lo tengo.

No quería hablar de él. No estaba preparada *todavía* para hacerlo, a pesar de que tenía claro que la relación se había acabado. Después del tiempo que había pasado dándole largas y evitando verlo, estaba segura de que él se había cansado de esperarla. Deseaba que así fuese. Era lo más fácil.

Empezó a entonar la última parte de la canción que tocaba en voz baja.

—Esa no la hemos grabado —Jake la devolvió al presente.

—No —dijo—. Esa no.

Notó que reprimía la risa y lo miró.

—¿Qué? ¿He dicho algo gracioso?

—Decir, decir, no, pero a mí sí me han hecho gracia dos cosas: que hayas omitido la canción que le habías escrito —qué equivocado estaba— y que te hayas referido a él como Greyson. Pobre Curtis. —Negó para reforzar su fingido lamento—. Espera, no. No puede ser… ¿Esto que siento ahora mismo es un poco de pena por él?

Cogió el estuche y se lo lanzó a traición por burlarse de ella. En condiciones normales, Jake no se habría inmutado, el impacto no le habría hecho ni cosquillas. Pero Beth soltó la guitarra y se llevó las manos a la boca cuando él dejó caer la espalda hacia atrás, tras hacer una mueca.

—Lo siento, lo siento, lo siento. —Se acercó y se arrodilló a su lado—. ¿Estás bien?

Él siguió manteniendo la mueca un poco más y luego abrió un ojo. Beth no podría haber imaginado sus intenciones ni aunque hubiese tenido la mente despejada, porque lo último que alguien hubiera esperado de aquella situación era que Jake le cogiese los brazos y la intentara hacer caer como revancha. Se resistió por puro instinto. Como consecuencia, acabó cayendo sobre él con los codos, empeorando la situación inicial.

—Mierda —gruñó Jake mientras rodaba a un lado para separarse e incorporarse.

Se bajó la cremallera para observar el estado del vendaje y Beth lo contempló hacerlo desde muy cerca. Estaban de rodillas, uno enfrente del otro.

—Lo…

—No te disculpes. Ha sido culpa mía.

Se sentó y se quitó la sudadera y empezó a deshacer el vendaje.

—Espera. Te ayudo.

—Puedo solo.

—He dicho que te ayudo.

Beth lo obligó a echar el cuerpo hacia atrás para que apoyara la espalda en el borde de la cama. Cuando acabó con la venda, él se despegó las gasas, dejando visible las dos heridas horizontales más destacables.

—Eso ha sido por las protecciones, ¿no?

No hizo falta que contestara. Cerró los ojos y mantuvo la posición con las cejas apretadas. Entonces a ella se le ocurrió aprovechar el frío de las palmas de sus manos para contrarrestar su sensación de calor, apoyándolas con cuidado arriba y abajo de las partes más afectadas. Jake abrió los ojos enseguida. Le miró las manos unos segundos y después la sujetó por los codos, muy despacio, antes de fijar la vista en ella. A Beth se le cortó la respiración cuando eso pasó. Su cuerpo se estremeció al percibir que el pulso de él se disparaba y, durante un indeterminado periodo de tiempo, no se movieron.

Solo se sintieron.

Vaya si lo hicieron.

Beth tuvo la impresión de que Jake la atrajo un centímetro hacia sí antes de empujar sus codos hacia atrás para que apartara las manos. Carraspeó, recogió la venda y se levantó para ponerse la sudadera. Ella lo observó desde donde estaba, todavía en el suelo, mientras él se metía una mano en el bolsillo y con la otra se rascaba la nuca, incapaz de mirarla. Gesticuló como para decir algo, pero al final no lo hizo. Ella tampoco.

Salió por la puerta sin la mochila y sin la chaqueta y sin despedirse.

Beth tardó un buen rato en volver a moverse, intentando asimilar la conexión que habían experimentado e incapaz de creer que aquel contacto hubiese estado a punto de hacerle perder la cabeza. Sabía que había dejado de verlo como un simple amigo hacía tiempo, pero ahora ya no iba a poder esquivar la atracción que él le generaba; no después de advertir que era mutuo.

Empezó a hacer las copias de la cinta original, escribiendo la lista de canciones una y otra vez para cada una de ellas, hasta que se quedó sin cintas, es decir, sin nada que pudiera entretenerla.

1. A Girl From Bowling Green
2. Where I'm Going
3. Country Pa
4. Ephemeral Greatness
5. Clap Club
6. No Signal Far From Home
7. While My Guitar Gently Weeps
(Bethany Harris cover The Beatles)

Entonces cogió uno de sus cuadernos y buscó la página donde había plasmado ideas sueltas para una canción que llevaba tiempo rondándole la cabeza y que quería titular como *Usual Boy*, en honor al comentario de Mery el día en que llegó al Under con Curtis y no con Jake.

Where is the guy you're always with?
Somebody asked me, someday
I asked myself the same question
When that day ended

30 | DOS ASUNTOS DELICADOS

domingo 10 de marzo

Jake

Derek había llamado hacía media hora para pedir que fuesen a recogerlo al aeropuerto. Nadie lo esperaba, así que cuatro de los seis Becker que estaban en casa habían salido a toda prisa para ir a por él, contentísimos por su llegada. Jake se había quedado con Rachel, en el salón, viendo las cintas que el entrenador Tayler les había pasado. Los dos miraban la pantalla, pero ninguno prestaba atención, una por no tener ni idea de lo que significaban los movimientos y el otro porque era incapaz concentrarse.

Antes de ponerse con las cintas ya había intentado seguir con la biografía de Max Planck para redactar un trabajo sobre el alcance de su ley más famosa, pero la tarde del viernes en casa de Beth había sido tan intensa que no podía desprenderse de la emoción percibida al escucharla cantar tan bien, tan concentrada; ni de la certeza de ser capaz de comprenderla un poco más al descubrir el significado de las canciones que había compuesto; ni de la alegría que lo había embriagado al compartir su risa; ni mucho menos del hormigueo en todas las partes de su cuerpo después de que ella lo tocara, haciendo que el gráfico imaginario de los latidos de su corazón, durante una fracción de segundo, alcanzase cotas imposibles.

—¿Cuándo vamos a ir a otro partido? —preguntó Rachel.

—¿Tú quieres venir?

—¡Sí!

Jake recordó la oferta de Beth en el Under Club tres meses atrás. La posibilidad de pedirle que se ocupase de la niña en caso de necesidad no abarcaba la de llevarla a ver uno de los próximos partidos, pero intuía que aceptaría. Otra cosa era que él fuese a ser capaz de volver a acercarse a ella sin hacer aún más el ridículo. Porque eso es lo que había hecho al irse de la habitación sin excusar su comportamiento para no tener que revelar la causa del mismo.

—Cuando empiecen los Rivalry Games intentaré llevarte conmigo a uno. Te lo prometo.

Paró el vídeo antes de que empezase la siguiente jugada defensiva y se levantó a preparar la merienda de los dos. Rachel tenía claro que quería crema de cacahuete, así que sacó un par de rebanadas de pan y dejó que ella las untase bajo su supervisión. Él se puso leche en un tazón y abrió el armario de los cereales para coger la caja que tenía un robot dorado en el frente. Louis odiaba que se refiriese a ellos como «los cereales del cachivache».

—¿Qué es un marido?

La pregunta de Rachel lo pilló desprevenido.

—¿Por qué quieres saber eso? Los maridos son cosa de gente mayor.

—¿Como tú?

Aprovechó la siguiente cucharada de cereales para disimular la sonrisa, porque no quería que ella pensase que no la tomaba en serio. Había aprendido a no subestimar sus inquietudes.

—Algo así.

—Pues en mi clase hay una niña que dice que Donnie es su marido y que por eso no puede jugar conmigo.

—Veamos. El tío Paul es el marido de la tía Sara. Ellos están casados, y significa que han decidido pasar mucho tiempo juntos, vivir en la misma casa… —Rachel lo miró pensativa—. Quizás la niña de tu clase juega a que Donnie es su marido, pero no es real.

—¿Y los maridos no pueden tener otros amigos?

Jake pensó que explicarle a alguien la ley espectral de la radiación del cuerpo negro de Planck sería más fácil que contestar a sus preguntas sin crearle más desconcierto.

—Pero ¿de qué cosas estamos hablando? Porque es raro de cojones que haya venido para preguntarme por uno de mis profesores.

Ya en las afueras de Vallon, el entrenador detuvo el coche en una gasolinera y se quitó el cinturón para girarse hacia él.

—Se rumorea que Bill tiene tratos de favor con algunos alumnos. —Bajó las ventanillas porque había empezado a sudar, igual que Jake—. ¿Entiendes por dónde voy?

—No —Jake negó con rotundidad—. Es que… no. No. Eso que dice no tiene ningún sentido. Newman no tiene ningún trato de favor conmigo, de ningún tipo; ni con nadie, que yo sepa.

—Ha salido a la luz que lo expulsaron de la Universidad de Texas hace quince años por mantener relaciones sentimentales con uno de sus alumnos.

—No puede estar hablando en serio.

—Me temo que sí. Es uno de los motivos por los que estamos aquí.

—¿Y cuál es el otro?

—A su debido tiempo. Primero tengo que asegurarme de que no estás involucrado en este.

—Voy a salir del coche.

—No, Jake.

—Necesito que me dé el aire.

Se desabrochó el abrigo y salió a andar de un lado a otro con las manos entrelazadas por detrás de la cabeza. Tayler salió poco después y se quedó apoyado en el capó de la GMC.

—No me creo lo que está insinuando —logró decir al cabo de un rato.

—No soy yo quien lo insinúa. Es la información que me ha llegado, pero parece que es cierta. —De repente, Jake empezó a atar un par de cabos sueltos: la exposición a la que lo había sometido la profesora de Fundamentos y el desaire de Newman la última vez que se habían cruzado—. Solo quiero que seas honesto, Jake. Que me digas si ha pasado algo. Quiero que confíes en mí.

Se rio con ironía.

—Míreme —dijo—. ¿De verdad cree que Newman podría manipular a alguien como yo y hasta ese punto? —Volvió a ponerse a cami-

—Sí pueden. —Jake oyó el característico ruido de motor de la camioneta de su padre y sintió alivio de poder zanjar aquella extraña conversación, aunque la hubiese dejado a medias—. Ya están aquí. ¿Salimos a saludar?

La cogió en brazos, pidiéndole que no se le apoyase en el pecho, y fue a abrir para darle la bienvenida a Derek y a su séquito. Hacía un frío del demonio y Rachel se pegó a él de todas formas y luego le apartó la cara a su hermano cuando se le acercó con intención de darle un beso.

—Ya sabes, dale tiempo —le recordó.

—He traído una cosa para ti —insistió Derek—. Pero si no la quieres, se la daré a alguna otra niña del parque.

—Que no insistas. —Jake retrocedió un paso—. Déjala tranquila.

Zane y Louis entraron en la casa con una sudadera blanca con letras azules de la NSU. Su madre se paró a la altura de Derek para cogerlo del brazo y guiarlo hasta el interior. Por último, su padre accedió con la bolsa de cuero que su hermano usaba para el equipaje, señal de que se quedaría al menos durante toda la semana.

—Ve a sacar el resto de las cosas.

—¿Qué cosas?

—Las que ha traído tu hermano.

—¿Por qué? ¿Se le han quedado los brazos en el avión?

Antes de que el rostro de su padre se ensombreciera del todo, Sara reclamó su presencia desde la cocina.

—¡Jake! Te había dicho que pelases las patatas y las pusieras a hervir.

¿Lo había hecho? No lo recordaba.

—¡Se ha acabado mis cereales de C-3PO! —Louis, indignado, habló con la caja vacía en la mano.

Su padre volvió a dirigirse a él.

—Deja a Rachel, haz lo que te he dicho y luego ve a ayudar a tu madre, que ni una cosa derecha haces.

Estuvo a punto de replicar. La única razón por la que no lo hizo fue porque su prima seguía aferrada a él, y no pensaba abandonarla si ella aún necesitaba su cobijo.

—Que dejes a la niña, Jake.

—¿Qué más te da?

—Me da. Tienes que dejar de consentirla.

Paul intentó arrebatársela, pero se apartó antes de que le diese tiempo a sujetarla bien, y luego se alejó hacia la camioneta sin dejar de desafiar a su padre con la mirada. Abrió la puerta de los asientos traseros y colocó allí a su prima mientras recogía las bolsas, con tanta rabia contenida que no iba a ser capaz de administrarla bien cuando regresara a la casa.

—Becker.

La voz del entrenador hizo que se golpeara con el chasis del hueco de la puerta al sacar la cabeza a toda prisa. Harper Tayler estaba fuera de la verja del jardín, serio, impertérrito y ataviado con el chándal del equipo que siempre usaba, gorra incluida.

—Entrenador. —Jake no se atrevió a acercarse—. ¿Qué hace aquí?

—Quiero que vayamos a dar un paseo. —Señaló su vehículo. Una *pick-up* GMC negra con suspensiones muy imponente—. No sé si es un buen momento, pero es importante.

Jake maldijo la escena de hacía unos minutos porque, por la forma en la que Tyler dudaba de que fuese «un buen momento», dedujo que había escuchado la discusión con su padre.

—Sí, eh… Voy a dejar a… —Señaló a Rachel, que se había asomado para ver con quién hablaba, y la cogió en brazos—. Vengo enseguida. —Caminó unos pasos y se detuvo—. ¿Quiere… pasar?

—Mejor espero aquí.

La cocina bullía de actividad cuando regresó al interior y Jake se acercó a su madre para intentar que se ocupase de Rachel, a pesar de lo atareada que estaba. La persiguió de un lado a otro para poder hablarle sin que se enterase el resto.

—El entrenador está fuera.

Sara se detuvo al instante.

—¿Cómo dices?

—Quiere que vaya con él a dar una vuelta.

Sin decir nada, le cogió a la niña de los brazos y siguió moviéndose.

—Ve —dijo cuando él volvió a seguirla—. Si ha venido hasta aquí, debe de ser importante.

Lo abrumó tanta *importancia*, pero se puso la sudadera, cogió prestado el abrigo que su hermano acababa de quitarse y salió. El entrenador lo estaba esperando todavía con el motor encendido. Jake no pudo evitar echarle un vistazo más de cerca al vehículo antes de subir.

—Algún día tendrás una de estas —le dijo Tayler.

Él rio para sus adentros. No le parecía factible ni en un futuro lejano.

—¿Te parece bien si vamos al Iceberg de Pleasant Grove? —le preguntó una vez se hubo acomodado. Jake se puso tenso al escuchar el nombre del establecimiento, pero el entrenador no lo notó—. ¿Becker?

—Donde quiera.

—Es un buen sitio, y podemos hablar por el camino.

Jake empezó a preocuparse, porque debido a los últimos acontecimientos y a la seriedad del entrenador no era para menos.

—La quemadura ya está casi curada —dijo en su defensa, lo cual era cierto. Su madre lo había embadurnado dos veces con aloe vera y eso había dado como resultado que la inflamación disminuyese—. Para mañana estaré listo.

—Jake, no he venido a hablar de fútbol, ni de tus últimas hazañas. De eso ya discutiremos en mi despacho como es debido o cuando acabemos los temas que nos conciernen, si aún quieres seguir hablando después de ello.

«¿Y de qué si no?».

El entrenador decidió salir de la ciudad dando un pequeño rodeo por Surie Gardens.

—Bill Newman es profesor en tu facultad, ¿verdad? —dijo entonces.

—Sí. Lo es.

—¿Y qué relación tienes con él?

Tuvo que mirar a Tayler para asegurarse de que era una pregunta formal.

—Es mi profesor de Física Cuántica Avanzada, ¿por qué?

Harper siguió conduciendo sin añadir nada más durante vario minutos, hasta que Jake se impacientó:

—¿Va a decirme de una vez qué es lo que pasa con Newman?

—Que te alteres no mejora las cosas.

nar—. No quiero ni pensar en los detalles… Y me parece increíble que estemos teniendo esta conversación solo porque soy un buen alumno.

—Solo quiero asegurarme.

—¿Y qué más necesita? Joder. ¿Cuánta gente más sabe esto? ¿Cuántos más creen que…?

—Es algo interno, por el momento. Se ha abierto una investigación contra él, pero te dejarán en paz si yo les digo que lo hagan.

—Pues hágalo.

—Si no dejas que te haga yo las preguntas, lo harán otros.

—Bien. Adelante. Pregúnteme lo que quiera.

Harper quería saber si Newman se había sobrepasado con él, o si alguna vez se le había insinuado, o si usaba lenguaje sexual durante las tutorías, o si había intentado tener contacto físico con él, o incluso si había notado que sus notas en la asignatura que él impartía le eran más favorables de la cuenta, es decir, si eran más altas de lo que en realidad se merecía.

—No —respondió a todas esas preguntas—. ¿Sabe qué es lo que creo? —siguió después—. Que alguien tiene envidia de que sea el único profesor al que le presto atención. Pero eso no es porque Newman sea un degenerado, no tiene nada que ver. Además, es uno de los mejores profesores de la facultad, cualquiera que haya asistido a sus clases diría lo mismo.

Tayler se quedó callado, tal vez analizando todo lo que había dicho.

—¿Tiene alguna otra pregunta?

—De momento no. Volvamos al coche.

Ya se había desahogado, así que lo siguió, muy a pesar del malestar que sentía. Era una acusación muy grave contra el profesor Newman, y creía que no se la merecía tanto como que no era cierta.

El resto del trayecto hasta Pleasant Grove fue incómodo, con un montón de emisoras que se perdían con la distancia y algún que otro misionero predicando de por medio, porque los mormones no se cansaban nunca de buscar adeptos.

Ya en el Iceberg, Jake tuvo que esperar al menos diez minutos a que el entrenador se reuniera con él, porque lo primero que hizo al llegar fue buscar al dueño para saludarlo. Jake lo reconoció: era el hombre que había estado a punto de llamar a la policía cuando el incidente con Richardson, así que agachó la cabeza y fingió que miraba a través del cristal de su izquierda.

—Podría preguntarte por lo que te pasó aquí con un grupo de *griffins* y ponerme a gritar —comenzó a decir el entrenador cuando tomó asiento frente a él—. Pero voy a esforzarme para que los temas relacionados con el fútbol los dejemos para mañana, por respeto al resto de clientes y a mi amigo Bob, y porque aún tenemos que hablar de Veronica Falls.

«¿Veronica Falls?».

—Debe de ser una broma.

Una mujer se acercó a la mesa para dejar unos vasos con refresco de cola y una bandeja repleta de patatas fritas cubiertas de queso. Se le habría hecho la boca agua de no ser porque no terminaba de entender cómo era posible que el entrenador supiese también de la existencia de Veronica y de su *relación* con ella.

Tayler cogió un par de patatas y continuó con las preguntas.

—¿Cuándo fue la última vez que te acostaste con ella?

Se quedó tan atónito que el entrenador tuvo que insistir.

—Contesta, Jake. Y relájate, porque veo que te estás alterando. —¿Cómo no se iba a alterar?—. Es un asunto muy delicado, ¿de acuerdo?

«Veronica Falls. Un asunto muy delicado».

—¡Pues sea claro, joder!

Jake no pudo expresarse de otra manera. Tenía los nervios a flor de piel.

—Veronica ha muerto.

—No.

—Sí.

Cuando las palabras *sida* y *sobredosis* aparecieron en la conversación, Jake entendió por fin qué tenía que ver él con todo aquello.

31 | OPTAR A ALGO MEJOR

lunes 11 de marzo

Jake

La noticia de que Veronica había muerto se extendió como la pólvora. Todo apuntaba a que se había quitado la vida, pero en la universidad los rumores hablaban tanto de suicidio como de asesinato, porque los temas escabrosos eran los preferidos de los estudiantes. Por suerte para él y para todos los que se habían relacionado con ella en algún momento, no se mencionaba de su presunta adicción a las drogas, porque Veronica había sido capaz de mantenerla al margen del entorno universitario por el que solía moverse los fines de semana. Jake ni siquiera lo había deducido, pese a los indicios de decadencia que ahora le parecían tan claros. Tampoco se hablaba de los signos que el cadáver, hallado en los suburbios de la ciudad, presentaba en la piel y que podían estar relacionados con una ETS, puesto que eso era secreto de sumario y él solo tenía acceso a dicha información gracias a las indagaciones del entrenador, a sus contactos.

Llevaba toda la tarde en el vestuario junto con el resto de la plantilla. Un equipo médico había acudido a las instalaciones para llevarse muestras de sangre y orina de cada uno de ellos, a petición de Tayler. A esas alturas, ya habían dado por hecho que aquel examen, en apariencia rutinario, era en realidad un control antidrogas. Jake estudió la inquietud de algunos, en especial la de Lopes y la de un par de suplentes. Después de haberle relatado al entrenador su percance con las drogas en Año Nuevo, parecía que por fin iba a descubrir quién había estado detrás de todo aquello. Pero la idea de que había tenido que morir una persona para que él confesase lo ocurrido le parecía injusta, cruel y cobarde. Debería haber tomado cartas en el asunto mucho antes de que el entrenador le exigiera datos de consumo propios o de otros miembros del equipo, aun a riesgo de enemistarse con alguno de ellos. Al fin y al cabo, no les debía nada.

La única persona que sabía que había estado hablando con el entrenador la tarde anterior era Chris, pero Jake notaba las miradas de recelo de los demás de todas formas.

—Esto es ridículo —le dijo Lopes a Hock en un momento dado. El coordinador se había quedado a cargo para que nadie se escaquease. A Tayler no lo habían visto desde después de que terminase el entrenamiento matutino—. Todos sabemos que la última persona que folló con la drogadicta fue Becker el mes pasado. ¿Por qué no le hacéis las pruebas a él y asunto zanjado?

Hock, en lugar de responder, rio con ironía.

Jake había tenido que contarle a Tayler lo de la felación de Veronica el día que fue a buscarla al Dix76. Mantuvieron una conversación muy incómoda a raíz de eso sobre la posibilidad de que la chica pudiese haberle transmitido cualquier enfermedad que padeciese de no haber sido porque lo dejaron ahí, *o incluso así*. Por eso a él iban a someterlo a un estudio más exhaustivo. Tenía que acudir al hospital cuando terminasen de recoger las muestras y los dejasen marchar, y Chris se había ofrecido a llevarlo. Por descontado, al acabar se encontraría con su padre, porque el entrenador había decidido llamarlo para anticiparle los hechos e iría a recogerlo. No habría podido disuadir a Tyler de hacerlo ni aunque le hubiera pedido opinión.

—¿Crees que Lopes tendrá problemas cuando den los resultados? —le preguntó Chris ya de camino al Jeep—. Parecía más preocupado de la cuenta por algo que debería darnos igual a todos, ¿no crees? —Jake no contestó—. No sé, tío. Me sorprendería mucho si…

Lopes los alcanzó por detrás, pero lo descubrieron ya después de que empujase por la espalda a Jake.

—¿Qué haces, tío? —le espetó Chris, quien lo sujetó antes de trastabillar.

—Todo esto es por tu maldita culpa, Becker. Eres un desgraciado, ¿me oyes?

Tony Lewis llegó y alejó a Lopes de él con un golpe de pecho a pecho.

—El único desgraciado aquí vas a ser tú, por lo que veo.

Los cuatro mantuvieron la distancia durante unos segundos. Jake no se inmutó ni por la actitud amenazante de Lopes ni por la defensa de Lewis.

—¿Va en serio, Lopes? —habló de nuevo este último—. ¿Te van a pillar?

El aludido no dijo nada. Lanzó una mirada de odio a Jake y se retiró, farfullando por lo bajo insultos de los que solo distinguió dos: malnacido y follayonquis. El resto fueron en portugués, así que agradeció que ni Tony ni Chris, quienes podían haber intuido el significado, se los tradujeran.

A punto de llegar al coche, Jake vio el Corolla de Beth acercándose a la entrada del estadio, así que alentó a su amigo para que se diese prisa en salir del aparcamiento. Hizo como que no la había visto bajar de su vehículo a toda prisa, cargada con el abrigo que él se había dejado en su habitación la última vez que se habían visto y al que estaba echando mucho de menos.

Hablar de Veronica le hacía sentirse muy mal, porque era como si a todo el mundo le importasen más las circunstancias de su muerte que su muerte en sí; por eso, lo último que quería era seguir hablando de ella también con Beth. Chris se dio cuenta y dio un pequeño rodeo para impedir que la chica se colocase en su campo de visión. Luego puso la radio y dejó que las canciones hablasen por ellos hasta pasado un buen rato.

—No tienes sida, sácate esa idea de la cabeza —dijo Chris entonces.

—¿Cómo puedes estar tan seguro?

—No hace mucho echaron por la tele un reportaje, y diría que no es habitual el contagio según… tu caso. Poco probable, más bien. Además, no me encaja que Veronica tuviese sida o cualquier otra cosa y no se le notase o no lo supiese. Eso te pudre por dentro y por fuera.

—Es que a lo mejor sí lo sabía.

—¿A qué te refieres?

Jake no podía dejar de darle vueltas a lo que había pasado en la discoteca, a la causa real de por qué ella no había querido acostarse con él esa noche. ¿Y si creía que estaba enferma y había sido una forma de protegerlo? Estaba convencido de que había una razón de peso mayor que la falta de ganas que aseguró. Pero ¿y si el sida podía transmitirse por la boca de todas formas? Apenas sabía nada de eso. Apenas sabía nada, en realidad, más allá de que era una enfermedad mortal que había ido en aumento desde hacía pocos años. ¿Y por qué él no había sido capaz de darse cuenta de que Veronica no estaba pasando por un buen momento? Freddy Miles ya se lo había advertido en la tienda de ultramarinos: «Esa chica tiene problemas». ¿Por qué no le había importado lo más mínimo? Se sentía fatal por cómo se habían desarrollado los acontecimientos después de eso. Estaba realmente mal, pero no sabía cómo expresarlo, y tampoco quería volver a hablar de sus elucubraciones con nadie, ni siquiera con Chris. Tener que comentarlo con el entrenador ya había sido, de por sí, bastante duro.

—¿Podemos, simplemente, no hablar? Se me revuelve el estómago cada vez que pienso en —«Cualquier cosa relacionada con Veronica»— que está muerta.

—Claro, tío. A mandar.

Jake vio la GMC del entrenador al llegar al hospital, junto a la puerta principal, pero no quiso fijarse en si la camioneta de su padre estaba también en las inmediaciones.

—¿Te acompaño dentro?

—No —sonó tajante, porque así lo pretendía—. Voy solo.

Ni siquiera le dio las gracias a Chris por acercarlo hasta allí.

No estaba en lo que tenía que estar.

No podía estarlo.

Caminó hasta el mostrador de la entrada con los nervios a flor de piel y la sensación de que las piernas iban a fallarle en cualquier momento. Tayler lo vio primero y lo abordó después; lo ayudó a hacer la inscripción como paciente para la exploración y lo acompañó hasta la segunda planta.

—Vamos a sentarnos un momento —le dijo el entrenador.

La pierna derecha de Jake continuó moviéndose sin control después de tomar asiento.

—He tenido acceso al informe de la autopsia de Veronica —siguió Tayler, aunque él no lo miraba—. No tenía sida, y los indicios de una posible sífilis también son negativos. Se ha dictaminado que las manchas de las que te hablé eran solo síntoma de una dermatitis de contacto causada por…

Jake dejó de escuchar porque sintió, en el sentido más estricto de la palabra, que un enorme peso le bajaba desde los hombros hasta los pies, como si se despojara de él.

—De todas formas, van a examinarte. Creo que es lo mejor. ¿Estás de acuerdo?

No hizo falta que respondiese. Cuando una mujer lo llamó por su nombre y le pidió que la acompañase, él se levantó y se adentró en la estancia que le habían designado, sin importarle qué tipo de pruebas fuesen a hacerle. Tuvieron que darle un tranquilizante, eso sí, porque, a pesar de las buenas noticias que le había proporcionado el entrenador, cuando se desvistió y se tumbó en la primera camilla, todavía temblaba.

***

Acabó con todas las exploraciones hora y media después. Jake esperaba no tener que repetir una experiencia como esa nunca más, en ninguno de los sentidos, es decir, a nivel emocional, sicológico y físico. Respecto a esto último, a pesar de que el trato había sido bueno por parte de casi todos los profesionales que lo habían atendido, era probable que la vergüenza le fuese a durar eternamente. Al menos, eso era lo que pensaba a punto de terminar de vestirse.

Salió hacia la sala de espera por una puerta distinta y caminó un buen trecho hasta que distinguió el perfil de su padre y luego el de Tayler. Hablaban de pie; no demasiado cerca el uno del otro. El entrenador fue el primero en verlo y su gesto hizo que Paul se girase. Jake disminuyó el paso cuando eso ocurrió, y paró cuando su padre empezó a avanzar hacia él.

El manotazo que le dio en la cara resonó por todo el pasillo. Después de eso, le sostuvo la mirada lo más dignamente que pudo, hasta que él le dio las llaves de la camioneta y le dijo:

—Espérame en el coche.

Desapareció de allí sin mirar a nadie, mucho menos a Tayler. Fuera del hospital, buscó la Travelette de su padre y se encerró allí hasta que este apareció, casi media hora más tarde. Jake le había dejado las llaves puestas en el contacto.

Durante los primeros diez minutos de trayecto, Paul no se pronunció, así que él tampoco lo hizo. Sabía que no iba a aceptar nada de lo que dijese, ni siquiera las disculpas por haberlo preocupado.

Dejando atrás la iglesia de St. Kingston, fue cuando su padre empezó a hablar.

—¿Cómo se te ocurre juntarte con una prostituta yonqui, Jake?

—No era prostituta —repuso en un intento por defender la integridad de Veronica.

La integridad que a nadie se le había ocurrido respaldar antes de que decidiese quitarse la vida; pese a su personalidad traviesa, atrevida y alcahueta, y pese a la amistad que compartía con tantísima gente, aunque solo fuese por conveniencia.

—¿Ah, no? ¿Tengo acaso que recordarte que la han encontrado muerta por sobredosis en el barrio Gris? ¿Qué es si no? ¿Una princesa fuera de su castillo por culpa de un terrible malentendido?

Odiaba que emplease preguntas retóricas.

—No sé qué le pasó, pero no era prostituta. Me da igual que lo creas o no.

—Ah. ¿Te da igual? —Hizo una pausa para girar a la izquierda en el cruce con el parque Felton—. Eres un estúpido y un ignorante.

—Sí. Eso lo tengo asumido, papá, por todas las veces que me lo has dicho.

Paul frenó en seco.

«Mucho ha tardado en hacerlo».

Lo cogió por la pechera, sorprendiéndolo pero no mucho, y le habló muy de cerca.

—Tu entrenador ha llamado a mi trabajo para contarme que una chica, que ha muerto de sobredosis, había tenido relaciones contigo y que por eso iban a llevarte al maldito hospital para hacerte pruebas por un posible contagio de sida y no sé qué más. ¡Sida, Jake! ¡¿Te das cuenta de la gravedad del asunto, o tengo que explicártelo?! O, mejor, ¿por qué no me explicas tú cómo es que tienes tanto tiempo libre, a pesar de lo mucho que dices que te dedicas a entrenar y a jugar al fútbol, para andar acostándote con furcias?

—No era prostituta —logró decir entre dientes, pese a lo cerca que estaba de su padre y el riesgo que eso suponía.

—No te lo crees ni tú. —Paul lo soltó y reanudó la marcha—. Pero lo doy por hecho y no me sorprende que no puedas optar a algo mejor.

Ese fue, con diferencia, el golpe más bajo que había recibido en toda su vida, por eso ni siquiera fue capaz de replicar.

Jake no tenía claro qué sabía su padre y qué no, porque dependía de cuánto le hubiese contado el entrenador, pero no se sintió con fuerzas de explicarle que no se había acostado con ella desde hacía casi un año, y que en su último encuentro apenas habían tenido contacto.

—No voy a decirle a tu madre lo de la chica —resolvió su padre antes de llegar a casa—, porque no quiero que tenga una opinión de ti tan lamentable. Pero sí vas a tener que explicarle todo ese asunto de drogas con tus compañeros de equipo y así justificarás que hayan tenido que someterte a pruebas en el hospital. Pero escúchame bien: durante los próximos días, prepararás un calendario bien específico con tus horarios de clase y de entrenamientos y con la fecha de los partidos que te queden. Y ya decidiré yo cómo administras el resto del tiempo. ¿Lo has entendido?

Muy a pesar de lo frustrado que estaba y de la furia que sentía por cómo lo había tratado, tuvo que agradecer para sus adentros que Paul decidiera no hablarle a Sara de Veronica.

—Ah, y que sea la última vez que me llama Harper Tayler. Házselo saber porque, si tenemos la desgracia de volver a coincidir, no seré tan amable.

32 | SOBREPONERSE

viernes 15 de marzo

Jake

Había sido una semana muy complicada y llena de tensión, dentro y fuera de casa.

En la universidad, la normalidad había vuelto a medias, porque se seguía rumoreando sobre las posibles causas de la muerte de Veronica, y eso impedía que Jake dejase de pensar en la noche que pasó con ella y en la sospecha que tenía de que le pasaba algo; de que no se había acostado con él *por algo*. Por si fuera poco, la actitud del profesor Newman con la pequeña comunidad estudiantil que asistía a sus clases parecía estar cargada de resentimiento. Así que los alumnos, que no eran tontos y que siempre estaban al día de todos los rumores, sospechaban que debía de haber algo gordo en torno a él.

Respecto al fútbol, también estaba todo a medias, bien a medias. Sus pruebas habían determinado que estaba perfecto, sin indicios de ninguna enfermedad y con resultado negativo en el test de drogas. Pero Lopes había caído en esto último, y el entrenador no había dudado en sacarlo del equipo, así que se habían quedado sin *center* a falta de un mes para los Rivalry Games. El resto de los jugadores estaban tan sorprendidos por la gravedad de la situación de Lopes como disgustados por la drástica decisión del entrenador. Y Tayler estaba, a su vez, preocupado por la repercusión que la noticia de la expulsión pudiese suponer para los Ice Falcons de llegar al Comité Deportivo. La única baza a su favor era que ya no podían comprobar si Lopes había consumido estupefacientes durante los partidos de la liga regular. Además, Tayler había hecho constar que se trataba de algo reciente y Lopes había firmado un escrito que lo respaldaba, por si finalmente elevaban el caso al Comité. Debían de haber llegado a algún tipo de acuerdo, pero el chico se había ido de Vallon en cuestión de dos días y nadie había podido hablar con él antes de que lo hiciese. Shawn Williams era, con diferencia, el que más molesto estaba con la situación actual del equipo, pues el *center* era uno de sus pilares fundamentales e iba a tener que compenetrarse con algún otro en cuestión de pocas semanas.

—Estoy seguro de que hablaste con Tayler de lo que pasó en Fin de Año —le había dicho al final del entrenamiento—. La muerte de Veronica debió de acojonarte mucho.

Y en cuanto a su vida después de los entrenamientos, en casa, recluido bajo las órdenes de su padre, las cosas no le iban mucho mejor. Derek se había ofrecido a hablar con él en un par de ocasiones, pero, por supuesto, él se había cerrado en banda.

Sara abrió de pronto la puerta de su habitación, con la mano derecha en la cadera y el ceño fruncido. Él la miró desde el escritorio, donde llevaba sentado desde hacía más de una hora ojeando libros que había sacado de la biblioteca.

—Rachel va por ahí diciendo que eres su marido, Jake.

La miró con incredulidad, hasta que se acordó de la conversación que habían tenido. Tras hablarle de ello a su madre, ambos compartieron una carcajada breve pero significativa. Era lo más divertido que había sucedido en los últimos días.

—Vas a tener que solucionarlo.

—No sé si me atrevo a explicarle que no deberíamos estar casados siendo familia. Es más inteligente que yo.

—Eso tampoco es que sea muy difícil —Louis lanzó el comentario mientras entraba a la habitación y se dejaba caer en la cama de Jake.

—Largo de aquí. Estoy estudiando.

—¿Cómo llevas los estudios, por cierto? —pregunto su madre.

—Bien.

—¿Seguro?

—Sí. Bien.

—Es importante que los lleves al día.

Apartó la vista después de esa última aclaración. De todas las personas que había a su alrededor y que no confiaban en que pudiese llegar lejos en el fútbol, su madre era la que más desazón le producía.

—Quítate la camiseta —le dijo acercándose a él—, quiero ver cómo lo llevas.

—Ya estoy bien, mamá. He estado entrenando sin problemas.

—Entonces no pasará nada por que le eche un vistazo.

A regañadientes, cogió la parte de atrás del cuello de la camiseta negra que llevaba y se la quitó de un solo movimiento, recostándose sobre la silla para que su madre comprobase que tenía razón. Solo le quedaban un par de marcas rojas, que coincidían con la zona donde las hombreras ejercían mayor presión, pero no era algo que le molestase demasiado ni que fuese a dejar cicatriz. Sara quedó bastante satisfecha, pero insistió en que debía ponerse un poco más de crema antes de acostarse y añadió:

—Luego, después de la cena, nos sentaremos un rato todos juntos y hablaremos de algo importante. —Dejó unos segundos para que reposara la información, pero no entró en detalles—. Así que agradecería mucho si pones un poco de tu parte mientras estamos en la mesa.

—¿En qué sentido?

—En el de que no hagas o digas nada que parezca un desafío hacia tu padre o que provoques a Derek para iniciar una discusión.

—El básico de siempre —añadió Louis.

Jake tuvo que hacer un gran esfuerzo por abstenerse de ir a por su hermano, que rio para más inri.

—Voy a seguir con la cena, ¿de acuerdo? Tu padre no tardará en llegar.

—¿Y tú a qué esperas? —le dijo a su hermano en cuanto su madre se fue—. ¡Lárgate!

Pero Louis no se levantó de la cama con intención de dejarlo tranquilo, sino de seguir buscando baza. Le cogió la camiseta cuando la preparó para ponérsela y salió corriendo de la habitación. Jake corrió tras él, no porque no tuviese ninguna otra cosa que ponerse, sino porque no pensaba dejar que se saliese con la suya. Bajó corriendo las escaleras al tiempo que Derek abría la puerta de casa. Daba por hecho que sería su padre, así que, una vez abajo, se quedó congelado al descubrir a Beth. Una Beth sin coleta, con el pelo más corto y más claro que de costumbre. Tanto Derek como Louis como Jake se quedaron mirándola. Un triángulo perfecto de Beckers embobados por una misma chica.

Milagrosamente, él fue el primero en reaccionar. Le arrebató a su hermano la camiseta y se la puso mientras salía y cerraba la puerta tras de sí, alejando a su amiga de allí.

—¿Dónde está tu coche?

La cogió por el brazo sin darse cuenta de que la forzaba a moverse cargada con su patético abrigo verde y una bolsa que no dejaba de interponerse entre ellos mientras avanzaban.

—Para, Jake.

—Tienes que seguir caminando.

—¿Por qué? ¿Qué pasa? —Beth luchó por zafarse.

—¿Derek? Eres tú, ¿verdad? —Una de sus vecinas interrumpió su cometido al dirigirse a él, sentada en la mecedora que siempre tenía en el jardín—. ¿Quién es la muchacha que te acompaña? Seguro que es bonita, ¿a que sí?

Jake se benefició de su incipiente ceguera para seguirle la corriente y seguir avanzando calle abajo.

—¿Qué tal, señora Miller? ¿Cómo está?

Beth aprovechó ese gesto de cortesía para alejarse de él.

—¡Eh! ¿A dónde vas?

—¿Qué diablos te pasa? —Beth se volvió cuando estaba a punto de alcanzarla, obligándolo a parar—. ¡Eres un bruto! No mides tu fuerza. ¡No me toques!

Quiso excusarse, explicándole que su padre estaba a punto de llegar y que estaba castigado y que no era buena idea que lo viese con ella, mucho menos fuera de casa.

No le dio tiempo.

—Sé que me viste. El lunes. —Había sido una semana tan intensa que tuvo que hacer memoria para saber a qué se refería—. Acababa de enterarme de lo de Veronica y solo quería saber cómo estabas. No te haces una idea de cómo me sentí en ese momento, ni de cómo me he sentido hasta hoy, sabiendo que fui a buscarte, que me viste y que, en pleno uso de tus facultades, decidiste ignorarme. —Podría haberle dicho que lo de que estaba en pleno uso de sus facultades no era del todo cierto, pero Beth siguió, sin dejarle tiempo para pensar lo que quería decir sin ofenderla—. También estuviste en el hospital haciéndote pruebas. No me preguntes cómo lo sé, pero lo sé, Jake. Y me alegro de que estés bien, de que no tengas nada, solo que podrías habérmelo contado. Podrías haber hablado conmigo durante toda esta semana y no lo has hecho. Toma. —Beth esperó a que cogiera el abrigo, luego le aplastó la bolsa de plástico contra el pecho y se alejó unos pasos—. Compré esto el sábado pasado. Ya no me parece que dártelo tenga el mismo sentido que hace una semana; no obstante, sigue siendo para ti, así que quédatela —concluyó antes de alejarse a toda prisa.

Él no la siguió con la mirada; de haberlo hecho, la habría seguido, y no podía permitírselo tal y como estaban las cosas.

La vieja camioneta y él llegaron a casa al mismo tiempo. Jake abrió la verja para darle paso y cerrarla después. Lanzó la bolsa que llevaba hacia la batea, antes de que su padre la viera.

—¿Vienes de algún sitio?

—De saludar a la señora Miller.

Al entrar en la vivienda, sus tres hermanos estaban esperándolo. Jake se puso el dedo índice en los labios para que no hiciesen ningún comentario delante de su padre, y ellos esperaron a que este subiera al cuarto de baño para empezar el interrogatorio.

—¿Era la animadora?

Jake miró a su hermana con una cara de circunstancia que rozaba el enfado, y esta vocalizó en silencio una disculpa.

—Pues sí tenía pinta de animadora, ahora que lo dices —continuó Derek.

—Paso de explicaros que es solo una amiga.

—Ya, claro. Por eso has salido como si se te fuese la vida en ello a cerrarme la puerta en las narices. No nací ayer.

—Piensa lo que quieras.

—Eso hago.

—Venid a poner la mesa y dejaos de tonterías —su madre los reclamó antes de que se enzarzasen.

Jake se acercó a coger los cubiertos, pero no desaprovechó la oportunidad de darle una merecida colleja a Louis al pasar por su lado, que protestó sin ser capaz de devolvérsela. Después, el olor a lasaña recién hecha calmó sus ganas de bronca.

Cuando terminaron de cenar, Jake subió a acostar a Rachel y luego regresó al salón. Los dos sofás ya estaban ocupados, así que cogió una silla y se acercó a su familia, colocándose de cara al respaldo para apoyar los brazos en él.

—Puede que ya os hagáis una idea de por qué he convocado esta reunión —empezó a decir su madre. Jake vio asentir a Zane y a Derek—. Ebru, la madre de Arabia, ha llegado a la última fase de su enfermedad y solo le dan unas semanas más de vida. Nunca hemos hablado abiertamente de la situación familiar de la mejor amiga de Zane, pero, llegados a este punto, considero que debemos pensar en ella y en su futuro cuando se quede sola.

—Mamá y yo hemos creemos que sería buena idea que Ari se mude aquí, con nosotros —prosiguió su hermana—, el tiempo que necesite. Sé que ella contempla la idea de seguir viviendo en el apartamento de su madre, pero quizás no sea lo mejor. Además, yo tengo sitio de sobra en mi habitación.

—Por mí no hay ningún problema —anunció Derek.

Jake se rio sin querer y todos lo miraron.

—Perdón, es que… Nada. Continuad.

—Adelante, dilo.

Aceptó el desafío de su hermano con mucho gusto.

—Muy bien, pues lo digo. Es que no entiendo qué tienes que opinar tú, que te pasas la mayor parte del año en Florida. Es evidente que no va a ser un problema para ti.

—¿Y para ti, Jake? —Sara le lanzó la pregunta al instante—. ¿Crees que sería un problema?

—No he dicho eso.

—Pues cállate y deja que tu madre continúe.

La intervención de su padre lo indignó todavía más. Tuvo que morderse literalmente la lengua para evitar otra réplica.

—Me haría muy feliz que todos estuviésemos de acuerdo en este asunto y que lo sopesáramos teniendo en cuenta que podría ser algo definitivo, como ha dicho Zane. Quiero que estemos dispuestos, como familia, a ser generosos el tiempo que sea necesario y a hacernos a la idea de que seremos uno más, con todo lo que ello conlleva y el esfuerzo que requerirá.

—No creo que haya una gran diferencia entre ser siete o ser ocho —apuntó Derek—. Además, Ari ya es casi como de la familia, ¿no?

Zane se abrazó a su hermano, porque lo tenía al lado.

—Louis, ¿tú qué opinas?

—Me da igual —dijo encogiéndose de hombros—. Si se instala arriba, con Zane, me imagino que será como cuando se queda a dormir en casa, solo que todos los días, ¿no?

—Eso es.

Jake resopló de forma inconsciente, pensando en lo incómodo que siempre le resultaba que Arabia estuviese presente cuando discutía con su padre, o cuando le recriminaban alguna cosa, o incluso cuando discutía con Zane y ella siempre saltaba para defenderla.

—Pero ¿a ti que te pasa? —le preguntó esta.

—Nada, ¿por qué?

—¿Estás seguro de que estás de acuerdo?

Que fuese Derek quien le hiciese la pregunta no le sentó nada bien.

—A lo mejor estoy incluso más seguro que tú.

—Pero ¿de verdad vais a discutir también por esto, aun estando los dos de acuerdo? —Zane se puso de pie para darle un mayor énfasis a sus palabras—. ¡Sois de lo que no hay! No, ¡tú eres de lo que no hay! —Señaló a Jake de una forma muy acusatoria.

—¿Lo soy?

—¡Jake! ¡Basta! —Su madre también se levantó—. Deja de complicar las cosas, por favor.

—No sabe hacer otra cosa —sentenció Paul.

Jake notó la rabia subiéndole por la garganta, clamando por salir de sus labios, pero los apretó con fuerza y dejó que se instalase en sus mejillas, dotándolas de un calor que casi quemaba. Agachó la cabeza, apretó los puños y esperó a que su madre retomase el discurso.

—Parece que la decisión es unánime, pero, para asegurarme, me gustaría que levantaseis la mano si os parece bien de manera definitiva. Ahora.

Jake y su padre lo hicieron, estirando el antebrazo hacia arriba. Los demás extendieron el brazo completo. Aclarado aquel asunto, Jake subió a su habitación.

Rachel dormía con una pierna fuera de la colcha y con el cuerpo girado en una postura extraña, así que se acercó para colocarla mejor y darle un beso en la frente. Verla dormir le brindó un poco de calma; la que necesitaba después de un largo día. Se sentó frente al escritorio y trató de ordenar los sentimientos que aún fluctuaban por su mente, precavidos, sobre todo los relativos a Beth. Sin embargo, no se acordó de la bolsa que ella le había dado hasta mucho tiempo después, cuando ya había decidido meterse en la cama en un intento por que su cerebro se cansase de dar bandazos entre los recuerdos que le repetían que era un bruto y que no medía su fuerza. El «¡No me toques!» era lo que más retumbaba en su cabeza.

Cuando comprobó que la casa ya estaba sumida en un silencio que revelaba que todos se habían acostado, bajó por las escaleras sin hacer ruido. El frío de la noche le erizó el vello de los brazos y de la nuca cuando avanzó hasta la batea para recoger lo que había ido a buscar. Sacó el contenido de la bolsa allí mismo, bajo la tenue luz de una luna menguante.

Era una sudadera como la que usaba habitualmente, de algodón, con capucha, cremallera metálica y de color azul, uno más oscuro y menos desgastado porque era nueva. Todavía colgaba de ella la etiqueta de los almacenes Burlington. Jake se la puso para cobijarse del frío y de las emociones que le habían hecho sentir aquel regalo, pero sobre todo de las que había vivido hacía unas horas, primero al ver aparecer a Beth en la puerta de su casa, y luego cuando esta le había echado las cosas en cara.

Al pensar en ella, lo hizo también en su corte de pelo, en lo bien que le quedaba.

Lamentó no haberla seguido al darse cuenta de que podría haber hecho frente a las consecuencias. ¿Acaso no era lo que siempre hacía?

Sobreponerse, una y otra vez, a todo lo que le ocurría.

33 | *LET ME HELP*

jueves 21 de marzo

Beth

Una semana después de tomar la decisión de ir a la peluquería, Beth seguía viéndose un poco rara frente al espejo, pero también más adulta, porque su estatura y su rostro angelical siempre la habían hecho parecer infantil. Además, todas las chicas de la residencia le habían dicho que estaba genial con el corte.

Pero ese no era su único cambio reciente, también había vuelto a las animadoras. El lunes se había presentado en el pabellón para hablar con la entrenadora y, pese a la reticencia inicial de rigor, hacía aceptado su reincorporación. Beth sabía que el hecho de que los White Falcons se hubiesen clasificado para el campeonato nacional había tenido mucho que ver con su decisión porque, como cada año, el March Madness era uno de los eventos deportivos más esperados y la universidad quería dar un buen espectáculo. La razón por la que ella había solicitado su plaza de vuelta también estaba clara: no había recibido noticias del productor musical. Y, aunque era lo más normal, había albergado la esperanza de recibirlas.

La seguía albergando, doce días después de haber enviado la maqueta.

El entrenamiento de hacía media hora había sido duro por ser el previo al viaje que les esperaba al día siguiente hasta Denver, donde el equipo de baloncesto jugaría la semifinal regional contra St. John. La entrenadora preparó una coreografía especial para incluirla como voladora, así que tenía que salir genial y la habían repetido hasta la saciedad.

Julie se sentó a su lado en el vestuario.

—No llegaste a decirme qué te pareció el regalo de Curtis. ¿Te gustó?

Beth visualizó el envoltorio de la tienda de discos que seguía apoyado en la pared de su habitación y sonrió con amabilidad.

—¿Quién hace la pregunta? ¿Tú o él?

—Vamos, no seas tan dura… Se está esforzando.

—No quiero hablar con él, si es lo siguiente que vas a preguntarme.

Se retocó los pliegues de la falda antes de sentarse a atarse las zapatillas.

—¿Por qué no? Piensa en que vais a tener la oportunidad perfecta en el autobús hasta el aeropuerto. Además, ¿no fue en Salt Lake donde formalizasteis lo vuestro? Debe de ser una señal.

Beth hubiese preferido que las señales apuntasen en cualquier otra dirección. Estaba cansada de escuchar que Curtis había recapacitado, que estaba arrepentido. Pero eso no era ninguna novedad. *Ya no.*

—Pareces muy segura de no querer volver con él —continuó Julie—, y la verdad es que me sorprende bastante. Hacéis buena pareja.

—*Hacíamos* buena pareja —matizó, porque había estado desintoxicándose de él durante todo el mes y creía que por fin estaba lista para recoger los frutos. Agarró la bolsa con sus cosas y se la colgó al hombro—. Puedes decirle que ahora mismo lo único que quiero es centrarme en mí misma.

—Pues entonces espero que tampoco se te pase por la cabeza volver con tu ex, porque últimamente te hemos visto mucho con él y a mí eso de que sigáis siendo amigos siempre me ha parecido un poco raro.

—Puedes estar segura de que no lo haré.

Sabía que Jake había estado en el hospital porque la madre de Julie trabajaba allí, y también que esta había notado su preocupación al comentárselo.

—No te olvides de que la amistad entre hombres y mujeres no existe sin un interés de por medio.

—Eso no es verdad.

—Claro que sí. Y si quieres pruebas que lo respalden, que sepas que Alissa me confirmó que le sigues gustando. —Beth no conocía personalmente a Alissa, pero las más veteranas del equipo siempre estaban hablando de ella. Había sido capitana antes que Julie—. Y lo del numerito del gimnasio entre él y Curtis fue también un claro ejemplo. Que tú no quieras verlo ya es otra cosa.

—Te garantizo que eso que piensas sobre la amistad no es cierto —dijo antes de salir para evitar que su compañera replicase de nuevo.

Sin embargo, de camino al campus, y pese a lo segura que estaba de tal afirmación, no pudo dejar de darle vueltas a la amistad que compartía con Jake y en lo frágil que esta se había vuelto en las últimas semanas.

«Frágil no es la palabra».

Beth siguió pensando en un término que se ajustase más a la situación actual, la que había dado pie a que la distancia entre ambos fuese mucho más perceptible. Antes podían pasar semanas sin que tuviesen apenas trato, saludándose de lejos y charlando de vez en cuando, y no por eso parecía que se hubiesen alejado el uno del otro. Simplemente, tenían otros asuntos que les requerían más atención y no pasaba nada, porque la amistad estaba allí de todas formas. Estaba siempre que la precisaban, porque era sincera. Real.

Y era entre un hombre y una mujer.

Las cosas ahora eran distintas porque, aunque había sentimientos nuevos —los suyos propios los tenía claros—, no pensaba que la amistad fuese diferente. Era solo que había algo más. Algo incontrolable que se había desarrollado de forma natural y que, tal vez, los dos trataban de evitar para que el cariño que se tenían no cambiase; no *se dañase*.

El miedo a perder la conexión que compartían era tan aterrador que, sin saberlo, se había materializado en forma de línea invisible, marcando los límites que ella no pensaba sobrepasar bajo ningún concepto.

Pero ¿y si ambos estaban en el mismo punto?

Lo que había pasado en su habitación el día de la grabación había sido muy intenso, por eso Jake había salido huyendo. Beth se preguntó si no habría sido ese el instante en que él se había dado cuenta de ese nuevo sentimiento. Ella aún recordaba la sensación que le habían provocado sus pulsaciones.

«Alissa me confirmó que le sigues gustando».

Le sigues gustando no solo significaba que podía gustarle ahora, sino que pensaban que había sido así desde que iniciaron la falsa relación.

No tenían ni idea. Ellas no lo conocían.

Beth se detuvo a varios metros de la ancha y elevada escalinata de acceso a la Facultad de Historia, sobre la que el sol incidía con fuerza a mediodía. Jake estaba sentado en la parte izquierda del tercer escalón, muy concentrado en el libro abierto que sostenía con las manos. Tenía la sudadera que ella le había regalado apoyada sobre el hombro izquierdo de una camiseta blanca de manga corta. Los calurosos como él desafiaban al verano antes de que llegase porque no les quedaba más remedio.

—¿Qué haces aquí?

Su sobresalto la hizo reír, pese a lo enfadada que había estado desde lo ocurrido en Prinss. Jake usó la mano de visera para que el sol no le impidiese mirarla. Intentó decir algo durante los segundos que aguantó sin agachar la cabeza, pero no pudo, o no se atrevió.

Beth le echó una mano.

—Sé que lo sientes —le dijo, deduciendo fácilmente por qué había ido a buscarla.

Él se limitó a asentir con lentitud y a pasarse la mano por el pelo.

—¡Oye! ¡Fíjate! —Beth se lo revolvió después—. Tú también te lo has cortado.

—Chris me obligó. Dijo algo así como que estaba sobrepasando los límites de todos los estándares de moda actuales, y que no pensaba permitirlo.

—Congeniar con el capitán este curso te ha venido muy bien.

Subió dos escalones, se recogió la falda por detrás y se sentó a su lado. No dijeron nada durante un tiempo. El necesario.

—Así que es cierto —comentó él después, rozándole el borde de una de las calcetas, un gesto casi imperceptible—. Has vuelto.

—Sí. El lunes. Las animadoras me necesitaban tanto como yo a ellas, para evadirme y dejar de pensar en la estúpida maqueta.

—No es estúpida.

—Sabes lo que quiero decir.

—Oye, siento haberte hecho daño —soltó Jake de imprevisto—. Lo hice, ¿verdad? —Ella giró la cabeza y lo observó con detenimiento—. Cuando te cogí del brazo —especificó al no obtener respuesta.

Beth pensó en lo que le dijo, lo de que era un bruto. Odió haberlo hecho, porque Jake era de los que asumía las cosas que otros decían sobre él como si se tratase de verdades irrefutables. Lo sabía porque, durante un tiempo, ella también había sido así.

—Fue incómodo y un poco doloroso, sí —respondió de primeras. No le dijo que lo más doloroso fue el gesto en sí mismo para no complicar más las cosas—. Inesperado, eso también.

Él bajó la vista el suelo, así que Beth se acercó para cogerle la mano y tratar de contrarrestar lo que había sumado a su personalidad por error.

—Al principio, cuando te conocí, me dio la impresión de que eras una persona impredecible, o puede que solo lo pensase por las cosas que otros me habían dicho de ti. —Notó que se ponía tenso y deshizo el contacto—. En cualquier caso, no era verdad. Solo eres impredecible cuando estás enfadado.

—Eso no es ningún consuelo.

—No. Es solo una forma de decirte que tendrás que trabajarlo, que tendrás que esforzarte para aprender a controlarlo. —Jake frunció el ceño—. Lo que verdaderamente quiero decir es que no te define solo lo que otros digan de ti. Ni a ti ni a mí ni a nadie. Y que, en el caso de que así fuera, siempre, escúchame bien, *siempre* tienes la opción de cambiar lo que no te gusta. Eres tú quien decide, no los demás. —Se levantó y se situó frente a él, tapándole el sol de la cara para que pudiese mirarla sin esfuerzo si en algún momento se atrevía a hacerlo—. Fíjate en mí. He vuelto a las animadoras, pero no soy la misma persona, y no solo porque haya cambiado de peinado. Tú me ayudaste a pensar en quién soy en realidad, o quién quiero ser, aún no lo tengo muy claro. Así que espero que te sirva tu propio consejo.

Jake rio con modestia.

—No me atribuyas tus propios méritos. Yo nunca te he dado ningún consejo como ese.

—No, claro. Nunca has dicho: «Beth, prepárate, voy a darte el consejo de tu vida». Pero es que no siempre hace falta decir para sugerir o recomendar algo.

—Vale. Para un poco, que no me gusta cuando coges carrerilla. —Se le notaba confuso de verdad—. Además, ¿no deberías irte a clase?

—¿Qué pasa? ¿Te abruma que suene tan convincente?

—Me abrumas, en general. Olvídate de lo de convincente.

Ahí estaba: el Jake de siempre. Su chico de siempre.

Beth no quiso alargar más las dudas que barajaba, así que le preguntó:

—¿Podemos ir a dar una vuelta o tienes cosas que hacer?

—Con estar en el estadio a las tres es suficiente.

—Genial. Es que quiero preguntarte algo, pero no creo que este sea el mejor lugar.

—¿Algo sobre qué?

—Puede que esté relacionado con el hecho de que estés aquí sentado.

—Uf, entonces no sé.

Lo cogió del brazo para que se levantara.

—Jake Becker, eres un cabezota. Pero ¿sabes qué? Eres mi cabezota favorito.

Jake

Puede que irse con Beth fuese lo más arriesgado que había hecho en el último año, pero no le dio mucho vértigo, porque era cierto eso de que había cambiado. Ya ni siquiera *parecía* importarle que la viesen con él por el campus.

Recorrieron juntos uno de los senderos que llevaban a la Colina, la zona ajardinada más apartada y tranquila del enorme complejo de la VSU, y se sentaron bajo uno de los árboles que quedaban libres. Él repantingado sobre el tronco, aliviado por la sombra. Ella, enfrente, con los pies cruzados por delante, las rodillas abrazadas y la barbilla sobre estas.

—Derek no me pareció tan guapo —dijo Beth con una sonrisa traviesa—, o sea, no es para tanto. Creo que es mucho más mono tu hermano pequeño. ¿Cómo se llamaba?

—Louis.

Beth estaba intentando compensar el haber ido hasta su casa, obligándolo a abrirle la puerta de su vida con tanta facilidad. Era su forma de decirle que lo sentía, pero que tampoco era el fin del mundo.

—La próxima vez que venga a casa le diré: «¡Ey! Bethany Harris no cree que seas para tanto» —le dijo dando a entender que aceptaba sus disculpas.

Ella sonrió con ganas.

—De no ser porque en unas horas nos marchamos a Denver, te habría propuesto ir al Under esta noche —siguió diciendo jugueteando con el césped al mismo tiempo—. Me gustaría ir contigo y tocar mis canciones un día de estos. Creo que a Mery le gustará mucho la de *Clap Club*.

—Estoy castigado por tiempo ilimitado, así que hoy no habría podido ir de todas formas. —Jake echó la cabeza hacia atrás y cerró los ojos—. Intenté decírtelo cuando... Bueno, ya no importa.

A ella se le escapó la risa sin ningún tipo de disimulo.

—¿Cómo que castigado? —dudó entonces—. ¿Qué tienes?, ¿quince años?

—Consecuencias de seguir viviendo en casa de mis padres.

«Suena ridículo porque lo es».

—Tienes que salir de ahí, Jake. Entiendo qué cosas son las que te atan, pero deberías hacer pleno uso de tu beca y venirte a vivir al campus. Hacer tu vida.

—Ya. He estado pensando en ello. —Era cierto—. Quizás el próximo curso.

—Incluso podrías esforzarte en los estudios y pedir un traslado, irte a otra universidad, lejos de aquí, ya sea a través del fútbol o sin él.

—¿Qué os hace pensar a todo el mundo que no me esfuerzo lo suficiente en los estudios?

Beth omitió su pregunta y continuó:

—Tengo la impresión de que, si no sales pronto de esta ciudad, ya nunca lo harás.

Durante los primeros meses después de que se mudasen a Vallon, Jake se juró cada día y cada noche que se marcharía de allí en cuanto tuviese la más mínima oportunidad. No recordaba en qué momento exacto había dejado de querer cumplir con aquel juramento, pero sí la causa, que ahora medía poco más de un metro y estaba a punto de cumplir cuatro años.

—¿Es esto lo que querías decirme? —preguntó un poco decepcionado.

—No. Te había dicho que quería preguntarte algo, no decirte, y además no tiene nada que ver con el rollo que te acabo de soltar.

—¿Y a qué estás esperando? Tengo hambre.

Beth se mordió el labio inferior, ocultó el rostro por detrás de las rodillas y tomó aire para ir al grano.

—¿Te gusto?

«Impresionante».

Esperaba cualquier cosa relacionada con su reacción el día en que grabaron la maqueta, pero no una pregunta tan directa.

—Siento abordarlo así —continuó—, pero es que necesito salir de dudas y… no lo hago, por más vueltas que le doy a lo que dice la gente o a lo que yo percibo. —«¿Lo que dice la gente?». Jake le sostuvo la mirada como pudo hasta que ella se tapó la cara con las manos—. Dios, qué tonta. Pensarás que soy una creída. ¿Qué clase de persona interroga a otra así? Lo siento. No tienes por qué contestar.

—No tendrías que preguntarlo si yo no me hubiese pasado los últimos tres meses tratando de ocultarlo. —Beth bajó las manos, despacio, y se quedó mirándolo con la boca ligeramente abierta—. Desde aquella noche en el club —concretó—. Desde… *Let me help.* Algo así decía la canción que me dedicaste, ¿no?

Lo siguiente que ella hizo fue chillar.

—Perdón —dijo sonriendo de pura felicidad—, es que, antes de asimilar lo que acabas de decir, tengo que celebrar que yo tenía razón. Lo sabía. ¡Lo sabía! —A Jake le hubiese gustado contagiarse de la euforia de Beth, pero no tenía ni la más remota idea de a qué se refería—. ¿Puedes confirmármelo, por favor?

—¿El qué?

—Que no te he gustado siempre. Que hemos sido amigos todo este tiempo sin que yo te gustase lo más mínimo.

—Eh... —Tuvo que meditar la respuesta, porque lo de que no le «gustase lo más mínimo» no era exactamente así—. Diría, en primer lugar, que eres la clase de chica que le gusta a todo el mundo.

—Caray. Eso ha sido muy amable por tu parte, Jake. Gracias.

—Joder, no me des las gracias. Solo te lo recuerdo porque creo que se te olvida la mayor parte del tiempo. —Se miraron con vehemencia después de eso. Ella enrojeció. A él se le dispararon las pulsaciones una vez más y las ganas de recortar la ridícula distancia que los separaba. Pero se contuvo—. En cualquier caso, y dejando eso claro, no me gustabas al principio, cuando nos conocimos. No como me gustas ahora, si es eso lo que quieres saber.

Beth asintió con parsimonia, con los ojos bien abiertos. Daba la impresión de que estaba muy concentrada o de que se había evadido en algún punto de la conversación. Tardó un rato en volver a pronunciarse.

—Compleja —soltó, sin más, después del tiempo de reflexión—. No es frágil, sino compleja. Eso es —añadió, hablando más para sí misma que otra cosa.

Jake la miró sin comprender y ella se acompañó de las manos para darle una explicación.

—Creo que nuestra amistad se ha vuelto compleja. —Beth detuvo la conversación ahí y el cerebro de Jake asoció y conectó su última frase con algo que había estudiado en la carrera durante la pausa—. Porque tú también me gustas.

En cuanto añadió eso último, *se obligó* a bloquear las teorías y fórmulas matemáticas que ya estaban empezando a circular por su mente por pura supervivencia. Apretó los ojos y levantó la mano para evitar que ella añadiese alguna otra cosa.

—Beth, por favor, no bromees con eso —le pidió con todas sus fuerzas—. He sido muy sincero.

—No bromeo, Jake.

Volvieron a observarse en silencio el uno al otro, sin parpadear, sin mover ni un músculo.

Entonces Beth vio algo más allá de él, y eso hizo que se pusiera nerviosa pese a la quietud de hacía un momento. Jake estiró el cuello para mirar por detrás del árbol y vio a un grupo de jugadores de baloncesto bajando por la Colina, Greyson incluido.

—Mañana nos vamos a Denver con el equipo —dijo sin apartar la vista de ellos.

Jake se lo quiso poner fácil.

—No tenemos por qué seguir hablando de esto ahora.

Dedujo que ya estaban cerca cuando ella se levantó.

—¿Qué te parece si te aviso cuando vuelva?

—Mientras no te presentes en mi casa, todo bien. —Le sonrió, pero ella no lo hizo de vuelta, porque ni siquiera lo estaba mirando.

—Tengo que irme.

—Hazlo, tranquila.

—No te metas en más líos durante este fin de semana, o tendré que solicitar un rescate la próxima vez que quiera hablar contigo.

Al menos, sí le dedicó una de sus sonrisas más dulces antes de irse. Él se conformó, porque lo poco que habían hablado se presumía sincero por ambas partes.

Y eso le pareció garantía suficiente.

34 | LA TEORÍA DE LOS NÚMEROS COMPLEJOS

martes 26 de marzo

Jake

La teoría decía que la representación de un número complejo era la suma de una parte real y una parte imaginaria, y que dos números tales se consideraban iguales cuando tenían el mismo componente real e imaginario. Además, los complejos daban pie a objetos geométricos tan curiosos como los fractales, por ejemplo, el fractal de Mandelbrot, interesante por su autosimilitud.

Jake seguía dándole vueltas a todo eso desde que Beth dijera que la suya era una amistad compleja, porque lo era, de hecho, en el sentido más científico de la palabra.

Asociar las cosas que estudiaba con las de su día a día no era algo que ocurriese con mucha frecuencia, pero cuando se daba el caso, no podía dejar de pensar en ello. Por eso, al acabar el fin de semana, había llegado a la conclusión de que todas las personas eran entes con su parte real y su parte imaginaria, es decir, que todo el mundo contaba con su porción real, que era puramente física, tangible, un cuerpo con su mayor o menor tamaño, proporción y simetría. Y luego estaba la imaginaria, la que él vinculaba al pensamiento, a lo racional e incluso onírico de cada individuo: inquietudes, sueños, ideología... Todo lo que no se podía ver a simple vista; todo lo que había que indagar para conocer más allá de una apariencia. Así que, al final, que dos números complejos se considerasen iguales al tener el mismo componente real e imaginario, le llevaba a pensar en las relaciones de pareja, en el vínculo que podía unir a dos personas a través de su parte imaginaria, y en las almas gemelas. Porque la similitud o la diferencia de dicha parte podía dar paso a geometrías tan armoniosas como caóticas, pero únicas en cualquier caso.

No había vuelto a tener noticias de Beth, pero sabía que había regresado a Vallon el día anterior. La expectativa de reencontrarse con ella después de su última conversación se le había notado hasta en los entrenamientos, porque era como si su energía se hubiese renovado. Lo percibía todo de una forma más sencilla, como si lidiar con la vida fuese fácil; más, al menos, de lo que había sido hasta ahora. Su mente estaba despejada, y las preocupaciones diarias no le pesaban como de costumbre.

Un cambio muy significativo, pero que tenía más de *imaginario* que de *real*.

Después de la sesión de aquella mañana, en la que Tayler había vuelto a pedirle que practicara en el equipo de ataque, se marchó a toda prisa para llegar a tiempo a la facultad. Tuvo que hacer pleno uso de sus reflejos para no llevarse por delante a la novia de McKain, que entraba a la vez que él salía.

—Becker, mira tú por dónde —comentó Linsey con tono mordaz antes de continuar su camino—. Justo hace nada estaba hablando de ti con unas amigas. Qué fuerte lo de que lo tuyo con Bethany Harris el año pasado fuese solo un montaje.

Tuvo que procesar la información por el camino, porque le tocaba clase con Newman y no aspiraba a llegar tarde.

Llegó sudado pero a tiempo, y tomó asiento en su lugar habitual. Le resultó extraño que el profesor no estuviese en la puerta, mirando el segundero de su reloj para cerrarla a las once en punto. La explicación se materializó cinco minutos después, cuando apareció una mujer rubia de mediana edad, con gafas de pasta y uno de sus característicos trajes de pantalón y chaqueta en tono claro. Era Katherina Smith. Jake había oído hablar de ella.

—El profesor Newman me ha pedido que lo sustituya hoy. A pesar del inesperado cambio, espero contar con la misma atención que le dedican a él, para que todos salgamos de esta clase lo más airosos posible.

Además, he invitado a una de mis alumnas de primer año, espero que no les importe. Adelante, señorita Wathson, pase.

Emma entró en el aula con paso decidido, subió hasta la segunda fila y avanzó por el pupitre continuo hasta que se percató de que era Jake quien estaba sentado a solo unos pasos. Dejó sus cosas y se quedó allí mismo, sin acercarse más, sin decir nada, sin saludar.

«Mejor así».

Jake, que en un primer momento pensó que la clase no resultaría nada interesante, acabó tragándose todos y cada uno de sus prejuicios sobre las capacidades de aquella autoritaria mujer al acabar la hora y media de sesión. Recogió sus cosas un poco confuso por algunas de las explicaciones, sobre todo por las que ya conocía, porque Smith le había dado un nuevo enfoque a algunas de las teorías que estaban estudiando. Hasta se había olvidado de que Emma Wathson estaba a menos de dos metros de distancia siguiendo la clase igual de concentrada que él. Solo volvió a reparar en ella cuando la visualizó sobre la tarima, hablando con la profesora.

«Quién iba a decir que bajo esa fachada de pija consentida habría una empollona».

Jake fue a la cafetería a por un bocadillo frío antes de ir a la siguiente clase y salió a la parte delantera de la facultad. Se sentó en uno de los bordillos laterales de la entrada para comérselo y observó desde allí al resto de estudiantes que iban y venían, charlando con otros, o escuchando música, o repasando apuntes, o mirando al suelo. Los había de todos los tipos, aunque el perfil de los que estudiaban allí solía pertenecer a los dos últimos grupos. Emma era una de las excepciones, sin duda. La vio salir hacia su bonito Comet azul como si fuese la reina del mundo, siendo la diana de todas las miradas, incluida la suya. Al seguir su trayectoria se dio cuenta de que, a unos metros de su destino, había un grupo de chicos alrededor del Dart Swinger marrón de principios de los setenta del profesor Newman. Se levantó y fue directo hacia ellos al descubrir lo que hacían. Fue una suerte que se dispersaran antes de que llegara, porque iba dispuesto a agarrar pescuezos por haberle pinchado las ruedas al vehículo. Jake dio una vuelta alrededor en busca de otros posibles daños.

—Yo que tú no me quedaría mucho rato ahí parado —le advirtió Emma desde su Comet, poco después. Él la miró todavía con el semblante lleno de furia, sin comprender—. Cualquiera podría atribuirte los hechos, y con lo de la falsa relación con la animadora ya has alimentado a las hienas del cotilleo. Créeme, hoy no se habla de otra cosa, y a ti no te pega nada eso de ser el centro de atención.

—¿Qué sabes tú de lo de la animadora?

—¿Aparte de que le hicisteis creer a todo el mundo que salíais juntos? Pues... que hubo mucho alcohol de por medio donde fueron a animar al equipo de baloncesto y que se fue de la lengua de lo lindo. No me hagas entrar en detalles, Jake, pero, si quieres un consejo, aclara lo que sea que tengas pendiente con ella o con su novio, o con ambos, ya de paso.

Hizo un gran esfuerzo por no golpear con el puño cualquiera de los coches que tenía a su alrededor cuando Emma se marchó.

Jake se saltó la siguiente clase para buscar a Beth. Estuvo más de media hora rondando la Colina y luego media más en la escalinata de su facultad hasta que finalmente entró.

No la encontró, pero Julie a él sí.

—No ha venido a clase —le dijo al abordarlo—. Si la estás buscando, empieza por la residencia. No creo que haya salido de allí.

—¿Qué coño pasó en Denver?

—Que te lo cuente ella. Yo no quiero saber nada, además, ya se lo advertí.

—¿El qué?

—Que ningún tío ofrece su amistad sin esperar nada a cambio.

No entendía nada, pero lo que menos entendía era que Beth se hubiese vuelto a encerrar en su habitación sin ser la música el motivo. Se dio la vuelta sin despedirse de la otra animadora, decidido a ir a la residencia.

—No la marees, Becker —añadió Julie—. Ella estaba bien con Curtis.

«Y una mierda».

Llegó a su destino pasadas las dos y media, consciente de que no llegaría a tiempo al entrenamiento de la tarde. Todas las chicas con las que se cruzó de camino a la habitación de Beth le dedicaron miradas llenas de asombro y curiosidad. Jake necesitaba saber qué era lo que había pasado de una vez, porque parecía que era el único que no estaba al tanto.

Llamó a la puerta y esperó unos segundos antes de decir:

—Ábreme, Beth.

Y ella lo hizo poco después, vestida con el pantalón del pijama, un top deportivo, una copa de vino en la mano y la sonrisa más triste que había visto nunca.

—¿Qué haces bebiendo a esta hora? —le preguntó evitando dirigir la vista hacia su ombligo.

—Yo también me lo pregunto, no creas. —Beth se fue hasta su cama y se tumbó con cuidado de que la bebida no cayera—. Creo que mi destino está estancado en una especie de cuesta arriba, donde al final del todo hay un precipicio enorme y por eso soy incapaz de avanzar. Me asusta la caída. ¿No es curioso, viniendo de alguien que está acostumbrada a las alturas?

Dedujo que aquella no era la primera copa que se tomaba.

—Estoy asustada, Jake —insistió al ver que él no decía nada.

—Ese no es motivo suficiente para que te comportes como lo haces. —No pretendía sonar muy duro, pero no le salió ninguna otra cosa—. ¿Qué es lo que pasó en Denver, Beth? No me gusta que todos me miren como si supiesen algo de mí.

—Ah. Eso. Pues verás… El sábado hubo una macrofiesta. Me gustaría poder decirte que recuerdo todo lo que pasó, pero solo sé tres cosas. Una de ellas es que, por lo visto, hablé de nuestra no-relación, de que solo fuimos amigos durante el tiempo que fingimos salir juntos. También hablé de la mamada que te hice y comparé las experiencias, ya sabes, entre lo que había sido contigo y lo que ha estado siendo con Curtis. A él no le gustó eso último, supongo que porque nos habíamos besado en algún momento de la noche y creía que volvería con él. Eso es lo último que sé.

«Nos habíamos besado en algún momento de la noche».

No se lo podía creer. Regresó hacia la puerta con intención de marcharse, porque no era capaz de digerir esa noticia.

—¿Te vas?

—¿Qué otra cosa quieres que haga? —Se volvió hacia ella hecho una furia—. Estoy harto de que todo gire siempre en torno a Curtis Greyson, Beth. Haces que me sienta totalmente estúpido porque, por si fuera poco, tengo que soportar la cara de susto que pones cada vez que lo ves.

—Curtis no me asusta, Jake. —Beth se sentó en la cama y dejó la copa en la mesita de al lado—. Lo único que me asusta es lo que siento por ti.

—No. Eso no me lo creo, y menos después de decirme que lo besaste. Ten un poco de dignidad, o deja al menos que yo mantenga la mía.

—Lo siento —susurró—. Supongo que debería de haber empezado por ahí.

—¿Qué es lo que te pasa, Beth? Dímelo de una vez.

—Ya te lo he dicho. Estoy asustada. —Se frotó los ojos, se levantó y avanzó hasta situarse frente a él—. Y puede que sí, que en el fondo Curtis me dé un poco de miedo, pero es mucho peor la incertidumbre de no saber qué pasará entre tú y yo. No sé si quiero…, si me atrevo a comprobarlo. Significas mucho para mí y no quiero estropearlo.

Jake tuvo que deshacer el contacto visual y moverse hacia un lado. Los ojos de Beth estaban llenos de sinceridad a causa del vino, pero precisamente por eso no podía dejarse llevar por sus impulsos. La respetaba y se respetaba. No iba a permitir que ella diese ningún paso en aquel estado.

—Si quieres que me quede y sigamos hablando, será mejor que mantengamos las distancias.

Beth tardó un rato en volver a moverse y en apartar los ojos de él. Cuando lo hizo, simplemente, fue a por su guitarra, se sentó en el suelo y empezó a tocar una melodía distinta a las que ya conocía. Jake la escuchó con atención cuando empezó a cantar.

Where is the guy you're always with?
Asked me somebody, someday
I asked myself the same question
When that day ended

When did we become a myth
Of our own history at the backstage
Of everything we try to lessen
And really mattered?

Beth siguió tocando, pero no añadió ninguna otra estrofa.

—Todavía no he conseguido terminarla —agregó al cabo de un rato.

—Esa canción…

—Siempre he sabido cómo empezaba, pero no cómo continuarla. Supongo que eso tiene sentido, ¿no? No puedo escribir sobre algo que no ha ocurrido.

Fue incapaz de decir nada. La segunda estrofa, en concreto, le había impresionado mucho.

—Estoy empezando a notar el bajón del vino —continuó Beth, que dejó a un lado la guitarra y se llevó las manos a la cabeza antes de tumbarse en el suelo—. Creo que voy a tener que quedarme así un rato. Te he dicho que besé a Greyson, ¿verdad?

—Sí.

«Al menos, ha vuelto a nombrarlo por su apellido».

—Bien. Una cosa menos.

Jake se sentó en el suelo.

—¿No has tenido noticias del productor? —le preguntó como excusa para cambiar de tema y creyendo que era un buen momento para hablar sobre eso.

Ella se tapó la cara antes de responder.

—Hace dos semanas que envié la maqueta. Dieciséis días para ser exactos.

—¿Y es normal que aún no…?

—No creo que sea normal, a menos que sea un: no me interesa.

—Esa gente debe de recibir muchas propuestas. Si no te ha llamado será porque todavía tiene pendiente escuchar tu cinta. Además, no es el único que hay, podrías…

Beth se rio de un modo que no le gustó.

—¿En serio, Jake?

—¿Qué?

—¿Eso es todo lo que vas a decirme para levantarme el ánimo? ¿Que busque otras opciones?

La miró extrañado. ¿Qué otra cosa quería que dijese?

—La maqueta quedó genial. *A Girl From Bowling Green* es demasiado buena como para pasar inadvertida. Además, las otras canciones...

—Jake. Por favor. —Beth se incorporó molesta—. No tienes idea de música, ¿qué vas a saber tú sobre si una canción es buena o deja de serlo? —Le dolió tanto su comentario que no pudo ocultarlo. Pero ella no se dio cuenta, porque siguió hablando—. Tu opinión no es relevante en este asunto y no me importa en absoluto, así que déjalo.

Se dio cuenta y asumió tarde que la embriaguez de Beth no era el mejor estado para tratar con ella, así que se levantó.

—Genial. Ahora protagonizarás una de tus típicas huidas.

—No voy a seguir hablando contigo hasta que se te pase la borrachera. No se puede.

—No creo que tuvieses esa opinión las últimas veces que nos emborrachamos juntos, sobre todo el día en que te la...

—Cállate, Beth. ¡Deja de hablar de eso de una jodida vez!

Salió por la puerta con la poca dignidad que le quedaba y antes de que el mal humor que Beth le estaba provocando le produjese a su vez sentimientos negativos hacia ella, porque eso era lo último que quería.

Al acabar el día, la conclusión que sacó de todo lo que había pensado y pasado era que, al final, la verdadera dificultad de los números complejos no era que la gente que nunca había oído hablar de ellos entendiese el concepto, sino que la persona con la que querías elevar el número imaginario a su máximo exponente no estuviese en la misma sintonía que tú.

35 | POR EL *COUNTRY*

miércoles 27 de marzo

Beth

Aquel miércoles veintisiete de marzo de 1985, Beth podría haberlo marcado en el calendario como uno de los peores días de su vida. Había amanecido con la resaca más horrible que podía imaginar, y ni siquiera recordaba cuándo había parado de beber porque, después de la visita de Jake, se había abierto una segunda botella de vino para ver si así su vida no le resultaba tan deprimente. De no ser porque algunas de sus compañeras de equipo habían ido a verla era probable que hubiese terminado en el hospital.

«¿Qué estoy haciendo?».

Llevaba haciéndose esa pregunta todos los días desde la fiesta en Denver, porque estaba hecha un lío y porque había conseguido que la única persona que quería a su lado se marchase la tarde anterior, dolido por el filo de su lengua. Si se paraba a pensarlo, nunca había sido tan desconsiderada con nadie, y ni el alcohol pudo hacerle olvidar aquello de: «Tu opinión no es relevante y no me importa en absoluto».

¿Cómo había podido decir eso?

¿Cómo había podido decirle eso a él?

En dos días tenía que actuar en el pabellón, así que no le había quedado más remedio que ponerse las gafas de sol, salir de la habitación y enfrentarse a la realidad con tal de que la entrenadora no la echase del equipo de una vez por todas, harta de todas sus ausencias y excedencias. Pero, después del entrenamiento, había vuelto a la residencia sola porque, aunque había intentado que no le llegase información de ningún tipo, la noticia de que Curtis y Jake se habían peleado no había podido bloquearla y no se veía capaz de enfrentarse a ella. Además, le había bajado la regla.

Era por el conjunto de todo eso que podría haber marcado el día en el calendario como uno de los peores de su vida. Pero entonces, esa misma noche, a las diez menos cinco, la recepcionista de la residencia llamó a su habitación para pasarle una llamada.

—Hola, Bethany, soy Harry, de Jones Records. Recibí tu maqueta.

Y entonces su vida dio un giro de ciento ochenta grados.

—He escuchado la cinta varias veces —le dijo el productor—. La primera canción es bastante buena, casi podría convertirse en un himno para el estado de Kentucky, pero las otras... están bien. Simplemente, están bien.

—De acuerdo —no se le ocurrió ninguna otra cosa que decir.

—Es que ya hay muchas canciones *country* que hablan de pertenecer a un lugar o que rinden homenajes, como tu canción de *Clap Club*, Bethany. —Harry hizo una pausa—. Y eso está bien, no me malinterpretes. Tu canción tampoco tiene nada de malo, pero yo quiero algo diferente. Te gusta Dolly Parton, ¿verdad?

—Sí.

—Escuché tu versión de *Jolene*. Esa es la clase de canciones que me gustan, ¿entiendes? —De nuevo, pausa. Beth dedujo que estaba fumando, y se lo imaginó dando caladas a un cigarrillo—. No te voy a mentir. Me gustó mucho lo que vi el día que tocaste en el club de Spencer, esperaba algo más así. ¿Acaso él no te explicó que si querías dedicarte a la música tendrías que dejarlo todo atrás?

—Sí lo hizo.

—Pues no he escuchado ni una sola canción que hable de desamor, de despedida o de pérdida.

—Creía que... era mejor que no mostrase esa parte de mí, que debía dar la sensación de que no estaba comprometida en ningún sentido. No quise hablar de las cosas que dejaría atrás si...

—No lo entendiste bien, Bethany.

El corazón le iba a mil por hora, porque sintió que lo había mandado todo al traste con su repertorio de canciones bonitas.

Harry suspiró al cabo de un rato.

—Tienes algo, y creo que podríamos trabajarlo —siguió diciendo—, pero no me vale solo con *A Girl From Bowling Green*. Dame algo potente, Beth. Algo bueno de verdad, que haga que la gente se remueva por dentro o que le atormenten los recuerdos. Llámame cuando lo tengas. Entonces veremos.

—Tengo otra canción —se apresuró a decir antes de que él finalizase la llamada—, una que no incluí en la maqueta. ¿Quiere escucharla? Podría tocarla ahora.

No oyó nada al otro lado de la línea durante varios segundos.

—De acuerdo —dijo Harry, al fin—. Dame un momento para ir a una cabina.

Beth sabía que *Would You?* no era exactamente el tipo de canción que él le había pedido, pero era lo único que podía ofrecerle, así que se fue a por su guitarra, se sentó en el suelo y deseó con todas sus fuerzas que fuese lo bastante buena para él. La cantó pensando en Jake, la verdadera persona a la que iba dirigida, con el peso añadido de saber que, en caso de que Harry Jones se interesase en ella y a pesar de lo que decía la canción, no podría incluirlo en sus planes.

Tell me what would happen
If we could reach the moon and hover above it
Or if kissing us was enough to save each other
I would try it
With you I would always try it
And you? Would you?

Justo antes de acabar, se le ocurrió un pequeño añadido. Uno que improvisó, ajustando los acordes y haciendo de tripas corazón.

I would try it
With you I would always try it, baby
But would it be enough?
I'm not sure trying it will be a guarantee
or just secure

Not anymore

Al acabar, hizo acopio de todas sus fuerzas para volver a colocarse el teléfono en la oreja sin que se le notase la congoja, aunque no pudo evitar sorber por la nariz. Se limpió los ojos con las mangas de la sudadera y esperó, paciente, a que Harry se pronunciase.

—No es exactamente lo que quería, pero podría servir. ¿Cómo se titula esa canción?

Beth se permitió el lujo de cerrar los ojos un momento para visualizar la última estrofa que había inventado, palabra por palabra, y decidió que ya no tenía sentido que se llamase *Would you?*

—*Not Anymore* —respondió entonces.

—Me gusta. —Harry hizo otra pausa—. Creo que… si te parece bien, podría viajar la próxima semana para entrevistarme contigo. Tengo un amigo con un estudio de grabación en Provo y podríamos grabar algunos de tus temas allí, a ver qué puedo hacer con ellos. Mientras tanto, sigue pensando en lo que te he dicho, ¿de acuerdo? Intenta tener algo más para entonces. Ya sabes, bueno de verdad.

—Trabajaré en ello, se lo prometo.

—Buena chica. Te llamaré cuando esté por la ciudad.

Después de esa llamada, Beth se olvidó de todo: del catastrófico fin de semana en Denver, de su tortuosa relación con Curtis, de las exigencias de las animadoras que iban ligadas a su beca en la VSU y de lo mal que le había ido en los últimos exámenes.

De lo único de lo que no se olvidó fue de que Jake había dicho que *A Girl From Bowling Green* era una buena canción y de que ella le había respondido que él no era nadie para valorar eso. No tenía ni idea de cómo haría para disculparse, pero tendría que andarse con cuidado. Porque si Harry Jones decidía darle una oportunidad, era probable que tuviese que marcharse a Nueva York, y entonces la nueva estrofa de aquella canción que había renombrado, pensando precisamente en eso, cobraría todo el sentido del mundo.

Intentar algo con él no era ninguna garantía de que una posible relación funcionase, más bien, lo contrario. Y eso significaba que no ~~podía~~ debía seguir tanteándolo.

Por el bien de los dos, pero sobre todo por él.

Porque ella, tarde o temprano, se marcharía. Estaba decidida al cien por cien a dejarlo todo atrás si era por la música.

Si era por el *country.*

36 | EL ESPACIO LE DICE A LA MATERIA CÓMO MOVERSE

viernes 29 de marzo

Jake

—No quiero seguir entrenando para suplir a Lewis —le dijo Jake a Hock.

En realidad, no sabía si se lo decía porque no quería de verdad o por pura cabezonería, pero se lo dijo de todas formas. El coordinador defensivo lo miró como si fuese estúpido.

—¿De verdad crees que es algo que puedas elegir?

—Soy un *tackle* defensivo. Siempre lo he sido.

—¿Qué importa de qué hayas jugado todo este tiempo si tus entrenadores consideran que sirves para cualquier otro puesto, chico? Deberías estar contento de saber que puedes ser polivalente, en lugar de obcecarte en no mejorar en el ataque. No es inteligente, Becker, y no debería hacer falta que te lo diga.

No, no lo era, y más teniendo en cuenta que la última competición estaba a punto de comenzar y que, después de eso, Tayler se retiraría a analizar a todos sus jugadores, revisando las notas de cada uno, estudiando los posibles fichajes y reestructurando el equipo de cara a la siguiente temporada.

Jake no tenía muy claro si esas ganas de gritar que sentía a todas horas se debían solo a la mala racha que estaba atravesando, pero se había hartado de ser la marioneta de la que todo el mundo tiraba en direcciones contrarias sin un ápice de miedo a que se rompiera.

Salió del despacho sin responder y sin despedirse y con toda la intención de saltarse el entrenamiento. Algunos de sus compañeros lo miraron, curiosos, al ver que se quitaba la ropa de deporte para ponerse la suya.

—¿A dónde vas con tanta prisa, Becker? —Shawn le habló desde su taquilla—. ¿La animadora te reclama para salir de dudas de una jodida vez o es que…?

—Hoy no tengo tiempo para tus gilipolleces, Williams —lo interrumpió—. Ahórratelas.

—¿No vas a entrenar?

Jake se marchó del vestuario dejando la pregunta de McKain tras él. Tenía que salir de allí antes de que se cruzase con Tayler, Hock o algún otro.

Decidió que volvería a casa a pie, sin saber que esa misma decisión se convertiría poco a poco en una costumbre, porque caminar sin que nada ni nadie interfiriese en sus pensamientos era lo único que podía tolerar en ese momento.

Atravesó Southmond, reparando en lo mucho que aquel barrio se parecía a Filadelfia porque, a pesar de su reducido tamaño, era el lugar donde más edificios altos de ladrillo caravista había, y echó de menos el río Delaware. Vallon no estaba mal, pero le faltaba un río de los de caudal considerable, o ese tipo de cosas impresionantes que tenían las grandes ciudades en su interior. Era demasiado… moderna para su gusto. En general, en Utah, lo más destacable a nivel arquitectónico estaba ligado a los mormones. Era un alivio que al menos contase con algunos de los parajes naturales más impresionantes de todo el país, con formaciones geológicas fascinantes como el Bryce Canyon o Buckskin Gulch, en los condados del sur.

Tras bordear el parque Hill, Jake continuó por la avenida que separaba West Center de Delton, y fue ahí mismo, a la altura del único Target que había en toda la ciudad, donde se cruzó con Emma. Lo primero que hizo al ver su llamativo pelo fue mirar hacia otro lado, pero ya estaban demasiado cerca el uno del otro como para que él pudiese pasar inadvertido.

—Mira qué casualidad. Hace nada estaba con mis amigas en el Hill, haciendo como que atendía a una nueva y tediosa conversación sobre ti. Eres la comidilla de la universidad, ¿lo sabías? Seguro que sí... —Emma sorbió por la pajita de plástico que le había colocado a una lata de Pepsi—. En fin. Lo curioso de todo esto es que he venido a comprarme algo de beber con tal de no seguir escuchándolas, ¿y a quién me encuentro? Al protagonista indiscutible del coloquio. Es como si últimamente estuvieses en todas partes —«Aunque yo no quiera estar en ninguna»—, o como si el destino me odiara, ¿no crees? Porque lo último que quiero es cruzarme contigo.

Jake la miró largo y tendido en silencio, y luego dijo:

—¿Has acabado o tienes algo más que añadir?

Se arrepintió al instante de haber dicho aquello porque, con toda probabilidad, Emma tendría algo que añadir.

—La gente habla de lo extraño que resulta que nunca hayas salido con nadie, y de que la única vez que lo hiciste no fuese de verdad.

—A la gente le encanta hablar de lo que sabe y de lo que no.

«Sobre todo de lo último».

—Eso no quita que sea raro, Jake, porque lo es.

—Y a ver, ¿cuál es el problema? ¿Debería salir todo el tiempo con alguien como hacéis los demás o puedo permitirme el lujo de hacerlo o no hacerlo según me venga en gana?

—Puedes hacer lo que quieras, pero te puedes imaginar la clase de cosas que se están insinuando, y sobre las que yo no quiero tener nada que ver. —Eso último lo añadió como con pudor y a Jake le extrañó.

Hasta que entendió a dónde quería ir a parar.

—Espera. —A continuación, exageró la ironía—: ¿Todo eso que tanto te abruma es por lo que pasó...? No, perdón. ¿Lo que *casi* pasó en Fin de Año entre tú y yo?

Ella se cruzó de brazos y miró orgullosa hacia otro lado.

—¿Qué pasa? ¿Quieres estar segura de si fingí cuando te me sentaste encima o qué? ¿También se habla de eso y te preocupa?

—Puede.

Jake tuvo que reírse, pese a las pocas ganas que tenía de hacerlo.

—¿Y tú de verdad necesitas que te aclare eso?

—Aquella noche ibas muy colocado, todo el que estuvo allí lo sabe.

—¿Crees que las drogas podrían alterar algo tan elemental como el instinto básico de alguien?

En lugar de responder, Emma se mordió uno de los carrillos y se quedó a la espera de que continuase. Jake negó con la cabeza, pronunciando la siguiente frase más para sí que para alguien:

—Drogado o no, si alguien es capaz de fingir así, que venga y me lo explique.

Después de eso, cuando volvió a fijarse en Emma, molesto por las dudas y los rumores que circulaban sobre él, descubrió que ella lo estaba mirando con verdadero interés. También que ambos estaban más cerca el uno del otro. Jake agradeció que la diferencia de altura entre ambos fuese exagerada porque ¿cuándo habían recortado la distancia que habían mantenido desde el principio de los tiempos, tan explícita y manifiesta, conscientes de lo poderosa que podía llegar a ser la cercanía entre dos personas tan impulsivas como ellas y cuya fuerza ya habían experimentado una vez?

«Aléjate de ella».

Jake todavía tardó unos segundos más en apartarse, a pesar de las alertas de su cerebro, porque la boca de Emma estaba ligeramente entreabierta y eso, sumado a la conexión visual entre ambos, se lo había estado impidiendo hasta que echó el pie hacia atrás, deshizo el contacto y agregó:

—Y ahora, si no te importa, me voy.

Tuvo que tomar una gran bocanada de aire tras alejarse de allí.

***

Al llegar a su casa fue directo a por el pan de molde para prepararse unos sándwiches, pero entonces comprobó que no quedaba mantequilla en la nevera. Eso le molestó tanto o más que el enfrentamiento que había tenido con Greyson hacía dos días y que le había dejado una marca cerca de la oreja izquierda, porque cuando todas sus desdichas se concatenaban sin dejarle tiempo para procesarlas, cualquier cosa podía hacerlo explotar.

Regresó a por sus llaves de casa y salió hacia el ultramarinos de Freddy Miles con un humor de perros, esperando no tener que cruzarse con nadie durante el trayecto y exagerando su apatía para que a nadie se le ocurriese detenerlo ni para preguntarle la hora —total, él ni siquiera tenía reloj—, porque un encuentro como el de Emma había llenado el cupo de situaciones incómodas para lo que quedaba de semana y la siguiente. Y eso que todavía no había vuelto a ver a Beth.

No encontró al dueño de la tienda tras el mostrador, sino en uno de los pasillos, fregando con parsimonia un buen charco que había en el suelo. Un poco más allá, Jake descubrió un montón de vidrios que habían sido apartados; sobre ellos se veía un par de cuellos de botella todavía intactos de Smirnoff y Beefeater. Por último, reparó en los vendajes improvisados que Freddy llevaba en las manos.

—¿Está bien? —preguntó confuso.

Freddy dejó lo que estaba haciendo para mirarlo, pero no respondió, así que, captado el mensaje, Jake se alejó de él y se dispuso a buscar la mantequilla. No era tarea sencilla encontrar cosas en aquel ultramarinos, porque todo estaba colocado sin ningún tipo de orden lógico. En los estantes más grandes podía haber tanto paquetes de pasta como de azúcar o de café, y donde las latas de conserva estaban también las pilas, los cacahuetes y las revistas. Se acercó a la larga hilera de neveras que había situada al final del establecimiento y empezó a buscar hasta que vio las barras de mantequilla de Land O Lakes apiladas al lado de los paquetes envasados de beicon.

Por suerte, el hombre estaba esperándolo en la caja registradora cuando se acercó a pagar.

Por desgracia, este volvió a mirarlo sin decir absolutamente nada, pero con toda la intención de demostrar que estaba enfadado. Sus pobladas cejas canosas lo delataban.

—Te lo dije, muchacho —fueron sus primeras palabras. Jake se quedó estupefacto—. Te advertí que Veronica tenía problemas.

No tuvo que hacer mucha memoria, porque no eran tantos los momentos que había vivido con Veronica en el último año.

—Ya, sí, lo recuerdo. Pero ¿a qué viene eso ahora?

—¿Hiciste algo por ayudarla?

—¿Cómo dice?

—Ni lo intentaste, ¿verdad? Por eso pasó lo que pasó.

Lo último que Jake necesitaba en ese momento era que un tipo como Freddy Miles sugiriese que lo que le había pasado a Veronica podría haberse evitado de haberse involucrado más.

—Oiga, ¿qué sabe usted de lo que le pasó? Porque yo no tenía ni idea de dónde estaba metida hasta que *pasó lo que pasó*, ¿entiende?

—Solo sé lo que vi, que no fue otra cosa que a una muchacha en decadencia. Saltaba a ojos de cualquiera que se detuviese a mirar con un poco de detenimiento, pero me parece que a la juventud de hoy en día no os sobra el tiempo. Estáis siempre demasiado ocupados.

«Todo el mundo está siempre demasiado ocupado, maldita sea».

Jake estaba deseando salir por la puerta, pero, a su vez, quería indagar un poco más en aquel asunto, porque cada vez que recordaba lo que había pasado la última vez que Veronica y él habían coincidido, no pegaba ojo en toda la noche.

—¿Usted... sabía algo más personal sobre ella? ¿Alguna vez le contó algo sobre lo que le estaba pasando?

—Lo último que me robó fue una bolsa de ositos de gominola. Aquel día pagó todo menos eso. —Freddy cogió sus monedas, las metió en la caja registradora y le devolvió cinco centavos—. Antes de marcharse, me preguntó si pensaba que tenía pinta de estar enferma, como si la posibilidad de estarlo la inquietase. Pero no le contesté y ella trató de ocultar esa preocupación bromeando y agregando que, de todas formas, si lo estuviese no podía importarle menos, ni a ella ni a nadie. «Tal vez me muera antes de que alguien lo descubra, para mantener el misterio. Tengo una reputación que mantener». Eso fue lo último que me dijo.

Jake procesó la información lentamente. En un momento dado, se le pasó por la cabeza acusar a Freddy por no haber hecho nada, tan seguro como siempre estuvo de que Veronica tenía problemas, pero lo descartó al comprender que Freddy lamentaba más que nadie lo que había pasado y que su mecanismo de defensa estaba siendo, precisamente, atacarlo por algo que ninguno de los dos había sido capaz de hacer.

Por eso salió de la tienda con la barra de mantequilla y sin pronunciar ni una sola palabra.

De regreso a Prinss, Jake estuvo todo el rato pensando en las palabras de Veronica: «Tengo una reputación que mantener» y en el hecho de que ella pensaba que estaba enferma. Es decir, que lo pensaba como un riesgo factible. Era muy probable que no hubiese querido acostarse con él por *eso*. Tan probable como honrado.

Fue ya mientras esparcía la mantequilla por las tapas de los dos sándwiches que estaba preparándose cuando pensó en la célebre frase de John Wheeler: «La materia le dice al espacio cómo curvarse; el espacio le dice a la materia cómo moverse».

En el espacio, todo se regía por la norma de movimiento en línea recta respecto a un espacio-tiempo curvo, esto último atribuido a Einstein, uno de los físicos por excelencia y el favorito del profesor Newman. Jake ya había pensado otras veces en cómo dicha teoría casaba con la idea de que la vida de las personas era cíclica. De ahí que muchas veces se escuchasen cosas como: «Siento que estoy andando en círculos».

En un documental que Newman les había puesto en clase, Natalia Vartán, una divulgadora española de renombre, había explicado que si la velocidad de un objeto era la correcta, este se quedaba dando vueltas alrededor del causante de la curvatura. Si iba más rápido, cogería la curva, pero escaparía de ella para seguir en línea recta. Y si, por el contrario, iba más lento, caería al objeto mayor. Además, si a un objeto se le quitase la influencia de la curvatura espacio-tiempo causada por otro, este continuaría en movimiento pero en línea recta y eso, aplicado a las teorías particulares de Jake, supondría que se perdería.

Tal y como le había pasado a Veronica: se había perdido en su propia órbita, porque factores externos la habían despojado de la influencia de su propio espacio-tiempo.

Cuando Louis llegó del instituto, Jake estaba abstraído pensando en todo eso, sentado en la barra americana de la cocina frente a los dos sándwiches perfectamente dorados, sin ninguna intención de comérselos. No le importó que su hermano le robase uno de ellos, ni siquiera lo escuchó mencionar la buena pinta que tenían.

—Parece que se te haya ido la pinza. —Eso sí lo escuchó—. ¿Cómo es que estás aquí desde tan temprano?

Con su pregunta, no solo volvió al presente, sino que cayó en la cuenta de las consecuencias que iba a tener el haberse saltado el entrenamiento.

—Porque soy mucho más idiota de lo que parece.

—¿En serio? ¿Más?

Jake no replicó, y esa fue la señal más inequívoca de que estaba completa y mentalmente colapsado.

ABRIL de 1985

37 | ROSEWOOD RECORDING

miércoles 3 de abril

Jake

Como consecuencia de su fuga deportiva del viernes anterior y su pataleta, Jake estaba entrenando únicamente con la defensa. Eso había supuesto que Tayler cogiese a uno de los *tackles* suplentes y lo estuviese probando en ambas posiciones, defensa y ataque. Él había tenido que esforzarse en ocultar su fastidio cada vez que los entrenadores le pedían que se quedase fuera del campo para practicar alguna de las jugadas con Patch. Patch, en realidad, se llamaba Bernie Zeeman y, aunque era *tackle* de origen, los pocos minutos que había jugado lo había hecho en distintas posiciones, según necesidades puntuales, por eso todo el mundo lo llamaba Patch. Se rumoreaba que jugaría de titular en el primer partido de los Rivalry Games, programado para el segundo fin de semana de abril, así que Jake llevaba ya veinte minutos parado, esperando su turno. Incluso se le había evaporado el sudor, dando lugar a una sensación poco agradable a causa de la humedad que se respiraba cerca de las diez de la mañana en el WM. Chris estaba a su lado por razones muy distintas. Estaba previsto que jugase el primer partido de los juegos, pero estaría ausente para los cuatro restantes, por lo que el entrenador estaba dándole caña a su sustituto.

—¿Quieres que salgamos por ahí esta tarde? —le preguntó—. Alissa tiene que organizar no sé qué cosa de antiguas animadoras.

—Oye, ¿sabes si Alissa le contó a alguien aquello que hablamos en Baskin Robbins? Lo de Beth.

—¿Por qué lo dices?

—Porque todo el mundo se ha acabado enterando, supongo.

«Y desde entonces todo ha ido de mal en peor».

Evitó mencionar que Alissa y Chris eran las únicas personas a las que él les había contado algo tan específico, creyendo que su amigo captaría el mensaje de todos modos. No fue así.

—Yo creo que venía siendo muy evidente, tío —Chris habló con la vista fija en sus compañeros del centro del campo—. De todas formas, ya sabes cómo son las mujeres. Se ponen a hablar y uno nunca sabe hasta dónde pueden llegar. Me entiendes, ¿no? Creo que todo el campus sabe hasta mi marca de gayumbos, y eso que ella ni siquiera es alumna ya.

Chris se giró, invitándolo a reír con él, pero no fue capaz de corresponderle. Afortunadamente, Hock gritó para pedirle a Jake que se acercara, así que se puso el casco y echó a correr en su dirección, tragándose las palabras que había estado rumiando en su mente y que hubiesen sonado como: «Lo de Beth era algo muy personal. Te lo conté porque confiaba en ti».

El coordinador le pidió que ocupase su puesto en la defensa y que se encargase de que Patch supiese a qué tipo de cosas podría enfrentarse cuando jugasen contra su primer contrincante: los Cowboys de la universidad New Mexico Highlands. Después del entrenamiento, Jake se alegró de que la apuesta de Tayler por Patch se estuviese desbaratando por sí sola. Si de verdad pensaba dejarlo en el banquillo por segunda vez, iba a ser muy gratificante ver cómo solicitaba su presencia en el campo cuando los Cowboys se pusieran por delante en el marcador. Patch era bueno para lo que su apodo indicaba, pero no podía sustituir ni a Jake ni a Lewis, eso estaba clarísimo, y era justo lo que Jake había demostrado en el rato que le habían permitido.

—Buen entrenamiento —le dijo Chris, ya en las duchas.

Jake asintió agradecido y luego metió la cabeza enjabonada bajo el grifo, cerró los ojos y dejó que el agua se llevase la suciedad, el sudor y todas las malas sensaciones que había estado acumulando.

—Bueno, ¿qué? ¿Te organizas para después de la sesión de gimnasio de esta tarde y nos vamos los dos solos por ahí?

—Vale —contestó sin cambiar de posición.

—¿En serio, tío? ¿Solo vas a decir eso? Nunca esperaría de ti una gran muestra de entusiasmo, pero ¿qué tal un mínimo de interés? Una media sonrisa, ¿tal vez?

A Jake se le escapó una de esas últimas al escucharlo.

—Gracias. ¿Ves qué fácil? No era mucho pedir, ¿a que no?

«Joder». Volvió a hacer el mismo gesto. «Es imposible estar cabreado con alguien como él».

Jake envidiaba muchas cosas de Chris Ford, por ejemplo, su capacidad para correr delante de un montón de tíos que lo perseguían como sabuesos en celo a toda velocidad para espachurrarle los huesos (había que tenerlos bien puestos para hacerlo), pero lo que más envidiaba era, sin duda, su predisposición al buen humor.

Diez minutos después, cuando la mayoría de sus compañeros se habían esfumado en dirección a sus respectivas facultades, clases o cafeterías, Beth entró en el vestuario sin importarle qué pudiese encontrar en su interior.

—Lo siento, lo siento, disculpad. —Se tapó los ojos con la mano derecha mientras avanzaba hacia él—. Vale, hubiese preferido no haber visto eso —comentó cuando Artie Ballard se giró hacia ella completamente desnudo—. Seguid a lo vuestro, como si yo no estuviera… Será solo un momento. —Luego se plantó por fin delante de Jake y dijo—: Tengo que hablar contigo. Es importantísimo, de verdad. ¿Puedes acompañarme, por favor?

Beth tiró de él con la frase aún a medias, así que hizo acopio de su poca destreza fuera del terreno de juego para coger su camiseta antes de que ella lo arrastrase definitivamente fuera de allí. Se soltó para ponérsela justo antes de salir y luego la miró, impaciente por saber qué era tan importante, ya a solas en uno de los amplios pasillos de aquel estadio.

Ella habló a toda prisa, sin dejar de tocarse el pelo y la cara en general, y sin apenas mirarlo.

Cómo hacerlo después de lo último que había pasado entre ellos.

—Harry Jones me ha llamado, bueno, lo hizo la semana pasada. Dijo que viajaría esta semana y que me avisaría cuando estuviese por aquí, y resulta que me ha llamado esta mañana porque está en Provo, en el estudio de grabación de un amigo suyo. Y pues quiere que vaya, porque al final escuchó la maqueta. No le gustó demasiado, ¿sabes? Pero dijo que vendría de todas formas y que vería qué podía hacer. —Beth agitó la cabeza desconcertada, como si no se terminase de creer lo que ella misma decía—. Sé que no tengo ningún derecho a pedirte nada, ya que ni siquiera hemos podido hablar de todas mis malas decisiones, y eso es porque te he estado evitando con tal de no enfrentarme, principalmente, a mí misma. Pero tengo que pedírtelo de todas formas, porque ni puedo ni quiero pedírselo a nadie más. —Entonces sí, levantó la vista hacia él—. Tengo que estar allí a eso de las tres. ¿Podrías acompañarme?

Parpadeó atónito unas cuantas veces por todo lo que había soltado de golpe.

—No puede ser ninguna otra persona, Jake —añadió—. Tienes que ser tú.

Le gustó volver a ver a Beth tan natural, con su ropa normal —la camisa de cuadros abierta bajo la chaqueta de Bowie y una camiseta blanca corriente metida por dentro de los vaqueros— y el pelo dejado caer sin intención de agradar, pero bonito de todas formas porque lo mejor de ella residía, precisamente, en la sencillez que podía lucir sin preocuparse por parecer desaliñada.

—No puedo —respondió, incapaz de transmitir toda la desazón que le producía tener que negarse—. No puedo saltarme más entrenamientos.

Justificarse con un alegato tan pobre no sirvió de mucho. No sirvió de nada, en realidad, porque la cara de Beth no pudo ser más representativa de su decepción.

—Lo entiendo. —Jake supo al instante que lo que se le pasaba por la mente a Beth en ese momento distaba mucho de ser entendimiento—. Lo siento, no sé ni por qué te lo he pedido.

—Es en serio, Beth —trató de sonar convincente—. Me estoy jugando la beca desde hace un tiempo. De haberlo sabido antes…

—Tranquilo. De verdad. No importa.

Pero por supuesto que importaba.

Importaba tanto que Jake no pudo pensar en otra cosa después de que ella saliera de allí tan veloz como había llegado.

***

A las cuatro y media de la tarde concluyó que aquel: «No puede ser ninguna otra persona, Jake. Tienes que ser tú», se le iba a enquistar en la memoria como si Beth hubiese dirigido la frase hacia allí a conciencia, con el aplomo de alguien que sabe dónde reside la debilidad del otro. Así que tomó una decisión.

No podía haber muchos estudios de grabación en una ciudad como Provo.

—Necesito un favor —le dijo a Chris ya dentro del Jeep—, que me lleves a un sitio, más bien.

—Desembucha.

—Tengo que ir a Provo.

—Joder, Jake, me habías asustado. Eso está a menos de treinta minutos, ¿qué es lo que pasa?

—¿Te acuerdas de que esta mañana Beth vino a buscarme? —Jake miró a su amigo, impaciente por que se pusieran en marcha—. Ella está allí, y ahora soy yo quien tiene que ir a buscarla. Ya sé que habíamos quedado tú y yo y que no vamos a tener muchas más oportunidades como la de hoy, pero…

—Para, para, para. Lo pillo, tío. Pero no pienso llevarte hasta Provo y hacerte de carabina. —Chris quitó las llaves del contacto y se las lanzó con un movimiento rápido—. Ve adonde tengas que ir, ¿de acuerdo? Solo procura que mi bonito coche esté de vuelta en mi residencia antes de que amanezca.

Jake observó a su amigo de hito en hito después de que se bajara de su asiento.

—Colega, ¿a qué estás esperando? Quita esa cara de pasmarote y arranca de una vez.

Chris siguió alentándolo a ponerse en marcha hasta que lo hizo. Maniobró para salir del aparcamiento y se dirigió a la carretera 77, recorriéndola hasta la entrada a Springville, donde tomó la salida hacia la autopista interestatal rumbo al norte.

Llegó a Provo pasadas las cinco de la tarde con la sensación de que era demasiado tarde —no sabía para qué exactamente—. Detuvo el Jeep justo enfrente de una tienda de *souvenirs* y entró a preguntar por su cometido. La dependienta le dijo que no conocía ningún estudio, pero su hija, que había escuchado la conversación y apreció su desasosiego, dijo:

—¿No será donde el señor Randle? —La madre se encogió de hombros—. Hace unos años oí hablar sobre que trasladaba su empresa cerca del río. Nunca he sabido qué tipo de negocio tiene montado, pero sí sé que está relacionado con la música. Es un tipo muy excéntrico, le pega tener un estudio de música.

—De grabación.

—Algo así, sí.

Le apuntó una dirección para que probase suerte y Jake salió de allí muy poco convencido, pero sin ninguna mejor opción.

Tardó diez minutos en llegar a una urbanización normal y corriente y se despojó de toda esperanza hasta que alcanzó el número 2288, en la calle que la joven le había anotado. La casa que correspondía a dicho número estaba oculta bajo una gran arboleda. Era la única con ese aspecto tan… reservado.

Aparcó y se acercó a la zona de entrada, donde lo único visible era una fachada de madera de abedul que tenía más pinta de garaje externo que de casa. Al aproximarse, descubrió que a la derecha había una especie de callejón de cemento por el que se accedía a la vivienda. Jake se sintió completamente aliviado cuando descubrió a Spencer, el dueño del Under Club, apoyado en uno de los altísimos árboles fumando un puro. El hombre se asustó por su aparición, pero se relajó al reconocerlo.

—¡Caramba! ¿Cómo has llegado hasta aquí? —«No tengo ni idea»—. Bethany no dijo nada de que vendrías.

Spencer encendió su mechero para reavivar el tabaco al tiempo que le daba paso con el brazo hacia la entrada de la vivienda.

—Es por ahí —dijo señalando una puerta que a todas luces conducía a eso que él había considerado un garaje—. Lo está haciendo genial, pero no es nada que pueda sorprendernos, ¿verdad?

—Usted fue quien le habló de ella al productor. —Jake se sentía un poco intimidado. Ellos dos nunca habían mediado palabra alguna—. Lo escuché aquel jueves antes de Navidad, en la sesión de micro abierto.

Spencer enseñó todos los dientes bajo su mal recortado bigote, dejando el puro sujeto con la lengua.

—Harry es un viejo amigo mío. Le dije que viniera a echar un vistazo cuando me enteré de que Bethany tenía pensado venir a tocar después de tanto tiempo.

Jake levantó ligeramente la cabeza, pero no añadió nada. Spencer, sí.

—Es curioso porque, en realidad, apenas te conozco. —Miró al hombre como si temiese que dijese algo malo—. Creo que eres como una de esas personas que solo se dejan ver un par de veces al año y no alteran las cosas a simple vista, pero, de alguna forma, consiguen que trasciendan. Me caes bien. —Spencer hundió las mejillas hacia dentro para apurar el puro y luego lanzó el humo fuera de la casa—. Ella se alegrará de verte por aquí.

Contrariado por aquella descripción, Jake caminó hacia la puerta señalada y accedió a un estrecho y corto pasillo con moqueta de color *beige*. Justo enfrente había una sala, toda recubierta de la misma madera que había visto fuera, con los listones colocados en distintos ángulos según la pared por la que discurriesen. Había dos hombres en el interior concentrados en algo que tenían delante y que debía de ser Beth. Jake distinguió la última estrofa de una de sus canciones: *Country Pa*. El que quedaba más cerca de la puerta se volvió hacia él, se quitó los cascos que llevaba y se quedó mirándolo con una seriedad digna de su padre. Llevaba unas gafas de vista ancladas a mitad de la nariz y tenía una pobladísima barba, mitad negra, mitad blanca. El otro, con el rostro afeitado, los hombros mucho más anchos y un bronceado demasiado artificial, no tardó en imitarlo, confuso por la distracción de su compañero.

Jake levantó la mano izquierda a modo de saludo y se quedó allí parado, sin saber muy bien si avanzar o no.

Beth dejó de cantar.

—¿Pasa algo? —la oyó preguntar.

—Algo pasa, sí —dijo el de más adentro—. Tenemos visita.

—¿Quién demonios eres tú? —preguntó el otro.

—¡Jake!

Beth había salido al pasillo perpendicular al suyo y se había quedado impresionada al verlo. Cinco segundos después, corrió y se lanzó a su cuello.

—¡Has venido! Pero ¿cómo…?

—Chris me ha prestado su coche.

Cuando ella se fijó en que los dos de la sala se habían quedado mirándolos, uno con más impaciencia que el otro —el de dentro—, Beth procedió a las presentaciones.

—Este es Jake. Un amigo. Mi mejor amigo, de hecho. —Jake sonrió, contagiado por el júbilo de su voz, hasta que se percató de que el del bronceado artificial no sonreía lo más mínimo. Beth señaló primero al de gafas y dijo—: Ellos son Guy Randle, el dueño de Rosewood Recording y Harry Jones, el productor a quien envié la maqueta que tú me ayudaste a grabar.

Volvió a levantar la mano, intimidado por la expresión del tal Harry.

—Ya estábamos acabando, ¿verdad? —Beth consultó al productor que, de primeras, no hizo ni dijo nada en absoluto—. Solo será un momento, ven a sentarte.

Pero en cuanto dio el primer paso, Harry se pronunció al fin:

—Bethany, querida, preferiría que este mastodonte que tienes por amigo esperase fuera.

Jake entendió la crítica velada que acababa de hacerle, en el sentido de que ella no tenía ni voz ni voto en lo que estaba pasando allí dentro. No le gustó la autoridad que emanaba de aquel hombre.

—Ya. Eh… Sí, claro, por supuesto. —Beth Lo miró a él con apuro y añadió—: ¿Te importa…?

—Estaré con Spencer —dijo él con tal de no crear conflicto.

—De acuerdo. Gracias y perdona. Es que esto es importante —susurró por lo bajo. La verdad es que todo parecía mucho más serio de lo que él había imaginado—. Luego, si quieres, vamos a cenar y te cuento todo.

Jake salió de allí, todavía intimidado del contexto en general, y se volvió a reunir con el dueño del club afuera.

—Te ha echado, ¿verdad? Harry —especificó Spencer—. No se lo tengas en cuenta. Es un hueso duro de roer, sobre todo si da con un talento como el de Beth. Uno de los que merecen la pena.

—¿Esto va en serio? —preguntó con suspicacia—. Quiero decir, ¿él de verdad cree que es buena y no hay nada oculto detrás?

—Si lo que me estás preguntando es si Harry Jones es de fiar, créeme que sí. Lo es. La mayoría de artistas noveles de este país morirían por una tarde en un estudio como este, con él y con Randle. Harry es dueño de su propia discográfica y puede hacer que Bethany deje de ser una persona anónima en menos que canta un gallo. Es lo que probablemente intentará después de la sesión de hoy. —Spencer caminó hasta sentarse en el único escalón de acceso a la casa—. Lo he oído decir que todavía hay mucho que pulir, pero está convencido de que *A Girl From Bowling Green* puede hacer despegar su carrera. Cualquiera que escuchase esa canción apostaría por ella. Y por esa otra que cantó en el club el día que vino Harry... Esa que dice lo de «And you? Would you?». —Le pareció gracioso el intento por entonar de aquel hombre—. No consigo acordarme del título.

—*Would you?* —aclaró Jake, un poco confuso, porque Beth no había incluido esa canción en la maqueta.

—No, se llama de otra forma. Es... *Not Anymore*, si mal no recuerdo.

«No creo».

Al cabo de un rato, se percató de lo bajo que quedaba ya el sol de la tarde.

—¿Sabe cuánto les falta? Beth me había dicho que estaban acabando.

Spencer levantó los hombros.

—Lo único que sé es que con estas cosas nunca se sabe. Incluso podrían terminar pasando la noche aquí.

—Eso sería buena señal, ¿no?

—Probablemente.

Jake prefirió no alargarlo más.

—¿Le importaría decirle que he tenido que irme? —planteó moviéndose hacia la salida—. Dígale de mi parte que, de todas formas, no habría podido ir a cenar con ella esta noche porque tengo quince años. Ella lo entenderá.

El pobre Spencer lo miró perplejo antes de que se retirase y desapareciese de allí.

Beth

Beth salió del estudio dando saltos de alegría, por dentro y por fuera. Lo de Jake había sido una sorpresa mayúscula y estaba deseando reencontrarse con él ahora que por fin habían terminado de ultimar detalles, de perfilar estribillos y de probar a grabar algunos coros. No tenía ni idea de qué hora era, porque dentro no había tenido ninguna ventana de referencia, por eso se sorprendió mucho cuando la oscuridad de la noche la recibió al salir al salón de la casa, donde encontraron a Spencer dormido, recostado en uno de los sofás, apenas iluminado por la diminuta bombilla de una lámpara de pie.

—¿Qué hora es? —preguntó él mismo cuando se desveló a causa del ruido.

—Faltan unos minutos para las once.

Sabía que había pasado bastante rato desde la aparición de Jake, pero ¿tanto? No pudo ocultar su decepción.

—Se ha ido, ¿verdad?

Spencer se incorporó y se frotó los ojos antes de contestar.

—Eh…, sí. Me pidió que te dijera que tenía quince años y que tú lo entenderías.

—Ah, claro —respondió ella sonriendo al instante.

—Ese no era el mismo chico que te acompañó el día en que cantaste tus canciones en el club de Spencer —dijo de pronto Harry.

—No. Es mi mejor amigo, ya se lo he dicho.

El hombre gruñó y el silencio invadió la estancia en la que todos se encontraban. Beth se obligó a mantener la calma, porque todo parecía estar yendo bien y no quería que Harry la descartase solo por una suposición que, aunque correcta, ella estaba dispuesta a no dejar que se interpusiera en lo que fuera que el productor tenía pensado para ella.

—Spencer puede corroborarlo. Me ha visto en el club varias veces con él, ¿no es cierto?

—Lo es.

Harry Jones caminó por el salón hasta dejarse caer en el sillón que había al lado de la chimenea. Guy Randle encendió la luz de la estancia y dijo que llamaría para pedir algo de comida.

Beth miró al productor, impaciente por que continuase.

—Es evidente que ese chico es tu ancla en esta ciudad —aseveró este—. Deberías usar eso para componer, Bethany. Algo así es lo único que te falta, lo que podría marcar la diferencia. Piénsatelo.

—En realidad, ya había pensado en ello —su respuesta sorprendió a los dos hombres que había presentes en ese momento—. Tengo una canción de las que usted quiere que aún no está terminada.

Beth sacó de sus pantalones un papel doblado por los cuatro costados.

—¿Puedo? —Extendió el brazo hacia ella.

Beth se lo entregó. Había añadido una estrofa más y el inicio de un posible estribillo a lo que ya tenía:

I'd like to stay, be your usual girl
But I have to leave and I can't ask you to follow

Lo había escrito pensando en lo que supondría que lo de aquella sesión saliese bien, ilusionándose ante la perspectiva de llegar a cumplir su mayor sueño, aunque fuese a costa de alejarse de la persona a la que más había querido hasta la fecha.

Harry se recreó en la lectura, dándole varias pasadas a la letra. Cuando Guy regresó, él todavía no había levantado la vista del papel.

Spencer y él lo observaron en silencio, al igual que ella, hasta que por fin dijo:

—Acábala, Bethany —habló con tanta convicción que la pausa que hizo después adquirió un cariz demasiado intrigante. Luego estiró la mano con la que sujetaba la hoja, ofreciéndosela a Guy, y añadió—: Acábala y no habrá duda alguna de que Jones Records te recibirá con los brazos abiertos.

38 | UNA CONVERSACIÓN PENDIENTE

jueves 4 de abril

Jake

—¿La verdad? No sé ni cómo explicarlo.

Beth había ido a buscarlo a la cafetería de su facultad y Jake llevaba ya cinco minutos escuchándola, aunque, en honor a la verdad, lo único que hacía era deleitarse con su sonrisa, radiante a más no poder, porque ella no decía ni una sola frase aclaratoria de lo sucedido el día anterior.

—Es que no te puedes hacer ni una idea de cómo suena ahora mi primera canción. —No dejaba de darle vueltas al vaso de zumo de naranja que se había pedido y del que solo bebía como un acto reflejo de su inseguridad . Me hubiese gustado poder llevármela grabada en cinta para que la oyeses y supieses a qué me refiero, y eso que fue una grabación sin instrumentos. Harry dijo que la semana que viene volvería a Provo para repetirlo todo en condiciones, y Guy se encargará de los músicos. ¿Te lo puedes creer?

—Y yo que pensaba que te irías a Nueva York mañana mismo.

Jake dijo aquello con ironía, sin embargo, el cambio de expresión de Beth fue demasiado significativo.

—Lo de Nueva York es el último paso —explicó—. Si lo de la semana que viene sale bien… No. Detente ahí, Bethany Harris. Para el carro —tras corregirse, volvió a dirigirse a él—. No tengo que pensar en ello. Es adelantarme a los acontecimientos, ¿no crees?

—Lo que creo es que Don Importante no va a dejarte escapar.

A Beth se le salió el zumo de la boca y luego soltó una carcajada que se oyó hasta en el último rincón de la cafetería. Todo el mundo se giró para mirarlos. A ella no le importó en absoluto.

—Don Importante —repitió sin parar de reír—. Qué apropiado.

La intención de Jake no había sido, ni por asomo, hacer una broma y divertir a Beth como lo estaba haciendo, pero ya no podía verlo de otro modo.

—¿Has hablado con tu familia de todo esto?

Beth metió los labios para dentro y negó. Él no quiso presionarla, aunque tampoco hizo falta, porque a continuación dijo:

—Vengo de una casa donde el *country* se oye a todas horas, pero no estoy segura de que vayan a aceptar que deje la beca para dedicarme a la música. Eso nunca ha sido una posibilidad, yo ni siquiera me lo había planteado. —Beth volvió a beber un poco de zumo y luego se quedó contemplando el vaso con los ojos bien abiertos—. Tampoco creo que comprendiesen la magnitud de lo que me está sucediendo, el verdadero significado de que alguien como Harry se haya interesado en mí.

Jake estuvo a punto de sonar como un auténtico aguafiestas diciendo algo como: «Tal vez su opinión sea importante» o «No creo que sea buena idea ocultárselo». Pero él más que nadie sabía lo que era que los suyos tumbasen su mayor ambición —en su caso, llegar a ser profesional o formar parte del cuerpo técnico de un equipo—, así que cruzó los brazos sobre la mesa y se inclinó hacia ella.

—Entonces, ¿cuál es el plan?

—Pues el plan es acabar una cosa que Harry me ha pedido, pulir algunas letras, seguir componiendo y esperar a que él aparezca y me dé instrucciones.

Beth le apretó los brazos con entusiasmo y ambos se sonrieron.

—Idos a un hotel.

Jake giró la cabeza hacia su izquierda al tiempo que Emma pasaba de largo con dos amigas y que Beth deshacía el contacto en un acto reflejo.

—Se cree muy graciosa —comentó tratando de no verse afectado por el notable rubor de las mejillas de Beth. Recordar el fugaz encuentro con Emma la tarde anterior consiguió que él también se sonrojara—, pero es inofensiva.

—Las chicas como ella no son inofensivas, Jake. —Volvió a mover el vaso entre las manos—. Y los chicos como tú deberíais saberlo —agregó mirándolo de frente y haciendo un deliberado descanso antes de seguir, como para que asimilase sus primeras palabras antes de concentrarse en las siguientes—. Sé que tú y yo tenemos una conversación pendiente.

—No creo que *esa* conversación sea ahora mismo una prioridad —le dijo con la mayor entereza de la que fue capaz—. Y estoy seguro de que a Don Importante no le gustaría que la tuviésemos.

Al contrario que al principio, Jake había intentado ser gracioso, quitarle hierro a un asunto que le afectaba más de lo que quería reconocer. Sin embargo, esa vez ella no mostró ni un ápice de diversión. Por alguna razón, se lo tomó muy a pecho.

—Tengo que irme —anunció.

—Oye, espera. ¿He dicho algo malo? ¿Qué…?

—No. Pero tengo que pensar. Yo… todavía no estoy preparada para lo que supondría tener *esa* conversación.

Él supo con exactitud lo que ella había querido decir sin necesidad de que se lo explicara: que, más pronto que tarde, supondría una despedida.

39 | *GO UP, DOWN, JUMP AROUND*

viernes 12 de abril

Jake

Jake había pasado una semana en un estado total de incertidumbre en todos los ámbitos de su vida: el deportivo, el académico y el personal. Y, como los tres estaban directamente relacionados por uno motivo u otro, sentía que no estaba dando el cien por cien en ninguno de ellos, pese a los intentos.

Se había machacado en el gimnasio y había dado todo de sí en el campo, tratando de demostrar que era el mismo de siempre y que los entrenadores podían confiar en él, pero ni con esas había conseguido quitarle a Tayler la idea de probar a Patch como titular.

En los estudios, sabía que iba muy rezagado y que tendría que hacer lo imposible por salvar algunas asignaturas, pero no estaba resultando nada fácil, sobre todo porque lo deportivo y lo personal siempre estaban de por medio. Por si no tuviese poco con lo que le afectaba de manera directa, el asunto del profesor Newman, que él pensaba que ya estaba olvidado, se había avivado y ya ni siquiera podía comentar con él cosas relacionadas con sus clases. Bill Newman recogía todas sus cosas y salía del aula como si le fuese la vida en ello, y la última vez que Jake había tratado de acercarse, él le había soltado un: «No me lo ponga más difícil, por favor».

Y en lo personal, bueno, pasaban varias cosas. El ambiente en casa estaba de lo más raro, porque la madre de Arabia tenía los días contados y la suya no dejaba de hablar del tema y de preparar cosas para la inminente llegada de la chica, comprando toallas nuevas, llenando la despensa, recordándoles a todos cómo debían comportarse y hablando de la importancia de darle espacio para superar el duelo. Eso lo tenía muy desconcertado, pero no tanto como la desaparición de Beth. Una desaparición bien justificada, por supuesto, y de la que nadie, salvo él, sabía el motivo. Harry Jones había decidido volver el lunes, solicitando su presencia en Rosewood Recording, y ella prácticamente había estado viviendo en el estudio de Randle desde entonces. Lo poco que sabía había sido gracias a una llamada telefónica dos días atrás, en la cual le dijo que todo estaba marchando a las mil maravillas y que el viernes haría acto de presencia para animar en el último partido de baloncesto de los White Falcons. Jake sabía que en esa información estaba implícita la petición de que fuese a verla y cumpliese así su promesa.

—Y luego, ¿qué?

—Luego Harry publicará mi primer *single*, Jake —le había dicho.

Y ahora ya era viernes, así que estaba haciéndose a la idea de tener que acudir a la cancha de baloncesto llegado el momento. Mientras tanto, Jake estaba en una de las bandas del campo de juego, a la altura de la línea de treinta yardas, viendo cómo el equipo titular que Tayler había seleccionado para el partido del día siguiente repasaba las últimas jugadas.

—¡*Mecagüenlaputa*! —oyó decir a Hock—. ¿Qué mierda de defensa estáis haciendo? ¡Patch, tienes que alinearte con tu *end* izquierdo para cargar hacia delante! Y los demás, como sigáis así, voy a meteros el libro de jugadas por el culo, uno a uno. ¿He sido lo bastante claro? —A Jake se le escapó la risa sin pensar que el coordinador llegaría a enterarse porque, además, estaba de espaldas a él—. ¡Y tú, Becker! Será mejor que borres esa sonrisa de la cara, a menos que quieras pasarte en el banquillo la próxima temporada, si es que hay una próxima para ti. Menuda panda de inútiles…

Así estaban las cosas, o mejor dicho, los nervios por el primer partido de los Rivalry Games aquel viernes de una primavera a la que le había costado llegar.

Cuando acabó el entrenamiento, Jake le llevó a Chris una cantimplora mientras se dirigían a los vestuarios.

—Sin ti nos van a machacar en defensa —le dijo—. No sé qué tan malo has estado haciendo, tío, pero más te vale portarte bien hasta que acabe el curso. Ya sabes que a Tayler no le gusta tener jugadores problemáticos.

—¿Crees que soy problemático?

—No, pero sí que los problemas te persiguen como las abejas a la miel. Tienes un imán, tío, y deberías poner todo tu empeño en deshacerte de él.

—Si fuera sencillo ya lo habría hecho.

—¿Seguro?

Jake paró en seco, haciendo que el *running back* también lo hiciera.

—¿Qué quieres decir?

—Digo que espabiles y dejes de meterte en *fregaos* ajenos. Ve a lo tuyo, aunque suene egoísta. Estás aquí por el fútbol, tío, como yo y como casi todos, porque sueñas con convertirte en profesional, ¿no? —Era una pregunta retórica, así que no contestó—. Pues deja de ser el Robin Hood que nadie te ha pedido que seas. Y olvídate de la chica —lo dijo como si no se estuviese refiriendo a ninguna en concreto—. Habrá otras, te lo aseguro.

—Lo de Robin Hood ha tenido su gracia —comentó Shawn al pasar por su lado—. Echaré de menos tus metáforas cuando te vayas, Ford.

—Echarás de menos todas mis facetas, Williams.

—¿Desde cuándo eres tan creído?

—Soportar tu ego desde hace tres años ha debido de dar sus frutos.

Jake los observó, uno enfrente del otro, pero el desafío entre ambos apenas duró unos segundos, porque acto seguido se echaron a reír, se dieron la mano con camaradería y luego Shawn siguió hacia el vestuario como si nada.

—Bueno, ¿qué? —prosiguió Chris—. Lo has entendido, ¿no?

—No estoy muy seguro. —Se abstuvo de decirle que habría sido mucho más ilustrativo un ejemplo científico que uno relacionado con un personaje de ficción.

—Yo sé que sí.

Chris vivía en una burbuja desde principios de año a causa del esperado draft y de su idílico noviazgo con Alissa, y nadie iba a sacarlo de ahí, ni siquiera Jake.

***

A las doce del mediodía, recién salido de una clase de Fundamentos, Bill Newman lo estaba esperando a solo unos metros de la cafetería. ¿Y cómo sabía Jake que lo estaba esperando a él? Porque le sostuvo la mirada mientras se acercaba, algo que no había hecho desde el inicio de los rumores.

Vaciló antes de acercarse.

—Espero que disfrutase de la gesta —comenzó a decir el profesor—, que mereciera la pena.

—¿Podría ser un poco más específico? —preguntó con desconcierto.

—Ah, ¿quiere que sea específico? En ese caso, podemos hablar de lo estúpido que he sido estos dos últimos años, por lo mucho que me he equivocado con usted al comprender lo poco que dista de sus semejantes. Y con semejantes me refiero al conjunto de deportistas que forman parte de esta y otras universidades del país, tan llenos de músculos y tan faltos de juicio, ocupando las becas que miles de personas recibirían si este fuese un sistema justo y no uno que prima el deporte por encima de la inteligencia, como si el entretenimiento que pudiese aportar un jugador de fútbol corto de miras fuese comparable al esfuerzo de un científico, un médico, un abogado o cualquier otro empleo decente que se obtenga gracias a un título universitario, o de cualquier trabajo, ya puestos.

Jake no podía creer que Bill se estuviese refiriendo a él con tanto desprecio. Ni siquiera entendía el motivo de su disgusto, pues no había hecho nada malo en su asignatura salvo saltarse un par de clases. ¿Y lo de la gesta? ¿Qué gesta? ¿A qué había venido eso?

Estuvo a punto de no responder, de pasar de largo y seguir a lo suyo, tal y como le había recomendado Chris. Sin embargo, se las dio una vez más de Robin Hood —aún sin haber entendido del todo el símil—, aunque no en pro de defender a sus *semejantes* más que a sí mismo.

—Podría haber resumido mucho diciendo que me considera un descerebrado y punto. Pero no se preocupe, me ha quedado claro. Ya no tendrá que fingir aprecio por alguien como yo, y siento si alguna vez se sintió en la obligación de hacerlo.

Justo cuando Newman iba a replicar, la profesora Smith lo alcanzó y lo cogió del brazo para echarlo un poco hacia atrás.

—Esto no es necesario, Bill —le advirtió. Jake se dio cuenta de que había mucha gente mirándolos—. No creo que fuese él y, aunque sí lo fuese, no merecería la pena. Ya no.

—¿A qué coño se está refiriendo?

Katherina lo censuró con la mirada por su falta de decoro.

—Aprenda modales antes de dirigirse a mí. Bill, vamos —apremió al profesor—, tenemos que irnos.

Entendió por qué había tanta prisa por parte de Smith justo después de que se retirasen —él y todos los que a esas horas estaban deambulando fuera de clase— porque, de repente, un grupo formado por cuatro agentes de la policía estatal, perfectamente uniformados con sus camisas negras bien remetidas por dentro de un pantalón caqui ceñido con un cinturón de hebilla ancha, sombreros de campaña, corbatas, distintivos e insignias, se dirigían con paso decidido a los despachos de los profesores, en concreto, al de Newman. Al seguirlos con la mirada, se cruzó unos segundos con el semblante incrédulo de Emma y eso activó un recuerdo en su cerebro: el profesor creía que él le había pinchado las ruedas de su vehículo.

«Eso era».

Sin pensárselo dos veces, Jake caminó tras los estatales, como muchos otros.

El profesor apenas había llegado a su dependencia cuando uno de los agentes pronunció su nombre y le pidió que saliese. Llevaba unas esposas en la mano que le colocó a Bill por la espalda en cuanto él se resignó e hizo lo que le pedía. Jake observó sus hombros, más enjutos que nunca bajo su chaqueta de lino marrón, también más arrugada que nunca. En cuestión de segundos, una horda de estudiantes se arremolinó en torno a lo que estaba sucediendo hasta acorralar al grupo de los que le pedían a Bill Newman que colaborase mientras lo sacaban de la facultad.

—Déjenlo en paz —gritó alguien.

—No pueden detener al profesor Newman.

—¡Es una injusticia!

Sin un atisbo de prudencia, Jake se abrió paso y alcanzó al profesor, apartándolo del agente que lo tenía sujeto por el brazo izquierdo. En cuanto lo hizo, otros brazos le bloquearon los suyos antes de notar que se quedaba sin aliento, gracias a un codazo certero en pleno plexo solar. Lo más sorprendente de su penosa proeza fue que Katherina Smith lo ayudó a volver a incorporarse, y después, sin mediar palabra, ambos corrieron detrás de la multitud que seguía a los estatales y al indefenso personaje en el cual se había convertido el tan austero como excelente profesor Newman.

Había dos patrullas a las puertas de la facultad con un montón de curiosos a su alrededor que, sumados a los que salían de la misma —arrastrados como una marea en aras de defender a un hombre que admiraban—, consiguieron que todo se volviera más espectacular. La pantalla de alumnos que tenía delante le impedía el paso, pero no le importó. Se aprovechó de su corpulencia para apartar sin miramientos a cuantos fue necesario y llegar hasta el pequeño claro donde los tres agentes que escoltaban al cuarto alargaban los brazos pidiendo calma y evitando que la marabunta se acercase. Jake aún notaba el dolor latente en la boca del estómago cuando logró atravesar todos los obstáculos, muy consciente de que se arriesgaba a un nuevo escarmiento por su osadía.

Se colocó delante del profesor momentos antes de que el único agente que lo igualaba en altura se precipitase sobre él y le dijo:

—Le juro que no fui yo.

Alcanzó a ver la comprensión de Newman, su leve gesto de asentimiento como señal de que lo creía, antes de que aquel tipo lo hiciese caer al suelo y se golpease la rabadilla. Después de eso y, pese al dolor, se zafó como pudo y salió del remolino de gente que ya invadía el poco espacio que quedaba alrededor del profesor tras el atrevimiento de

Jake. Estaba seguro de que habría varios detenidos después de aquello, pero él no podía permitirse el lujo de ser uno de ellos, así que siguió abriéndose paso hacia el exterior y contempló la escena desde los escalones de la entrada a la facultad, cerca de donde se había quedado la profesora Smith.

Katherina, Jake y también Emma lo observaron todo desde la distancia, con el mismo grado de impotencia y desaliento.

***

Horas más tarde, a las cinco, Jake se adentró en el pabellón de baloncesto dispuesto a ver el encuentro al que tenía la obligación moral de asistir, pese a que sus expectativas de pasar un buen rato estaban bajo mínimos. Sus únicos alicientes eran poder ver a Beth y que Chris le había prometido que recogería a Alissa y se acercaría a hacerle compañía.

A pesar de ser un último partido amistoso, las gradas estaban repletas de gente, así que tuvo que pasar entre un montón de piernas que le dejaban paso a medias para sentarse en el único hueco libre que encontró, en la décima fila, entre un par de *grupies* perfectamente equipadas —con banderines y camisetas del equipo en cuestión— y un grupo de chicos con pinta de ser de primero y de jugar a baloncesto en sus ratos libres. No tenía ni idea de qué iba a hacer Chris cuando llegase, porque no quedaba casi ningún asiento disponible.

Unos cuantos se giraron al reparar en él, otros lo señalaron y otros tantos cuchichearon mirándolo de reojo. A Jake no le importó si era por su condición de deportista o por otra cosa. No pensaba ceder al cotilleo porque le traía sin cuidado lo que pensasen de él personas que ni lo conocían ni llegarían a hacerlo, pues jamás les daría el gusto de intentarlo —en el caso de haber algo de gusto en algo relacionado con él—.

Las primeras en llegar a pista fueron las animadoras del equipo contrario, con los uniformes de un azul celeste brillante con los ribetes amarillos que pronto relacionó con UCLA, la Universidad de California. Hasta entonces ni siquiera sabía quién era el equipo contrincante. Acto seguido a su baile de presentación, aparecieron las animadoras locales y toda la grada se volcó en darles la bienvenida a la que, con toda seguridad, estaban acostumbradas. Jake había acudido a aquel pabellón, había buscado un buen sitio en la abarrotada grada y se había sentado a esperar a que ellas apareciesen, convencido de que estaba preparado para ver a Beth, la cual apareció dando volteretas laterales para colocarse en su sitio.

Pero no lo estaba en absoluto.

En cuanto los altavoces reprodujeron la instrumental inicial de la canción que iban a seguir, las dos *grupies* de su derecha chillaron y una de ellas exclamó:

—¡La coreo de *What I Like About You*!

Las animadoras empezaron a moverse tan solo unos segundos después y Jake intentó centrarse en el conjunto que formaban, hasta que se dio cuenta de dos cosas: la primera, que el nivel de aquellas chicas estaba muy por encima del de las animadoras de fútbol; la segunda, que solo tenía ojos para Beth, quien se pasó casi todo el tiempo volando de un sitio a otro, haciendo piruetas con una flexibilidad envidiable a ojos de cualquier ser humano y siguiendo a la perfección el ritmo de la canción. Su parte favorita fue la de:

When you go up, down, jump around
Think about true romance, yeah

Las animadoras de baloncesto de la VSU dieron un espectáculo digno de la más alta competición. Al acabar, todas se colocaron en línea, dieron un paso al frente y saludaron, exhaustas pero con las barbillas bien alzadas y las sonrisas intactas. Se preguntó cómo demonios eran capaces de hacer todo eso que hacían sin dejar de sonreír y se imaginó por un momento —breve, porque lo de sonreír mucho rato no estaba dentro de su manual de comportamiento— haciéndolo mientras corría hacia un jugador del equipo contrario para machacarlo. Quizás Chris sí pudiese hacerlo. Lo visualizó corriendo hacia la zona de anotación y no le pareció tan descabellado.

Levantó la mano para captar la atención de Beth y regresó a la realidad cuando ella lo saludó. Justo después se retiró con el resto de sus compañeras para formar el pasillo que recibiría a los jugadores de baloncesto, las estrellas de la tarde, que emergieron envueltos de esa aura de superioridad que les daba ser el mejor equipo universitario del estado.

Se quedó absorto viendo cómo las animadoras de ambos equipos interactuaban entre ellas, hasta que se percató de que había un montón de cabezas desconocidas giradas hacia él. Comprendió lo que pasaba en cuanto descubrió que Curtis Greyson se había acercado a hablar con Beth.

Jake estudió en detalle los movimientos de ambos con la mayor neutralidad con la que fue capaz, es decir, muy poca. Se le subió la ceja derecha sin remedio cuando vio que Greyson cogía la mano de Beth para acariciarla mientras le hablaba y ella no terminaba de deshacer el contacto, y que incluso respondía con una sonrisa nerviosa a una mucho más amplia que le dedicaba él.

«Aléjate de ella, gilipollas».

Lo hizo cuando el entrenador gritó para que sus jugadores empezasen a calentar, momento que Beth aprovechó para escaquearse y Greyson para echar un vistazo a la grada por encima del hombro, en dirección a Jake, quien oyó enseguida los murmullos de los que se habían percatado de lo sucedido. Emma había tenido razón todo aquel tiempo: estaba en el maldito punto de mira. Él, que lo único que quería era jugar al fútbol, comprender el entorno físico en el cual vivía y pasar lo más desapercibido posible en un sitio donde nunca terminaría de encajar.

Los primeros veinte minutos de partido, que en realidad se convirtieron en más de treinta por los tiempos muertos, las faltas y toda esa parafernalia se le hicieron eternos. Le sudaban las manos por la certidumbre de saberse tan fuera de lugar, rodeado de un montón de aficionados al baloncesto que estaban viendo cómo su equipo se imponía con una facilidad casi burlesca, y por la indiferencia de Beth, que estaba metida en su papel de animadora al cien por cien, ejecutándolo al milímetro, demostrando su talento. Cada vez que ella se elevaba en el aire y hacía una pirueta arriesgada, el público lanzaba un largo «Ooooh» de asombro. Y también, cada vez que eso ocurría, las *grupies* lo miraban a él, como para asegurarse de que no le quitaba el ojo de encima. Era tan incómodo que sintió como toda una salvación que Chris y Alissa hicieran acto de presencia en el pabellón, muy impresionados por el aforo y sin saber muy bien hacia dónde dirigirse. Jake se las ingenió para abrirse paso a trompicones entre aquel puñado de gente para ir a su encuentro, así tuviese que quedarse a pie de pista con ellos, cerca de la entrada, viendo lo que quedaba del encuentro.

—Cualquiera diría que se están jugando La Liga —comentó su amigo.

Acabaron sentándose en un rincón apartado, hablando de cualquier cosa menos de lo que había ocurrido en el juego transcurrido delante de sus narices, que acabó con un 103-78 a favor de los White Falcons. Alissa fue la primera en levantarse para ir a saludar a las animadoras cuando estas terminaron el último baile.

Jake se sintió muy patético al darse cuenta de que Beth no iba a tener tiempo para él después del interminable partido. Lo entendió en cuanto la vio acercarse con la urgencia pintada en la cara.

—¡Por fin has venido! —dijo con ilusión, pero con algo más que no fue capaz de deducir—. Ahora tengo que estar con las chicas un rato, iremos al vestuario y después a tomar algo. ¿Crees que podríamos vernos esta noche? Tengo esto para ti. —Jake cogió la caja de casete que ella le ofreció—. Pero es necesario que lo escuchemos juntos para poder explicarte algunas cosas. —La miró, y luego se rascó el pelo a la altura de la oreja derecha. Beth se acercó y añadió—: Tengo que hablarles de lo que tú ya sabes.

—Claro.

Jake volvió a usar las mismas dos sílabas cuando ella repitió la pregunta de si podían verse un poco más tarde, tal vez después de cenar.

Pero no concretaron nada, así que, como era de esperar, eso nunca llegó a suceder.

GAME DAY

40 | SIN NECESIDAD DE PALABRAS

sábado 20 de abril

Jake

Una semana más tarde, Jake todavía no había escuchado la *dichosa cinta* que Beth le había dado y tampoco la había vuelto a ver. Lo único que sabía de ella era lo mismo que todos los demás: que la había fichado un productor musical y que iba a dejar la universidad. Varios compañeros de equipo habían intentado sonsacarle información al respecto. Sus novias, más bien. «¿Tú sabías que era cantante?», era solo una de las muchas cuestiones que le habían lanzado durante los últimos días. Pero lo cierto era que no tenía nada que decir.

Literalmente nada.

Chris le había preguntado por la *dichosa cinta* en varias ocasiones, alentándolo a ponerla en su coche, pues pronosticaba que se trataba de su primer tema ya remasterizado y que estaba desaprovechando la oportunidad de oírlo en primicia, sin saber que él ya había escuchado, mucho antes que ningún otro, todas sus canciones. Esa era una de las razones por las que Jake era incapaz de aceptar que todo se hubiese precipitado de un modo tan abrupto desde que se habían confesado que se gustaban: tantos meses para afrontar aquel asunto y tan pocas semanas para dinamitar de una forma tan difusa lo que significaban el uno para el otro.

Sentía como si Beth se hubiese olvidado de él antes de que fuese irremediable. ¿Cómo era posible que de la noche a la mañana hubiese sido excluido del equipo que únicamente estaba formado por ellos dos? Harry Jones, el tipo del bronceado artificial, la había absorbido hasta el punto de que nadie sabía nada de ella, ni siquiera él.

Por eso había decidido no escuchar la *dichosa cinta* hasta que ella se dignase a dar señales de vida o a contarle qué era lo que estaba sucediendo con exactitud, aunque la llevaba siempre guardada en el bolsillo trasero de los pantalones, eso sí. Además, ella le había dicho que tenían que escucharla juntos. ¿Por qué entonces no había aparecido? Habría tolerado incluso que se presentase en su casa en el momento más inesperado con tal de ~~verla~~ saber algo.

A Jake le produjo cierta satisfacción llegar al estadio y ver que en el aparcamiento ya había gente divirtiéndose, sentada en grupos en la parte trasera de algunas camionetas o con mesas y sillas plegables en torno a vehículos con menos posibilidades. Caminó con decisión, consciente de que era fácil de identificar por su tamaño y su camiseta negra con el número cincuenta y uno. Pese a que él no levantaba el mismo entusiasmo que Ford, Williams, McKain o Rijnhout, sí solían saludarlo los días de partido y aquel no fue menos. Fue más, de hecho, porque en el partido contra los Cowboys había salido por Patch después del descanso y, gracias a eso, habían conseguido ganar. Era casi lo único bueno de las últimas dos semanas y estaba tan orgulloso que, por primera vez, al pasar por delante de un grupo de chicas que lo saludaron con timidez, echó los hombros hacia atrás para resaltar los pectorales bajo la camiseta. Todas llevaban gafas de sol, latas de cerveza en la mano y disfrutaban de la música a todo volumen que salía de un bonito Chevrolet Camaro negro de segunda generación. Instantes después, Chris se le colgó a la espalda, dándole un susto y consiguiendo que se cuestionase si lo del saludo había sido algo exclusivo hacia él o si es que ellas ya habían visualizado al *running back* acercándose. Prefirió no analizar el caso en profundidad para mitigar el sofoco.

—¿Preparado para hacerles oler el césped a esos idiotas de Denver? —Chris le lanzó la pregunta y luego miró a las chicas y las observó con curiosidad—. ¿Eso que suena es Daisy Jones & The Six?

Tres de ellas empezaron a cantar la parte de la canción que se oía: «Will it stay with you whenever that you lean on me?», y Chris se les acercó para acompañarlas justo después, cuando el tono se volvió mucho más agudo: «Oh, I know, I know», con un falsete improvisado de lo más convincente. Jake observó la naturalidad con la que su amigo podía hacer algo como eso, hasta que la única chica que no se había unido a ellos se dirigió a él.

—Eres Jake, ¿verdad? —Se volvió hacia ella—. O sea, ¿puedo llamarte así, por tu nombre de pila?

No solo se estaba dirigiendo a él, sino que estaba coqueteando.

—Sí.

Chris interrumpió su interpretación para darle una mayor consistencia a su respuesta:

—Verás, preciosa, lo que mi amigo ha querido decir es que tú puedes llamarlo como quieras.

—Preferiría que lo dijera él —continuó ella después de las risas. Los otros continuaron cantando—. ¿Vas a ir esta noche a la fiesta del Dix76?

—Sí. —Acababa de decidirlo. Se había organizado una de esas fiestas semiprivadas con invitación especial para los jugadores de fútbol, baloncesto y atletismo. Chris le golpeó el omoplato derecho para que agregase algo más—. ¿Nos vemos allí?

—Claro. Soy Hilary. Hilary Hezelknight —deletreó eso último, ya no solo para que supiera cómo se escribía, sino para que él se acordase de incluirla en la lista VIP—. Y mis amigas son Shelby y Diana.

—Bien, chicas —Chris lo salvó de tener que continuar con la conversación—. El deber nos llama. Espero que cojáis buen sitio para ver el espectáculo.

Avanzaron entre otro montón de coches, uno al lado del otro. Cuando su amigo soltó el aire que había estado conteniendo, se echó a reír. Entonces Jake paró en seco y lo detuvo con el brazo: había otra radio sonando a un volumen lo bastante alto como para que él identificase fácilmente la canción.

I would try it
With you I would always try it
And you? Would you?

Era la canción de Beth.

Se quedó tan impresionado que no se vio capaz de comentarle a Chris la magnitud de lo que estaba sucediendo para no interrumpirla, aunque no estuviese en directo. Obligó a su amigo a avanzar en dirección al coche que tenía sintonizado el canal para seguir escuchando. Y entonces pasó del asombro al desconcierto en lo que duró la última estrofa.

I *would try it*
With you I would always try it, baby
But would it be enough?
I'm not sure trying it will be a guarantee
Or just secure

Not anymore

«Not anymore».

Beth había modificado la letra de la canción que había compuesto para Greyson y que no había incluido en la maqueta que grabaron. Tocó la cinta en el interior de su bolsillo y le vino a la mente la conversación con Spencer sobre ese título que a él le había resultado tan extraño.

—Necesito ir un momento a tu Jeep —le dijo a Chris moviéndose de un lado a otro—. Esa canción, ¿la has oído?

—No, creo que no la he oído nunca.

Jake no se refería a si la había escuchado antes, sino a si había reparado en la maldita letra.

—Eso ya lo sé, porque es una de las canciones de Beth.

Sacó el casete y se lo mostró.

—Necesito tu Jeep. Tengo que comprobar una cosa.

—De acuerdo, vamos.

***

El partido contra los Roadrunners de la MSU empezó mucho más movido que el del fin de semana anterior. Cada vez que anotaban, sus oponentes lograban igualar el marcador de una forma u otra. La defensa estaba funcionando, pero no lo suficiente, así que Hock no dejaba de gritar y de dar instrucciones, ni Bertier de reestructurar la defensa en función de los cambios de última hora al analizar el posicionamiento de la ofensiva rival. Jake estaba dentro del partido, pero se le repetía constantemente el «Not anymore» de Beth. Desde que la había escuchado con más detenimiento en el Jeep, ya no era solo que le afectase la última estrofa, es que no dejaba de darle vueltas a la canción completa ni a la suposición de que nunca había sido pensada para Greyson.

Jake contempló a sus oponentes desde la posición de tres puntos en la que se encontraba, atento al *snap*.

«Not anymore, not anymore, not anymore, not anymore».

Acto seguido, oyó las instrucciones del *quarterback* de los Roadrunners.

—¡Blanco, blanco, ochenta, ochenta! ¡*Hut*!

Cuando la defensa salió a parar la siguiente jugada, se dio de bruces con un cambio de posiciones que consiguió que la mayoría perdiesen la trayectoria de sus placajes —incluido Jake—, y en consecuencia dejaron un espacio valiosísimo que el *quarterback* aprovechó para correr las treinta y dos yardas que faltaban para anotar. Fue un alivio que no completaran la conversión adicional de dos puntos que intentaron después, pero Hock no tuvo piedad con ninguno de sus jugadores cuando regresaron a la banda para ser relevados por los de ataque.

—¡¿Cómo os lo tengo que decir?! Ese maldito número doce, el Higgins de los cojones, está cambiando las jugadas en el último momento. Lo estoy viendo yo desde aquí y vosotros no sois capaces de anticiparos estando justo enfrente. *Blanco, blanco, ochenta, ochenta*, por el amor de Dios, se está riendo en vuestra cara. ¡En vuestra puta cara! Él y todo el equipo.

Jake se quitó el casco y el coordinador aprovechó para soltarle un manotazo que le acertó de lleno en la oreja izquierda.

—Tú siempre te das cuenta de esas cosas, Becker —le dijo—. La cadencia de su voz y los juegos de palabras, joder. Ese cateto os la está metiendo doblada jugada tras jugada. ¡No pongas esa cara de no saber de qué diablos te hablo! Sabes que tengo razón.

—¡BECKER! —Tayler reclamó su presencia desde donde estaba, bien pegado a la línea de banda.

Cogió una cantimplora, se echó agua sobre la cara y se acercó al entrenador, preparado para otra reprimenda. Harper le dio instrucciones a su asistente, le pasó las hojas de jugadas y se giró hacia Jake hecho una furia. Le puso el dedo índice en la sien y apretó antes de hablar.

—¿Me explicas qué coño tienes en esa cabeza tuya hoy? —Tuvo que hacer fuerza contra su dedo para mantener la posición—. Tenemos que ganar este partido, Becker. A ser posible, este y los otros dos que nos quedan. Y te habrás dado cuenta de que por eso te he dado lo que querías: jugar de titular y en defensa. —Tayler apartó el dedo, pero se acercó más a él—. Así que me pregunto qué otra cosa se te ha metido en la sesera para que no estés todo lo atento que deberías estar. Lo atento… que siempre… eres —lo último lo dijo golpeándole con el puño el hombro izquierdo, sobre las hombreras.

En un fugaz intento por despejar la mente de canciones y reproches, miró hacia las gradas, sin imaginar que en ese preciso instante visualizaría a Beth, saltando y moviendo los brazos por encima de la cabeza para hacerle ver que estaba allí, viendo el partido.

De inmediato, clavó de nuevo los ojos en el entrenador jefe y dijo:

—No volverán a superarnos, señor. Se lo juro.

Después de que los Ice Falcons lograsen empatar el marcador, Jake y los otros diez defensas salieron al campo. Chris, que no jugaba pero estaba en el banquillo como uno más, le chocó el puño y luego añadió:

—Es hora de demostrar quién manda aquí.

—Eso haremos.

Lejos de amedrentarse por la presencia de Beth, aquello lo envalentonó de una forma muy novedosa. Jake sintió la necesidad de demostrar lo valioso que era, no solo para su equipo. Además, que la tal Hilary de apellido impronunciable le hubiese mostrado interés reforzaba el orgullo que él siempre había mantenido bien oculto.

En cuanto el primer «Not anymore» le vino a la cabeza, decidió usarlo como mecanismo de defensa, metafórica y literalmente hablando, modificándolo a su antojo en función de la jugada.

«Ya no» como un «Ya no me la cuelas, Higgins», por cada vez que el *quarterback* cambiaba el tono al pronunciar el mítico «White eighty» para situar a sus compañeros, o cantaba jugadas tan parecidas como «White weighty», porque Jake analizaba sus movimientos y gritaba algunos cambios destinados a su propia alineación.

«Ya no» como un «Ni de coña vais a repetir la misma jugada sin que haya consecuencias», por cada vez que los Roadrunners lograban salvar las diez yardas de distancia para conseguir los primeros *downs* e intentaban despistarlos con extrañas instrucciones.

Y «Ya no» como un «De la siguiente ya no te libras», por cada vez que el jugador que lo marcaba conseguía pararlo antes de alcanzar a Higgins.

Además, respecto a esto último, la agresividad de Jake sirvió de ejemplo para acrecentar las ganas del resto de jugadores, tanto en defensa como en ataque.

Así que lo que en un primer momento parecía que iba a ser un partido reñido, acabó con un histórico resultado de 46-26, y lo que estaba destinado a ser un derroche de talento por parte de Shawn Williams y el *running back* suplente de Chris, Ryan Scott, terminó siéndolo de Jake Becker. Ni siquiera él podía creer que por fin volviera a estar físicamente al cien por cien, a gusto con sus compañeros y disfrutando de lo que más le gustaba hacer.

Cuando el público del West Mountain Stadium se puso en pie para ovacionarlo, lo único que Jake lamentó fue que ningún miembro de su familia hubiese estado presente para verlo, pensando también en que aquel habría sido el partido perfecto para que Beth hubiese llevado a Rachel, si las cosas hubiesen podido ser de otra manera.

Si *Not Anymore* no le hubiese dejado tan claro el mensaje.

Beth

Beth estuvo todo el partido chillando como una verdadera aficionada al fútbol americano, en especial, cada vez que Jake saboteaba una de las jugadas del equipo contrario. Había estado impresionante, mucho más que cualquiera de las otras veces que ella había tenido ocasión de verlo jugar; así que se alegraba de haber convencido a Harry de que la dejase acudir y de que le concediese todo el fin de semana para poder hacer las maletas y despedirse de él. Si por el productor hubiese sido, se la habría llevado a Nueva York hacía dos días, cuando sonó por primera vez en la radio la canción que él había lanzado y que no era la que habían acordado. Se justificó diciendo que era una estrategia comercial, alegando que *A Girl From Bowling Green* tenía un perfil muy parecido a la de *Country Boy,* una de las más recientes de Ricky Skaggs, pero ella se había enfadado tanto que a Harry no le había quedado más remedio que dejar que solucionase sus asuntos pendientes.

Él pensaba que si Beth se enfrentaba a una despedida no saldría airosa, que la despedida en sí misma la disuadiría de marcharse, mientras que ella estaba convencida de que solo podría dejarlo todo atrás si lo hacía con la conciencia tranquila. Y para eso necesitaba hablar con Jake.

Esperó con impaciencia a que los ocupantes de los asientos contiguos empezasen a salir para poder dirigirse con rapidez hacia los largos pasillos inferiores que daban paso, entre otras cosas, a los vestuarios. Al llegar allí abajo y localizar a Jake, se acercó pensando que él estaría encantado de verla, que se olvidaría de toda aquella gente que estaba a su alrededor dándole la enhorabuena, incluso del periodista que esperaba con una libreta para preguntarle por su actuación.

No fue consciente de la burbuja de egoísmo en la que había estado inmersa durante las últimas dos semanas hasta que la realidad le plantó cara con fuerza y descaro.

—¡Jake!

Él giró la cabeza al escuchar su nombre, sin dejar de hablar con el hombre que tenía delante y sin que nada cambiase en su expresión. Beth mantuvo la sonrisa por la emoción de volver a verlo durante cinco largos minutos, pero después de eso empezó a decaer, sobre todo después de los cinco siguientes, que terminaron siendo diez. Solo cuando las personas más importantes se marcharon, satisfechas por las declaraciones del que había sido la estrella del partido, Jake se dignó a avanzar hacia ella.

—¡Ha sido alucinante! —exclamó Beth disimulando en lo posible lo mucho que la había incomodado la espera—. Después de que Tayler hablase contigo, entraste y arrasaste. ¡La gente se ha vuelto loca con tus *sacks* desde la grada!

Jake le mostró una media sonrisa, pero no una de las que se le escapaban sin remedio, sino una de la que emergía más ironía que modestia. Se dio cuenta de que estaba a punto de decir algo, pero luego agachó la cabeza y sonrió del todo.

—¿Qué? —lo alentó a que soltara lo que fuera que fuese.

—No, nada, es que... —Jake apretó la lengua contra una de sus mejillas y miró hacia otro lado. Estaba deseando decir algo, se notaba a la legua, y Beth se armó de paciencia hasta que lo soltó—: Así que *Not Anymore*, ¿eh?

A pesar de que aquello entraba dentro de las posibilidades que había barajado en su cabeza, no supo cómo hacerle frente.

—Escuchaste la cinta sin mí —le dijo tratando de ocultar el reproche, porque no tenía ningún derecho a reprocharle nada.

—En realidad, no. Bueno, no hasta hace unas horas. De camino aquí escuché la canción en la radio. —Se dio cuenta de que Jake hablaba con tanta seguridad como resentimiento albergaba hacia ella—. Me sorprendió por tantos motivos que tuve que pedirle a Chris que me dejase reproducir la cinta en su coche. Para intentar comprender... Nada, olvídalo. —Resopló—. Estoy cansado. Tengo que ir a ducharme.

Beth lo llamó en cuanto se alejó de ella, pero no consiguió que se detuviera.

—¿En serio eras tú la que ha salido cantando por la radio?

Chris se presentó delante de ella con la jovialidad de siempre. Beth maldijo de todas las formas posibles que Harry hubiese decidido lanzar su carrera con *Not Anymore*.

—Necesito hablar con él —le dijo al chico.

—Hoy igual está complicado.

—Chris, hablo en serio.

—Yo también. Vamos a salir a cenar todos juntos y luego iremos a la fiesta del Dix76.

Soltó un bufido al escuchar esa información.

—No entiendo cómo la gente con más de dos neuronas todavía seguís yendo a esa discoteca.

—Gracias por el cumplido, pero hay tradiciones que son inamovibles.

—¿Y qué opina tu novia de semejante lugar?

—Alissa viene conmigo, Beth. Allí las parejas son intocables, a menos que deseen lo contrario.

—Vale, da igual. —Se revolvió el pelo para despojarse de la incredulidad—. Entraré ahí y lo sacaré sea como sea.

Sin embargo, Chris se desplazó para colocarse en su trayectoria.

—Mira, no sé qué rollo os habéis estado trayendo vosotros dos, pero lo de la canción… no creo que haya sido buena idea. Y tampoco creo que lo sea que lo tantees ahora. Ha estado de coña hoy, seguro que lo sabes, así que no le jodas su momento de gloria, ¿vale? Eres una tía bastante guay, Beth, en serio. Pero he estado presente durante las tres veces que ha reproducido la canción en cuestión, la de la cara B, porque a la otra no le ha hecho ni caso, y no me apetece que se le quede la misma jeta que hasta antes del partido, que sería lo que ocurriría si ahora entrases ahí y lo forzases a tener una conversación que ha dejado claro que no quiere tener.

La sinceridad de Chris la dejó tan hecha polvo que lo único que hizo fue alejarse de allí.

***

A Beth ni siquiera se le pasó por la cabeza cenar. Se encerró en su habitación a empaquetar sus pertenencias y a llorar sin que nadie la molestase, hasta que las lágrimas fueron tan intensas que no le quedó más remedio que sentarse, desahogarse por completo y luego continuar.

No pensaba llevarse muchas cosas al apartamento compartido con otras dos chicas que Harry le había prometido en pleno centro de Manhattan, porque él había dicho que se haría cargo de los gastos del mantenimiento de su habitación hasta que su familia pudiese ir a vaciarla por completo, es decir, hasta que pudiese contarles con más detalle los últimos acontecimientos. De momento, lo único que sabían era que iba a probar suerte con un par de canciones dentro de la industria musical, pero nada de que fuese a dejar la universidad.

Había preparado dos cajas: una para vinilos, casetes, revistas y libros; y otra para almacenar sus libros de la universidad y todas aquellas cosas que no necesitaría en una buena temporada, como sus prendas de animadora. El recuerdo del disgusto de casi todas sus compañeras cuando les anunció que iba a dejar el equipo consiguió hacerle un poco más duro guardar la equipación, pero no arrepentirse de su decisión. Lo último que hizo fue llenar de ropa una pequeña maleta con ruedas que Spencer le había regalado. «Para tu gran viaje, en todos los sentidos», había dicho. Nunca le estaría lo suficientemente agradecida a aquel hombre.

Para cuando acabó, tenía los ojos tan resecos que le costaba pestañear, así que salió al cuarto de baño de la planta para lavarse la cara y despejarse un poco. Allí encontró a varias de sus compañeras. No era la primera vez que usaban aquel espacio a modo de tocador común, así que fue fácil deducir que se preparaban para salir.

—¡Pero si estás aquí! —dijo Abi, la única animadora con la piel oscura en todo el equipo.

Julie soltó una exclamación de sorpresa y corrió a abrazarla.

—Pensábamos que ya te habrías marchado. Espera, ¿a qué viene esa cara tan larga? Dios mío, ¡has estado llorando!

—Estaba recogiendo mis cosas. —Les sonrió para tranquilizarlas—. Y supongo que ya he acabado. Me voy mañana por la noche.

—Jo, qué fuerte. —Abi se apoyó en el lavabo—. ¿Y sigues sin poder decirnos nada de nada, como, no sé, dónde vivirás o cuándo podremos escucharte?

—Respecto a eso último, me parece que pronto. Pero, por lo demás, quién sabe. A lo mejor no me va nada bien y vuelvo antes de que podáis echarme de menos.

Julie la amenazó con la brocha del colorete.

—Ni hablar. Como capitana, te digo: haz lo que tengas que hacer para que eso no ocurra, Bethany Harris. Ahora ya me he hecho a la idea de que vas a ser famosa y de que podré hablarle de ti a mis nietos.

Beth sabía que estaba bromeando, pero agradeció los ánimos.

—Y bueno, ¿a dónde vais esta noche? ¿A King Disco?

—Ya me gustaría —comentó otra de las chicas.

—A otra de esas rarísimas fiestas en el Dix76 —aclaró Julie—. Evento deportivo, ya sabes, toca ir a cumplir.

Beth no se lo pensó dos veces a la hora de preguntar:

—¿Puedo ir con vosotras?

—¿Lo dices en serio? Pero si tú odias ese sitio más que ninguna.

Tenía razón. Lo odiaba.

Pero era la única baza que le quedaba.

Jake

A pesar de lo contento que estaba, Jake se obligó a no beber demasiado durante la cena en Applebee's, incluso le pidió a Chris que le parase los pies si veía que empezaba a perder la capacidad de llevar la cuenta.

—¿Qué pasa? ¿Estás nervioso por lo de la chica del aparcamiento, la tal Hilary *Hezelqué*?

Sí lo estaba, pero no pensaba reconocerlo.

—Más bien, estaba pensando en ti, en que estaría bien que no tuvieses que llevarme hasta allí a rastras.

—Qué considerado.

Aunque no pensase pasarse con las cervezas, eso no evitaba que el alcohol ya consumido le hiciese hablar más de lo que lo haría en condiciones normales.

—También lo hago para que tengas un bonito recuerdo mío antes de largarte, para que puedas decir: la última noche que pasé con mi amigo Jake fue una noche de lo más normal, y no una de esas en las que tuve que rescatarlo de sí mismo.

—Tienes razón, ya albergo en mi prodigiosa memoria unos cuantos momentos de tus peores actuaciones, no quisiera tener que añadir ninguna más.

Jake se había sentado con Chris y con Alissa en uno de los extremos de la mesa con tal de no sucumbir a la euforia colectiva. Todos llevaban la camiseta básica del equipo, con sus números bien grandes en el pecho, para que quienes los viesen aquella noche supieran que ellos eran los Ice Falcons. Y, por una vez, no le importó. Hasta disfrutó de las atenciones conjuntas e individuales, que no fueron pocas debido a sus acciones durante el partido. Jake había conseguido que la defensa se volviese infranqueable y Gerry Bertier, quien le había puesto el apodo a Patch, empezó a referirse a Jake como Big Wall, aunque la cosa no transcendió más allá de la cena.

Para cuando llegaron al Dix76, ya eran más de las doce de la noche.

Jake lo hizo en el Jeep de Chris, junto con Alissa, McKain y la novia de este. Había una larguísima cola de gente esperando para entrar, pero no se molestó en mirarla. La mayoría de aquellas personas ni siquiera conseguirían entrar. Cuando había fiesta de deportistas, la lista solía estar casi cerrada desde el inicio y solo dejaban pasar a gente a medida que la discoteca se iba vaciando. Jake se cuidó de acercarse al que tenía la lista para pedirle que incluyera a Hilary, pero ni con ayuda de Chris pudo deletrear bien el apellido. Al final, lo dejaron como Hilary *Hezelnate*, aunque Jake estuvo a punto de pedirle a aquel hombre que añadiera: «o algo así», antes de que su amigo lo arrastrase hasta el interior.

Pero la suerte estaba de su parte, y la chica lo abordó al poco de llegar. Jake se alegró de verla y, sobre todo, de que ella no se enterase de que había sido incapaz de quedarse con su rocambolesco apellido. A continuación, un montón de personas se giraron hacia él, aplaudieron y lo vitorearon. Hilary no dudó en colgarse de su brazo mientras caminaban hacia el centro de la pista para bailar un rato. La música no estaba todavía demasiado alta y el tema que sonaba era *In My House*, de Mary Jane Girls. Jake sintió un gran alivio cuando, al poco de que Hilary lo incitase a bailar, Alissa lo agarró para que festejara la victoria con ella, salvándolo de hacer el ridículo con sus torpes movimientos. Chris llegó haciendo equilibrios con cuatro bebidas, las repartió y le pasó el brazo por los hombros después de que recogiera su vaso.

—La noche promete.

Él miró a la chica del aparcamiento y asintió mientras la observaba. Tenía el pelo liso, largo y casi igual de negro que todo su atuendo:

pantalón de cuero por encima del ombligo y un top que solo cubría el pecho. Era más alta que la media, e incuestionablemente más que Alissa, pero a eso se le sumaban unas sandalias de tacón que la hacían destacar aún más. Y ahí estaba, dispuesta a pasar la noche con él. ¡Y ni siquiera había tenido que invitarla a una copa!

Jake no fue consciente del tiempo que estuvo en la pista, solo de que cuando empezó a sonar *Material Girl*, de Madonna —canción que conocía debido a la nueva obsesión de su hermana con esa cantante—, el volumen de la música se intensificó en sentido inversamente proporcional a sus ganas de estar en aquella discoteca. Y eso se debió, en buena parte, a que hacía escasos minutos que había vislumbrado a Beth junto a Julie y otras animadoras. Ella era la única que no llevaba la falda blanca ni nada de la indumentaria reglamentaria, salvo un par de lazos rojos que sobresalían de los dos moños que se había hecho en la cabeza. Su atuendo consistía en unos vaqueros cortos oscuros y una camiseta a rayas verdes y blancas: el mismo que había llevado al partido, pero sin la cazadora de Bowie.

Cuando los dos cruzaron las miradas se quedaron muy quietos, pese a que el ir y venir de la gente interrumpía la visión que tenían el uno del otro. El contacto se deshizo cuando Hilary le pellizcó el dorsal izquierdo y se giró molesto. Jake intentó concentrarse en la chica que tenía delante de sus narices y que, a todas luces, quería que le propusiera ir a una de las habitaciones. Deseó con todas sus fuerzas ser capaz de dedicarle la atención que merecía.

Lamentablemente, fuerza física tenía mucha, pero no se podía decir lo mismo de su fuerza de voluntad.

No con Beth a menos de diez metros de distancia.

Beth

Beth sabía que era cuestión de tiempo que Jake se fuese a una habitación con aquella morena tan despampanante, así que se dijo: «Ahora o nunca».

Con la poca confianza que le quedaba, se despidió de sus compañeras y se aproximó hasta donde ellos estaban con la única intención de retarlo a cambiar de candidata, sin pensar en el riesgo de lo que iba a hacer y teniendo en cuenta lo mucho que *Not Anymore* lo había herido.

Le costó varios segundos que él reparara en su presencia, tan concentrado como estaba en la otra chica, pero en cuanto lo hizo, la inseguridad de Beth desapareció como por arte de magia, porque sus ojos conectaron de una forma indescriptible. Con el corazón latiéndole a mil por hora, Beth le ofreció la mano derecha y esperó a que él terminase de luchar contra su instinto para sujetársela y alejarse de allí con ella, dejando cualquier gesto reprobatorio tan atrás como fuera posible.

En cuanto se decidió, caminaron bien sujetos hasta la recepción de las escaleras y Beth sacó a toda prisa cinco dólares para que le diesen una llave. Solo cuando llegaron a la habitación correspondiente y cerró por dentro notó que podía volver a respirar. Al otro lado dejaba la fiesta, el griterío, los amigos, incluso a Greyson y a la morena de metro ochenta.

Se dio la vuelta y descubrió a Jake a solo un metro de separación, siendo más consciente que nunca de lo pequeña que se sentía a su lado, con su poco más de metro y medio, sus finísimas piernas y sus brazos fibrosos pero delgados.

—Tengo que explicarte muchas cosas —le dijo con el corazón aún más desbocado.

Él se limitó a negar con la cabeza.

—Me da igual. Sé lo que esto significa.

—Pero tenemos que hablar de la canción y de…

—Beth —Jake la interrumpió—. Sé que es una despedida y estoy dispuesto a aceptarlo solo si no lo hacemos aún más complicado.

—No quiero complicarlo.

—Entonces no hace falta que digamos nada.

Sabía que él jamás daría el primer paso, así que, sin más ganas de postergar la tensión que había entre ambos, se aproximó y le puso las manos en el pecho. Jake agachó la cabeza y, muy despacio, colocó las suyas a la altura de su cadera.

—¿Estás segura de esto?

—¿Y tú? ¿Estás seguro de querer enfrentarte a Greyson después de esto?

—Greyson nunca fue un problema y tampoco lo será a partir de hoy. Pero, por favor, no hablemos de...

No lo dejó terminar. Beth estiró de sus vaqueros para arrimarlo a ella, se puso de puntillas y lo besó, pasándole la mano derecha por detrás del cuello para afianzar el contacto. Al principio, el roce de sus labios fue un poco torpe, pero a medida que fueron renunciando a la timidez, ajustaron la frecuencia de las ganas que se tenían hasta alcanzar el equilibrio. Llegados a ese punto, Jake se atrevió a sacarle la camiseta por fuera de los pantalones para poder tocar la piel de debajo, y la sensación fue tan intensa que Beth tuvo que separarse para lanzar un suspiro. Como contraataque, se cruzó de brazos, lo miró con diversión y, con un simple gesto, le indicó que se quitara la suya. Él procedió sin replicar, sin apartar la vista de ella. Entonces Beth extendió la mano para recoger la prenda.

—Quiero que sepas que pienso robarte esta camiseta —dijo cuando la tuvo en su poder.

Jake la cogió de la mano y caminó de espaldas hasta la cama, donde se sentó a esperarla con las piernas ligeramente separadas, las manos por detrás de la espalda y una invitación implícita en la mirada. Beth avanzó sin amilanarse hasta que sus piernas quedaron entre las de él y se deshizo de los moños que llevaba y de su propia camiseta. Sin dejar de mirarlo, se sacó un preservativo del bolsillo trasero de los pantalones y, despacio, se agarró a su cuello y le pasó las piernas por encima. Él le quitó el preservativo, lo dejó sobre la cama y empezó a recorrer su espalda con las manos, apartándole el pelo a la altura de la nuca, donde se detuvo a ejercer la presión necesaria para atraerla hacia sí y volver a besarla. En cuanto Beth notó la dureza de la entrepierna de Jake contra su pelvis, se preparó para dejarse llevar y atenerse a lo que le deparase aquella nueva experiencia, aunque se separó un poco, cauta. Jake apreció el ligero cambio en Beth y no hizo nada más de forma inmediata. Le concedió un momento para que recuperase la comodidad y, con calma, emprendió un camino de besos desde su oreja izquierda. A la altura del hombro, se detuvo y cogió el fino tirante negro de su top deportivo. La miró, esperando la confirmación de que podía continuar, y luego, en lugar de quitárselo de una vez, se lo bajó hasta media altura, sin llegar a liberar los pezones de la tela. Con ese nuevo límite marcado, continuó la trayectoria de besos. Eso la excitó de una forma desconocida. Ni siquiera esperaba que le gustase que él se recrease en esa zona, porque la experiencia que atesoraba con Greyson en esa parte de su cuerpo nunca había sido agradable. Movida por un impulso, hincó las rodillas y elevó las caderas, logrando que su pecho quedase a la altura de la cara de Jake para que el sujetador chocase con su barbilla y terminase de bajar, ofreciéndole, casi con desesperación, el resto del contenido. Él captó el mensaje y, cuando paseó la lengua por encima de su pezón derecho, se le erizó la piel de los brazos y del tórax. Beth echó la cabeza hacia atrás para disfrutar de la sensación, notando aún más la tirantez de los pezones. Se le encendieron las mejillas tan pronto como él se metió uno de ellos en la boca y la miró mientras lo hacía.

Tras aquel torrente de adrenalina, se sintió de pronto muy inexperta y supuso que tendría que hacer algo, así que bajó la mano hasta el botón de los pantalones de Jake para desabrochárselos. Él dejó que lo hiciera, pero le impidió seguir.

—Primero tú —fue lo único que le dijo con una voz ronca de lo más sensual que no le conocía.

Mientras ella se perdía en el pulso de su cuello, Jake le sacó el top por encima de la cabeza. Después la sujetó por detrás para darle la vuelta, tumbarla en la cama e inclinarse sobre ella. Beth observó su expresión concentrada al recorrer todos los rincones de su torso, haciéndola sentir muy deseable. Cuando él siguió bajando por su ombligo y pudo ver cómo los músculos de su espalda acompañaban sus movimientos, pensó en que cómo había sido capaz de contemplar otras veces ese cuerpo sin estremecerse como ahora lo hacía. Jake le quitó los pantalones, cuidándose de dejarle las bragas en el sitio. Acto seguido, se tumbó y le pidió sin hablar que se pusiese de lado, descansando el cuello sobre su brazo izquierdo. Una vez en esa posición, él volvió a explorar su cuerpo con la mano que tenía libre y ella lo atrajo hacia sí sujetándole la cara para poder besarlo. Cuando eso pasó, Jake cesó en lo que hacía para recrearse en el beso, solo durante un momento, pues él ya tenía fijado un destino: sus muslos. Le acarició la entrepierna por encima de la ropa interior con sutileza y luego presionó la zona de entrada, con decisión y deferencia al mismo tiempo.

—Sigue —lo apremió ella.

Con mucho menos cuidado del que había tenido antes, tiró de las bragas para aumentar la fricción. A continuación, se las estiró por detrás y hacia arriba para dejarlas como un tanga antes de dar el siguiente paso.

Beth volvió a mirarlo mientras él introducía en su interior un dedo y luego otro, fascinada por lo mucho que se enfocaba en lo que hacía y también perdida por completo en el deseo que le provocaba su boca entreabierta. Movida por esa pasión, le pidió que la penetrara y él, sin hacerla esperar, se deshizo de la ropa que les quedaba a ambos, se colocó el condón y lo hizo usando la fuerza justa para que ambos quedasen de lado sobre la cama. A Beth, la sensación de sentir su cuerpo por detrás le resultó de lo más confortable. Le gustó la posición y, sobre todo, el ritmo que él marcó desde el primer momento, lento, solícito, como si no existiese ninguna prisa por acabar y hasta el punto de hacerla desear mucho más.

Continuaron así durante un rato que le pareció tan eterno como efímero. Beth cerró los ojos y disfrutó de cómo él la hacía sentir más allá de lo físico, y de cómo su propio cuerpo respondía a las caricias y a los besos que se daban con la respiración entrecortada. Cada vez que él se incorporaba sobre el codo izquierdo para mirarla y comprobar que todo iba bien, ella se giraba un poco y atrapaba su labio inferior con vehemencia a modo de respuesta.

Después de unos cuantos besos más, de mayor y menor intensidad, él volvió a situar su mano derecha por debajo del ombligo hasta llegar y acertar en su clítoris, presionándolo mientras introducía su miembro hasta el fondo una y otra vez.

«Joder».

La mezcla de sensaciones fue tan inesperada que el orgasmo la sorprendió antes de que llegase a tiempo de taparse la boca para sofocar el gemido, y durante unos segundos se olvidó de todo lo que había a su alrededor. Ni siquiera fue del todo consciente de que Jake le había sujetado la mano para que se desahogase sin ningún tipo de restricción.

Al regresar a aquella cama y aquella habitación y aquella situación dentro de aquella discoteca, con aquel Jake todavía moviéndose en su interior, se dio cuenta de lo que él había hecho.

—Aún no te has corrido, ¿verdad?

—No, pero tranquila.

«De eso nada».

Rodó para salir de la cama y le pidió a Jake que regresase a la postura del principio, con la que lo habían iniciado todo, para poder sentarse sobre él y tomar las riendas. Él actuó en consecuencia, se inclinó ligeramente hacia atrás y volvió a poner esa cara: una mezcla de encandilamiento y goce que a ella tanto le estaba gustando. Beth empezó a moverse, frotando un poco la cadera antes de salir y entrar, concentrada en todo momento en ese gesto suyo para asegurarse de hacerlo disfrutar. En un momento dado, antes de lo que había previsto, Jake le agarró los muslos desnudos y la miró, advirtiéndola así de que iba a correrse. De haber estado un poco más enfocada en sí misma, ella habría podido volver a hacerlo solo por eso.

Tiempo después de que ambos se recompusieran, Beth se levantó para ir al cuarto de baño a asearse un poco, dejando la puerta abierta. Jake se acercó a medio vestir para llevarle toda su ropa —incluidas las gomas del pelo y los lazos— y ella se puso las bragas y el sujetador y se quedó sentada un buen rato sobre la taza del váter. Después se levantó, apoyó las manos en el lavabo y se miró al espejo; momento que él aprovechó para rodearle la cintura y acariciarle el hombro. Entonces Beth se dio la vuelta, le colocó las manos sobre sendas mejillas y lo besó con parsimonia. Por último, se quedaron mirándose el uno al otro durante un buen rato hasta que, finalmente, se abrazaron sin decir nada.

Porque qué iban a decir, si ya se lo habían dicho todo sin necesidad de palabras.

41 | «NO PUEDO»
domingo 21 de abril

Jake

Jake y Beth salieron de la habitación a las tres de la mañana, recogieron sus chaquetas y continuaron hacia la salida de la discoteca sin despedirse de nadie. El Corolla de ella estaba aparcado en la parte de atrás, así que caminaron hacia allí en paralelo, rozando sus brazos en religioso silencio. Los dos tenían motivos para que se les hubiese escapado una sonrisilla, pero no sucedió, porque también tenían motivos para estar preocupados por lo que les deparaba el futuro.

En la parte trasera del vehículo estaba la guitarra de Beth, y verla supuso el choque de realidad más inmediato.

—¿Cuándo te vas?

—Dentro de unas horas. Quedé con Harry en que me recogería en la puerta de la residencia a las once. —Beth lo miró, pero él no apartó la vista del cristal de la ventanilla—. ¿Quieres que te lleve a casa?

—No.

«No sabiendo que solo te quedan unas horas en Vallon».

—¿Entonces? ¿Qué quieres hacer?

—Cualquier cosa menos irme a casa.

***

Despertó horas más tarde en la parte de atrás del coche de Beth. Lo habían dejado estacionado muy cerca de la residencia, y habían decidido pasar la noche tal y como se encontraban en ese instante: uno encima del otro, después de haberse acostado una última vez. Jake pensó en que nunca había mirado a nadie a los ojos durante tanto tiempo como a ella en una sola noche. Y no se había quedado a hacerle compañía con intención de repetir, pero ella se había vuelto a poner encima y había llevado la iniciativa, sin preliminares, solo subiendo y bajando sobre él, sin prisa ni pudor porque los pillasen follando en tales circunstancias. No eran los primeros que lo hacían en el interior de un vehículo, ni mucho menos, pero seguro que sí de los pocos en hacerlo tan dentro del recinto universitario. Quizás, la suerte de que, aquella noche, nadie reparase en los cristales empañados de un viejo Corolla blanco a las puertas de una residencia femenina fuese el contrapunto a la desdicha que se cerniría sobre ellos en cuestión de algunas horas.

El picor de ojos le duraba desde antes de haberse quedado dormido, supuso que como consecuencia de haber aguantado despierto más de lo que su cuerpo le permitía después de un durísimo partido, una cena con sus compañeros —con el esfuerzo social que eso implicaba— y la certeza de haber estado tan en sintonía con Beth por primera vez.

Al empezar a moverse, ella se espabiló y se quitó de encima para dejarle espacio. Llevaba puesta su camiseta con el gigantesco número cincuenta y uno, así que él se había cerrado la cremallera de la sudadera para ocultar su desnudez. Beth se recogió el pelo en una altísima coleta y buscó sus pantalones para ponérselos. Había sido toda una ventaja que él no hubiese llegado a quitarse los suyos, porque moverse en aquel reducido espacio para hacer lo mismo le habría resultado un suplicio.

—¿Qué hora es?

—Creo que las nueve y media.

Más o menos, Jake sabía distinguir las horas del día según la altura del sol porque siempre miraba su posición durante los entrenamientos.

—¿Te importaría quedarte hasta que llegue Harry?

—No tenía intención de hacer lo contrario.

Beth lo miró con detenimiento y él se sintió un poco intimidado.

—Genial, porque quiero darte una cosa.

—¿Qué tal mi camiseta?

—¿Esta? —Levantó con los dedos los hombros de la que llevaba—. Ya puedes irte olvidando. Iba en serio lo de que voy a robártela.

—Vale, pues toda tuya.

—Volveré enseguida. Solo tengo que ducharme, coger mi maleta y acabar lo que tengo que darte.

—Aquí estaré —dijo intrigado pero sin demostrarlo.

La última vez que le había dado algo —el casete— la cosa no había acabado demasiado bien.

Jake se bajó del coche poco después de que ella se marchara, caminó unos minutos para estirar las piernas y la espalda —todo su cuerpo protestaba por haber dormido en tan malas condiciones, principalmente los riñones—, y luego se quedó apoyado en uno de los laterales del coche. No hubo mucho movimiento durante el tiempo que estuvo allí, aparte de un par de chicas que regresaban de correr y otra a la que se le había echado la mañana encima como a él. Pero, al cabo de un rato, salieron otras tres de la residencia y una de ellas lo señaló. Molesto por su descaro, Jake optó por levantar el brazo para saludar, lo que la disuadió de seguir haciéndolo. Después observó el impoluto Ford Mustang rojo de dos plazas que atravesó la verja de entrada al complejo universitario y que se dirigió hacia allí. Imposible no fijarse en un coche como ese e imposible no deducir a quién pertenecía.

Harry Jones aparcó y bajó de su bonito Mustang con unas Boing Carrera marrones de cristales oscuros y un traje chaqueta del mismo color. Miró su reloj de muñeca, se cruzó de brazos y estuvo un buen rato cambiando el peso de una pierna a otra hasta que, en uno de los vistazos, se encontró con Jake apoyado en el Corolla mirándolo sin ningún tipo de reparo. Harry sonrió, se subió un poco los pantalones y se aproximó a él sin más dilación.

Jake. Ese era tu nombre, ¿no?

—Lo sigue siendo.

Harry soltó aire por la nariz.

—Vaya, no esperaba que fueras de los que se las dan de graciosos.

—¿Qué más esperaba de mí?

El hombre se quitó las gafas para seguir hablando:

—Que fueras un poco más insignificante para ella. —Hubo una pausa en lo que duró la acción de colocarse las gafas en el bolsillo de su chaqueta—. Pero me parece que lo que *esperaba* de ti ya no importa tanto como lo que *espero* ahora.

Jake sabía qué diría a continuación, algo que tenía completamente asumido. Dejó que lo soltara de todas formas para no darle la satisfacción de poder ahorrárselo. Además, eso le iba a permitir crispar un poco más sus nervios. No parecía que Don Importante tuviese muchos puntos débiles, pero algo le decía que él era uno de ellos a través de Beth.

—¿Y bien?

—Aléjate de Beth —le dijo directo—. Mis métodos como productor y mánager son los que son, y por eso no tolero que mis artistas tengan debilidades. —Resultó que Jake había dado justo en el clavo. Sonrió solo por eso y Harry se lo tomó como algo personal—. Tu amiga se enfrenta a una de las industrias más agresivas, así que agradecería que no te tomases a broma lo que te digo y que la dejases en paz, si es que le deseas el éxito.

—Por supuesto que le deseo el éxito. ¿Quién coño se ha creído para ponerlo en duda?

—Entonces harás lo que te digo: le darás el espacio que necesita para que se olvide de ti.

Jake estuvo un rato dándole vueltas a eso, porque cuestionaba que el olvido entre dos personas dependiese en exclusiva de dar espacio, poner distancia o ignorarse el uno al otro. Según él, había un factor mucho más importante: la predisposición a hacerlo. Una predisposición que, en su opinión, Beth había tenido clara desde el principio, porque no había dudado a la hora de acatar las condiciones que aquel productor le había impuesto.

—No soy tan importante para ella como se imagina —dijo con total sinceridad—. Deje de preocuparse por mí porque no, no soy de los graciosos, y no me apetece regodearme en la inseguridad que yo le genero, ni siquiera quiero hablar con usted. Estoy aquí para despedirme de Beth, muy consciente de lo que supondrá eso, así que no hace falta que me restriegue por la cara que no volveré a saber nada de ella, porque usted mismo se ocupará de ello.

Harry volvió a ponerse las gafas y paseó la lengua por los dientes.

—Bien —añadió antes de regresar junto a su coche.

Esperaron a Beth sin volver a dirigirse la palabra. Cuando esta apareció, arrastrando una maleta de ruedas, saludó al productor, se la entregó y luego corrió hasta donde él estaba. Se había puesto un pichi vaquero y su cazadora roja de Bowie; el pelo todavía lo llevaba mojado.

Sujetaba una hoja de papel con las dos manos, doblada por la mitad, que le ofreció nada más llegar.

—Siento haber tardado tanto —le dijo—. La acabé hace unos días, en el estudio de Guy Randle, pero no estaba segura de que estuviese completa hasta ahora, que he añadido una última estrofa. —Jake observó la hoja sin atreverse a sujetarla o a leer lo que contenía en su interior—. La coges, ¿por favor? Es importante que la leas antes de que me vaya, porque es la favorita de Harry. De hecho, cree que es lo mejor que tengo, pero no haré nada con ella si a ti no te parece bien.

Incapaz de negarle nada, cogió la hoja, la desdobló y reparó primero en el título de la canción: *Usual Boy*. Jake leyó la letra de arriba abajo hasta que llegó a la estrofa a la que Beth había hecho alusión, al final del todo. Entonces, conteniendo toda la emoción que sentía después de eso, cerró el papel sin ningún cuidado y se lo devolvió como si quemara.

—Es para ti —le aseguró ella en un último intento por que él no lo soltara—. Es la hoja original, la que usé cuando empecé a escribirla, y me gustaría que te la quedaras.

—No, Beth. No quiero quedármela. —«No puedo»—. Ni siquiera sé por qué has tenido que enseñarme esto.

Ella lo miró sin entender.

—Ya te lo he dicho, quería pedirte permiso.

—¿Permiso para qué? Es tu maldita canción, llévatela tan lejos como tú te vayas.

—Jake.

—Harry lleva un buen rato esperándote.

—Jake.

—Anoche dijiste que no querías complicar las cosas. Así que vete de una vez, porque es la única forma de que cumplas esa voluntad que también es la mía.

No podía ni quería permitir que se le notase la fragilidad que ya notaba por la inestabilidad de las piernas. Al ver que ella se humedecía los labios, empezó a sentirse mal de verdad y, sin saber muy bien por qué, cuando se aproximó para darle un beso, ladeó la cara para impedirlo.

—Está bien. —Beth retrocedió un par de pasos. Sacó la guitarra del Corolla, se la colgó a la espalda y cerró el vehículo con llave—. Ya me voy.

Antes de llegar al Mustang de Harry, quien ya le había abierto la puerta del copiloto para que accediera, ella se giró para mirarlo una última vez y eso sí que no se lo negó.

No se lo negaron ninguno de los dos.

Pero al igual que Beth supo entonces que a partir de esa despedida muchas de sus letras irían dirigidas a él, Jake tomó la decisión de que no escucharía ninguna de sus próximas canciones ni seguiría su trayectoria ni estaría al tanto de nada que pudiese recordarle a ella.

Where is the guy you're always with?
Somebody asked me, someday
I asked myself the same question
When that day ended

When did we become a myth
Of our own history at the backstage
Of everything we try to lessen
And really mattered?

Everyone said
I fit you like a key chain
You remember?

I'd like to stay, be your usual girl
But I have to go and I can't ask
you to follow
I'd like to say bye
But I am afraid from the whirl
And from to keep flying too low
I wish I could be your usual girl

Everyone s aid
I fit you like a key chain
You remember?

Oh, my usual boy
You never cared about gossip

I'd like to stay, be your usual girl
But I have to go and I can't ask you to fo-
llow
I'd like to say bye
But I am afraid from the whirl
And from to keep flying too low
I wish I could be your usual girl

Goodbye, we diskpart
You should've been the first choice
Goodbye, sweetheart
My for always usual boy

43 | *DRAFT DAY*

lunes 30 de abril

Jake

El día del draft no hubo entrenamiento, Tayler los reunió a todos en la sala de revisión y estudio de jugadas para seguir en directo la retransmisión del evento en ESPN que se celebraba en el Omni Park Central de Nueva York. Chris Ford y Tony Lewis estaban allí, a la espera de salir convocados en una u otra ronda. Se habían marchado el fin de semana anterior y la mayoría de los jugadores del equipo se habían desplazado al aeropuerto de Salt Lake City para despedirlos y desearles toda la suerte del mundo. Jake no había sido uno de ellos. Él se limitó a acompañar a Chris en la celebración que hizo en casa de sus padres un día antes.

En la sala había bolsas de Cheetos por todas partes y latas de refresco metidas dentro de bidones con hielo. Todos estaban esperando ansiosos a que comenzasen las primeras rondas y hasta hicieron una porra, donde los que se animaban a pagar cinco dólares ponían el número de ronda y *pick* que presumían que obtendría cada uno. Jake cogió una de las bolsas y una botella de Mountain Dew y se sentó a esperar, impaciente por descubrir el destino de su amigo, pero muy lejos de contagiarse del aire festivo que se respiraba en el ambiente.

Resultó que Chris fue escogido en la tercera ronda, en el puesto número 63, por los Buffalo Bills, el mismo equipo que había conseguido al cotizado Bruce Smith (el *pick one* por excelencia de aquel año). A todos les sorprendió por un motivo u otro: los había que esperaban que lo seleccionasen en la primera o la segunda y los que no hubiesen dado ni cinco centavos por que lo fichasen hasta después de la quinta o la sexta. A Jake, simplemente, le pareció una broma del destino —considerando que los Bills eran un equipo que pertenecía al estado de Nueva York—. Así que dejó atrás a todos sus compañeros y salió del estadio listo para volver a casa, con los dedos manchados de naranja por el atracón de *snacks*. Además, era el cuarto cumpleaños de su prima, así que ni las clases ni el draft le importaban tanto como conseguir que ella pasase un buen día después de la escuela.

Sin Beth y sin Chris, Rachel era la ganadora indiscutible de toda su atención —y mucho más merecedora de ella que los otros dos—, pero no podía recogerla hasta las tres de la tarde, así que, mientras tanto, estaba dispuesto a ayudar a su madre con los preparativos de la fiesta.

Al cruzar Main Street, a la altura donde Delton y Prinss se separaban, vio a un vendedor ambulante que empujaba un carro lleno de conejitos de peluche. Jake lo paró y escogió uno de los rosas —mucho menos convencionales que los grises— y pagó los seis dólares que costaba con mucho gusto. Lo sujetó por las orejas y, una vez en casa, lo dejó sentado en el sofá grande del salón.

—¿De dónde lo has sacado y qué se supone que es? —preguntó su madre.

—Un conejo. —Jake se acercó a la cocina hechizado por el olor a bizcocho—. ¿Qué estás haciendo?

—La mejor tarta de cumpleaños, por supuesto. ¿Qué haces aquí tan temprano?

—Han cancelado el entrenamiento para poder ver en directo el draft.

—¿Y cómo le ha ido a tu amigo?

—Bien, supongo.

Omitió de manera deliberada hablar de *picks* y de rondas con su madre, sobre todo porque no quería tener que recordar dónde estaba situada la franquicia de los Buffalo Bills.

—Cariño, ¿qué te preocupa? —Sara dejó la cobertura de chocolate sobre la mesa y se giró hacia él, atreviéndose incluso a ser más concreta—. ¿Has discutido con el entrenador?

—No me pasa nada.

Su madre lo miró con atención y luego siguió con la elaboración de la tarta. Sin embargo, un par de minutos después, cuando él ya había tomado asiento tras la barra americana para observar el procedimiento, se giró ceñuda.

—Si no quieres contármelo, está bien, pero no me digas que no te pasa nada porque llevas bastantes días en cualquier otra parte menos aquí. Y no quiero meterme en tus asuntos, pero es que ya estoy empezando a preocuparme. Así que, si no es algo relacionado con Harper Tayler, entonces, ¿qué es? ¿Quizás sobre esa amiga tuya, Beth? ¿Ha pasado algo con ella o con Chris o en la universidad?

En realidad, habían pasado tantas cosas (respecto a todos y cada uno de los temas que su madre había propuesto) que, de haber querido sincerarse, no habría sabido ni por dónde empezar.

—Es como si estuviese destinado a que todos los meses me pasase algo, pero, aun así, siempre me pilla desprevenido.

—No está siendo tu mejor racha, cariño, eso seguro.

—Y sobre algunas de las cosas que has mencionado... Te agradecería que a partir de ahora no volvieras a nombrarme ni a Beth ni a Chris. —No quería que su madre supiese nada de ninguno de esos asuntos—. Con eso ya resumo bastante lo que me pasa y no quiero ampliar.

—Aclarado entonces. —Sara empezó a cubrir la tarta de galleta y bizcocho con el chocolate—. Irás a recoger a Rachel, ¿verdad?

—Sí.

Jake miró hacia arriba en cuanto escuchó pasos en la planta superior.

—¿Ari? —le preguntó a su madre por lo bajo.

—Sí. No irá a clase esta semana.

Hacía cinco días que Ebru Kurbagh había muerto, los mismos que Arabia llevaba viviendo con ellos, aunque aún no había terminado de trasladar todas sus cosas.

—¿Cómo está?

—¿Por qué no se lo preguntas? —Miró a su madre como si hubiese dicho algo realmente descabellado—. No es tan difícil, Jake. Anda, ve.

—Ah, pero que lo dices en serio.

En lugar de responder, Sara apuntó con la cuchara que sostenía hacia la parte superior de la casa y se quedó quieta, esperando a que reaccionase.

Muy molesto consigo mismo por habérsele ocurrido preguntar por ella, subió el primer tramo de escaleras y luego, la siguiente de caracol hasta la buhardilla. La puerta estaba abierta, pero tocó el marco con los nudillos para anunciarse. Arabia estaba sentada en la mesa de escritorio de Zane. Sus padres todavía no habían podido comprar otro.

—Ey. —La chica lo miró, sin duda, perpleja por tremenda exhibición de locuacidad—. Perdón. Mi madre quiere saber cómo... te sientes.

—Me lo ha preguntado esta mañana.

—¿El qué?

—Eso mismo.

«No es tan difícil, Jake».

—¿Y puedo saber cuál ha sido tu respuesta?

—Entonces, ¿eres tú quién quiere saber cómo me siento?

La pregunta de todas las preguntas era por qué le resultaba siempre tan complicado hablar con Arabia.

—De acuerdo, lo pillo, no ha sido una buena idea. Siento haberte molestado. —Jake bajó el pie izquierdo al primer escalón.

—No lo has hecho. —Arabia impidió que continuara retrocediendo—. Es solo que, por algún motivo, mi mente lleva un par de días buscando el verdadero significado de todas las cosas. Aunque, ahora que lo digo en voz alta, puede que solo sea porque así se abstiene de pensar en mi situación actual. En realidad, si pienso en lo que me ha llevado a este estado tan extraño, solo siento... ligereza. Como si me hubiese desprendido de una pesada carga que nunca consideré como tal, pero que ahí estaba de todas formas, pesando demasiado sobre mí sin yo saberlo. Y puede que me asuste esta sensación de ingravidez.

Jake se quedó tan aturdido por la profunda explicación que lo único que se le ocurrió decir fue:

—¿Sabías que la gravedad es una consecuencia de la curvatura espacio-tiempo? —Arabia negó con lentitud y él se sintió como un completo idiota—. Eso ha sonado muy extraño, ¿verdad?

—Un poco sí.

—Vale, pues… espero que tu mente no busque el verdadero significado de mi estupidez. —«No lo encontraría nunca»—. Te importa si… simplemente… —Hizo un par de gestos con las manos para señalar el hueco de la puerta y luego, las escaleras.

—Estoy bien —le aseguró ella—. Puedes irte tranquilo.

—Gracias, quiero decir, lo siento. Es decir, que lo siento por lo de… Ya sabes.

—Está bien, Jake, no tenemos que hablar de ello.

—Ya, sí. Mejor me voy.

De aquel diálogo podría haberse dicho que fue la conversación de besugos más absurda de *su* historia.

GAME DAY

MAYO de 1985

44 | UN CHICO COMO TODOS

sábado 11 de mayo

Jake

Cada vez que los Golden Griffins y los Ice Falcons se enfrentaban, el West Mountain Stadium se ponía a rebosar: que fuesen sus rivales en semifinales de los Rivalry Games hacía que los aficionados al fútbol americano universitario estuviesen encantados.

La diferencia respecto a las dos veces que los locales se habían enfrentado a la Universidad de Westminster durante la temporada regular residía en la ausencia del mejor *running back* que había salido de un equipo universitario de División II —Chris Ford—, y en que algunos de los jugadores de los Golden Griffins habían mejorado mucho, entre ellos, Dave Jefferson, el rubio que no le caía bien a Jake. Jefferson lo estaba siguiendo bien de cerca en todas las jugadas, y estaba harto de impactar contra él cada vez que se quitaba de encima al *guard* o que lo cerraban entre ambos. Parecía, incluso, que su misión en aquel encuentro era esa: mortificar a Jake, agotarlo y ponerle en la tierra los pies que solo se le habían elevado un par de centímetros del suelo desde el partido anterior. Es decir, noquear su ego.

Y lo estaba consiguiendo.

Antes del descanso, el *center* y Jefferson le habían hecho un bloqueo ilegal —*chop block*—, pero como ningún árbitro había tirado el pañuelo amarillo, ahora Jake estaba en el vestuario escuchando los gritos entremezclados de Hock y de Tayler por el último *touchdown* —que los Griffins quizás no habrían conseguido si los hubiesen penalizado por dicha acción— mientras se ponía hielo en el costado izquierdo.

—¡Me importa una mierda si los árbitros lo han visto o no, Becker! —le gritó Tayler cuando protestó por la injusticia—. La acción era respecto a la jugada anterior. Si hubiésemos defendido bien a la altura de cinco yardas, ahora no estaríamos por debajo en el maldito marcador. Os recuerdo que no hemos trabajado todo el año para venir a perder contra esa panda de desgraciados en nuestro templo, así que ya os estáis poniendo las pilas.

—¡Sí, señor!

—Ganaremos este partido, ¿me oís?

—¡Sí, señor!

—Los Griffins nunca han sido rivales para nosotros, así que es hora de que salgáis ahí y empecéis a demostrarlo.

Al quedarse rezagado en el vestuario para deshacerse del hielo y colocarse bien la ropa, Hock se acercó y se sentó a su lado.

—Sal y demuestra, como lo has hecho todo este tiempo, que no necesitas veinte kilos más para destruir a las líneas ofensivas, y no consientas que el jodido setenta y dos te siga tratando como a su perrito faldero —sonó a advertencia—. ¡A por él, Becker! —agregó cuando se levantó para salir—. ¡A por todos esos lameculos del carajo!

Sin embargo, todo fue de mal en peor al empezar la segunda parte.

La defensa de los Golden Griffins impidió que anotasen en el primer *drive*[4] y, más tarde, interceptó un pase que fue decisivo para el transcurso de los acontecimientos. Con el cambio de posesión, Jake salió con el resto de linieros defensivos a pararles los pies a sus rivales, y fue entonces cuando *todo* se torció de una forma inimaginable: el resultado del partido, la paciencia de Harper Tayler y el futuro de Jake en el equipo.

Los Golden Griffins marcaron una jugada que le despistó por completo e hizo que él y el *center* del equipo contrario chocasen casco contra casco y tuviesen que darles unos minutos para recuperarse. Jake levantó el pulgar hacia la banda para indicar que podía continuar.

—Te equivocas de lado, paleto —dijo alguien. Alguien no, Jefferson—. ¿O es que ya has empezado a renegar de tu equipo al oler la derrota?

Jefferson tenía razón. Giró sobre sí mismo para buscar a su entrenador, pero el otro aprovechó para moverlo un poco más, consiguiendo

[4] Conjunto de jugadas de ataque de un equipo hasta que el adversario recupera la posesión del balón.

que volviese a quedar de frente a la banda de los Golden Griffins. Bertier y Comer tuvieron que rescatarlo y arrastrarlo hasta su posición.

—¿Seguro que estás bien?

Los entrenadores de ambos equipos habían empezado a hacerse gestos en la distancia, así que, mientras los árbitros calmaban los ánimos de una batalla personal que se libraba en el campo, Jake se agachó y cerró los ojos con fuerza en un intento por deshacerse de la sensación de inestabilidad. Al volver a abrirlos, se concentró en enfocar el césped, pero el recuerdo de Beth el día en que se despidieron, ese que había bloqueado en su cerebro, de él rechazando un beso que ni siquiera terminó en abrazo, se desató allí mismo.

Durante el primer año de universidad, había ganado la amistad de Beth; durante el segundo, la de Chris. Pero, de pronto, los dos se habían ido y él no tenía verdaderos amigos dentro del equipo ni fuera de él. Ni en la universidad ni fuera de ella.

—¡*Hut*!

En cuanto los Golden Griffins iniciaron la jugada, Jake decidió proyectar toda su rabia contra los oponentes. Hizo un movimiento *bull rush* de los más básicos y potentes de las opciones defensivas, empujando al *guard* que tenía delante para hacerlo retroceder un par de yardas, y luego se deshizo de él y avanzó directo hacia el *quarterback*, que ya estaba colocándose para dar el pase. Visualizó la colisión, incluso el palmeo en el desprotegido balón para robárselo, pero segundos antes de que consiguiera ambas cosas, un casco y unos hombros y todo el peso y la masa muscular del número setenta y dos lo apartaron de su objetivo, ejerciendo el impacto en el punto exacto de las costillas que ya tenía perjudicadas.

Se desgañitó de dolor al caer al suelo y esa vez el pañuelo amarillo sí apareció, aunque Jake sabía que aquello ya era algo personal entre él y Jefferson. Logró levantarse mientras el árbitro principal comunicaba la infracción, pero se detuvo tras un par de pasos. Hock empezó a llamarlo para que saliera del campo, no iba a poder continuar.

Al llegar a la banda, el asistente de Hock le ofreció su ayuda para entrar a ver al médico, pero él la rechazó, herido en el orgullo, y se aguantó el dolor al caminar hasta la sala donde iban a revisarlo. No tuvo nada que objetar cuando lo ayudaron a desvestirse, porque apenas podía separar el brazo izquierdo de su caja torácica. Hock apareció respirando como si acabase de hacer la carrera de su vida, justo cuando el traumatólogo —el doctor David Butler— estaba palpándole la zona dolorida para vaticinar la fractura de alguna costilla. La siete y la ocho, sin duda, estaban comprometidas.

—De haber algo más, es posible que ya sea solo fisura, pero necesitaremos una radiografía para concretar.

—¿Puedo seguir jugando?

—¿Puede seguir jugando? —preguntó Hock al mismo tiempo.

—¿Cuándo? ¿Ahora?

Coordinador y jugador miraron al médico esperanzados.

—Véndeme —sugirió Jake—. Póngame lo que haga falta para volver a entrar en el campo.

—Me temo que no entrarás en el campo en varias semanas.

—Oiga, ¿me toma el pelo, Butler? —Hock se acercó al médico para hablarle con un mayor grado de confianza—. He visto a un puñado de profesionales jugar con un par de costillas rotas.

—No. Los ha visto jugar sin saber que las tenían rotas, y no necesito entrar en detalles de lo que podría pasar si el chico se expusiera a otro impacto entre dos o más jugadores como los que estamos presenciando hoy. No pienso ser cómplice de un posible neumotórax, así que mi decisión es firme. —Se volvió hacia Jake—. No seguirás jugando, y no lo harás hasta que te recuperes de la lesión, cuando valoremos la gravedad con las radiografías.

Hock se quitó la gorra y se paseó por la estancia.

—Hostia puta, Becker. ¡Hostia puta!

—Déjeme salir, entrenador —intentó una última vez, aun siendo incapaz de eliminar la expresión de dolor en el rostro—, aunque solo sea para devolvérsela.

El traumatólogo empezó a colocarle una venda.

—Eso me da igual, joder. Los árbitros han expulsado a Jefferson del partido, así que él ya no es un problema. Pero con qué desfachatez se ha retirado del campo el muy cabrón…

Al oír eso último, el resentimiento de Jake se acentuó y las voces de su alrededor se volvieron tan difusas como el césped hacía quince minutos. Oyó algo sobre que el vendaje era algo provisional hasta el lunes, para que lo obligase a mantener la postura durante el riguroso reposo que debía mantener hasta entonces, y después la última frase de Hock empezó a reproducirse en su cabeza por partes.

«Con qué desfachatez se ha retirado del campo el muy cabrón».

«El muy cabrón», pensó él también.

Jake se fue de la sala sin que a nadie le diese tiempo a detenerlo, bordeó el enorme estadio hasta el lado contrario y salió directo al banquillo de los Golden Griffins, con el arrojo de diez mil soldados puesto sobre sus hombros. En cuanto divisó a su objetivo, sentado en el banquillo y observando el partido, avanzó sin vacilar y se plantó delante de él. Jefferson se levantó nada más verlo, gallito, y Jake no se lo pensó dos veces a la hora de estamparle el puño en la cara.

Arabia

Arabia y Zane habían aprovechado el fin de semana para terminar de organizar sus cosas en la casa de ella. Iba a echar de menos esos cincuenta metros cuadrados donde, junto a su madre, había iniciado una nueva vida. Pero, como esta le había asegurado, tenía por delante tiempo de sobra para empezar de cero las veces que quisiera.

Con un poco menos de nostalgia de lo que cabía esperar, cerró la puerta del apartamento por última vez, entregó las llaves al dueño y cargó en la Travelette de los Becker sus últimos enseres, dispuesta a descubrir su porvenir en casa de aquella familia. En un hogar que se había convertido en refugio tras la muerte de su madre. En especial, tras las palabras de Sara: «Tu madre me dijo que siempre habías querido tener hermanos, así que espero que ahora puedas lidiar con cinco». Había tenido que hacer un esfuerzo considerable por contener la emoción tras esas palabras, y eso que estaba convencida de que no le quedaban lágrimas ya.

Esa misma tarde habían ido al cine a ver *Un chico como todos* y, gracias a eso, Arabia había sentido que los días volvían a ser normales, que podían llegar a serlo, al menos, después de una pérdida como la suya. Incluso se había dejado llevar por la trama de la película sin perderse en pensamientos tan vanos como profundos, como cuando se preguntaba por qué había gente destinada genéticamente a unos u otros rasgos, color de pelo, ojos, tamaño de pecho, caderas, o incluso algo tan irrelevante como la anchura de los hombros o tener lunares en alguna parte del cuerpo, por ejemplo, en la cara.

Louis había ido con ellas y, después del cine, se pasaron todo el camino de vuelta a casa hablando. Ellas, del papel de Joyce Hyser y de lo mucho que Clayton Rohner se parecía a Jason, un chico de su clase. Él, de Billy Jayne, el actor que interpretaba al divertido hermano de la protagonista.

—Propongo repetir el mes que viene —comentó Louis—, cuando estrenen la de *Los Goonies*.

—Bueno, ya veremos. El dinero para el cine no sale de la nada —le recordó Zane.

—No, pero puede salir de la caja que tiene Jake en su habitación.

—¡Louis!

Rieron por la ocurrencia del menor de los Becker, pero, cuando llegaron a casa, fue precisamente a Jake a quien encontraron sentado en el sofá frente a la tele con un paquete de hielo sobre una venda que tenía colocada bajo el pecho. Su aspecto general dejaba mucho que desear, porque su cara no tenía mucha mejor pinta que su cuerpo. Él no apartó la vista de lo que estaba viendo en la pantalla, tampoco los saludó.

—¿Estás bien? —Zane fue la única que se atrevió a decir algo.

—¿Te parece que lo esté?

—No.

—Entonces no hagas más preguntas.

45 | CALIFORNIA
lunes 13 de mayo

Jake

El único motivo por el que Jake acudió al estadio aquel lunes fue porque la venda había cedido y quería comprobar que no era un problema. Pero, como era de esperar, el doctor Butler no vivía ni deambulaba por allí las veinticuatro horas del día, así que no le quedó más remedio que esperarlo hasta las diez y media.

Hock gruñó cuando pasó por su lado.

Tayler solo lo miró.

Lo primero que hizo Butler al llegar fue conducirlo hasta su Mercedes Benz para trasladarlo al centro médico de Southmond. Allí fue donde le hicieron las radiografías que confirmaron que tenía fracturadas dos costillas. El hombre le dijo que no era necesario que llevase más el vendaje, pues para recuperarse lo único que iba a necesitar era reposo, no hacer esfuerzos y empezar con ejercicios respiratorios en un par de semanas.

—¿Y cuánto tiempo voy a estar jodido?

—De cuatro a seis semanas. Dependerá de tu cuerpo.

—¿Un mes? Está de coña, ¿no?

—Un mes *o más* es lo que he dicho.

De regreso al estadio, Jake caminó detrás del doctor Butler hasta el despacho de Tayler. Como el entrenamiento había terminado, las instalaciones estaban casi vacías y el entrenador veía cintas de vídeo en su televisor. Se reclinó en su asiento en cuanto los vio aparecer.

—¿Y bien?

—Fractura de la séptima y la octava —respondió Butler—. Baja mínima de recuperación de cuatro a seis semanas.

—Cuatro, señor —se apresuró a precisar Jake.

No hizo falta que el traumatólogo lo contradijera, porque la sola mirada de Tayler bastó para sentenciar su estupidez.

—Me imagino que el sábado no te paraste a pensar en todo lo que te estabas jugando al darle a Jefferson su merecido.

Jake creyó que el hecho de que el entrenador hubiese interpretado su actuación como *darle su merecido* era una buena señal.

Nada más lejos de la realidad.

—El Comité Deportivo está debatiendo sobre lo que pasó. ¿Te haces a la idea de lo que eso significa o necesitas que te haga un croquis en la pizarra?

—Lo sé, señor —respondió esquivo, perfectamente consciente de que le iba a caer una sanción en el mejor de los casos.

En el peor: sanción y multa.

—Quiero que te vayas a tu casa y no pises el campo de entrenamiento, al menos, durante esta semana. Ya decidiré qué hacer contigo cuando se resuelva el caso. No sabes la suerte que tienes de que…

—Suerte es, precisamente, lo que no tengo.

A Tayler la interrupción le sentó francamente mal. Butler negó con la cabeza, señal inequívoca de su desacierto.

—Desaparece de mi vista antes de que me arrepienta de esperar a la valoración del Comité.

Lo hizo sin rebatir. ¿Qué otra cosa iba a hacer?

Al salir de las instalaciones, le dio un pequeño vuelco el corazón cuando vio el Jeep de Chris en el aparcamiento. Su hermana, Candy, estaba recostada sobre el capó tomando el sol con la chaqueta abrochada hasta la barbilla.

Se acercó a ella y, refiriéndose al coche, le preguntó:

—¿Te lo ha dejado en herencia?

Candy se puso la mano en los ojos en forma de visera, reparó en quién era y respondió:

—Qué va, se lo he robado sin más. Lo dejó en casa de mis padres, así que, a todos los efectos, ahora soy la dueña y señora de esta preciosidad.

—¿Y qué haces aquí? ¿No deberías estar en el instituto o algo así?

La chica se incorporó y cruzó las piernas. Llevaba un enorme lazo azul en la cabeza que le aplastaba gran parte de los rizos.

—Me he despertado nostálgica —dijo—, no porque haga mucho que mi hermano se haya marchado, ya me entiendes, sino porque sé que no volveré a verlo hasta dentro de algunos meses y porque, además, el mes que viene me voy a San Diego. Mis padres han pagado por mi plaza en la CMU.

—¿Y no es lo que querías?

—Era mi última opción, de hecho.

Jake se dio cuenta de que no había nada más que tuviese ni pudiese decirle, así que le hizo un gesto para indicarle que iba a reanudar la marcha.

—¿Te llevo a algún sitio? —propuso ella—. No tengo nada mejor que hacer y salta a la vista que caminar no te beneficia mucho.

Eso era cierto. Caminar implicaría tener que respirar más deprisa al cabo de un rato. Y montarse en el autobús todavía era más contraproducente.

—¿Quieres ir a tomar algo? —Jake lo planteó como algo que les vendría bien a ambos. Sin embargo, Candy lo miró con exagerada sorpresa y tuvo la necesidad de aclararlo—: No pongas esa cara. No te estoy pidiendo una cita.

—¿Primero me haces el ofrecimiento y luego eliminas de cuajo todas las ilusiones? —bromeó Candy, aunque Jake no lo supo hasta que agregó—: Me rompes el corazón, que lo sepas. Ahora tendré que pasarme la noche llorando en mi habitación y atiborrándome a chocolate solo porque tú nunca te has dignado a darme siquiera un beso. —Bajó del capó y fue hasta el asiento del conductor—. Venga, deja que te dé una vuelta en este mamotreto de cinco mil dólares, podrás soportarlo. Además, das bastante pena con ese aspecto, así que me portaré bien, lo prometo.

Subió al Jeep, porque al menos Candy estaba consiguiendo levantarle un poco el ánimo con sus mamarrachadas.

—Por cierto —continuó esta—, avísame si vas a montar otro espectáculo como el del sábado de cara al próximo partido. Como ya no tengo la motivación de venir a ver a mi hermano, no aspiro a pasar otro sábado por la tarde rodeada de gente que se pasa todo el tiempo gritando y sudando, sobre todo sudando, viendo un aburridísimo partido de fútbol, a menos que sepa que habrá contenido interesante.

—No habrá más partidos hasta la próxima temporada porque perdimos contra los Griffins, y supongo que entonces no podrás venir a verlos porque estarás en San Diego.

—Guau, Jake, eso sí que es tener tacto. —La ironía de Candy lo pilló desprevenido—. Directo a la herida.

—No me lo tengas en cuenta —pidió al percatarse de que el asunto era tan espinoso para ella—. Piensa que estoy como dentro de un grandísimo lodazal, en la parte más profunda.

—Como siempre.

Candy apartó la vista de la carretera un segundo para sonreírle.

—Como siempre —Jake le sonrió de vuelta.

***

La hermana de Chris condujo hasta el centro comercial que quedaba cerca de allí y aparcó delante del Dunkin' Donuts. Cuando Jake le preguntó si no podían ir a otra parte, ella respondió:

—Por supuesto que no. Por algo mis amigas me llaman Dunky Ford.

Se acercaron al mostrador y una señora con gafas de vista y el pelo cubierto con una rejilla rosa les sonrió con amabilidad. Candy empezó a indicarle las rosquillas que quería y la mujer las colocó con gusto en una caja antes de entregársela junto al batido de chocolate que también había pedido. Jake sacó la cartera en cuanto la mujer se dirigió a la caja registradora, muy seguro de que le correspondía hacerse cargo de la cuenta, pero pensando en los siete males que le darían si no le alcanzaba con el único billete de cinco dólares que tenía.

—Cuatro con ochenta y nueve. ¿Quieres algo de beber para ti?

—No, gracias.

Ni siquiera estaba seguro de si iba a comer algo de lo que Candy había escogido, con todo ese revestimiento de diferentes colores y virutas de chocolate y almendras y coco y todo lo demás.

La encontró observando el Jeep a través del cristal.

—Creo que voy a llamarlo Chewbacca —dijo cuando él se sentó al otro lado de la mesa—. Mi Jeep Chewbacca.

—Es Cherokee, no lo que sea que hayas dicho.

—A ver, ya sé que es un maldito Cherokee. Lo que digo es que voy a bautizarlo como Chewbacca.

Jake la miró desconcertado, sin entender la relación.

—¿*Star Wars*?

—No la he visto.

Candy dejó caer la mandíbula y dijo:

—De qué me sirve tener un cerebro prodigioso para hacer este tipo de relaciones si mi interlocutor es de otro planeta. ¿Ves? Otra relación.

—¿Cuál?

—Ni siquiera sabes de qué van, ¿verdad? Las películas.

Negó mostrando una media sonrisa y cogió el dónut menos glaseado que había, absteniéndose de nombrar al robot dorado de la caja de cereales de su hermano.

—Quién nos lo iba a decir, ¿eh? Que tú y yo acabaríamos sentados en un Dunkin' Donuts un lunes por la mañana.

—No te ofendas, pero es lo último que esperaba.

—¿No esperabas pasar el lunes con una chica encantadora y guapísima como yo? Pues es lo que esperaría cualquier deportista universitario.

—¿Quizás uno de División I?

Candy dobló el cuello hacia un lado e hizo un gesto parecido al que hacían algunas personas al mirar a un bebé, una mezcla de pena y ternura muy extraña.

—Tu modestia siempre me ha resultado *sexy*, ¿sabes?

Un hombre de unos treinta años se acercó hasta a ellos y lo salvó de tener que decir algo al respecto.

—¡Eh! Tú eres el que salió a partirle la cara al tocahuevos ese de Westminster. —Jake aceptó el cumplido levantando la mano derecha para chocarla con la de él—. Bien hecho, colega. Ganaron, pero al menos ese se llevó un buen recuerdo. —Después le zarandeó el hombro derecho y él no pudo reprimir una mueca de dolor—. Y también estuviste de puta madre en el anterior partido. Cuídate, tío, y a darle caña la próxima temporada, ¿vale?

Cuando se alejó, se metió la mano por debajo de la camiseta para tocarse la zona dolorida y resopló.

—¿Qué fue lo que te hiciste? —le preguntó Candy.

—Fractura en un par de costillas.

—No suena muy agradable.

—No, no lo es.

—¿Puedo ver?

Jake se echó hacia atrás y se levantó la camiseta a la altura de la lesión.

—No hay mucho que ver —dijo contemplando su propio hematoma—. Está todo en su sitio a simple vista.

Candy se rio y él la miró confuso.

—Lo siento, es que he tenido que morderme la lengua con tu último comentario. He prometido portarme bien, ¿recuerdas?

No muy seguro de haberlo entendido, dejó que la camiseta cayese de nuevo y dirigió la vista a la caja de dónuts, por hacer algo.

—Oye, ¿llegaste a descubrir quién estaba detrás de lo que te pasó en Año Nuevo? —preguntó Candy de pronto.

Luego cogió el último dónut, uno con cobertura rosa y salpicado de almendras, mordió y lo observó con verdadero interés.

—Ya se descubrió que fue cosa de Lopes, sí.

—Ah, puede que fuese Lopes quien llevase la droga a la fiesta, pero no fue él quien te drogó.

—Vale, espera, a ver si lo estoy entiendo… —Jake abrió mucho los ojos—. ¿Tú sabes algo de eso?

Candy se encogió de hombros y mordió de nuevo, limpiándose el borde de los labios con los dedos.

—Puede.

Él colocó los codos sobre la mesa y trató de ordenar las ideas, sobre todo de entender por qué no había dicho nada hasta ahora.

—¿Fue Shawn?

—Frío, frío.

Meditó lo siguiente que iba a decir porque, en su momento, había sido difícil de encajar que todo hubiese sido cosa de Lopes. Pero que Candy le hubiese revelado que no había sido cosa suya y tampoco de Shawn, abría un abanico de posibilidades demasiado grande, y no estaba mentalmente preparado para afrontarlo, menos ahora que se había vuelto a reconciliar con el equipo.

—Entonces prefiero no saberlo —declaró sin vacilar.

Ella sonrió y se encogió de hombros.

—Como quieras.

Poco después, Candy se ofreció a llevarlo a casa y, como buena Ford que era, puso música nada más subir al vehículo. Fue cambiando de emisora hasta que dio con algo que le gustaba y, diez segundos después y pese a estar siguiendo la letra en voz alta, buscó otra. Repitió el procedimiento varias veces. Jake la miró, aunque no dijo nada.

—Ya, ya sé que es un poco molesto —comentó ella continuando con la tarea—. Pero es que esta mañana, de camino al estadio, he escuchado una superchula y necesito localizarla. Y eso que yo no soy mucho de *country*.

Todas las alertas se le dispararon con esa última palabra.

—Era una de esas animadas —continuó la chica—, y seguro que la vuelven a poner, porque he alcanzado a oír que la cantante era una nueva promesa musical del género o algo así.

Jake observó los dedos de Candy moviéndose sin parar por el sintonizador de la radio, conteniendo el aliento y deseando que encontrarse alguna otra cosa que le gustase y que no guardase ninguna relación con el *country*. Pero entonces escuchó lo que se temía:

Inside the Kentucky State
In the middle of warren county
Famous by Lost River Cave
and the Chaney's Dairy

—¡Esta es!

A Girl From Bowling Green. Esa era la canción que Candy estaba buscando. Jake escuchó, fascinado y sin poder evitarlo, el ritmo y los instrumentos que acompañaban la voz de Beth; en definitiva, el resultado final de su tema favorito. Sin duda, la cara A de la cinta que nunca había escuchado por culpa de la cara B.

You may not have heard of me
And maybe I'm just a one more teen
But I never forget my caffeine

I'm a girl from Bowling Green

—*I never forget my caffeine.* Qué rollazo tiene, me encanta.

Para cuando llegaron a Delton, a la altura de donde Jake quería que Candy lo dejase, la canción había terminado de sonar en la radio pero no en su cabeza, y la oía tan fuerte que Jake estaba dispuesto a hacer cualquier cosa con tal de que parase. Por eso bajó del Jeep y caminó hasta situarse frente a la puerta del conductor.

—Gracias —le dijo a Candy.

—Chewbacca y yo esperamos que hayas disfrutado del servicio, el paseo y la compañía.

Jake se mordió el carrillo izquierdo mientras la miraba, con el último «I'm a girl from Bowling Green» en bucle, grabado a fuego.

—Te irás pronto a California, ¿no?

—Antes de lo que me gustaría, sí. ¿Por qué? ¿Estás pensando en repetir el paseo?

—No. No en eso.

Sin darle tiempo a procesar su respuesta, abrió la puerta, se inclinó sobre ella y le plantó un beso que fue correspondido sin titubeos. Jake se recreó, sujetándole la cara con ambas manos. Luego se apartó unos centímetros y se quedó varios segundos mirándole los labios, que le sonrieron.

Se separó definitivamente de ella y adoptó una expresión seria, hermética.

—Seguro que te irá bien en San Diego —dijo a modo de despedida.

—Seguro.

Candy sonrió de nuevo y cerró la puerta, entendiendo casi todo el significado de lo que acababa de pasar.

—Hasta la vista, cincuenta y uno.

Jake regresó a casa sin música en la cabeza. Solo con el pensamiento de que, en aquella época del año, había una gran cantidad de gente, adolescentes en su mayoría, a punto de mudarse a otro estado. Y en que él no hizo en su momento, y ya quizás nunca lo haría.

46 | DIFÍCIL DECISIÓN
domingo 19 de mayo

Sara

Sara estaba a punto de terminar el turno que le había tocado aquel domingo por la tarde cuando distinguió la gorra de los Ice Falcons con la visera doblada de Harper. Era el tercer usuario en la cola de personas que esperaban para que ella les pasase los artículos de la cesta por la cinta y les cobrase. Se saludaron como si nada, aunque tuvo claro que él no había llegado hasta allí de casualidad.

—¡Entrenador Tayler! —exclamó con alegría cuando lo tuvo delante.

Hacía tiempo que sospechaba que Harper había tenido algo que ver con su contratación en aquel supermercado, pero no lo había confirmado.

—¿Qué tal?

Ella respondió y sacó una bolsa de papel para empezar a colocar los productos que él había comprado, entre ellos, una afeitadora eléctrica Norelco último modelo.

—¿Crees que podríamos hablar un rato cuando acabes?

—¿Y cómo sabes que acabaré pronto?

—Si me dices que sí, esperaré en la cafetería.

Sara miró al resto de clientes y siguió moviéndose con normalidad, cobrando, dando el cambio, sonriendo.

—Nos vemos en treinta minutos —le dijo al final.

Tuvo que pedirle a su mejor compañera, Holly, que la cubriese, porque Paul iba a ir a recogerla a las ocho en punto y no quería que la viese con Harper. Además, tenía muy claro cuál iba a ser el tema de conversación y, aunque era algo que les concernía a ambos, su marido no iba a ser ni objetivo ni benévolo con nada que tuviese que ver con Jake, sobre todo si Harper estaba delante.

Sara fue hacia la cafetería sin quitarse siquiera la camisa azul del uniforme, con su bolso y una bolsa con un par de camisetas en oferta que había cogido para sus hijos.

—Es grave, ¿verdad? —le dijo a Harper nada más tomar asiento.

Él dejó el periódico sobre la mesa y le hizo una señal al camarero de sala para que se acercase con la jarra de café.

—¿Jake te ha contado algo sobre su situación actual?

—¿Qué situación?

—Estaba pendiente de valoración por parte del Comité Deportivo por lo que ocurrió en el último partido.

—¿El Comité? ¿Eso significa que lo de la lesión no fue por el partido?

—La lesión fue durante el partido, sí. El problema vino después.

Harper le contó cómo se sucedieron los hechos y Sara no supo dónde meterse llegados a la última parte.

—Entonces, estás aquí por el asunto del Comité.

—Por eso y por su continuidad en el equipo, porque yo tengo muy claro lo que creo que es lo mejor para él, pero preferiría contar con tu opinión antes de tomar la decisión.

Sara escuchó con atención todo lo que el entrenador le dijo. A Jake le habían puesto una sanción de tres partidos para la siguiente temporada y una multa de quinientos dólares. Harper fue claro explicándole que nunca le habían gustado los jugadores conflictivos, mucho menos tenerlos en su equipo, pero que con su hijo había hecho más de una excepción por dos motivos: su talento y su amistad con ella. Con mucho tacto, dio a entender que sabía que asumir la multa no iba a venirle bien a su familia, así que se había planteado muy seriamente prescindir de Jake y responsabilizarse de la misma sin que esta llegase siquiera a notificársele.

—Si se queda sin beca deportiva, ¿se quedará también sin beca de estudios?

—Puedo interceder para que le mantengan la de estudios, pero dependerá de sus notas finales.

No hizo falta que añadiera que dichas calificaciones habían bajado respecto al primer semestre. Sara sabía que durante los últimos meses no estaba estudiando mucho.

—Pero, por lo que me has contado, da la impresión de que tienes claro que no quieres que Jake continúe en el equipo. ¿Qué pinto yo en una decisión que ya está tomada?

—No es fácil. Sé que el chico adora el fútbol y que es su vía de escape.

—Pero necesitas sentirte menos culpable con mi aprobación, ¿no es eso?

Harper tomó aire, como si lo siguiente que tenía que decir fuese de especial relevancia.

—Creo que el fútbol es un deporte demasiado agresivo para alguien como él, que no le beneficia. Es por eso por lo que me arriesgo a perder a mi mejor *tackle* defensivo.

—Eso que has dicho, lo de que es demasiado agresivo, es algo que siempre he pensado. Pero me pones en un compromiso haciéndome partícipe de su futuro, porque no hay nada que le guste más que el fútbol. Es más, puedo visualizar a la perfección la espiral de autodestrucción en la que entrará si deja el equipo.

—Lo sé, pero creo que a la larga le será favorable. El año pasado tuvo su pase, pero este… Ha estado involucrado en demasiadas cosas y lo del último partido, cómo salió al campo a abalanzarse sobre ese otro chico… Creo que tengo el deber de pararlo, de alejarlo de las provocaciones a las que está sometido de forma constante y que no sabe gestionar sin hacerse daño a sí mismo.

—Si quieres mi aprobación sobre la decisión que has tomado, necesito algo de tiempo. No estoy segura de estar de acuerdo.

—Puedes llamarme al despacho cuando quieras. Esperaré tu llamada a lo largo del día de mañana.

Sin embargo, Sara lo llamó esa misma noche al teléfono de su despacho, cuando todos dormían, porque dedujo que Harper aún no lo hacía y que pasaría la noche allí, sin equivocarse lo más mínimo. Le comunicó su decisión sin titubear, tratando de convencerse de que la tomaba por el bienestar de su hijo a largo plazo y no por los quinientos dólares de la multa.

47 | A SALVO

miércoles 22 de mayo

Jake

El deporte, o cualquier cosa por la que una persona tuviese verdadera pasión, podía darte la máxima felicidad si tenías éxito o la tristeza más profunda si no. Incluso a veces uno podía llegar a sentirse satisfecho si fracasaba después de haberlo intentado todo, de haber puesto todo su empeño. El segundo caso podría haber sido el de Jake si al menos hubiese visto venir lo que podría ocurrirle. Pero le había pillado tan desprevenido que aún no había sido capaz de procesarlo.

Harper Tayler lo había destituido del equipo y ni siquiera había sido capaz de decírselo personalmente; Hock lo había hecho. Por si fuera poco, había faltado a un montón de clases con la excusa del reposo para acelerar la recuperación. ¿Y para qué había servido? Solo para arriesgar su ya de por sí precaria nota media.

No sabía ni cómo sentirse.

Era como si de repente le hubiesen quitado algo muy valioso, como si se lo hubiesen arrancado de cuajo y provocado una herida tan grande que tardaría mucho en cicatrizar, o que tal vez nunca lo hiciese. Sentía incluso dolor físico, una punzada en el pecho que por momentos lo asfixiaba, pero que intentaba mantener a raya cuando alguien de su familia estaba en casa. Se había pasado todo el día delante de la televisión, saltando de un canal a otro sin ver nada en concreto, sin poder concentrarse ni siquiera en los hilarantes comentarios de los presentadores de un programa de humor de la NBC.

¿Qué iba a hacer ahora?

Hock le había dicho que tenía la oportunidad de salvar la beca de estudios si conseguía una media de 3.3 sobre 4, pero eso significaba emplearse a fondo para las recuperaciones de junio, porque hasta ahora, estando en el equipo, había sido suficiente con oscilar entre el 2.3 y el 2.7. El esfuerzo para alcanzar un 3.3 tenía que ser titánico y él no estaba emocionalmente preparado para tal proeza después de la expulsión.

La primera persona a la que le contó lo sucedido fue su madre. Llegó del trabajo, dejó las cosas en el aparador y fue directa a sentarse a su lado en la mesa del comedor, donde él estaba desayunando un tazón con cereales a las doce del mediodía. No había que ser muy perspicaz para darse cuenta de que llevaba tres días hundido, y tampoco tenía sentido seguir ocultándoselo a ella.

—Han cancelado mi beca deportiva.

Sara le agarró las manos por encima de la mesa y se las apretó, él no llegó a apartar la vista de la madera. Le escocían los ojos, pero no quería llorar, le parecía que hacerlo no mejoraría las cosas. Se lo tomó como algo personal, pues creía que, si no dejaba escapar la angustia, si era capaz de contenerla, su orgullo se mantendría intacto y estaría a salvo.

—Quizás sea lo mejor, cariño —le dijo su madre al cabo de un buen rato—. Has dedicado mucho tiempo al fútbol desde que eras un niño. Quizás sea hora de centrarte un poco más en ti, en tus estudios…, incluso en Rachel. Siempre dices que te falta tiempo para estar con ella, ¿no?

De todo lo que le había dicho, él solo se quedó con lo de «centrarte un poco más en ti», porque era lo más irónico. Cuando su padre se enterase de que ya no tenía ningún compromiso deportivo, lo primero que haría sería pedir permiso a su superior para que trabajase en la fábrica.

JUNIO de 1985

48 | 3.0

lunes 17 de junio

Jake

Estaba acostado en la cama con Rachel leyendo cuentos, porque ella estaba decidida a aprendérselos de memoria para poder contarlos y hacer creer a todo el mundo que sabía leer. Desde hacía tres semanas, Jake solo había salido de su habitación, y de su casa, para ir a las revisiones médicas con el doctor Butler. El resto del tiempo lo había pasado estudiando y haciendo trabajos, y ya solo le quedaba esperar a los resultados. Sin el respaldo de la condición de deportista lo tenía complicado, pero había puesto todo su empeño en las asignaturas específicas, y esperaba que los profesores lo tuviesen en cuenta, sobre todo Dorothy Foster, de Fundamentos.

Zane abrió la puerta y ambos apartaron la vista del cuento que tocaba en ese momento para conocer los motivos de la interrupción.

—Creo que deberías bajar a la cocina. Papá ha llegado a casa con una carta de la VSU que ha recogido del buzón y la ha abierto.

«Las notas, las notas, las notas».

Reaccionó con rapidez, sin importarle las costillas casi recuperadas o el mareo que le produjo levantarse así. Pero su padre ya estaba leyendo una hoja cuando llegó a la cocina.

—Eso es mío. —Todo el mundo se sorprendió por el aplomo con el que se dirigió a él.

Este, sin inmutarse lo más mínimo, siguió bajando la vista por el folio hasta el último punto. Luego miró a Jake y preguntó:

—¿Cuánto hace que te expulsaron del equipo?

¿La notificación era sobre el equipo?

Jake miró a su madre de forma automática. Hacía un mes que ella estaba al tanto de aquel asunto.

—¿Tú lo sabías? —le preguntó Paul a su mujer, cuyo silencio bastó para deducir la respuesta.

Jake no tenía ni idea de qué decía la carta, porque esperaba una con el resultado de sus calificaciones y, por ende, del estado de su beca, así que estaba confuso.

—¿Te han echado del equipo? —preguntó Derek desde el sofá, quien hacía dos semanas que había vuelto de Florida con el expediente repleto de sobresalientes.

—¿En serio? —añadió Louis—. Vaya putada.

Jake y su padre se sostuvieron la mirada mientras tanto.

—Dame la carta —exigió extendiendo la mano izquierda para arrebatársela.

—No has respondido a mi pregunta. —Paul escondió el papel por detrás de la espalda—. ¿Cuánto hace?

—¡¿Y a ti qué te importa?! —estalló al fin—. Si bajo esa fachada de incredulidad estás dando saltos de alegría.

—No me levantes la voz.

—¡Dame mi maldita carta!

—¿Esta? —Su padre alzó la que sostenía en la mano, pero luego cogió un sobre todavía cerrado que había encima de la barra de la cocina y en el que no había reparado—. ¿O esta otra? —También llevaba el sello de la Universidad de Vallon—. Veamos qué otra sorpresa nos espera.

Jake sintió que todo se congelaba a su alrededor durante unos instantes. Observó los movimientos de su padre como a cámara lenta, como si de repente estuviese a kilómetros de distancia y fuese incapaz de reaccionar antes de que él abriese el segundo sobre y sacase el contenido. Dos hojas. En una estaban sus calificaciones, por supuesto. En la otra, la resolución de su beca académica para el siguiente curso.

—Aquí dice que se esperaba de ti un notable alto y que has obtenido un notable.

«¡¿Un 3.0?!».

Paul siguió hablando y leyendo en voz alta, pero él sintió de nuevo esa presión en el pecho que amenazaba con dejarlo sin aire. Como consecuencia, se abalanzó sobre su padre y forcejeó con él hasta hacerse con las cartas, luego salió de la casa y echó a correr.

Corrió hacia el sur todo lo rápido que pudo, vestido con un viejo pantalón de algodón azul y una camiseta gris, con el calor de la tarde pegado a los talones pese a ser más de las siete y con una cantidad de resentimiento que caería sobre la primera persona que se encontrase. A la altura del parque Hill, se paró a descansar y recobrar el aire que le llevaba faltando desde antes de salir de Prinss. Luego se dejó caer en una zona de césped a leer todos los papeles que había agarrado con fuerza y que ahora se presentaban ante él totalmente arrugados. El primero que miró fue el de las calificaciones, que venía especificado con las notas del primer semestre: A, B, B y B. Las del segundo eran B, B, B y C. La media exacta estaba abajo: 3.0 sobre 4.0. Para cualquier deportista habría sido más que suficiente, pero él ya no lo era; sabía que necesitaba como mínimo un 3.3 y no lo había alcanzado. No podía creer que Foster le hubiese puesto una C con el empeño que había puesto —tarde pero a tiempo— en su asignatura. La segunda decía que, tras el estudio pormenorizado de su caso, contaría con una beca parcial del treinta y cinco por ciento y que se le exigiría unos resultados mínimos de 3.3 en el próximo curso para su continuación y posible ampliación.

«Un mísero treinta y cinco por ciento».

—¿Qué coño voy a hacer con eso, joder? ¡Joder!

Tiró los folios a un lado y se presionó los ojos con las manos durante un rato. Al descubrirse vio la otra carta, la primera que había leído su padre y que no esperaba recibir. Estaba escrita a mano, del puño y letra de Harper Tayler, y decía que lamentaba haber tenido que tomar la decisión de prescindir de un jugador como él. «Haber tenido que», ¡como si alguien le hubiese obligado a hacerlo!

Después de todo lo que había luchado por el equipo, incluso cuando no tenía ganas de mirar a la cara a ninguno de sus compañeros y la sola idea de ir a entrenar hacía que se le revolviese el estómago por lo sucedido en Año Nuevo. Había aguantado de todo durante la temporada y había acabado siendo clave en los Rivalry Games hasta el último partido. Le había salvado el culo a Tayler aun después de que él le hubiese arrebatado la titularidad. ¿Cómo iba a imaginar que estaría jugándose su beca deportiva solo por salir en busca de Jefferson? ¿Acaso no merecía resarcirse por lo de la lesión?

Con el ánimo de venganza renovado, y tan potente como aquel sábado de mayo que fue el punto de inflexión de su declive, Jake se levantó y caminó con decisión hasta el West Mountain Stadium una última vez.

Encontró al entrenador sentado en su despacho como si llevase tiempo esperando.

—Estaba a punto de irme a casa —le dijo, reforzando la teoría de que lo esperaba.

Jake tenía la respiración acelerada y tuvo que concentrarse por que volviese a la normalidad. Era consciente de que al día siguiente su costado estaría resentido por la carrera y la zozobra que había provocado la misma.

—Solo he venido para saber por qué ha decidido enviar una maldita carta a mi casa, donde vivo con mi familia —«Con mi padre, joder»—, para decir algo que todo el mundo sabía ya, incluido usted y yo. ¿Qué quería? ¿Restregármelo por la cara?

—Era una carta de disculpa, Jake.

Que lo llamase por su nombre hizo que ladease la cara y apretase los labios, dolido por la confianza que le demostraba ahora que ya no pertenecía al equipo.

—No necesito ninguna disculpa.

—Eso ya lo sé, pero yo sí necesitaba redactarla.

—¿Y qué? ¿Se ha quedado a gusto? ¿Dormirá mejor ahora?

—Me he pasado dos años esperando a que entendieras que la magnitud de tus actos podría conllevar consecuencias como esta.

—«La magnitud de mis actos» —repitió con ironía—. ¡Jefferson me fracturó dos putas costillas! ¡¿Esperaba que me quedase de brazos cruzados?!

—Sí —respondió Tayler sin alterarse lo más mínimo—. No te correspondía a ti juzgar algo que ya hicieron los árbitros.

—¿Sabe qué? Váyase a la mierda.

Se dio la vuelta para salir del despacho sin más ganas de seguir con la conversación.

—Jake. Estaba esperando a que vinieses porque quería proponerte…

—¡Ni hablar! —Se giró con el cabreo aún más acentuado—. No pienso tener nada que ver con este equipo nunca más. Púdrase con él y con sus viejas glorias y su *quarterback* de pacotilla. Y hágase a la idea de que no volverá a ganar ningún título a menos que encuentre a alguien como Ford, porque no creo que exista.

Salió de allí dándole la espalda antes incluso de terminar de pronunciar la última frase. El anochecer lo recibió en el aparcamiento. Era una noche cerrada, pero que los astros no lo acompañasen no era ninguna novedad.

Decidió vagar por la ciudad, sin intención de regresar a casa hasta el día siguiente, así que la oscuridad se cernió sobre él durante horas, dándole la mano a su soledad.

49 | DE UN MOMENTO A OTRO

martes 18 de junio

Rachel

Nadie consiguió sacarla de la cama desde la tarde del día anterior. Bueno, sí lo consiguieron, porque todavía no era lo bastante pesada para su tía o su tío o su prima o sus primos, pero lloró tanto por que la bajasen al comedor obligada y fue tan grande su berrinche que al final su tía Sara la llevó de vuelta a la habitación de Jake, a la cama de este. Después de eso nadie había tratado de volver a sacarla en contra de su voluntad, así que, como sus tíos tenían que trabajar, Zane y Arabia le hacían compañía a ratos, turnándose con Derek para ver cómo estaba y llevarle el desayuno y la comida que ella se había negado a comer, tapada con la sábana hasta la nariz, a pesar del calor del mediodía.

—Tienes que comer algo —le había dicho Zane—. ¿Sabes que es malo para la barriga pasar mucho tiempo sin comer?

Pero solo se había dignado a tomar un vaso de zumo de naranja a primera hora de la mañana porque tenía sed, y luego uno de agua porque el zumo le había producido aún más sed.

—¿Y todo esto es por Jake? —le había preguntado Derek—. Volverá de un momento a otro. No deberías dar tanto crédito a sus arrebatos. Pero admiro tu lealtad, eso sí.

Lo único que entendió y que le importó de todo lo que dijo fue lo de que Jake volvería «de un momento a otro».

Él se había marchado porque había discutido con el tío Paul por culpa de unos papeles que eran suyos y él le había quitado. Rachel sabía cómo se sentía una persona cuando alguien le quitaba lo que era suyo, sobre todo su tío.

Al despertarse de la siesta, con el hambre arañándole el estómago, barajó la idea de salir a la calle y perderse, solo porque Jake le había prometido que si un día se perdía él la encontraría.

Y Jake cumplía sus promesas.

Pero no hizo falta, porque antes de que su plan terminase de cobrar forma en su cabeza, oyó los indicios de que había vuelto a casa.

Una acalorada reprimenda después, su primo entró en la habitación y se quedó mirándola con los labios hacia dentro, incapaz de decir nada. Cuando se sentó a su lado en la cama, ella automáticamente se levantó y lo abrazó, deseando con todas sus fuerzas que aquello lo reconfortase.

50 | ERA POR ESO

viernes 28 de junio

Jake

Cualquiera que conociese un poco a la familia Becker habría podido vaticinar que Jake pasaría todo el verano trabajando en la fábrica Wathson. Sin beca deportiva y con el treinta y cinco por ciento en la de estudios, trabajar era condición indispensable para él si quería continuar en la universidad, así que allí estaba, a finales de junio, recién incorporado a su puesto de siempre en el muelle, cargando y descargando camiones, como si no acabase de recuperarse de una lesión costal. Al menos, el uniforme era mucho más aceptable que el mono que usaba su padre como soldador, porque solo tenía que usar pantalón de oficio, una camiseta cualquiera y un chaleco reflectante. Había hombres que ni siquiera se ponían la camiseta, o que se la quitaban después del mediodía; hombres mucho mayores que él, con amplias espaldas y varios pliegues de grasa campando a sus anchas en torno a sus cuerpos. Los que se relacionaban mínimamente con su padre solían bromear diciendo que menudo canalla estaba hecho Paul, arrastrando a su hijo en pleno verano cuando lo que tenía que hacer era estar por ahí con los amigos, de barbacoa en barbacoa y de piscina en piscina, alegrándose la vista viendo chicas en bikini. A Jake le hacían gracia sus comentarios, pero no porque fuesen graciosos, que no lo eran, sino porque no lo habrían invitado a ninguna barbacoa de haber estado disponible. Para sus compañeros de equipo ya no era más que alguien que había pasado por allí, un *falcon* desterrado que, como mucho, merecía su saludo con un gesto de cabeza. Y con respecto a la piscina… casi prefería estar trabajando que tener que ir con sus hermanos a la piscina pública.

—Jake. —Su padre apareció en el muelle—. Ven un momento —añadió avanzando hacia la parte exterior con un gato hidráulico en la mano y una palanca para neumáticos.

Él lo siguió —dos pasos por detrás— hasta el amplio aparcamiento. Eran las tres de la tarde, el sol se ensañaba con su cuello y sus brazos y los más de treinta grados hacían que se le pegase la ropa de un modo asqueroso. Iba tan concentrado en sus pasos y en su sombra que estuvo a punto de topar con el Mercury Comet que apareció de repente delante de sus narices. Lo miró de hito en hito, perplejo, hasta que su padre habló:

—Es el coche de la hija de mi jefe. Se le ha pinchado una rueda y le he dicho que tú podrías ocuparte. —Señaló la rueda izquierda trasera y luego le entregó las herramientas y las llaves del coche—. La de recambio ya sabes dónde está.

Todo el año cuidándose de no coincidir con Emma más de la cuenta y ahora su padre le pedía que cambiase la maldita rueda de su maldito Comet. Resignado, lo dejó todo en el suelo y fue al maletero a por lo que necesitaba. Había un par de bolsas de Old Navy, otra de Levi's y una más pequeña de Victoria's Secret. Al apartarlas, esta última volcó y de ella salió la mitad de un sujetador de encaje negro. Jake lo movió hacia dentro como si se tratase de un producto altamente radiactivo y apartó esa bolsa de su vista lo más rápido que pudo. Sacó la rueda, colocó el gato y lo ajustó a la altura inicial necesaria. Por último, se quitó el chaleco y se arremangó las mangas de la camiseta, dispuesto a achicharrarse pero a salir ileso de aquella situación.

Claro que eso último no dependía demasiado de él.

—¿Y tú quién eres? —escuchó tras de sí cuando ya había aflojado los tornillos del tapacubos.

Jake apretó los ojos al reconocer su voz y luego, simplemente, volvió la cara hacia ella para que lo reconociera, muy a su pesar.

—¿Jake? ¿Qué se supone que haces aquí?

—Yo creo que está muy claro.

—No. Para nada.

Resopló, se secó el sudor de la frente con el brazo y siguió con lo que estaba haciendo, moviendo el gato para terminar de separar la rueda del suelo y evitando pensar en la ropa que ella lucía: una falda vaquera clara muy corta y un polo blanco, como los que se usaban en los clubs privados, con los botones del cuello desabrochados.

Emma se cruzó de brazos tras él.

—¿Te importa? —le dijo molesto—. Me estás haciendo sombra.

—¿Va en serio que trabajas aquí?

Quitó los tornillos y empezó a estirar de la rueda para sacarla, pero estaba muy pegada, así que se levantó para darle un par de golpes con el pie y luego estirar con más ganas. Emma tuvo que apartarse cuando él consiguió lo que se proponía y trastabilló hacia atrás por la inercia. Jake intentó no mirarla, no quería tener que hacerlo, pero le pareció muy extraño que ella se hubiese quedado tan callada, así que lo hizo y la encontró con la cabeza ligeramente hacia delante y las cejas levantadas.

—Y ahora, ¿qué?

—Así que era por eso, ¿no? —preguntó ella. Él la miró sin comprender—. Me has estado evitando desde que empezó el curso porque trabajas aquí y sabías que mi padre era uno de los dueños.

—No sé de qué me hablas. —Jake avanzó, cogió la otra rueda y se agachó para colocarla.

Emma apoyó la espalda a la altura de la puerta del conductor y soltó el aire por la boca, haciendo un sonido como de resignación y triunfo al mismo tiempo y mirándose la manicura recién hecha de la mano derecha.

—¡Eh! —protestó Jake al notar que el coche se movía. Ya había empezado a atornillar la rueda—. ¡Aparta de ahí!

Se separó, pero no se alejó lo más mínimo.

—¿Eres más borde de lo normal solo porque he descubierto tu pequeño secreto o porque la animadora que resulta que ahora es cantante le dedica canciones despechadas a su ex?

Jake estuvo tentado de levantarse y decir: «Me largo», dejando el trabajo a medias. No obstante, después de una pausa, ajustó los tornillos casi hasta el tope e hizo descender el vehículo hasta el suelo para terminar de hacerlo. En realidad, era hasta una ventaja que la gente pensase que *Not Anymore* estaba dirigida a Greyson. Eso le iba a ahorrar las preguntas y los problemas, así que, por una vez, dejó estar el que Emma se mofase. Además, estaba demasiado afectado como para querer defenderse y demasiado acalorado para seguir con aquella conversación.

—Se nota que siempre estás muy bien informada —dijo tratando de ocultar la ironía. Retiró el gato y señaló la rueda original—: ¿Te la pongo en el maletero para un servicio completo o prefieres hacerlo tú? Porque entonces deberías poner todas las bolsas que tienes ahí en los asientos de delante.

—¿Me has cotilleado el maletero? ¿Estás de broma?

—¿Dónde creías que estaba la rueda de repuesto? —Sacó las llaves del bolsillo para mostrárselas.

Emma se acercó a recuperarlas, pero Jake aprovechó para agarrarle la muñeca y hacerle una advertencia, notando las gotas de sudor por las patillas y el cogote.

—Olvida lo de que trabajo aquí, ¿de acuerdo?

—No seas dramático —respondió ella juntándose un poco más.

Lleno de hastío, se apartó y, aún con las llaves en su poder, abrió el maletero dejándolas puestas en la cerradura trasera. Por último, tiró la rueda en su interior antes de coger los bártulos y regresar al muelle.

—Más te vale haber ajustado bien la rueda.

—Más te vale no pinchar ninguna otra antes de llegar al club de golf.

—Es de tenis, ¡idiota! ¡Y será mejor que tú sepas cómo llegar a la ducha!

—Descuida.

JULIO de 1985

51 | EL DÍA DE LA INDEPENDENCIA

jueves 4 de julio

Jake

Jake se despertó aquella mañana muy consciente de que era cuatro de julio gracias a la música que sonaba desde el salón a todo volumen, como si en su casa no importase que algunos antepusieran el descanso a la celebración. No encontró a Rachel a su lado, así que no le quedó más remedio que ponerse una camiseta y bajar a aprovecharse, al menos, del perfecto y copioso desayuno que con certeza habría preparado su madre. Inspiró con ganas el olor a gofre y a tortitas que subía por la escalera mientras escuchaba a Zane y a Arabia cantar *Forever Young*, de Laura Branigan. Estaban delante del televisor, con el videoclip de fondo, uno de sus brazos echados al hombro de la otra y moviéndose de un lado a otro al ritmo lento de aquella canción.

So many dreams waiting out of the blue
We'll let them come true
Forever Young...

Louis, Derek y Rachel estaban sentados en una mesa repleta de cosas apetecibles, dulces y saladas. La última se levantó nada más verlo para que él ocupase su asiento y poder seguir comiendo sobre él.

—¿Y papá y mamá?

—Han ido al ultramarinos de Freddy Miles a por el carbón para la barbacoa —le comunicó Derek.

—¿Vamos a hacer barbacoa?

—Eso parece.

Sus dos hermanos se miraron y sonrieron. Era la primera vez que hacían una barbacoa desde que se habían mudado.

En cuanto acabó la canción, las chicas se acercaron y se sentaron a la mesa, dejando puesto el canal de la MTV con Bruce Springsteen de fondo y su *Born In The U.S.A.* Jake estaba seguro de que no tardaría en reconocer la de *Sweet Home Alabama*, consciente de que tendría que escuchar una infinidad de canciones patrióticas a lo largo del día, pero con aquella cantidad de tortitas y la barbacoa a la vista… podría soportarlo.

Aquel día pudo soportar, incluso, la película que su hermana había alquilado para ver después de comer, *Rebeldes*, una llena de adolescentes con nombres tan extravagantes como Ponyboy, Sodapop o Two-bit. Zane hizo especial hincapié en que los hermanos Curtis, tres de los protagonistas, eran como los suyos, aunque dejó muy claro que, en su opinión, Jake se parecía más al mayor, Darry, y Derek, al mediano y guapo Sodapop.

—Pues yo me parezco más a Dallas —protestó Louis refiriéndose al más pendenciero del grupo de amigos y el que a cada rato salía con un cigarrillo en los labios.

—¡Qué más quisieras! —dijeron todos de una forma u otra.

Aunque, en cierto modo, a Jake sí le pareció que su hermano pequeño se traía cierto aire con Matt Dillon, el actor, mucho más de lo que cualquiera de ellos se parecía físicamente a los otros personajes y actores que Zane había mencionado.

Llegados a uno de los dos puntos más críticos de la película, cuando los policías disparan a Dallas, surgió una conversación de lo más inesperada.

—Tendría que haberse dejado atrapar —dijo Arabia.

—Sí, los chicos siempre lo complican todo —apoyó Zane.

—¿Y qué creéis que habría pasado si se hubiese entregado sin más? —preguntó Louis—. ¿Alguna vez habéis pensado en cómo sería estar detenido?

—No tengo por costumbre cometer delitos —apuntó Derek—, ni pensar en las consecuencias que…

—No es nada del otro mundo —Jake lo interrumpió—, y no necesariamente te tienen que detener por un delito.

—Espera. —Zane pausó la película—. ¿Te han detenido alguna vez?

Jake percibió las miradas de todos los presentes como si fuese una diana.

—Una vez, sí —confesó aprovechando que sus padres habían salido con Rachel a ver la cabalgata infantil y descubriendo que, más de un año después, lo ocurrido ya no le afectaba tanto.

¿Qué importancia podía tener que lo detuviesen por alteración del orden después de haberse enamorado por primera vez de alguien que no había dudado ni un solo segundo en cortar cualquier lazo con él en pos de un sueño, o después de conocer lo que era tener un amigo de verdad sabiendo que la amistad estaba destinada a extinguirse con la distancia, o después de que el entrenador del equipo por el que se había volcado en cuerpo y alma decidiese que era demasiado problemático para jugar al fútbol cuando, literalmente, había chicos muchísimo más canallas pero con más experiencia para pasar inadvertidos?

—Discutí con un tipo en un antro de West Center. Había pasado la tarde bebiendo cerveza barata después de una discusión con papá y me metí en aquel lugar cuando vi las luces de una patrulla que deambulaba por la zona. —La revelación los pilló a todos tan desprevenidos que Jake no pudo menos que embriagarse por la atención que de pronto le dedicaban—. No me pidieron el carné, así que me senté en uno de los taburetes de la barra y pedí una cerveza más y allí me quedé, hasta que el imbécil de mi derecha empezó a hacer comentarios sobre una noticia que estaba saliendo por la tele. Me puso de muy mal humor y me encaré con él.

—Vamos, que te detuvieron por pelearte —dedujo Zane.

—Sí, pero supongo que el hecho de que cogiese una botella de Old Charter que el barman había dejado olvidada y que la rompiese de un golpe en la barra para amenazar al tipo tuvo mucho que ver con el hecho de que llamasen a la policía y vinieran a por mí.

—Entonces sí cometiste un delito. Bueno, varios —concretó Derek—, porque lo de entrar en un local a beber siendo menor de veintiuno…

—He dicho que uno no siempre acaba en comisaría acusado de un delito, no que yo no incurriera en uno.

—¡Qué fuerte! ¿Pero llegaste a cortarle?

—No.

«Por suerte».

—¿Por qué discutiste con papá? —quiso saber Zane.

—Ya no me acuerdo —mintió.

No había sido una única cosa, se acordaba vagamente de que había tenido una de esas temporadas malas, llena de altibajos, reproches y demasiadas emociones. Pero sí recordaba algo.

—¿Y qué noticia era? —preguntó Arabia, que no se había pronunciado hasta el momento. Jake la miró, pero no pudo hacer frente a su intrigante mirada más de dos segundos—. ¿Qué era lo que decía sobre ella el otro? ¿Por qué te molestó tanto?

—No sé —mintió de nuevo—, cualquier chorrada. Tal y como estaba, podría haberme alterado por cualquier cosa.

La chica lo miró extrañada de que no lo recordase. Por suerte, los demás estaban mucho más interesados en el numerito en sí. Louis incluso se puso a representar lo que había pasado movido por la imagen que se había creado de todo ello en su cabeza.

—Bueno, ¿y quién te sacó de la comisaría? —Derek hizo la siguiente pregunta como si se tratase de un abogado que ataca al agresor de su cliente—. Alguien tuvo que hacerlo.

—Llamé a mi entrenador —reveló.

—Pues menos mal —comentó Zane—. De haber llamado a papá, es probable que hubiese pedido que te agravasen los cargos para que te quedases allí una temporada.

Todos rieron porque, aunque su hermana estaba bromeando, no le faltaba razón.

Cuando Zane reanudó la película, Jake miró de reojo a Arabia y se quedó pensando en la famosa noticia que no había revelado. Si bien era cierto que no habría podido dar muchos detalles, sí recordaba que era sobre inmigración, sobre la cantidad de detenciones diarias que las Patrullas Fronterizas hacían al otro lado del río Bravo o en El Paso. Lo que más le molestó fue que el hombre no dejase de repetir las palabras «basura extranjera» en cada frase mientras comentaba el reportaje. A Jake siempre le habían molestado los segregacionistas, pero más desde que Arabia se había convertido en la mejor amiga de su hermana y, sobre todo, al conocer que tenía que soportar ciertos comentarios malintencionados en el instituto o en la calle a causa de su procedencia. La mezcla entre la discusión con su padre, que había sido por insinuar precisamente que ni se le ocurriese acercarse a ella, el alcohol y la propaganda racista era lo que había conseguido que explotase, pero habría sido muy extraño desvelarlo.

Sin venir a cuento, le vino a la mente una frase que Chris le había dicho tiempo atrás, cuando decidió ir en serio con Alissa: «A veces, lo que uno necesita está más cerca de lo que cree». Jake le echó un último vistazo a Arabia, pero negó con la cabeza y se concentró de nuevo en una película que, sorprendentemente, le estaba gustando.

***

Por la noche, después de una cena tranquila en la que todos habían tenido que sentarse a la mesa con algún color de la bandera norteamericana a petición de su prima y mucho después de que todos, salvo él y Derek, se retirasen a sus habitaciones, los dos hermanos se sentaron en los sofás a descansar y charlar.

Derek llevaba un pantalón corto de color caqui y una camiseta roja. Jake, el vaquero desgastado de siempre y una camiseta blanca que se quitó, en cuanto se quedaron a solas, para paliar la sensación de calor que la soda fría que se había abierto le producía por el contraste de temperatura.

—¿Nunca te has preguntado cuáles son los verdaderos motivos que nos mueven a hacer una determinada cosa? —Derek fue el encargado de iniciar la extraordinaria conversación que se sucedió aquella noche conmemorativa del Día de la Independencia.

—Como, por ejemplo, ¿los motivos que hicieron que te decantaras por Florida en lugar de Massachusetts o Illinois?

—Sí, es un buen ejemplo. Sobre todo pienso mucho en cuál habría sido la diferencia si hubiese cursado estudios en una universidad pública.

—Pero te va bien en Davie, ¿no?

—Sí. Estar tan lejos de casa tiene sus ventajas.

Rachel llamó a Jake antes de que este llegara a poner los ojos en blanco por la respuesta. Se giró, alzó la cabeza por encima del respaldo y la localizó sentada en mitad de la escalera, con la cara asomando entre los barrotes de la barandilla.

—¿Vienes a dormir?

—Todavía no —le respondió y, dando un trago al bote de soda, le hizo un gesto a la niña para que se acercara mientras Derek formulaba la siguiente pregunta.

—¿Qué motivos tenías tú para quedarte aquí?

Su hermano siguió concretando la cuestión, pormenorizando las opciones a las que podría haber optado, pero él no lo escuchó. Se quedó pensando en esa consulta inicial, en la que no hubiese sido preciso ni que especificase con la palabra «aquí».

Sus motivos para *quedarse* residían más en el concepto de permanecer con su familia que en el de salir de la ciudad donde vivían o de aquel estado.

¿Qué motivos tenía para quedarse?

Todo el mundo tenía algo a lo que elegía aferrarse o no. Él había decidido aferrarse a lo suyo hacía dos años y no pensaba cambiar de idea por mucho que su destino ya no estuviese ligado a los Ice Falcons (ni a nadie). Le resultó muy curioso pensar en lo cerca que había tenido la oportunidad de independizarse —ya fuese ante la opción de haber sido seleccionado por un equipo de División I o por haber aceptado el alojamiento en el campus— justo el Día de la Independencia.

Cuando Jake se percató de que Rachel, subida sobre su muslo derecho, estaba a la espera de que contestase con el mismo interés que su hermano, miró hacia ese par de ojos que siempre lo observaban todo con atención, en especial, a él, y dio su respuesta:

—El mejor motivo.

No hablaron mucho más después de aquello, porque su hermano no llegó a comprender del todo lo que dijo, y porque era tarde y él tenía que subir con Rachel a la cama. Cuando esta se quedó dormida, Jake se levantó y se sentó en la ventana y observó la noche, pensativo, dejando que la brisa le acariciase y le secase la piel.

Tal vez el verdadero motivo de que decidiera saltarse el entrenamiento el día en que los ojeadores de los Utah Utes fueron a su instituto se debiera únicamente al miedo a fracasar, a enfrentarse a la posibilidad de que no lo escogiesen o a la realidad de que no fuera tan bueno como se creía.

O puede que la idea de irse a vivir solo lo asustase, o que le provocase pensamientos intrusivos sobre si su familia se olvidaría de él o si se alegraría de que estuviese lejos.

O quizás solo fuese su destino, sin pretensiones ocultas, sin medias verdades.

En cualquier caso, ahí estaba, porque ahí era donde quería estar.

Y sobre eso no tenía ninguna duda.

EPÍLOGO
lunes 8 de julio

El lunes 8 de julio de 1985 se lanzó *Usual Boy*. Una semana después, el tema había entrado en el Billboard Hot 100. Fue el primer gran éxito de Bethany Harris; el primero de todos los que conseguiría.

Sin embargo, Jake ni lo supo ni escuchó la canción.

Y no lo haría hasta muchos años después, cuando ya no le haría ningún daño verse reflejado en una letra tan significativa, porque es por todos conocido que cargamos con el peso que podemos soportar, y Jake podía llegar a sobreponerse a muchas cosas, pero, en aquel momento de su vida, no habría podido sobreponerse a esa canción.

Además, tenía promesas que cumplir antes de eso.

Antes de volver a cruzarse en el camino de Beth.

CONTENIDO EXTRA FINAL

Nota rescatada de uno de los cuadernos de Beth.
Fecha desconocida.

Los caminos de las personas son como las raíces salvajes creciendo alrededor de una casa abandonada. Algunas se enredan para siempre; otras, solo coinciden durante un determinado periodo de tiempo y, después, siguen adelante construyendo su ruta, sin importar lo que dejan atrás. Las habrá que se mezclarán muchas veces, pocas, nada o incluso que lo harán de forma reiterada. Unas dejarán los nudos olvidados; otras, los arrastrarán consigo hasta el final de sus días.

NOT ANYMORE

When the sun sets on the horizon
And the moon begins to rise
And the trees whisper beyond the lagoon
That has seen me grow

When I think I'm afloat
But I awaken at midnight
Because I miss you
Without really knowing why

That's when I want you to hug me
But you never can, because you can't see me

I already know, you can't see me

Tell me what would happen
If it weren't risky to dream biggie
If we wanted to be part of all our plans
I would take you
I would always take you with me
And you? Would you?

Tell me what would happen
If we could reach the moon and hover above it
Or if kissing us was enough to save each other
I would try it
With you I would always try it
And you? Would you?

When I think I'm afloat
But I awaken at midnight
Because I miss you
Without really knowing why.

That's when I want you to hug me

Tell me what would happen
If it weren't risky to dream biggie
If we wanted to be part of all our plans
I would take you
I would always take you with me
And you? Would you?

Tell me what would happen
If we could reach the moon and hover above it
Or if kissing us was enough to save each other
I would try it
With you I would always try it
And you? Would you?

I would try it
With you I would always try it, baby
But would it be enough?
I'm not sure trying it will be a guarantee
Or just secure

Not anymore

A GIRL FROM BOWLING GREEN

Bowling Green is not just a place
It sounds like home, smells like abode
Life marches apace

Inside the Kentucky State
In the middle of warren county
Famous by Lost River Cave
And the Chaney's Dairy

This is the city of Corvettes
With a historical hilly campus
The mythical Fountain Square
And those are just a little samples

You may not have heard of me
And maybe I'm just a one more teen
But I never forget my caffeine

I'm a girl from Bowling Green

Inside the Kentucky State
In the middle of warren county
Famous by Lost River Cave
And the Chaney's Dairy

This is the city of Corvettes
With a historical hilly campus
The mythical Fountain Square
And those are just a little samples

You may not have heard of me
And maybe I'm just a one more teen
But I never forget my caffeine

I'm a girl from Bowling Green

Bowling Green is not just a place
It sounds like home, smells like abode
Life marches apace

You may not have heard of me
And maybe I'm just a one more teen
But I never forget my caffeine

I'm a girl from Bowling Green

I'm a girl from Bowling Green

I'm a girl from Bowling Green

I'm a girl from Bowling Green

[My beloved city, cozy and pretty
You will love it after this song
I really hope so]

AGRADECIMIENTOS

Escribir esta historia ha sido un viaje increíble de un año, y me siento muy afortunada de haber contado con un montón de personas que me han ayudado o acompañado durante todo ese tiempo.

No tendría sentido empezar sin dar las gracias a Maz, que llegó a Wattpad y empezó a leer lo que llevaba escrito cuando más lo necesitaba, porque no sé si habría llegado hasta el final sin elle. Por supuesto, gracias por todo lo que vino después, la relectura, las notas, el maravilloso PDF. Siempre tuve clara la dedicatoria de este libro, y espero que ese mínimo detalle compense de algún modo todo lo que has hecho por mí.

Casi del mismo modo, gracias a Viki de @aspiralecturas, también por llegar a Wattpad y por ofrecerte a un beteo del manuscrito completo aun cuando tu tiempo es tan limitado. Saber que siempre puedo contar contigo es increíble. Y gracias a Loreto (por el informe) y a Paula (por el beteo).

Gracias por toda la ayuda de ambientación norteamericana y universitaria a mis queridos Luis Carlos y Paula (exresidentes de Kent, OH); a Ruth (desde Tyler, TX); a Óscar (desde Danville, KY); a Raquel, por presentarme a su hermana Andrea, y a esta, por hablarme de su experiencia deportiva y universitaria en Nichols State University (LA).

A Javi y a Laura, por las dudas musicales y por haber hecho realidad *Usual Boy*. Creo que nunca voy a superar la suerte que tengo de teneros, a una desde el principio de los tiempos, a otro desde que llegó para quedarse y sumarse a la lista de Los Buenos Amigos.

Con respecto a la música, tengo que añadir toda la ayuda recibida en cuanto a traducciones y revisión de canciones. Creo que Gema fue la primera a la que acudí, como ya viene siendo habitual para este tipo de cosas. Ella no solo me ayudó revisando los bocetos de las primeras estrofas, sino con búsquedas en inglés de cosas que necesitaba para la ambientación. En realidad, su *gracias* engloba tantas cosas, entre ellas, la amistad, que es imposible detallarlas todas. Gracias también a mi prima Noelia, por su predisposición a ayudarme en la revisión de las canciones ya terminadas. También, gracias por pedirle a Thomas que les hiciese una última valoración, y a este por hacerlo y por la nota que me dejó. Por último, a Óscar (de nuevo) y a su contacto de Kentucky, Jeffrey Heath, que me aconsejó cambiar una estrofa de *A Girl From Bowling Green* para que el resultado fuese más específico para la ciudad a la que se refiere dicha canción. Y, para terminar este apartado y ya que hago referencia a esta canción en concreto, otro *gracias* para José Eladio, que llegó a mi vida de una forma tan orgánica que aún ni siquiera he podido hacerme a la idea, porque ha sido fundamental para redondear aún más la historia. No puedo quitarme de la cabeza el *riff* que creaste, sobre todo, por lo bien que acopla con la letra.

A Ima, por todo el asunto aquel de *press* banca, es decir, por orientarme tanto y tan bien sobre los gimnasios y sobre lo que podrían soportar mis deportistas según su peso y constitución.

Centrándome ahora un poco más en lo que a deporte se refiere, gracias al equipo de Ready To Hut y a Spanish Bowl, con mención especial para Pablo e Iñaki, por resolver todas mis dudas sobre fútbol americano profesional y universitario durante el tiempo que estuve documentándome. Pero, sobre todo, gracias a Aitor de Los Raritos del Football, que apareció de forma espontánea en mis mensajes de Twitter en un momento crucial, cuando yo andaba revisando y perfeccionando todas las escenas de fútbol para que quedasen perfectas. Me siguen pareciendo increíbles las coincidencias que se sucedieron desde que la noche anterior yo me puse el último episodio de su pódcast. En fin, que gracias infinitas por permitirme ser todo lo pesada que estaba dispuesta a llegar a ser con tal de acercarme a la NFL. Y como guinda final, gracias a Óscar (@osskartelito) por la revisión de datos de College, por atenderme con tanta rapidez y amabilidad, y por los detalles históricos extra de jugadores HOF.

Gracias a Inma Moya por aceptar encargos con tanto cariño y a Carmen Ocaña por crear en su día la ciudad de Vallon. Gracias a las dos por vuestra deferencia hacia los Becker y hacia mí.

A Sonia y a Carol, por estar en cualquier momento, ya sea para no hablar de nada importante o de todo lo que importa, o para elegir entre ochocientas opciones de portadas o espoilearse una escena *spicy*. A Arantxa, mi marida, por serlo hasta estando prometida, por su inmediatez en WhatsApp a la hora de abordar asuntos de cualquier índole, por la motivación, el apoyo, la amistad, y por la primera corrección de esta novela, que tan importante era para mí.

Y a Sandra, por pulir el manuscrito hasta el más mínimo detalle, con tanto mimo y consideración. No podía haber caído en mejores manos.

Gracias también a Andrea Tomé, por la ayuda con mis dudas sobre el uso de anglicismos deportivos y, del mismo modo, a todas las autoras con las que abrí el debate en la Feria del Libro de Murcia 2023, en especial, a Arianne Martín, por soportar tremendo asalto, junto a Silvia.

Por último, gracias a Marta, mi editora, por creer en mí como lo hace y a Ali, por seguirme la pista desde el principio de los tiempos, por el apoyo incondicional y por perdonarme aquel despiste imperdonable de Madrid.

Posiciones de ataque

- (QB) *Quarterback* (mariscal de campo): jugador que usualmente recibe el balón en el saque de cada jugada y hace los pases o le da el balón al *running back*.

- (RB) *Running backs* (corredor): jugadores veloces que corren con el balón dado en la mano por el QB, avanzando yardas para su equipo.

- (FB) *Fullbacks*: corredores igual que los RB, pero se utilizan en situaciones en las que se necesitan ganar menos yardas. Suelen ser jugadores más fuertes que rápidos.

- (WR) *Wide receivers* (receptores): jugadores que se posicionan en los extremos de la alineación de ataque y que esperan posibles pases del *quarterback*.

- (TE) *Tight end* (ala cerrada): jugadores híbridos, que se sitúan al lado de los *tackles* y pueden actuar como uno de ellos, bloqueando a la defensa, o abrirse y recibir, como los receptores.

- (OL) *Offensive line* (línea ofensiva): jugadores que conforman la bolsa de protección del *quarterback*, compuestos por un *center*, dos *guards* y dos *tackles*.

- (C) *Center* (centro): responsable de poner el balón en juego (*snap*).

- (G) *Guard* (guardia): flanquean al *center*. Se dividen en LG (*left guard*) y RT (*right guard*).

- (OT) *Offensive tackle* (*tackle* ofensivo): flanquean a los *guards*, que se dividen en LT (*left tackle*) y RT (*right tackle*).

Posiciones de defensa y equipos especiales

- (DL) *Defensive line* (línea defensiva): jugadores que se sitúan frente a la línea ofensiva para tratar de interrumpir, dificultar la jugada o capturar al *quarterback*.

- (DT) *Defensive tackle* (*tackle* defensivo): se sitúan o bien delante del *center* (*nose tackle*), o uno a cada lado de este o frente a los *guards*. Esquivan a sus oponentes para abrirse paso hacia el *quarterback* o para *tackear* a los lineros ofensivos.

- (DE) *Defensive end* (ala defensiva): situados a los lados del o los *tackles*. Suelen abrirse para bordear la línea ofensiva y atacar por el exterior. Se dividen en RE (*right end*) y LE (*left end*).

- (LB) *Linebacker* (apoyador): se sitúan por detrás de la primera línea defensiva y su función es parecida: parar la jugada o a sus jugadores en segunda línea.

- (CB) *Cornerback* (esquinero): se sitúan en los extremos de cada lado, vigilando —y persiguiendo, si procede— a los receptores para evitar los pases o interceptarlos.

- (S) *Safety* (profundo): como su propio nombre indica, protegen la zona más profunda del campo de juego.

- (K) *Kicker* (pateador): patea el balón desde un punto fijo en el terreno de juego, ya sea para conseguir un gol de campo, un punto extra después de un *touchdown* o en el *kickoff* (patada inicial del partido).

- (P) *Punter* (pateador de despeje): el jugador que patea el balón sujetándolo con las manos para despejarlo, tratando de alejarlo lo máximo posible de su zona de anotación.

Otros términos que aparecen en la novela

- *Snap*: acción de poner el balón en juego, siempre hacia atrás y por entre las piernas del *center*.

- *Sack*: la defensa consigue un *sack* cuando derriba al *quarterback* rival por detrás de la línea de *scrimmage* sin que este haya pasado o entregado el balón.

- *Down*: cada una de las jugadas ofensivas. El ataque dispone de 4 *downs* (oportunidades) para avanzar 10 yardas; si lo consigue, obtiene nuevamente 4 *downs* más, también llamado nuevo set de *downs*.

- *Touchdown*: cuando el ataque consigue entrar en la *end zone* (zona de anotación) con el balón. Con esto se obtienen 6 puntos y una jugada extra.

- Línea de *scrimmage*: línea imaginaria que va de banda a banda, pasando por el lugar donde se sitúa el balón para realizar el *snap*.

- Yarda: medida americana que equivale a 0.9144 metros.